战匈奴

趣说

汉匈百年
战争史

冬 郎——著

吉林出版集团股份有限公司

图书在版编目（CIP）数据

战匈奴：趣说汉匈百年战争史 / 冬郎著 . — 长春：
吉林出版集团股份有限公司，2014.8（2022.8重印）

ISBN 978-7-5534-4997-5

Ⅰ . ①战… Ⅱ . ①冬… Ⅲ . ①长篇历史小说—中国—
当代 Ⅳ . ① I247.5

中国版本图书馆 CIP 数据核字（2014）第 150148 号

战匈奴：趣说汉匈百年战争史

著　　者	冬　郎	
策划编辑	李异鸣	
责任编辑	白聪响	
特约编辑	刘志红	
封面设计	象上设计	
开　　本	787mm×1092mm　1/16	
字　　数	282 千	
印　　张	20	
版　　次	2014 年 10 月第 1 版	
印　　次	2022 年 8 月第 2 次印刷	

出　　版	吉林出版集团股份有限公司
电　　话	总编办：010-63109462
	发行部：010-81282844
印　　制	天津文林印务有限公司

ISBN 978-7-5534-4997-5　　　　　　　　　定价：59.80 元

自序

历史是个有趣的东西，文字是历史最好的载体。历史之所以能成为历史，就在于它的传奇，没有传奇就不叫历史。没有人会记得汉朝老张家某媳妇生了几个娃，李家某丈夫纳了几个妾，即使是他们的后代也不记得。我们记得的，是那些建功立业的人物，是那些不寻常的人物。甚至可以说，历史就是大大小小众多奇迹和奇葩的集合。

而在中国众多朝代之中，汉朝的影响非同一般。至今，这个国号还运用在我国主体民族的名称中。同时，它也是上古三代之后，时间跨度最长的皇朝。汉朝的历史充满了荣光，是中华文明的上升期，是中华文明逐渐走向世界的时期。

尤其是西汉，从一个饱受战争创伤的贫弱国家，到一个雄踞东亚中亚的超级大国，这其中的过程非常耐人寻味。而在西汉的历史进程中，北方强敌匈奴的存在，客观上逼着西汉走向强大。孟子说："入则无法家拂士，出则无敌国外患者，国恒亡。"或许也就是这个道理。

从冒顿单于即位、刘邦建国，到他们的第一次交锋，刘邦在白登山被匈奴围困数日，再到最后呼韩邪单于亲自前往长安入贡称臣，汉朝在匈奴的草原派遣驻军。这其中，为什么匈奴能够从一个被中原割据势力打得满地找牙的落后部落一跃而起，成为一个与大一统的中原王朝相抗衡的北方强胡、天之骄子？为什么刘邦能从一个小小的亭长，最后成为一个泱泱大国的开国之君？为什么在长达一百多年的汉匈战争中，汉朝能够完全扭转战略劣势，最终完败匈奴成为东亚、中亚的霸主，自身却在困境和战争中走向了强大……

　　历史，总能带给我们太多的思考。历史，是一个民族的记忆。你能想象一个严重失忆的人，在社会上游刃有余么？你能想象一个忘记历史的民族崛起于地球村么？我相信，历史总能对后来的人们提供一些启示。

　　所以，我斗胆创作了这本拙作，就是希望能够带给读者们一些思考。如果说此书境界尚浅，那我希望至少这其中的故事，也可以作为大家茶余饭后的谈资。

目 录

第一章

狼族的崛起

提笔之前，我觉得匈奴真该好好感谢中原。作为一个没有文字的游牧帝国，能够完整地留下自己的帝王世系，甚至留下自己英雄的名字，也算是没有在历史舞台上白走一遭。相比在美洲杀了两千年牛还没有见识过文明的苏族[1]人，他们遇上中原实在是幸运而又不幸。

之前的事情，估计没几个人能知道了，《史记》《汉书》什么的也是闪烁其辞，又说是尧舜时期就有了山戎、荤粥，又说匈奴先祖是夏桀的儿子。我们就从能说清楚的头曼单于被揍说起吧。

这天，秦始皇还沉浸在江山一统的胜利中，一个占卜的，突然求见。两人见面，占卜的就说了一句："亡中国者，胡人也。"

至少按照记载，始皇帝吃了一惊，因为这个占卜的自己深信不疑，还拿着一部叫《录图书》的预言书。于是一场远征开始了，蒙恬带着三十万人一路推进到河套深处，将此地的匈奴击退，两年后，七十万人的工程队进入北疆，将战国时期秦国、赵国、燕国的长城进行大规模的增补，终于连成一片。

关于这次战争的经过，历史记载少之又少，最多一句"却匈奴七百里，使胡人不敢南下而牧马，士不敢弯弓而报怨"。可以确定的是，当时的匈奴被揍得不轻。

看到这里，如果您以为匈奴是躺着中枪，无缘无故遭到侵略，那您

【1】苏族：北美印第安人中的一个民族，游猎为生，被誉为最后的"马背民族"，因在 19 世纪曾经多次打败美国政府军而举世闻名。

可就错了。当时的匈奴没有手工业、农业，商业也就是个萌芽状态，只要发现一个边城的繁华，看到那些琳琅满目的商品什么的，顿时就羡慕嫉妒恨了，怎么办？一个字——抢。当年的赵国深受其害，赵王派李牧镇守北方。在骄兵之计和强大的士气下，匈奴被赵军击溃，赵国边境好歹稳了一阵子。此后的赵国才有能力动员四十万人进行长平会战，虽然以失败告终，但是这个动员能力还是足以在七雄之中小小地自吹自擂一下子的。

所以，可能这种迷信活动只是秦始皇发动战争的一个由头，顶多算原因之一。真正的原因，是想解除这个不稳定因素，最起码缓解一下吧。有人天天从你家围墙边上的洞里跑进来偷东西你受得了？

接连被揍，还失去了河套地区的匈奴单于头曼按理应该痛定思痛，何况东边的东胡，西边的大月氏也是极其强盛，匈奴可以说是到处受气。刚刚被秦揍得满地找牙，头曼单于又开始打起月氏的主意。我们的故事，也正式拉开序幕了。

头曼单于打月氏，是为了自己的两个儿子。当时，大儿子冒顿在月氏国当人质，头曼单于就是想借月氏的手，把冒顿杀了，好让小儿子继位。在准备不充分的情况下，战争貌似要爆发了，头曼单于的军队向月氏国进发了。可是冒顿的消息出人意料地灵通，立即上演了"窦尔墩盗御马"，抢了月氏国王的御马，马不停蹄地回到了匈奴。我相信月氏国必然是吓尿了，人质没了，仗非打不可了。结果头曼单于看到儿子骑着骏马出现在自己面前，竟然收兵了，为了象征性地表彰冒顿的勇敢，冒顿还有了属于自己的一万骑兵部队。

头曼单于的头脑就是这么简单，这样一来，所有人都知道了他征伐月氏的意图，包括冒顿。就算不能确定，也能猜个八九不离十啊。冒顿的聪明远在头曼单于之上，单于的位置，他是要定了。

在当时的匈奴，马鞍没有普及，马镫没有发明，马上格斗的难度系数太大，所以弓箭是匈奴骑兵最重要的兵器，骑射是他们制胜的法宝。当时，匈奴人与中原一样，拥有了早期角弓的制作技术。我本人是个弓箭发烧友，没事射射箭，对弓箭还算了解。记得当初课本对角弓的解释是：用牛角做装饰的弓。我差点没把晚饭喷出来。用现在的话说，角弓是一种层压工艺，用竹或者弹性较好的木材做成胎，也就是骨架，在骨架弓弦一侧粘合上经过精细打磨的牛角片，外侧铺上牛筋。这样可以让每种材料扬长避短，成为一种复合材料，发挥最大的效能，达到当时世界上最快的箭速。匈奴人还在此基础上发明了硬弓梢，利用弓末端的木质延伸，在不加大牛角牛筋长度的基础上，增加弓的长度，让弓可以拉得更开，储蓄更多的势能，用更长更重的箭来达到极大的穿透性。

直到今天，匈牙利的传统弓仍保留了匈奴弓的造型，匈牙利人的骑射功夫依然是天下第一。12世纪，横行欧洲战场的英格兰长弓还是木单体，傻大黑粗。现在网上很多人盲目崇洋，看了几部欧美大片以为英格兰长弓真的天下无敌。英格兰长弓名声虽然响，呵呵，根据我玩弓多年的经验，这种竹木单体还是直拉的破棍子，同样的箭重下，一百多磅英长的初速顶多抵得上层压反曲的七十多磅，无论是性能还是工艺，绝对不是一个档次。

歪楼了，总之冒顿不知从哪儿得来的启发，利用角弓箭速的优势，他发明了鸣镝——我们后世称之为响箭。因为箭的速度快，射出去之后，前段的孔中会灌进去空气，空气在这种特殊箭头的空腔里震动、共鸣，发出巨大的响声。当时的鸣镝箭头应该是牛角做的，响声很大。

他对手下的一万弓骑兵说："我的响箭射向哪里，你们也给我往哪里射，不射的，斩首！"于是天天拿些阿猫阿狗野生动物啥的搞搞实弹演习，稍微迟疑的说不定就得掉脑袋。训练一段时间，成绩斐然。一天，冒顿突然朝着自己的战马射了一鸣镝，哎哟喂，匈奴勇士们傻眼了，硬着头皮把这匹马射死了，没跟着射的立马就被拉去砍头了。又过了几天，冒顿将鸣镝突然射向了自己的老婆！这下勇士们硬着头皮又把这个可怜的女人射死了。日复一日，这些勇士已经形成了条件反射，听到鸣镝不由自主地就搭弓放箭了。

这一天，头曼单于带着冒顿一起狩猎，结果冒顿一支鸣镝射向头曼单于，他的几个随从可能想都没想，拉弓开射……冒顿的小伙伴们都惊呆了，他自己应该很淡定，最多也只是高兴而已。无论如何，这时候的

冒顿还是指定的继承人，加上本身的威望，他理所当然地成为了匈奴的单于。

如果我们承认这个匈奴的故事是史实，先杀爱马，再杀老婆，再杀老爹这个顺序是真实的，那么就会发现，当时的胡人好像对马和女人尤其过不去，试探人心，都拿这两样开涮。冒顿即位之初，东胡势力强大，听说头曼单于被冒顿杀了，便派人向匈奴索要头曼单于的宝马。冒顿当即表示，这个好说，给你了！没多长时间，东胡的使者又说他们头子要单于的女人。这个得说下，匈奴人的风俗很野蛮，女人就是财产，冒顿继承了单于位，连他爹的老婆一并继承了，除了他亲娘，剩下的继续做他的老婆。话虽如此，把自己老婆送给别人，就算是妾，总归是屈辱的，但是冒顿充分发扬了"忍者神龟"的精神，照样爽快地答应了。

东胡君主尝到了甜头，又派出使者向冒顿要匈奴与东胡接壤的那一千里牧场。正估摸着这块肥肉什么时候到手，匈奴的骑兵打过来了，东胡没有防备，就这么被吞并了。原来，这次冒顿不仅严词拒绝，还杀了所有的东胡来使，不宣而战杀了过去。之后，因为冒顿曾经在月氏国当过人质，对月氏国虚实了然于胸，匈奴又轻而易举地打败了月氏。

上面的这些故事，也许在我们看来总是怪怪的，除了冒顿，剩下的好像都是傻子，什么头曼单于啦，什么东胡君主啦。但是我相信这是真实的情况，没有历史可以借鉴，很多简单的权谋，只要你第一个想到，你就是赢家。这就好比夏代的少康王打败寒浞复位，少康的封地才"一成"，也就是方圆十里。奴隶"一旅"，也就是五百人，结果就因为第一次使用间谍，这五百人就成了复国元勋了，这五百人或许还有男有女，有老有少，能凑得出两百去打仗估计都谢天谢地了。当然，当时的中原能凑个几百人打仗也算是大会战了，一直到几百年后的商代武丁王时期，能凑个一万人讨伐一个蛮族，甲骨文都得大书特书，算得上举国之力了。尧舜时期的那次洪水，至少让人口少了十分之九，夏商时期的中国人口还是不多，国力还是相对弱的。当然，跟同时代的希腊相比，算是半斤对八两。

话题扯远了，中原的发展下一章再说，我们言归正传，再说匈奴。

如果只有对东胡、月氏战争的胜利，匈奴也会崛起，但是仍没有与中原一较高下的资本，这一点，几十年后的匈奴谋臣中行说曾经一针见血地指出，匈奴的人口不及汉的一个郡。但是人口劣势是匈奴一直面对的问题，何况中原也一直存在"马口"劣势。在冒顿即位之初，问题远远不止人口那么简单。在当时，匈奴人自幼练习骑射，儿童用短弓，骑着羊，捕捉土拨鼠和鸟一类的猎物，青少年捕猎狐狸兔子一类稍微大点的，长大之后骑马，用战弓，佩戴刀剑，游牧之余，对中原和其他地方的文明世界（比如西域）进行掳掠，也在草原上进行一些围猎活动。他们分为各个聚落，集结成一些零散的军民合一的组织，统一进行对农耕世界的掠夺和战争，每次对中原或者西域的袭扰战胜利之后，都会携带大量的战利品回到游牧聚居点，论功行赏，一家分一点。好吧，确实是个彪悍的民族，但是，绝对不是一个勇敢的民族。胜利了大家分战利品，如果败了呢，大家就会散伙各自逃命——这就是为什么蒙恬能一战而退匈奴七百里！在匈奴人眼中，多见利益，罕见胜利的喜悦和失败的耻辱，掳掠、残杀和奴役俘虏只是生活的一部分，就像放牛宰羊一样。

正因为这种恶劣的习性，匈奴人重视青壮年，轻视老弱病残，当然这也是环境恶劣逼出来的。青壮年吃完了，老年人再去吃剩饭，甚至在危急时刻，青壮年会放弃老弱独自逃跑而不以为耻（后世的成吉思汗任由妻子被俘虏而逃脱，也是这种思想作祟）。这几种思潮和风俗，对于一个民族来说是要命的。

首先，各个聚落之间不是个有效的整体，看似强大的匈奴缺乏统一的指挥，只不过是一盘散沙，只要中原集结兵力，要么诱敌深入，要么步步为营，一战可胜。西周和东周列国几次对北方游牧民族的战争，几乎都是这两种打法。

其次，只要中原一胜，匈奴的聚落就会散伙逃命，不仅失去大量的牧场，组织下一次的战争也需要很长的时间。

最后，十几二十年过去，匈奴又慢慢发展到中原边境，曾经有与中原作战经验的老兵又沦落为聚落的鸡肋，成为二线力量，甚至连二线力量都不算。经验得不到传承，教训得不到总结，所以总是碰一鼻

子灰。

看到这个，大家或许能明白历史对一个民族的重要性了。没有历史，头曼单于和东胡首领才会犯傻，没有历史，匈奴才会始终在中原碰一鼻子灰，没有历史，匈奴才会一直没有合理的管理体系。从夏代末年传说中夏桀之子淳维进入北方草原到头曼单于，一千余年，匈奴都只是一盘散沙，与东胡、月氏的联盟更是松散到一定境界，甚至大部分时候都是敌对状态。面对南方的中原，屡败屡战，屡战屡败，像个傻子一样被几种屡试不爽的小计谋玩弄于股掌之间。

冒顿打败东胡之后，不仅夺了他们的牲畜，还控制了东胡的人民，月氏在被打败之后也逐渐向西域迁移，再加上冒顿本人的魅力，蒙古高原开始出现"大一统"的迹象。

不仅如此，天命似乎在这一刻十分眷顾匈奴。就在头曼单于逝世的同年，匈奴以南的广袤大地上，刚刚建立的秦帝国，也失去了一位君主——秦始皇。秦二世元年七月的一天，一群路过大泽乡的新兵打出楚国的旗号振臂一呼，天下"云集而影从"，中原陷入了战火之中，之后项羽、刘邦的大战让中原疲惫不堪，无暇顾及边境。这给草原民族的壮大提供了绝佳的机会。冒顿不仅发兵收复了被蒙恬占领的河套地区，还入侵燕、代，大量掳掠。这时的匈奴，开始真正走向强大，按照史书记载，拥有"控弦之士三十余万"，也就是三十多万骑兵！记住这个数字，第三章我会再次提到，至于为什么要提到……暂不剧透。

然而冒顿还不满足，他在胜利的基础上，建立了一套国家机器，设置了左右贤王，左右谷蠡王，左右大将，左右大都尉，左右大当户，左右骨都侯一共十二个爵位，这些大臣既是封疆大吏也是地方诸侯，有时候甚至客串中央的谋臣，都是世袭。同时确立了相对严格的继承制度，避免了很多不必要的麻烦。同时，军队以"十进制"编制，一共二十四支部队，每支数千到一万余不等，平均每支军队一万多人，号称"二十四长"，也叫"万骑"，每个万骑以下，各自有千长、百长、十长等编制，裨小王、相封、都、尉当户、且渠等军官。这样一个完善的游牧管理体系，就是数百年后同样身在草原的突厥，都不能与之相媲美。

从冒顿单于开始，每年正月，各个长官都要在匈奴王庭搞一次小派对，祭祀祖先。五月呢，举行大祭，在龙城祭祀祖先、天地和神灵。到了秋天马肥时节，大家又聚在蹛林，统计每个聚落的财产人口。冒顿还完善了法律，比如轻易拔刀超过一尺的就是死刑，盗贼（当然是偷盗自己人的财产，偷盗别国还有奖励呢）没收家产，其他的，要么死，要么轧成残废。匈奴人不兴坐牢，顶多拘留十天，按照司马迁的说法，一个匈奴国坐牢的也就几个人……

这几个政策可以说具有跨时代的意义——就祭祀而言，匈奴人不再认为长者是无能之辈，尊重长者尊重祖先，意味着尊重历史，这个民族的经验教训将被总结，不再是那个轻易可以击败的傻瓜。同时，利用祭祀将各路诸侯聚集起来，增强了单于对整个草原的管辖，对各个聚落财产的统计更是让单于对自己国家的状况有了更直观的了解。匈奴不仅在制度与法律上得到了长足的进步，风俗也逐渐有了很大不同，比如之前有人战死就战死了，现在，有谁能带回战友的尸体，这个人就能拥有这个死者的所有家产。整个民族的精、气、神，焕然一新，其昂扬的姿态，足以让任何一个敌人胆寒。

对于中原王朝或者中国的农耕文明而言，北方的大草原是个头疼的问题，游牧民族逐水草而居的习性带来了一个不是优点的优点，那就是沆瀣一气。只要一个部落强大了，所有部落都会打着这个名号，就好比后世的蒙古最早只是一个游牧在东边的游牧部族，在这个部族崛起之后，远到阿尔泰的游牧民族都自称是成吉思汗的子孙。同样，冒顿的匈奴在当时是最强的游牧民族，接下来的数年，周边小部落纷纷臣服于匈奴，成为匈奴的一部分，匈奴，从一个民族，成为了一个民族共同体，大家都忠于冒顿的领导，尊冒顿为一代贤王。

国家的强大自然增长了冒顿的野心。如果说在冒顿眼中，中原是一头任其宰割的牛羊，那么代地就是牛羊身上最肥的一块肉，养肥了就割下来吃（好吧，这个比喻很残忍）。

公元前200年（汉六年）9月，南方来的消息显示，一个叫韩信的诸侯王（不是那个暗度陈仓的韩信哦……）被封到代地的马邑。更为重

要的是，这个诸侯王还主动派遣使臣向匈奴示好，隐约有归顺的意思。

面对一个诸侯王，怎能不去尝个鲜？于是匈奴发兵包围了马邑，这个韩王信是秦汉之际出了名的庄人，轻易地屈服自然在情理之中。匈奴得到了这个中原的诸侯王，代地虚实尽收眼底，俘虏诸侯这个空前的胜利也让冒顿有胆量引兵大举南下，攻打太原。匈奴开进到晋阳一带，中原增派的主力到了，一场大仗不可避免，这次，不再是秦军而是汉军，而这支增援北疆的汉军总指挥，名叫刘邦。

第二章

大队支书的逆袭（上）

这是个极其励志的故事。

话说秦代泗川郡的沛县的丰邑的中阳里的泗水亭有个亭长，什么叫亭长呢？比现在的村长貌似还小点，顶多算个大队支书兼任个派出所片警。这个亭长姓刘，叫刘季。

一天，刘季上班去了（也有说法认为他这时候下岗了），他老婆吕雉带着一儿一女在家务农。估摸着快下班的时候，吕雉也正准备带着孩子往家里去，路遇一个看相的怪叔叔请求喝口水。吕雉就顺便给了点水。

"哎呀，小朋友，我看你骨骼惊奇，将来肯定是大人物啊，贵人啊！哎呀，小姑娘，也是贵人相啊！"怪叔叔看着刘季的儿子女儿惊叹道。

吕雉起了兴致，问怪叔叔："我的面相如何？"

"母因子贵！"

这种江湖术士向来嘴巴甜，靠这个吃饭么，何况喝了人家几口水，吃人嘴短呢。但是吕雉自然是很高兴，有没有被骗钱，史书就没记载了。等刘季回家，吕雉还乐呵呵地把这个事情跟刘季说了。没想到刘季兴趣更大，问起那个术士的去向，吕雉说了句"未远"。然后刘季一路飞奔去寻找。欸，还真找到了，结果那个术士几乎面带惊恐地来了一句：

"君相，贵不可言！"

可能这时候，刘季的生活压力很大，人嘛，压力之中总需要希

望，不然不就成了一辈子房奴车奴了么。刘季表示了感谢："诚如父言，不敢忘德。"

这句话对刘季的激励绝对很大，不然史书也不会记载这个事情，我们这个故事的主角逆袭成功之后还去找过这个怪叔叔，可惜已经找不到了。

总之，中国历史上一次数一数二的逆袭故事上演了。

这天，刘季接到一个任务，送刑徒去骊山做苦力。结果……路还没走多远跑了好几个，刘季一琢磨，哎呀，等老子到了首都，人还不都跑光了？哎呀，掉脑袋呃！到了一个叫丰西的沼泽中，刘季看这里人也不多，索性把刑徒全都放了："你们都去逃命吧，我也要亡命天涯咯。"

这人比人哪，真是气死人，有的人气场就是不一样，就是能服人。就这么一句话，刑徒们都成了刘季的部下，跟从他的总共有十几个人，就这样，大队支书成了某地下社团的头目。

到了秦二世元年的七月，大泽乡连绵的大雨改变了历史的走向。九百名原本要去渔阳戍守的新兵因为大雨延误了时间。在那时，一支军队没有按时到达集结地，可能就是全军斩首，也就是所谓的"失期，法皆斩"。当然，只是可能，因为我们在考古和文献的研究中并没有发现秦代有相关的条文……反正陈胜、吴广这两个低级军官杀了军队的头目，这支军队的热情也被陈胜的激情演讲所调动。这九百人成了第一支奋起反抗秦代暴政的军队。

一时间，起义像多米诺骨牌一样在函谷关以东形成燎原之势，很多地方都杀掉当地的县令以示响应。沛县的县令心里很怕怕，也想跟着起事，这样既能保全自己，以后说不定还能混个将军或者谋臣，多划算。人脉的重要性在这时就体现了，事实一再说明黑社会必须要在衙门有保护伞才能壮大。沛县县令手下有两个办事员，一个叫萧何，一个叫曹参，这两人都是刘季的死党。他们跟沛县县令说："领导，您是秦的干部，现在要背叛秦，带着沛县子弟造反，估计没什么人听您的。我有一哥们儿，带着好几百亡命徒，利用他们起事，估计成功率大些。"县令觉得有理，这事就交给他们去办。刘季还有个死党，当然也是萧何、曹参的哥们儿，叫樊哙，是个菜市场卖肉的个体户，县令要招揽刘季的消息，就交给了樊哙去传达。樊哙到了刘季的大本营，嗬，这家伙当真已经聚集了数百人！俨然一副沛县扛把子的姿态。樊哙把上面的意思传达了，刘季的心情那还用说？从亭长到黑社会老大，现在回去，怎么也得是个县丞（县武装部部长兼公安局局长）。

可是，命运十分眷顾这个叫刘季的人。

当樊哙跟着刘季到了县城城门下，门竟然紧闭着。原来，县令反悔了，不仅不想招安刘季（也不算招安，更算是共商大事），还叫嚣要杀了萧何和曹参。幸好萧何、曹参消息灵通，说走就走，翻过城墙跟刘季会合到了一起。

换作别人，或许就带着手下小弟和三个死党离开这座县城，回到根据地继续收保护费。但是，县令的对手是刘季。

或许是别人的建议，或许是刘季自己的创意。他像北方的冒顿一样，利用弓箭发动了一场夺权的斗争，而且也是心理战。他写了一封亲笔信，将信绑在箭上射向城里，信中写道：

"天下同苦秦久矣。今父老虽为沛令守，诸侯并起，今屠沛。沛令共诛令，择可立立之，以应诸侯，即室家完。不然，父子俱屠，无为也。"

天下对秦代不满已经很久了（什么叫苛政猛于虎，苛政猛于虎就是你统治不到十几年就有人说"苦秦久矣"）。现在父老乡亲们既然帮沛县令守城，那么现在诸侯并起，哪天打来了还不把咱们美好的家园给屠城了？你说，咱们要是把沛县令杀了，换个人当头子，响应诸侯，家室多少还能保全，不然，一家老小的命都搭进去，不值得啊！

这场心理战十分有效果，年长的乡亲带着子弟们杀了沛县令，请刘季等人进了城。虽然刘季本人一再推脱，可是头子的位置，自然还是他的。于是，刘季等人祭祀了黄帝和蚩尤，树立了鲜红的旗帜（据说跟他稀里糊涂杀了白蛇有关，这个传说太扯，不说也罢），召集了大约三千人的军队（也就是民兵级别），刘季也有了个响亮的称呼——沛公。

从一个大队支书当上了起义军的小头目，手下三千人，按现在来

看，一个团，算得上中级军官了。但是这个励志的故事远没有结束，虽然大家都知道结果是刘季成了皇帝，但是我觉得其中的过程还是有必要跟大家分享的。很多人在压力之中沉沦，总觉得没有机会，总觉得才能没法子施展。刘邦的事例，可能确实有运气的成分，但是要知道，他当上沛公的这一年，已经快五十岁了。能抓住机会的不仅是有准备的人，也是耐得住性子的人。

如果说之前的事情还是靠运气为主，那么接下来则是刘邦展现领导才能的时候。刘邦带着这两三千人没有据守在沛县县城，而是向四周扩张，攻下了胡陵、方与两地，在丰邑建立大本营，有了一个坚实的革命根据地。秦朝方面自然不会坐视不管，史书记载，泗川郡的一个郡监，叫平（史书就记载"泗川监平"四个字），带着政府军前来围剿丰邑。第二天，刘邦带着弟兄们主动出击，一战就击溃了这支政府军。

这一次反围剿算是打出声望了，刘邦派了一个叫雍齿的丰邑老乡带人驻守丰邑，自己和曹参带人去打泗川郡守所在的薛地。泗川郡守壮一战而逃，想逃至戚地，被刘邦的左司马曹无伤追到，杀了郡守。此时的刘邦士气正胜，但是突然回到了方与——因为陈王派遣魏人周市去占领以前归属魏国的土地。说光复旧土都是虚的，抢地盘才是真的。周市也是个聪明人，他原本想打打方与，看到刘邦之前四处攻城略地，士气旺盛，于是掉转矛头去打刘邦的大本营丰邑。

周市来到丰邑并没有急着作战，刘邦选这个地方做大本营而不是沛县县城，自然是这个地方易守难攻。但是驻守丰邑的雍齿向来不想做刘邦的下属，或许是嫉妒，或许是羡慕，或许是恨，反正就是不服。周市了然于心，写了封书信，托人交给了雍齿："丰邑自古以来就是我梁国（魏国的别称）不可分割的一部分，现在的魏国故地已经恢复了好几十座城了。雍齿先生如果效命我们魏国，魏国可以封你为侯，驻守丰邑。要是不愿意，别怪我们屠城啊。"屠城的威胁在当时十分管用，何况是个本来就不服刘邦的下属呢，加上"魏国"这么一抬举，雍齿便成了魏国的将领，驻守丰邑。刘邦听说，怒火中烧，立马发兵想收服丰邑，结果久攻不下。再逆袭成功的人也是人，刘邦一肚子火，加上战事不利，一病不起，只好退守沛县县城。好在这时候陈胜已经被章邯击败，死在逃亡途中，而章邯的别将司马尼也在楚地北部一带扫荡，还把相地（大安徽省的淮北市）给屠城了，一直打到沛县西边的砀县（河南东南部）。周市得回去解救前院的事情。说来也是巧，这样一来，刘邦不仅没有被一锅端，周市还反而成了刘邦西部的屏障。

就在刘邦迷茫之际，东阳宁君和陈胜的旧部秦嘉带领残部在留地（沛县东南）立了一个楚国王室后裔景驹为代理楚王。刘邦貌似看到了希望，带着主力部队前去投奔，萧何、卢绾守着根据地沛县，打算向这个代理楚王借兵去夺回丰邑。

就在这个前去投奔的路上，一场改变历史的邂逅发生了。

话说刘邦在前去留县的路上，恍惚间看到一个伟岸强壮的阳光青年，刘邦被这种强大的气场所吸引，于是上前打了招呼。那阳光青年用一双充满智慧的眼睛回头看了一眼，哇，帝王之相，于是两人相谈甚欢，相见恨晚……

等一下！刚刚只是我希望的过程，按照史书的蛛丝马迹（张良"状貌如妇人好女"）和刘邦的喜好（双性恋），事情应该是这样……

话说刘邦在前去留县的路上，清楚地看到一个瘦弱、穿着男装的人一扭一扭地走着，前后还有一百多汉子，看样子可能是一起的。这乱世，女扮男装的，自然多了去。刘邦起了兴趣，上前搭话，这个人一回头，哎哟喂，果真是个妹子，看得出还是美女！

"妹子，跟哥混吧，哥现在好歹是个义军头领。"

一扭一扭的人不屑地看了一眼："哎呀，讨厌啦，人家是纯爷们儿，姓张，单名一个良字，张良，带着一百多个弟兄投奔楚王的！你算老几，别惹我！"话音刚落，这百来个汉子挺身而出："怎么，想占我们大哥便宜？！"

刘邦凌乱了，只好打个哈哈："误会，我是沛公刘邦，既然都是去投奔楚王，不如我们一起去吧……"

就这样，刘邦和张良走到了一起。

到了留县，代理楚王和秦嘉早就去了彭城，留下来的是东阳宁君。

这时候，这个代理楚王手下也难做，乱世里，谁先称王谁倒霉。秦政府军已经控制了整个留县一带的西部，刘邦在这个时候简直是在西面独撑危局的重要人物，立马得到了东阳宁君的信任，两人带着主力就向西边的萧县（安徽东北部）出发了。

结果第一仗就在萧县西边碰了一鼻子灰，被司马尼打得落花流水。两人只好收拾残部，回到留县。这个时候，张良的作用凸显出来了。张良早就在分析形势，此时司马尼的主力都在相地，砀县（河南东南部）一带，这时候去打两地之间的萧县，那不是找揍么？于是他向刘邦和东阳宁君建议，收拾兵力，向敌人守备虚弱、立足未稳的砀县进发。东阳宁君心不在焉，刘邦倒觉得这个娘娘腔不是个简单的货色，开始看重他。随后，刘邦召集部队，马不停蹄地向砀县进发，三日之后，砀县果然被攻克，不仅扩大了地盘，还得到砀县五六千正规军俘虏的加入，张良也被刘邦封为厩将军。

别小看这五六千人，这可是秦军的野战部队，战斗力不是一般民兵水平的义军可比。接着刘邦又听从张良的建议，带着已经壮大的军队往南又攻下了下邑（安徽东北部的砀山县）。这样，已经形成对丰邑的包围之势，刘邦干脆就在丰邑周边扎营驻军，随时准备一雪前耻。

就在这千钧一发之际，又一次难得的机会摆在刘邦的面前，刘邦没有后悔莫及，因为他没有因为一个小小的丰邑而错过这次机会。就在不远处，一个叫项梁的军阀攻下了薛地。在此时的刘邦身边，东阳宁公是个不知名的地方实力派，景驹不过是顶着楚王牌子的傀儡，秦嘉是前任义军总头领的手下，只有这位项梁，是真正的楚国名将项燕之子。不出意外，这次应该也是张良的建议，刘邦只带了一百多轻骑连夜赶往项梁驻地，见到项梁，成了项梁帐下的一员。此时的项梁让刘邦知道了什么叫做实力——投奔当天，二话不说就给了刘邦"卒五千人，五大夫将十人"。刘邦回去后，不费吹灰之力攻下了丰邑。

眼看刘邦在项梁手下当了个把月的小头领，又一个碉堡了的人物到了薛地，此人就是项梁的侄儿项羽，不久前他刚刚攻下襄城，这次算是得胜归来。同时，他的到来也确定了一个消息——陈胜已经战死了。对于项梁来说，这并不是个坏消息，相反，是个天大的喜讯。在谋士范增的建议下，他立即召集所有将领到薛县召开会议，派人找到了战国时期楚怀王的子孙熊心，立他为楚怀王，都城暂定在盱眙（xu yi，这地方的龙虾很有名，不过楚怀王一定没吃过，因为……那时候中国还没有引进这个外来物种）。虽然此时的熊心只是个民间的放羊娃，但是对于他们项氏家族来说，楚王越无能越好。这个楚王也封项梁为武信君，当然说是楚王封，其实跟自封区别不大，但是作为一个政治集团，他们以后就能师出有名了。

在这之后的很长一段时间，项羽和刘邦这对以前的死对头简直是黄金搭档，有他们一起合作指挥的战役没有不胜的。就在熊心被立为楚王的几个月后，章邯突然放弃东进，改为北上伐齐。或许是觉得安徽东北江苏西北一带交给几个偏将就可以了。项梁果断地与齐军结成联盟，亲率主力作战，项羽和刘邦率领偏军四处征讨为策应。他们先是北攻亢父，解救东阿。甚至在齐军已经后撤的情况下，楚军一路乘胜追击，刘邦项羽率部攻打城阳，可惜攻下之后按照项羽的意思屠城了。之后驻军濮阳东部，遭遇秦军，又占了上风，迫使秦军经过短暂休整后，依靠河道建立防御。接着楚军又转向攻定陶，虽然定陶没能攻下，但是刘邦项羽率领别部一路向西，打到雍丘城下，大破秦军李由部，秦军将领李由也命丧黄泉。

需要指出的是，这段时间，张良已经在项梁的许可下前往今河南中部一带召集韩国旧贵族进行"复国运动"。这段时间取得的胜利，是刘邦与部将曹参等共同指挥的，证明刘邦的军事素养至少是说得过去的。

但是，不是每个人的素质都那么高。在接连的胜利下，项梁开始得瑟。尽管此时他本部和刘邦项羽还分别在定陶县、留郡外黄县与秦军对峙。此时的楚军阵营中，有个牛人，叫宋义。这个人后来号称"卿子冠军"，也就是义军之中最具权威的人，甚至往大了说是名义上的义军头领。这个人看出了项梁的暴发户心态，跑去劝说，结果项梁不听，继续沉沦在"阶段性胜利"的喜悦之中。结果，对峙之时，秦政府的援军到了，集结了更多的援军后，章邯乘着夜色，人衔枚，马裹蹄，悄悄赶

往定陶城下，大破楚军项梁部，项梁本人也死在乱军之中。唉，骄兵必败。

项梁的死，给义军一次沉痛的打击，甚至可以说是阵脚大乱，其打击远远大于陈胜的覆灭。刘邦和项羽当机立断，放弃留郡，联合陈胜旧部吕臣向东退守，并在彭城（今徐州）一带建立防线，项羽作为前锋驻军彭城西，刘邦作为策应驻军砀县，吕臣驻军在彭城东作为预备队。

现在很多人把章邯吹得很厉害，吹到了军神的地步。实际上，章邯是个极其耐不住性子的人，做事不能善始善终。击败项梁之后，章邯认为楚地已经不用再忧虑，率领秦军主力北上，打算渡过黄河，平定赵国。

没过多久，公元前207年初，楚怀王被项梁战死的消息吓破了胆，将都城从盱眙迁到了楚军防守严密的彭城，并封项羽为长安侯，赐称号鲁公，封刘邦武安侯，兼任砀郡的郡长。至于吕臣，因为是陈胜的旧部，于是调到楚王身边做了司徒，他父亲做了令尹，表面上是升职，都做到了三公级别的高官，但是在乱世，手里的指挥权一旦被剥夺，大家都懂的。

他们之中地位最高的，是宋义。

当初，宋义向项梁进谏，项梁听不进去。于是宋义找了齐国的一个使臣一个劲儿地吐槽。结果，这个齐国使臣见楚王时，项梁当真兵败被杀。这个齐国使臣估计也是个半路出家的外交官，没见过什么世面，宋义在他心中的形象立马成了神机妙算的典型。他见了楚王什么都忘了，就一个劲儿地夸宋义："楚王啊，你手下有牛人啊。当初我在定陶见到宋义，他那时候就说武信君项梁肯定得吃败仗啊，还没打就知道胜败了啊，牛人啊，神机妙算啊，用兵如神啊……"就这样，一次吐槽改变了宋义的一生，他被楚怀王封为上将军，又号称卿子冠军。

此时，章邯的军队也到了赵地，赵王赵歇接连派来使臣请求支援。当时，秦军占据上风，猛将章邯、王离带着四十万大军横扫赵地，哪个敢去呢？但是，换个角度，这也是机会，秦军主力并不在函谷关，秦军后部十分空虚！楚王放出豪言，谁先打败秦军攻入函谷关，谁就可以封王！

封王，对于刘邦来说，仅仅是诱惑。对于项羽来说，能打败章邯报叔叔项梁的仇才是关键。所以项羽表现最为积极，表示愿意和刘邦一起西征。如果你问我刘邦的什么优点对他帮助最大，我一定会告诉你，是刘邦人缘极好。刘邦在怀王这儿还没待多久，怀王身边的老将就有刘邦的哥们了。他们向怀王建议说："项羽这个小伙子，就仗着能打敢打，能拼敢拼，动不动就屠城什么的，上次打樊城，把樊城百姓都活埋了，太残忍了。不如找个岁数大点的，稳重点的，这样打完了还能安抚，我觉得，现在刘邦就适合干这个……"这帮人一合计，欸，项羽不是想报仇么，让宋义带他去救赵歇呗。一来正好让刘邦去安抚关中，二来正好让项羽牵制秦军主力。

于是，楚王命宋义为上将军，项羽为次将军，范增为末将军，北上救赵；命刘邦率部西征。

刘邦由砀县出发，先一路向西北挺近，收拾陈胜与项梁的残部，估计这时候这些人大部分都落草了。一路高歌猛进，收兵买马，还屡次击败秦军，到了高阳（河北保定一带）。高阳已经是义军的根据地，所以刘邦只是路过。

高阳有个看城门的，可不是一般人，眼光毒辣得可怕。此人是个穷书生，学问不少，可惜没个一亩三分地，只好去考公务员，当个守城门的小吏，跟现在的城管差不多。在古代啊，官吏是分开的，当官是光宗耀祖，要是有人当吏，估计亲戚朋友会说句"也还行了"一类的话。吏呢，有时候也被称作仆役，就是被人随便使唤的人（有点公仆的味道）。但是这个郦食其，没哪个县长敢使唤——这个人不好惹，地头蛇，有个绰号，叫作"狂生"。

自陈胜起兵开始，路过高阳的前后得有十几个将军头领什么的。郦食其唯独觉得刘邦很特别，更巧的是，刘邦身边有个骑兵小队长，是郦食其老乡。有天这个小队长趁着军队路过家乡回家探亲，郦食其把他叫到家里吃饭。

郦食其说："老乡啊，你看我们都乡里乡亲的不是，现在老哥我

六十了，想在沛公那儿谋个差事，你呢，帮我美言几句，就说你有个老乡，六十岁，身高八尺，别人都叫他狂生，但是呢，呃，其实也不算狂生。"

这个骑兵小队长正好这段时间经常被刘邦问起高阳有没有贤人，这下正好有了推荐对象了。但是骑兵小队长也提示了："这个，老哥啊，你也别说自己是儒生，也别戴儒冠去，沛公他不待见臭老九。上回一个儒生戴着儒冠去见他……沛公拿他的帽子当尿壶了……还动不动他妈的、你老子的不离口。"

"你只管推荐就是了。"

果然，郦食其被召见了，来到了刘邦下榻的旅馆。见到刘邦的时候，刘邦正在让两个美女做足疗，郦食其递上的名片也没仔细看。

郦食其作了个揖礼，问道："老大，你是想帮秦国灭掉诸侯，还是帮诸侯灭掉秦啊？"

"你个臭老九，我当然要对抗秦政府的暴政！这还用问？"

"灭秦，不应该这样对待一个老头子吧？"

刘邦见这人是个硬骨头，非常欣赏，于是让两个做足疗的妹子退下了，给郦食其坐了上座，还道了歉。这点，刘邦远胜于项羽。当晚，郦食其就给刘邦一个天大的好消息——陈留县的县令跟他是朋友，只要有他做说客或者内应，陈留拿下小意思。

就这样，一个交通枢纽，经济中心，就被刘邦兵不血刃拿下了。得到大量补给的刘邦实力大大增强，兵力突破十万。郦食其也从此成了刘邦的首席外交官。

这人哪，运气来了，挡都挡不住。刘邦继续西征，路过今天河南中部的时候，竟然有人接应，这个人就是张良。

原来，张良在韩国故地召集旧部组织复国运动，但是实力过于弱小，只能带着扶持的韩王在颍川一带打打游击战。这一年的七月，刘邦与张良又一次走到了一起。在刘邦的帮助下，张良接连拿下韩国故地十几座城，两败秦军杨熊部，甚至让二世恼羞成怒，派钦差杀了杨熊。韩王成也终于在韩国故都阳翟有了稳定的住所。有了张良的脑袋和郦食其的嘴巴，身后还有萧何做后勤，刘邦入关可以说毫无悬念了。

但是，毫无悬念不代表一帆风顺。秦国的地理优势十分明显，易守难攻。他们遇到的一个极大阻碍，就是峣关。这是刘邦进入咸阳的最后一道关口，当然，也是最难的一道关口。刘邦心里很着急，因为项羽那边，出变化了。

当初，宋义带着项羽北上救赵国，宋义是主将，项羽是偏将。宋义带着大部队行军到安阳，居然一直按兵不动。整整停了四十六天，项羽那叫一个急，实在忍不住，去催宋义："头儿，现在秦军把赵军围在巨鹿，要是我们一口气渡过漳河，来个反包围，绝对能赢。"

宋义并不着急，淡定地说："小同志，别急嘛，秦赵两家打，我们等他们打得两败俱伤再去收拾残局不是更好么？你啊，冲锋陷阵可以，运筹帷幄，还是得靠我哦。不过你也提醒我了，传我命令：再有想急功冒进的，不听指挥的，杀！"

这下，很不给项羽面子，项羽很生气，后果很严重。当晚，项羽召集亲信发表了一番演说，总之就是把宋义让自己儿子去齐国当相国，送行的时候还公款消费的事情夸张了下，上升到以权谋私，不顾及士兵心里感受的政治层面，甚至怀疑他派儿子去齐国是场政治阴谋。第二天，项羽去见宋义，二话不说就把宋义杀了。借着项家扶持楚王的名声，项羽成了这支军队实际的总指挥。楚怀王知道后，也只好承认了这个既定事实，封项羽为上将军。

于是项羽让当阳君、蒲将军两人率领两万人强渡漳河开辟登陆场，并前进至巨鹿，作为先锋与秦军交战。结果秦军人数太多，足足二十万人，都是精锐，这两万人只是杯水车薪。赵王这面的陈余只好继续写信求援。

项羽此时已经失去理智，他只想尽快将巨鹿解围，消灭秦军主力，一来报叔父项梁的仇，二来尽早入关称王。

项羽把自己的家底全部用上了，所部全体渡过漳河，之后破釜沉舟，只带三天的粮食，以示必胜或者必死的决心。项羽军到了巨鹿，与秦军王离部遭遇，此时，项羽兵力五万人，王离部前后二十万人。面对

强敌，项羽九战九胜，之后切断秦军的后勤补给线路，大获全胜，秦军主将王离也成了阶下囚。当时，前来救援的不止楚军一家，很多军队已经到了巨鹿附近，但是就是不敢上前与秦军一战。项羽率领楚军以少胜多，让各路诸侯睁大了眼睛，项羽俨然成了军神一样的人物。

随后不久，章邯投降了项羽，项羽马不停蹄地向咸阳行军，为了加快行军速度和方便在关内的行动，项羽一挥手，活埋了二十万秦军俘虏。

所以，对于刘邦来说，时间不多了。但是如果强攻，以刘邦军队的兵力和战力，伤亡是可想而知的，如果没兵，就算封王，也只是个虚衔。刘邦想了想，心一狠，算了，派个两万人，拼光了也要把城打下来！

这时，张良出现了，他对情报进行了分析："秦军兵力还是很强的，又据守这个险关，很难硬打。但是我已经查到了，这个守将他爹是个屠户，这个人自制力不行，拿点钱打发打发就行了。老大，你今天留守军营，派五万人到各个山头插旗子，虚张声势，再叫郦食其今晚去拿钱贿赂守将。"

刘邦按张良的计划执行，果然，秦将托郦食其带话，说是要一起打咸阳。张良又分析："守将说要投降，万一底下人不干不还是白搭？再说这种没节操战友的加入，对咱们没好处，不如趁今天他们没反应过来把他们灭了吧。"

当晚，秦军大败，主力弃关而走，刘邦率军追击到蓝田，全歼这伙秦军。就这样，刘邦入关了，驻军霸上。

在咸阳，秦王子婴投降了刘邦，一个时代结束了。刘邦宣布废除秦代苛法，与关中人约法三章，四处安抚百姓，反响十分强烈。但是刘邦的麻烦，还在后头。

第三章

大队支书的逆袭（下）

就在刘邦进入咸阳不久，项羽也到了函谷关，见到有兵防守，还是楚军！心里凉了半截，随即又被怒火烧热，一怒之下让手下把这个关强攻下来，一路打到咸阳附近的新丰鸿门。

在巨大的压力下，刘邦强忍着秦宫的诱惑，将秦宫和秦代的国库封锁起来，一点都不敢动。

这时候，刘邦随时可能会被项羽灭掉，毕竟实力悬殊。项羽前后已经集结了四十万人，刘邦此时只有十万人。论士兵作战经验和作战素质，刘邦也并不占上风。

这个时候刘邦手底下出几个内鬼就太正常了。左司马曹无伤立马向项羽打小报告："项将军，刘邦现在很狂啊，不把你放在眼里啊，他想称王啊，秦宫都是他的了！"而项羽的首席谋士范增从政治军事上分析，也认为刘邦必须得除掉。项羽当即下令，明天好好吃一顿，把刘邦灭了！

但是别忘了人脉的重要性，不仅刘邦人缘好，张良人缘也好。项羽的叔叔项伯，是张良的死党，或者说，张良是项伯当年的救命恩人。项伯连夜找到张良，告诉他五个字："毋从俱死也！"别跟着你们老大一起死啊！张良果断地来句："哎呀，现在哥就这么走了，不仗义！"于是让项伯等着，自己去见刘邦：

"老大，你完蛋了啦！谁叫你把关口封锁起来，不让项羽进来的！项羽要来打你了你知道么？"

"一个傻子劝我，说只要不把诸侯放出来，秦地就是我的。"

"你打得过项羽么？"

刘邦沉默了一下，说："打不过，但是，现在我该怎么做？"

"项羽叔叔项伯在我帐内，你去把他找来，你在他面前好好给项羽装孙子。"

"欸，你们怎么认识的？"

"人家在过去救过他一命，现在特地来告诉我，说项羽明天要来打你。"

"跟张先生你比起来，你们谁岁数大？"

"比我大哦。"

"把项伯兄叫过来，从此他就是我亲哥了！"

于是张良把项伯带到了刘邦这儿，刘邦毕恭毕敬地送上一杯酒，还非得嫁个女儿给他们项家，搞得项伯都不好意思了。刘邦说："这个，我啊，为什么封关呢？就是怕别的什么乱七八糟的诸侯进来，是不？我在关内，拿钱了么？动国库了么？我不就统计了下户口么？我可是天天盼着项羽将军入关啊，怎么还敢造反称王啊。"项伯只好说了句："我会转达你的意思，但是，明天早点来见项王。"

项伯又连夜赶回，向项羽转告了刘邦的"意思"。

鸿门宴，上演了。

第二天清晨，刘邦带着樊哙、张良和一百多骑兵到了项羽驻地。刘邦见了项羽就一顿猛扯："小弟我跟将军多少年交情了，一起齐心协力从事反秦的事业。将军在河北作战，我在河南开辟了第二战场，一不小心追杀敌军，入了关。现在不知道哪个小人说我坏话，挑拨我们哥儿俩感情。"

项羽凌乱了，只好搪塞道："这是你手下左司马曹无伤说的，要不然，我也不至于……你说是吧？"

作为作者的我能说什么呢？人家到你那告密那是想投奔你，人家头子几句话一说你就把他卖了，今后还有谁愿意告密，今后还如何探听刘邦军队的消息？我只能说项羽的智商是个硬伤，下面的事情也一再证明这个观点是正确的。

于是项羽摆了桌宴席，算是给刘邦压惊。项羽、项伯面朝东坐，范增面朝南坐。沛公面朝北坐，张良面朝西陪侍着。这个座位的排次很有味道，项羽、项伯是主人的位置，范增是长者的位置，刘邦是客人的位置，张良是个陪客的。也就是说，对于项羽而言，项伯的地位高于范增，刘邦则是个小人物——可见这项家人多么目中无人！

　　宴会上，范增几次给项羽使眼色，并且悄悄举起身上佩戴的玉玦给项羽看，意思让项羽下决心把刘邦给做了。可惜项羽就像个木头，迟迟不知如何是好。范增终于按捺不住，出去叫来了项庄。

　　范增在外面跟项庄说："小庄啊，咱们头子总是心太软，一会儿你假装去敬酒祝寿，然后舞剑祝寿，找准机会把刘邦给做了。不然的话，我们以后说不定就得在刘邦的战俘营里见面了。"

　　于是项庄按照范增说的，去敬酒祝寿，然后请示想舞剑助兴，项羽同意了。于是项庄拔剑起舞，这架势一看就不对，项羽愣住了，不知所措。接着，项伯也不能淡定了，拔剑起舞，时不时地保护刘邦，项羽彻底凌乱了。不仅项羽凌乱，张良也凌乱了，急匆匆地跑出去，他可不是被吓的，相反，他很冷静。他找到了樊哙，樊哙着急地问："今儿事怎么样？"

　　"现在很危急啊，项庄说是舞剑，那意思分明是想杀咱们头儿！"

　　樊哙大吃一惊："看来我只有闯进去，跟老大同生死了！"

　　于是樊哙带着剑，拿着盾牌就往里面一撞，门口的卫士都被撞出一丈远，冲了进去。樊哙面对项羽，怒睁着眼睛，头发都要竖起来了，看得项羽直发毛。

　　项羽下意识地支起身子，按住剑，问："你哪部分的？"

　　张良悠悠地走进来，悠悠地说："保护沛公的卫士，樊哙。"

　　项羽很是钦佩樊哙的勇武，称赞他是壮士，并赐了他一整只咸猪手[1]。

【1】原文"生彘肩"，古代贵族嫌弃猪是肮脏的动物，忌讳直接生吃，此处应为腌制或卤制过的半生猪手。

樊哙没有座位，把盾牌放在地上，咸猪手放在盾牌上，拔剑切了吃。项羽接连称赞，问："壮士，能不能喝酒啊？"

结果，项羽被樊哙劈头盖脸地骂了一通："老子死都不怕怕喝酒？咱们反抗政府的暴政和腐败，怀王都说了，谁先入关谁就可以称王，我老大称王了么？动国库了？动皇宫了？都一点没动，等您老人家入关来称王呢！找几个人看守函谷关，那是怕别的什么诸侯钻空子进来。我们老大功劳那么大，有赏赐么？没赏赐也就算了，你听信小人的谗言，看这架势是要杀我们老大，难道你想走秦朝灭亡的老路子？我看大王不会这么蠢吧！"

项羽一时无话可说，只好打个哈哈："壮士……淡定……坐吧，吃肉，吃肉啊……"

樊哙靠着张良坐下，场面异常尴尬。没多久，刘邦起来，说："我去出恭，樊哙你去不去啊？"

樊哙秒懂了，跟着刘邦一起出去。刘邦也纠结，问樊哙说："我们现在要是就这么走了，一声再见都不说，是不是不合适？"

樊哙那个急啊："都什么时候了还管什么合适不合适，现在他们是砧板和菜刀，我们是砧板上的鱼肉，说什么再见！"

于是把张良也叫了出来，张良主动提出留下来斡旋。刘邦把准备交给项羽、范增的礼物交给张良之后，独自一人骑马，从小道回营，樊哙、夏侯婴、纪信、靳强四人拿着武器在后面徒步跟着。临行前，还向张良交代："回营从小路走大概二十里地，你算下时间，估计等我们回了营，你再进去。"

时间差不多了，张良进了帐子，说："我们头儿不胜酒力，已经回去了，这里是沛公给你们的礼物，白璧一对，送给项王的，玉斗一对，送给亚父，喜欢么？"

项羽追问："沛公现在在哪儿？"

张良回答说："听说项王您有点怨恨他，沛公就一个人回营了。"

项羽接过玉璧，很是开心地放在座位上赏玩。范增一刀把玉斗劈成两半："完了，今后要在刘邦战俘营里度过晚年了。"

刘邦回到营中，第一件事就是杀了曹无伤。

这个小小的宴会，无论是洋洋洒洒的《史记》还是严谨的《汉书》，都是大书特书，浓墨重彩。不仅因为这是楚汉之争的第一场对决，更重要的是，其实从这件事上，就能看到项羽的未来——像黑夜一样暗淡。宴会上，范增与项伯分为两派几乎是互相争斗，项羽根本插不了手。之后樊哙的到来让项羽阵营方寸大乱，直到刘邦已经潜逃，项羽仍不知自己失去了什么样的机会。而刘邦阵营，其内部之团结，其部下之忠诚，其谋臣之机智，远不是项羽阵营能比。

接下来的日子，对咸阳一带的人来说简直是末日，项羽杀了秦王子婴，焚烧了秦朝的宫室，把这一带的宝藏、美女搜刮干净，准备回到楚地。有人建议他称王关中，结果因为几句话不合心意，把这个人给炖了。

项羽回到怀王那儿，怨恨怀王不肯让他率军西征，而是北上救赵，给怀王上了个义帝的封号——义帝，就跟义父义兄一样，不是亲的。实际上，项羽已经把他架空了。

在项羽的主持下，义帝开始分封诸侯，项羽自封西楚霸王。刘邦被封为汉王，管巴、蜀、汉一带的三十多个贫困县。刘邦的北面是秦末名将章邯、雍王，除此之外还有董翳和司马欣两个藩王，三个都是秦军旧部，这意思很明显了，就是防着刘邦。

要不是萧何、张良劝住了，刘邦立马就想去把项羽灭了。虽然结果必然是相反的。因为在当时，四川、重庆一带实在不是什么天府之国。在张良的建议下，刘邦把通往中原的栈道都给烧了，以示不想东进，只想安心做个藩王。

刘邦的实力还是太弱，更要命的是张良还要去韩王那儿。张良临走前，刘邦送了他很多黄金和珍珠。不过，张良这人够义气，立马把这钱送给项伯，让他劝项羽多封点地，结果，刘邦又得到了汉中地，并在汉中的南郑定都，相比较当时蛮荒的巴蜀，这里多少算个城市。

张良走了，另一个人来了。

这时候，很多人想回家，动不动就开小差，刘邦心里那滋味可不好

受。结果这天，有人说，萧何不见了，刘邦心里可是凉了大半截。

过了两天，萧何回来了，刘邦悲喜交加，说道："你是跟着我从沛县打出来的老革命啊，我做梦都想不到，你的革命意志也不坚定！说，为什么要当逃兵？"

萧何回答说："汉王，我的革命意志你是知道的，我不是当逃兵，我是去追一个逃兵。而且，告诉你个好消息，我还把他追回来了。"

"你追的谁啊！"

"韩信啊。"

刘邦想了想："不对啊，他才是个看军粮的，算个毛啊，值得你一个相国去追？"

"你啊，要是想一辈子待在汉中，那我就白追了，要是想当天下共主，还是得重用韩信的。"

刘邦很无奈，说："好吧，封韩信做个将军吧。"

萧何更无奈，说："我看，这样韩信还是得跑。"

刘邦信不过韩信，但是信得过萧何，于是一拍桌子："封他做大将军，全权指挥汉军！"

接下来，在萧何的主持下，一场浩大的拜将仪式隆重召开，很多人都认为自己会被封为大将军，结果，被封的是韩信，小伙伴们都惊呆了。

但是，当晚韩信与刘邦彻夜长谈，让刘邦彻底感觉到眼前这个青年的可怕——对时局的把握，对战略的思考，对敌我元首性格的揣摩。此时，让刘邦胆寒的不仅是敌人。然而，刘邦需要他。

这时，项羽稀里糊涂又去惹齐国，与齐国打得不可开交。更要命的是，他还暗中指使英布杀了义帝。这下子项羽几乎成了公敌。韩信抓住这个机会，以为义帝报仇的名义，上演了"明修栈道，暗度陈仓"，率军北上，全歼章邯部，章邯兵败，退守在废丘一隅。董翳、司马欣也投降汉王。随后趁机东进，收复函谷关等地，与项羽势力对峙。

项羽的错误远不止是杀了义帝并且与齐国纠缠不清。当时，韩王成没有拿得出手的军功（因为军功都是借的刘邦的兵），项羽意见很大，随便找个借口就把韩王杀了，这样一来，彻底将张良逼到了刘邦阵营。

张良一路逃亡到了关中，回到了汉王刘邦的阵营。这时稳居关中的刘邦封张良为广信侯。从此，张良成为首席谋士，几乎是不离左右。

这时，汉三杰全部就位，萧何管后勤，张良管出谋划策，韩信管野战，天下注定要姓汉，一个繁盛的时代注定到来。而这个繁盛的时代，也让一个像银河一样灿烂悠久的民族有了一个响亮的名字。

趁着此时天下诸侯反对项羽的呼声很大，公元前205年（汉二年）5月初，在刘邦的号召下，中原聚集了五十六万人的诸侯联军，一共五路诸侯参与，讨伐项羽。

这五十六万人不费吹灰之力攻下彭城——因为项羽的主力远在齐国。

但是，项羽这个人二归二，打仗还是有一手的。五十六万大军看似强大，实际上隐患很多，诸侯们日日"置酒高会"，也就是说天天开派对，根本没想过项羽可以从齐国抽身。

结果，还真没项羽做不出来的事情——项羽命令部下继续稳定齐地的局势，自己带着三万人悄悄前往彭城。到了战区，项羽先在萧地休整，随后率领三万人在清晨攻击汉军，中午，没有设防的汉军已经被击溃。

汉军开始四散奔逃，楚军一路追杀。汉军士兵们被楚军逼迫到灵璧县东的睢水附近，据说睢水都因为汉军太多不能流动。汉军再次被楚军击败，汉军的伤亡前后估计已经超过二十万人，刘邦及其卫队也被楚军团团包围。

接下来很多事情，只能用天意来解释。

就在这千钧一发之际，一场大风决定了中国历史的走向。这场大风从西北来，折断了树木，飞沙走石，楚军人心惶惶，趁着楚军的慌乱，刘邦一行人率领数十骑兵一路逃了出去。

事实一再证明，刘邦除了个人战斗力，其他方面完爆项羽。

此时的刘邦，没有了各路诸侯的扶持——董翳、司马欣什么的都屈服于项羽的淫威了。

好在刘邦的大舅子吕泽驻军在下邑（今河南夏县），刘邦带着这几十号人前去投奔，然后四处招收走散的军队，在砀县安顿下来。

一切似乎又回到了远点。短暂的休整后，刘邦带着残部一路向西，准备回关中。此时的刘邦，不仅失去了胜利，还在乱军中失去了家人的消息，他的父亲、妻子、兄弟都走散了，好在一对儿女还在身边。

一路上，刘邦一边休整，一边行军，到了虞地，上天又派来一个人帮助刘邦，这个人叫随何。

随何在这个时候，只是个传话跑路的，古人叫谒者。这天，刘邦对着身边的近臣发牢骚："你们哪，要是有点用就好了。"随何听了心里不舒服，问道："陛下，你这是什么意思？"

"你们谁能帮忙说服九江王英布站到我这边，让项羽率军与其争斗，拖他个几个月的时间，等我安全回到关中，我就什么都不怕了。"

没想到这个随何还真有种，说一不二，自请命出使九江王。刘邦死马当活马医，派了二十人做他随从，凑了个使团。不过这个随何当真能扯，一大段论述搞得英布稀里糊涂，义愤填膺，归顺汉王。项羽派手下大将龙且前去平叛，一连打了好几个月。这样刘邦回关中的时间，更加充裕了。随何也从此成为名嘴的典范。

五月底，刘邦到了荥阳（郑州西部），基本上已经出了项羽的势力掌控范围。萧何派来的增援也到了军中，虽然都是关中地区临时征发的老弱，但是总比没人强。不久，韩信也一路收兵到了荥阳，刘邦的势力，逐渐恢复了。

之后，在韩信的指挥下，不仅保住了荥阳，打败了追击的楚军，还攻取了当时最大的仓库之一的敖仓，实力的逆转，就在一月之间。这时，魏王魏豹举棋不定，在楚汉之间徘徊暧昧。

六月，刘邦回到了关中，在栎阳建都，封儿子刘盈为太子。一肚子火的刘邦命令汉军用水去淹废丘，章邯兵败自杀，关中的最后隐患被永久解除。从此，刘邦学会了稳扎稳打，绝不冒进，更不冒险。

经过了半年多的休整，汉三年，刘邦再一次雄起，先是派韩信击败了徘徊不定的魏国，并俘虏了魏王魏豹。之后，刘邦派张耳协助韩信，两人共同指挥，很短的时间内，又击败了代国。为了打通到荥阳的要道，汉三年十月，张耳和韩信又共同指挥了针对赵国的井陉之战，此战是韩信众多战役中，最为重要的一战。

井陉关，最窄处只能过两辆战车。

当时，赵军副将李左车提议，等汉军到来时，他亲率三万人包抄汉军后退和运粮通道，主将陈余在关前坚守，将韩信、张耳困于关前。

这计策，本是极好的。可惜主将陈余认为——兵书上不是这么说的，没有采纳。

韩信心里其实也没底，但是他的情报工作十分到位，确切得知陈余没有采纳李左车的建议后，一路行军至关前三十里驻扎。

半夜，韩信命人选了两千骑兵，每人拿一面汉军红旗。韩信命令他们在山间隐蔽起来，一旦发现赵军主力全部出关作战，就迅速偷袭关口，拿下之后，把汉军红旗插在关上。

甚至，韩信还玩了一把美式幽默，他命令后勤部准备会餐，说，中午拿下关口之后，我们吃一顿。大家都将信将疑。

之后，韩信派出一万人的先头部队，渡过黄河，背靠黄河布阵，慢慢向关口挺近，后面的主力甚至吹吹打打，举起一面面鲜红旗帜，壮观得很。赵军简直是在看笑话，之后二话不说，打开关口，几乎倾巢出动，与汉军交战。

激战几个小时，快到中午，韩信突然下令后撤，汉军慌忙向河边的阵地跑去，一路丢旗帜，丢军鼓。赵军一路紧跟，驻守关口的少量部队竟然也不闲着，出关去拿关前的战利品。就在此时，两千骑兵突然出现，迅速夺占了关口——赵军被包围了。

赵军陷入极大的混乱之中，韩信趁机整理阵形，几乎全歼赵军，并一路势如破竹，俘虏了赵王赵歇。

但是，《汉书》中记载的时间顺序好像有点不大一样，我基本上以《史记》为准。

这一年的年底，英布被楚军龙且部彻底击垮，不得已，英布来到关中，实际上成为刘邦的将领。刘邦与他一起攻下了成皋（荥阳西面的一

个地方）。

项羽这时才反应过来，刘邦的实力已经完全恢复，天下一半已经姓刘了。接下来，旷日持久的荥阳会战开始了。

项羽率领楚军主力来到荥阳，与刘邦对峙。项羽是一名出色的骑兵指挥官，其行军之迅速，战术反应之灵敏最让刘邦忌惮。此时，刘邦的战略构想远远没有实现——韩信在北部开辟第二战场，灭掉齐国后对楚国实施战略包围，英布等人在敌后进行袭扰。

项羽对荥阳长期围困，以增加汉军后勤的困难。刘邦迫于无奈，打算请和，以荥阳为界。可是项羽并没有和谈的打算，也没有进攻的想法——他向来如此优柔寡断。

每当刘邦遇到困难总有人帮忙，这次也不例外。刘邦给了谋士陈平四万斤黄金，命他从事破坏工作——也就是离间计。这些黄金买通了众多楚军基层军官，四处散布谣言。

甚至，为了除掉楚军首席战略顾问范增，陈平还玩起无间道。

一次，楚军的使者来到刘邦军中，陈平负责接待，这可是千载难逢的机会啊。陈平准备了最为奢华的美食和最为精致的餐具，送到了使者的住所。陈平亲自问询范增的各种情况，最后凑到使者身边，故意小声地说："范大人最近可有什么情报？"

使者心里一惊，说："我们是楚王的使者，不是范增的使者！"

陈平二话不说把美食、餐具都撤了，安排使者去了一个简陋的住所。

使者回到楚军，项羽对范增的态度也是一落千丈。范增可是老狐狸，看这形势，只好告老还乡，没多久就忧郁而死。

可是，楚军虽然指挥中枢被瓦解，却没有一点退兵或者讲和的意思。上天又派来一个人帮助刘邦——纪信。

纪信算是个新人，刘邦到了关中以后才跟着他闹革命，现在是个部曲长，营级干部。可是这小子脸形、身材跟刘邦有几分相似。在陈平的介绍下，纪信见到了刘邦：

"汉王啊，让我假装您去投降楚军，好让您去安全的地方！"

刘邦心里那叫一个感动啊。现在很多人都说刘邦是流氓无赖什么的，确实人家是有黑社会的背景和出身。但是，他身边的手下，无论新人旧人，都愿意尽心尽力地去帮他，在这一点上，他成为皇帝一点都不让人意外，皇帝位，非他莫属。

刘邦同意了，当即写了一封投降信，约定在东城受降。为了迷惑楚军，汉军还让城中两千妇女披上盔甲，纪信乘坐汉王的车驾，身穿汉王的衣冠，在后面浩浩荡荡地走来。楚军非常兴奋，山呼万岁。那情景，估计和日本投降时的美国水兵没有区别。

项羽亲自到了"汉王"面前。

"咦，刘邦，你在哪儿整容的？不对！汉王呢？"

纪信不说话，只是哈哈大笑。刘邦早就带着指挥部从西城门往关中方向逃去，留下魏豹和周苛防守荥阳。

项羽一怒之下，把纪信给煮了。随后发兵一举攻下成皋。周苛害怕魏豹反复无常，干脆把他杀了。魏豹的死很关键，因为这样他的老婆就正大光明地嫁给了刘邦，然后生下汉文帝。好吧，这是后话。但是，没多久，荥阳失守，周苛壮烈殉国，也是被项羽煮了。项羽如果不在乱世，可能是个煲汤的高手。

项羽夺回了荥阳，但是荥阳会战并没有结束。

这次作战，刘邦对一个人产生了很大的意见，这个人就是韩信。在刘邦被围的日子里，韩信始终没有南下增援的意思。

刘邦没有逃回关中，而是到了韩信的驻所，亲自到他的卧室里，亲自拿走了当初亲自交给他的虎符。刘邦对军队进行了调整，命令张耳北上继续收服赵地，韩信东进，准备攻打齐国，卢绾、刘贾带领两万步兵，数百骑兵，率军渡过白马津，与彭越一起，攻占梁地，在楚地进行敌后袭扰。与此同时，郦食其的外交攻势也在开展。

彭越等人的敌后袭扰效果非常明显，项羽命大司马曹咎守成皋，一再叮嘱："不要冒进，不要主动出击，坚持十几天，我就能平定梁地再回来。"可是，项羽看错了人。汉军回到成皋城下，一连骂了三天，曹咎忍不住了，不仅出城作战，还打算渡过汜水，结果登陆场还没稳定就

被汉军全歼。于是刘邦率军收复成皋，驻军广武，顺便还收复了敖仓，极大缓解了萧何的后勤压力——关中前年还发生了饥荒。

但是北方战场的韩信到了齐国边境，突然听说郦食其已经说服齐国归顺。韩信一时没了主意，在一个酒徒蒯彻的建议下，竟一怒之下不顾齐国的归顺，一路打过去。

因为韩信的鲁莽，郦食其付出了生命的代价。虽然因为齐国没有防范汉军而迅速被攻占，但是齐国的残余势力，也死心塌地地跟着项羽了。好在项羽战略水平不高，派遣了龙且增援齐地——三线作战。战略上，他已经被包围了。

就在汉军驻军成皋，围攻楚将钟离眜驻守的荥阳之时，项羽火速赶到荥阳战场，在广武与汉军又一次发生对峙。

此时，项羽军已经大势不再，曹咎部被全歼，龙且部在齐地维持局面，士兵们的厌战情绪十分明显。一到这种关头，项羽就会犯二。

项羽独自一人来到阵前，大骂刘邦："天下大乱几年了，就是因为我们两个打来打去，不如你出来我们打一架吧，省得再打仗连累士兵了。"

刘邦哭笑不得，回答说："有本事我们比脑子，不比力气。"

项羽很是生气，派了几个能打的去叫阵。此时，汉军中有个善于骑射的楼烦人，楚军来一个射死一个，来一个射死一个。项羽头脑一热，自己穿着盔甲拿着戟去挑战。

那个楼烦人正想开弓，项羽一声怒吼，活生生把楼烦人吓回去了。刘邦一看这架势，嗬！亲自上去——骂！

刘邦一连举出项羽的十宗罪，项羽无话可说，只好拿出藏着的弩，一箭射中了刘邦的胸口。

刘邦倒下了，默默地折断箭，起来，然后弯腰摸着脚趾，说："你丫的不厚道，射我脚趾头！"

这下，对汉军的士气的影响是很大的，刘邦身负重伤。张良强行劝说刘邦起来劳军，防止项羽乘机前来，汉军的士气开始恢复。当晚，刘邦回到成皋，双方的僵持局面依然。

十一月，韩信彻底平定齐地，并且还杀了楚将龙且。彭越也在梁地建立了稳定的根据地，时时偷袭楚军的后勤辎重，楚军苦不堪言。刘邦也痊愈了，在关中养病几日就回到广武，并带来了关中的全部家当。

第二年初，韩信再一次犯了错误。平定齐地，本应该是将功折罪，可是，他偏偏不识抬举，向刘邦请封，意思是，齐地现在处在无政府状态，干脆封他自己做个代理齐王。

韩信的使者见到刘邦，说了韩信的想法，刘邦的心情可想而知，大骂韩信："这个臭小子，不怕我率军去打他是吧……"

张良迅速踩了刘邦一脚，小声说道："决战之际，只能顺着他！"

刘邦话锋一转："真没出息，封什么代理齐王，我就封他做真齐王，不像话！"为了彰显恩遇，由张良带着王印前往齐地。二月，韩信被正式封为齐王。他得到了封号，输掉了前途。

到了汉四年（前203年）的八月，韩信率军进入楚地，正式开始准备合围。刘邦抓住机会，一连派出两名说客，项羽终于决定和谈，双发划定了历史上著名的楚河汉界。下象棋的都知道，双方以鸿沟为界，东为楚地，西为汉地。九月，一直在楚地做俘虏的刘太公和吕后被遣送到汉军阵营，汉军士气大增——这是项羽第一次服软。

项羽受不了了，带着疲惫的士兵准备回到楚地，由于长期的对峙消耗和彭越等人对后勤补给线的破坏，楚军战斗力已经大不如前。荥阳会战，以刘邦的全胜告终。

张良、陈平作为谋臣，做出了最后决战的谋划："现在汉军已经占领天下大半，诸侯都依附我们。楚军现在士气低落，疲惫并且饥饿，'宜将胜勇追穷寇'，现在不去打，就是养老虎给自己找麻烦。"

十月，也是汉五年的第一个月（汉代就是这么规定的，十月是年号纪年或者帝王纪年一年的开始），汉军追楚军到了阳夏（安徽中部一带），约韩信、彭越一起围攻楚军。可是，彭越、韩信都没有如约而至，汉军又一次遭受挫败。

刘邦很疑惑，问张良。张良说："楚军就要彻底失败，韩信、彭越等人还没有正式的封地，现在只好先和他们共分天下，扩大他们的封

地。"于是刘邦派遣使者前去，将未来封地的计划告诉了韩信、彭越等人。

这年十二月，除了韩信和彭越，汉将刘贾也进入寿春。楚军大司马周殷起义，率领九江一带的所有士兵与英布会合，彻底完成了对楚军的合围。十二月，项羽退守到了垓下（今安徽灵璧县）。

接下来的故事，脍炙人口，已经不用说了，凄美的霸王别姬，悲壮的乌江自刎。但是，真相并没有那么唯美。

首先，虞姬不是自杀而是被项羽杀死。虞姬只是项羽的玩具，史书记载"有美人姓虞氏，常幸从；骏马名骓，常骑之"，将虞姬与乌骓马并论，并且措辞间已经有贬低的意味。根据一些零星的记载，尤其是宋代的《太平寰宇记》中，濠州钟离县（今凤阳，朱元璋老家）县志的记载："虞姬冢在县东南六十里，高六丈，即项羽败，杀姬葬此。"项羽本人在《垓下歌》中，"虞姬虞姬奈若何"一句，也透露着杀气——虞姬啊虞姬，我该怎么处理你呢？

第二，项羽在楚地很不得人心，逃亡过程中曾经向老乡问路，结果一路走到了沼泽地。

第三，项羽虽然一路展现着个人英雄主义，但是其冷血的一面让人觉得难以理解。他不承认失败的自身原因，在乌江拒绝亭长东渡称王的请求，表示要留下来死，但是把乌骓马交给亭长，说是不忍心杀了这马，要求亭长把这马带到江东——对应了前面虞姬的结局，一个女人在他眼里还不如马。更重要的是，送走了乌骓马，跟他一路突围到这里的二十八个骑兵，还是和他捆绑在一起，全部死于乌江边。

总之，玛丽苏和项羽粉们幻想的那个在最后一刻重感情、柔情似水的项羽，并不存在。对于项羽而言，不属于他的，他宁可毁掉——那些被他攻占的城池，没把握占领他就会屠城；那些他没把握收编的俘虏，全部都要坑杀；最后的虞姬，也是难逃一死。

项羽被消灭，项羽的家人，比如项伯什么的，都被赐姓刘。

汉朝的天下，开始了。我们的故事也进入了一个全新的阶段。

下面我们直接跳到主题吧。

第四章

白登之围

平定了项羽。天下在表面上太平了一段日子，汉六年九月（公元前200年），刚刚迁都马邑的韩王信（韩国王室后代，不是韩信，韩信已经被贬为淮阴侯了）投降了匈奴，匈奴乘势进攻太原，到了晋阳城下。

一个是新兴的游牧部落，锐气凌人，一个是饱经苦难的文明世界，百废待兴。双方的第一次正式交锋，即将开始。

汉匈百年战争，正式拉开了序幕。

这次，刘邦亲自出征，很有意思。虽然在汉五年的正月，刘邦在众人的推举下，由汉王成了汉皇帝。汉成了天下共主而不是诸侯盟主，刘邦成了天子，大汉成了帝国，换个洋气的词，也可以叫中华第二帝国，刘邦是中华第二帝国皇帝。但是，这个帝国隐患太多，这个皇帝也坐不安稳。

就在汉六年的十二月，新任楚王韩信预谋造反的消息传到了刘邦的耳中。在荥阳会战中，刘邦几乎遇险，韩信未派一兵一卒前去救援。当郦食其已经说服齐国一同伐楚，韩信执意发动对齐战争，郦食其身死鼎中，汉国的外交名誉扫地——为之后异姓王的各怀鬼胎埋下了伏笔。之后还两次逼宫，索要爵位。对韩信的造反，刘邦深信不疑。

韩信也确实不是个低调的人，楚国败了，楚将钟离昧与韩信有些旧交，钟离昧跑去投奔，韩信还有重用的架势。钟离昧可是让刘邦吃过苦头的，荥阳会战第一次对峙，就是这小子袭扰刘邦的后勤补给线，完成了最后的合围。

刘邦犯难了。直接讨伐？以韩信的野战指挥才能，他可搞不过。

陈平提出了建议：陛下，您就说您要去云梦泽游玩，叫诸侯到陈地搞个聚会，韩信要是来了，就把他抓了。

云梦泽在那时候是个奇观，是春秋战国时期楚国王室的游猎场。那是江北一片浩瀚的湿地，在今天洪湖的北部，往南，又是绵绵的江水，江水之南，又是浩浩汤汤的洞庭湖，泽中有无数小洲，小洲间无数条蜿蜒曲折的浅水，无数珍禽异兽生活其间。可惜，之后随着各种地理变化，云梦泽在唐朝就只有当初的一半大了；宋明时期，只剩下寥寥的几个浅水小湖，现在的洪湖就是由云梦泽的一个小湖在清中期以后慢慢发展起来的，但是其广大远不能与云梦相媲美。真正的云梦，我们已经看不到了。

言归正传，韩信虽然在政治上不聪明，但是也不傻。但是韩信最大的失败就在于，既想造反（听蒯彻那个孬货的怂恿），又不想辜负刘邦的知遇之恩。这时候，韩信身边人建议，你把钟离昧杀了，首级送给皇帝，不就没事了么？

韩信还真把钟离昧杀了。在云梦泽附近迎接刘邦的时候，把钟离昧的首级送上。刘邦的火气还没消，立马派遣几个武士把韩信绑了，扔到了囚车上。

韩信很是无奈，感觉自己很无辜，在车上发着牢骚："别人说得不错啊，飞鸟尽，良弓藏；狡兔死，走狗烹；敌国破，谋臣亡。天下已经没有战争了，我估计要被拿去煲汤了。"

很多人同情韩信的遭遇，其实韩信很大程度上是咎由自取。可惜，从这句话上看，韩信还没有明白自己错在哪里。这次，刘邦饶了他一命，贬他为淮阴侯。

汉六年的正月，其他功臣陆续被封，第一批封了有二十多人。张良、萧何也分别封了侯位。可是，朝中的气氛越发诡异。

此时的刘邦在洛阳南宫，刚刚贬谪完韩信。他每天上朝下朝，总能在天桥上看到一些还没来得及封侯的将领坐在沙滩上围成一圈，窃窃私语。

刘邦这时候很敏感，问张良："这些人搞什么玩意啊？"

张良回答说："皇上您还不知道么？他们想谋反啊。"

"天下好不容易安定了，他们吃饱了撑的啊，还想造反？"

"您好不容易有了天下，分封的萧何、曹参还有我都是您向来亲近的老朋友，杀的贬的都是一些成分不好或者有过矛盾的。现在那些没封的将领能不有意见？都害怕自己功劳不能得到封赏也就罢了，因为以前的小过错被贬或者被杀，那就不划算了。所以他们算计，不如……"

刘邦脑袋都大了："怎么搞？听你的！"

张良想了想，说："您最恨谁？而且所有人都知道你恨他？"

"雍齿，说起来还是我老乡。几次害得我差点没了，要不是看他后来功劳大我早把他杀了。"

"那咱就先封雍齿为侯，人心自然就定了。"

雍齿，就是那个刘邦刚刚起家的时候，背叛他投降魏将的人。此人害得他失去了第一块革命根据地。按照某些记载，此人出身还是"豪强"，说得不好听就是黑社会背景。

这其中还有个小插曲，荥阳对峙时，项羽想激怒刘邦逼他出战，雍齿就把当时还在楚军做俘虏的刘太公（刘邦他爹）拉到阵前来了，架起大锅，说要把刘邦他爸爸煮了。可是刘邦还不清楚项羽的为人么？项羽妇人之仁，怎么忍心呢？刘邦直接在阵前喊了句："小项欸，咱俩在义帝面前可是拜过把子的，我爹可就是你爹啊。你煮好了老爹汤，别忘了分我一碗啊。"虽然项羽最后没有煲这锅汤，但是这个主意，别人都说是雍齿出的。可见，雍齿与刘邦，简直是一对仇家，但是雍齿最后战场起义，也立了很多大功。为了汉朝的江山，刘邦只能尽释前嫌，赶紧召集那帮子人搞了一次酒会，当场封了雍齿为什邡侯，虽然大家都惊呆了，但是每个人脸上都笑开颜。

这就不难解释了，为什么这个节骨眼上，刘邦要御驾亲征。他实在没有敢用的将领了。

相比汉军的离心离德，匈奴可以说是上下一心。刚刚建立各种制度的匈奴如虎添翼，制度的建立者冒顿大单于不仅是政治军事的领袖，更是匈奴精神的圣贤。不仅匈奴人，一些中原势力也早有投降匈奴之心。

当初，原本封地在中原富庶之地的韩王信被封到太原以北地区，建都晋阳。刘邦的意思，就是想让韩王信为大汉驻守边疆，防范匈奴。韩王信的表现竟然一再让刘邦满意，他主动上书中央，要求建都汉匈主战场之一的马邑，颇有诸侯守国门的意思。可惜，韩王信刚刚在马邑落脚，匈奴兵就南下包围了马邑，在没有正式交战的情况下，韩王信遣使数次求和，随即举国投降。这其中多少猫腻，不言而喻。

十月（按照规矩，是汉七年了），汉王刘邦亲自率军在今天山西沁县一带击败韩王信，斩杀了韩王信的部将。

韩王信向北越过长城逃到了匈奴境内，其手下将领曼丘臣、王黄共同拥立赵王之后赵利为王，收集韩王信的散兵，与匈奴共同抗击汉军。

刘邦率领军队一路凯旋，在晋阳打败了匈奴左、右贤王与王黄的军队，之后乘胜追击，在离石又一次击溃匈奴与韩王信的联军。

在收复晋阳之后，刘邦听说匈奴主力，由冒顿亲自率领，驻扎在代谷（今山西东北一带）。面对陌生的敌人，刘邦心里开始合计——究竟能不能打？

之前，打的都是联军，说得不好听点，是匈奴的二线部队和中原的杂牌军。面对没有遇到的敌人，刘邦谨慎地进行着情报搜集工作。

十几批使臣陆续前往匈奴的营地。冒顿一眼看出刘邦的意图，每当使臣来到，军中就只有老弱，士兵数量也是稀稀拉拉，一派弱不禁风、军心涣散的样子。

十几批使臣都说匈奴不堪一击，只有刘敬发现了不对头："皇上，别人打仗，都是巴不得显示自己有多强，现在冒顿搞成这个样子，肯定是故意的，绝对已经埋伏好了等着我们去打呢。"

刘敬原本叫娄敬，本是齐国的一个低级军官，被同乡引荐给刘邦，因为在奉劝刘邦建都长安的事情上有点功劳，赐姓刘，改叫刘敬。

这种爱动嘴皮子还唱反调的，刘邦向来反感："你个齐国佬，就知道耍嘴皮子，还乱我军心。"二话不说，把刘敬绑了，关押在广武（山西西北）。

刘邦率领骑兵开拔，向平城（今山西大同）推进，步兵紧跟其后。

冒顿早已在白登山一带布好了包围圈，刘邦的兵马一到白登山，冒顿就率领骑兵对刘邦军队进行切割，继而将刘邦部包围起来，汉军前后两部无法相互接应。

完成合围之后，匈奴发动了总攻，为了增加攻击效果，冒顿发动了心理战——包围圈西方全是白马，东方全是青马，北方都是黑马，南方都是红马。

但是，在汉军的顽强抵抗下，双方形成了僵持的局面。匈奴一直不能占领白登山，汉军也一直无法突围。但是形势逐渐向匈奴倾斜。汉军整整被包围了七天。按照史书记载，因为天气寒冷，军中有十分之二到十分之三的人严重冻伤，甚至手指被冻掉了——这和建国初期抗美援朝战争中的长津湖之战有的一拼。根据后来流传的一首歌谣，当时补给困难（根本就没有补给）造成的饥饿，导致士兵最后连开弩的力气都没有了。

就在被围困的第七天，匈奴的包围圈突然自己打开了一个豁口，刘邦当心有诈，命令士兵以弓箭向四周抛射，在确定匈奴军队不会抵抗的时候，刘邦从缺口慢慢突围，与包围圈外的主力会合。

按照《史记·匈奴列传》和《汉书·匈奴传》上的记载，匈奴撤开包围圈的原因是这样的。

刘邦在被围几天后遣使贿赂了匈奴的阏氏（相当于中国的皇后）。阏氏在冒顿那儿吹了耳边风：“现在两国的君主都陷在战场上，这可不是好事。再说，就算你把汉地都打下来，你也没统治这里的经验啊。何况，我看汉皇帝也是有天神保佑的人，你好好考虑吧。”

之后，冒顿与韩王信约定的王黄、赵利的联军迟迟没有来，冒顿起了疑心，于是采纳了阏氏的计策，打开包围圈的一角，放了刘邦。

《史记·陈丞相世家》和《汉书》中，明确记载是当时的护军中尉陈平出使联系阏氏的。但是同时也说到，“其计秘，世莫得闻”。

这次战争的疑点，实在太多。按照记载，在战争中，刘邦一共率领了以步兵为主的三十二万人，也就是说骑兵是少数的，顶多数万人。记载中，围困白登山的匈奴军有四十万“精骑”。刘邦率领骑兵为先头部

队，被四十万精锐骑兵切割并包围，为什么匈奴面对数万中原骑兵竟然无法当场全歼甚至击溃？为什么面对如此一块到手的肥肉，冒顿只因为女人的几句话就放弃了这个大好机会，而且是在汉军失去给养七天的情况下？

问题的根本，就在于匈奴的"四十万精骑"上。

早在第一章，我就介绍了当时匈奴军队的编制，一共二十四长，每长平均一万多人，军队总兵力约三十万人。总兵力三十万人，如何能有精骑四十万？别说此时的匈奴了，就是之后被汉朝和亲的物资养肥了几十年的匈奴，在与中原决战的时候，都无法凑出四十万精骑！更何况，组织四十万人进行一次伏击作战，更是难上加难。

至于陈平让阏氏吹耳边风，就算真有此事，也未必有多大作用——冒顿本人和匈奴人向来瞧不起女性，从他起家时候杀老婆送小妾就能看出。

所以真实的情况是，当时的匈奴进入中原的兵力并不多，除了左右贤王各带领的万余骑兵，冒顿单于的主力或许也只有数万骑兵。数万骑兵包围数万骑兵，在刘邦组织有效防御的情况下，完全可以抵抗得住。

我们完全可以理解，当时冒顿的战术构想是，通过示弱，吸引汉军进入伏击圈，然后对汉军进行切割包围，争取包围刘邦本部。在汉军被包围后，通过谎称自身兵力和整齐的阵形威慑汉军。如果首战无法将被包围的汉军全歼或者击溃，立即转为防御，维持局面，等待王黄和赵利的联军，一起全歼被围汉军。在王黄、赵利二人的援军迟迟未到的情况下，冒顿的放行，就在情理之中了——毕竟包围圈外还有至少二十多万汉军步兵。

但是，这场战役中，严酷的战斗环境，匈奴骑兵超强的机动性和骑兵技战术的娴熟，让汉军尝到了厉害。刘邦狼狈地回到了广武，亲自释放了之前劝谏他不要轻举妄动的间谍刘敬，并将关内的两千户封作刘敬的采邑，为建信侯。至于那些怂恿刘邦进攻的"007"，不是砍头就是煲汤了。

刘邦放弃了与匈奴在长城以南决战的想法，命令樊哙留在代地（河北省西北）一带组织防御。冒顿也退至长城以北，留下韩王信在边境一带袭扰。两个强大的君主都做出了明智的选择。

百年战争的第一场战役就此不明不白地结束，就如当初不明不白的开始。面对国内不安定的局势和匈奴的不断骚扰，回到长安的刘邦面对北方只有无奈，匈奴三十万骑兵像一把屠刀一样悬在大汉的头上。

刘敬因为在匈奴获取了有效情报，成为刘邦在匈奴问题上的首席智囊。刘邦向他索要解决匈奴问题的最佳手段。

对此，刘敬提出了影响汉匈关系五十年的外交政策——和亲。

刘敬替刘邦分析了局势："大汉的江山刚刚结束战乱，百废待兴，士兵们早就厌倦了战争，解决匈奴问题，不能使用武力。冒顿这个人杀掉自己的父亲以继位，还娶了自己好几个后妈，简直是畜生，匈奴是使用暴力树立威信的蛮夷，用仁义跟他们讲道理也是说不通的。但是，我还是有一个能让匈奴子孙称臣的好主意，就怕陛下不愿意。"

只要能解决这个心腹大患，哪怕是缓解，刘邦怎么可能不愿意？

"真的有用，老子怎么不愿意？怎么搞，听你的！"

刘敬壮着胆子说了："把吕皇后生的大公主嫁给冒顿，送上最丰厚的嫁妆。既是大汉的公主又有丰厚的嫁妆，冒顿那个蛮夷必然会心生爱慕，封为正室阏氏，咱公主生的孩子，自然也是太子。咱们怎么保证匈奴这样做呢？很简单，送礼。让匈奴人贪图我们的财物。我们每年拿点匈奴那少有的产品送给他们，顺便派遣些能说的使臣去传授大汉的文化。冒顿娶了您的女儿，那就是您的女婿。太子当了单于，那就是您的外孙。哪有外孙跟外公打仗的？这样，慢慢地，咱们就能让匈奴慢慢臣服。但是如果您不愿意嫁大公主，而是选个侄女儿宫女什么的，冒顿也能知道，亲近不亲近那就难说了，对我们也没多大益处。"

按照记载，刘邦当时答应了。但是吕后只有一儿一女，她能同意么？在吕后几天几夜以泪洗面的强烈反对下，刘邦只好选了一个亲戚家的孩子，以大公主的名义，远嫁匈奴，刘敬再次成为出使匈奴的大使。

在这里，我得说个个人看法，刘邦绝对不会因为吕雉的几滴眼泪放弃一个完美的计划。我认为，刘邦对刘敬的这个主意其实是持保留态度

的，吕雉的反对只是借口。刘敬很明显是个主和派，他对匈奴的强大很是在意。而刘邦作为一个庞大帝国的统治者，一个以布衣之身提剑三尺打出一片天下的开国皇帝，怎么可以忍受屈服蛮夷的耻辱？和亲，在大汉皇帝看来不是一劳永逸，只是暂时的求和。

早晚有一天，大汉的子孙们会奋起反击，一雪前耻。

攘外，必先安内。这一安就是五十年。摆在大汉前面的困难乃至苦难一个接一个，匈奴的侮辱也将越来越过分。

实际上，和亲虽然能缓和局势，但是并没有起到刘敬所说的那个效果。相反，和亲让匈奴认为汉朝是他的臣属，是他取之不尽用之不竭的一个宝库，甚至是个可以无限刷卡取款的银行。贪得无厌的匈奴人不仅没有和平地接受大汉的文化，对待大汉信仰的忠孝礼义，反而尽是扭曲、不屑甚至嘲笑。汉人的性命在匈奴人眼里如同草芥，匈奴人想抢劫了，就带着军队越过长城屠个千把人，然后烧光抢光杀光，就算留个活口，也是掳掠到北方草原做匈奴人的奴隶！

写这一篇的时候，我是百感交集。我巴不得把后来揍得匈奴南面称臣的事情经过全部在这章说出来。我巴不得跳过汉军忍辱负重、整顿内务的部分直接说到宣帝动员西域一起与匈奴进行最后的决战！我都不知道怎么结尾了，干脆，用唐代诗人戎昱的一首诗结束吧。

咏 史

戎昱　唐

汉家青史上，计拙是和亲。

社稷依明主，安危托妇人！

岂能将玉貌，便拟静胡尘？

地下千年骨，谁为辅佐臣。

第五章

异姓王就是靠不住啊

汉高祖刘邦在白登碰了一鼻子灰，差点没死在那儿。他的气愤可想而知。但是气愤的对象不仅仅是北方的蛮族，还有那些离心离德的异姓王们。韩信的跋扈张狂，韩王信的投敌叛变，此时，一个宏伟的想法在他内心深处慢慢滋生着。

汉七年十二月，刘邦回京途中经过赵地。赵王张耳已经在汉五年去世，此时的赵王是张耳的长子张敖。

当时，刘邦一方面是张敖的上司，另一方面，也是他爹当年的老战友老班长，这感情按理说不一般吧？张敖自然是毕恭毕敬。据说，当时张敖是穿上围裙戴上袖套，亲自伺候刘邦吃饭，比亲儿子还孝顺。而刘邦呢，按照史书记载是"箕踞詈"。那时候人都是席地跪坐，屁股得坐在脚跟那儿，才算礼貌。屁股着地，两腿叉着，就叫"箕踞"，那可是很不礼貌的。至今人们在庙里烧香拜佛拜神仙，或者逢年过节拜祖宗，跪着的时候屁股着地也是对神仙对祖宗不尊敬。箕踞詈，就是叉着腿屁股着地坐着，还不停地骂。

刘邦这事做得确实不地道，可是张敖没法子啊，只能忍啊。谁叫刘邦这人就是这么率直，受了气就想找个人发泄呢。张敖没意见，但是他的相国赵午、大臣贯高可是看在眼里，恨在心里。这两个可是老臣，张耳当年的老战友了。一方面是张敖的臣子，另一方面也是张敖长辈。但是说起来他们对张敖这个晚辈也没什么意见，最多也就是恨铁不成钢。

这几个老臣痛心疾首："咱们的王可真是个软蛋王啊。"

这种封疆建国制呢，有个特点，就是"我封臣的封臣，不是我的封

臣"。赵王的臣子更愿意站在赵王的立场上想问题，就好像韩信的下属蒯彻始终劝韩信造反一样。

赵午、贯高就劝赵王："大王，现在是乱世，有本事就是皇上。刘邦这么对你，干脆，我们帮您把皇上做了吧。"

张敖那叫一个怕，把手放在嘴里（周星驰的标志性动作之一），都咬出血了，慢慢说道："你们怎么可以这样子！你们不能这样子！我爸爸当年亡了国，就是刘邦大叔帮我爸爸复国的，这样的恩德我们子孙还在享受，这一丝一毫都是刘邦大叔的功劳啊。你们不要再说这样的话了。"

虽然，这个事情最终没去干，但是，仇恨的种子已经埋下。赵国的老臣们已经商议好了，逮着机会就干一票，成了算赵王的，不成算自己的，不关张敖的事。

月底，匈奴与韩王信的叛军又在代国进行袭扰，刘邦他哥哥刘仲几乎没有抵抗，一路逃到了洛阳。刘邦封年仅数岁的儿子刘如意为代王，命在抗击匈奴中有功的陈豨挂赵国代国两国相印，统领两国的边防部队，配合樊哙防御匈奴军队尤其是韩王信等人的骚扰。

因为哥哥靠不住，宁愿封个几岁的孩子，再派个相国去整饬边防，刘邦也不愿意再让异姓当王。

张敖的事，还没完。

汉八年的冬天，刘邦在东垣（今河北石家庄附近）征讨韩王信在国内的余部。这仗没打多久，很轻松就打完了。回去途中必然要经过赵国。贯高等人一合计，哈哈，刘邦你肯定得从柏人县经过。于是他们在柏人县的招待所的暗格里藏了几个刺客，就等着刘邦一住下，嘿嘿，就动手干他一票。这里说明下，什么是暗格，那时候一个房间呢，四堵墙（好吧，现在的房间大部分也是四堵墙）。其中，如果是规格高点的，会有个墙是两层的，这个两层之间的空间，就叫暗格。相当于古人的保险柜，放东西的。孔子老宅子几次装修都出土了一些书（当然有些出土事件很蹊跷，明显伪作），有的就是藏在暗格里。

可是刘邦路过柏人县，就跟有神人相助一样，突然打了个愣，问身边带路的：“这个县什么名儿啊？”

“陛下，这是柏人县。”

“柏人？迫人？迫害人？什么鬼名儿，不吉利，今晚不在这儿住了。”于是就走了……你不得不佩服刘邦的运气。

就这样，相安无事地过了一年，很多诸侯王也倒还客气。汉九年的十月，不少诸侯王还来祝寿。

十二月，刘邦到了洛阳。一件纠结的事情发生了。

贯高当年图谋行刺的事，被贯高他仇家知道了，这个仇家把贯高告到中央政府那儿。刘邦立马派人前去赵国抓人，把赵王张敖、丞相赵午、贯高等人全部抓了，一共十几号人。结果十几号人除了赵王和贯高都自杀了。贯高那叫一个生气啊，你们这些人都死痛快了，要是我也死了，谁去证明赵王跟这事无关呢？

赵王孤零零地被押送至长安，并且下令，有谁敢跟着来的，杀一家。贯高没办法，跟自己的十几个食客剃了光头，戴上镣铐，假装是赵王的家奴，才跟着去的。

到了长安，贯高表明了身份，于是也开庭受审。贯高一再表示：“是我跟赵午的主意，跟赵王无关！”

那时候吧，没有人权这个概念，何况像这种重罪，都要死的人了，严刑逼供是正常的。于是狱吏就打啊，抽啊，拿东西扎啊，身上被打得都没地方能打了，还是不改口。

吕后也开始出面了，为什么呢？前面咱说过刘邦的大公主鲁元公主，这个鲁元公主呢，没嫁给匈奴，嫁给张敖了。吕后就拿鲁元公主说事，跟刘邦说：“咱自家女婿，难不成还想害你啊？”刘邦一提到张敖就有气：“要是张敖真想夺他老丈人的位子，咱女儿算个屁！”

但是事情也慢慢出现了转机。负责审问贯高的官员把严刑逼供什么的情况都说明了，刘邦一听……“壮士啊，谁能帮我去好好问问？”

这时候，中大夫泄公站出来了。中大夫，说大不大，说小不小，掌管议论，就是帮皇上商量国事的，相当于顾问、议员一类的官，几乎不离皇帝左右。也是天不亡张敖，泄公既是刘邦的亲信，又是贯高的

老乡。

泄公说："陛下，贯高是我老乡，我知道这人脾气，典型的地方主义，总是想着赵国的名誉，恪守自己的承诺。"于是刘邦授权泄公去看望贯高。

在牢房里，贯高认出了泄公，两人相互寒暄交谈，提到了赵王张敖的事。贯高泪流满面："谁没感情你说是不？谁不爱父母，谁不爱妻子，谁不爱儿女？现在为了这个事，我一家估计早被灭族了。难不成我要拿我一家老小的命顶张敖一条小命啊。张敖是真没有参与这个事情，要是因为我们害了赵王，我哪过意得去！"

之后又详细地把作案动机、作案过程说了一遍，一再强调张敖没有参与。泄公回去后，把详细情况汇报给了刘邦，于是张敖被释放了。甚至因为敬佩贯高的义气，连他也赦免了，并让泄公亲自去告诉他这些好消息。可惜，贯高觉得自己的义务已经尽了，刚刚释放，就当着泄公面自杀了。至于那些跟着贯高来的门客，只要还活着的，为了表示对他们的敬佩，个个都是郡守或者诸侯的相国。

张敖虽然被释放，但是去了王位，改封宣平侯。刘邦十岁的儿子刘如意改封赵王。

异姓诸侯赵国，扑街。

刘如意刚刚改封，原先的代地就不安稳了。

一天，赵、代两国边防部队的指挥官陈豨回家经过赵国都城邯郸。赵王刘如意的相国周昌注意到，陈豨出行，场面特别大，开道的车辆有一千多，邯郸所有的高级宾馆房间都被订满了。等陈豨一队到代地，周昌立马去了趟长安，告诉刘邦他对陈豨的所见所想。

周昌可是刘邦的亲信。当初，就是他哥哥周苛死守荥阳刘邦才能脱身，说起来还是烈士家属呢。

再者，陈豨在外领兵这么长时间，刘邦能彻底放心么？于是刘邦命人调查陈豨和他的门客们在代地的经济状况，想查查有没有什么经济问题。结果真查出什么事情牵扯到了陈豨。陈豨怕被"双规"，打算留个后路，悄悄派人与投降匈奴的王黄、曼丘臣接触。

汉十年的七月，公元前197年，刘邦他爹去世了。刘邦很难过，邀请一些人参加太上皇的葬礼。陈豨接到了邀请，但是以病重为由没有参与。

到了九月，陈豨实在忍不住了，起兵造反，联合匈奴的王黄，在赵、代两地劫掠，自立为代王。

汉皇帝刘邦得到了消息，首先赦免了那些被陈豨劫掠地方的官吏，说白了沦陷区的官吏都不问罪，只杀首恶。

刘邦再一次御驾亲征，到了邯郸，一看战场形势就乐了："陈豨这小子还是不懂打仗啊，不在南面据守漳水，北面控制邯郸，看来没什么发展空间了。"

此时，赵国的相国周昌提议，把主战场之一的常山郡（今石家庄一带）郡守、郡尉给斩了，因为这俩小子在常山作战，常山二十五座城沦陷了二十个。

刘邦问："这两个人投降了？"

周昌回答："投降倒是没有。"

"看来不是不想打，是实力实在太弱啊。"于是并没有治罪，赦免了他们，官复原职。不过四百多年后常山这个地名倒是挺响亮，因为出了个叫赵云的。

战场的形势虽然不利于陈豨，但是刘邦这边也是麻烦。刘邦问周昌："你们赵国，还有能打的将军么？"

周昌沉思一会儿，说："还剩四个。"

"让他们来见朕。"

结果四个人到了刘邦那儿，刘邦差点崩溃："就这四个新兵蛋子也能带兵？"

四个人也很惭愧地跪在地上，刘邦没办法，照样一人封个千户的采邑，任命为将。

对于这么无奈的战前部署，刘邦身边的近臣多有微词："陛下，当初跟您进入关中和从关中杀出去的很多老革命都没能封个采邑，这四个都没功劳的青瓜蛋子，凭什么封啊？"

刘邦道出了心里的无奈："你们不知道啊，现在陈豨占据了邯郸以北的地区，我号召天下一起讨伐，诸侯没有一兵一卒参战，只有邯郸的这些兵可以用。你们说，是这四千户的采邑重要，还是慰劳这些赵国子弟重要？"

对于刘邦的回答，左右近臣无言以对，只能应和。随着事态的发展，刘邦铲除异姓诸侯的决心也与日俱增。

接下来，刘邦又了解到陈豨手下的主要将领是王黄和曼丘臣，都是商人出身。于是下令，这两个人，拿到一个人头奖赏千金。

汉十一年的冬天（也就是前197年的冬天），陈豨的将领侯敞率领万余人进行迂回运动，牵制汉军；王黄率领一千多骑兵（很可能是匈奴骑兵）驻军曲逆（河北顺平东南）；张春带领万余人渡河攻打聊城（山东与河北的边境）。可见，此时陈豨不仅想彻底占领赵地，还想在齐地开辟第二战场。

此时，齐王可是刘邦他大儿子刘肥（刘邦与初恋情人曹氏所生）。汉将军郭蒙与齐国将领一同击败了张春的进攻，张春军大部被歼灭。

而赵国战场上，汉军在曲逆城下大破陈豨叛军，斩杀了侯敞与王黄。之后，太尉（相当于国防部长）周勃从太原率领大批汉军及时赶到。周勃可是沛县出去的老革命，之前跟着刘邦与匈奴作战，没少立战功。这次到了老战场，驾轻就熟，一路打到马邑。虽然马邑久攻不下，但是也活生生把马邑这座城的城防给搞残了。

在周勃援军的帮助下，刘邦也抽出身来率军攻打赵利驻守的东垣。汉八年的冬天，刘邦就在这儿与韩王信的残部交过手。但是这回，刘邦攻城失利。于是城上的士兵们扯开了嗓子，一个劲儿地辱骂刘邦。骂的内容估计连史官都不敢记载。刘邦竭尽全力发动总攻，终于迫使赵利投降。对于那些俘虏，只要骂过的全部斩首，没骂的也都受了黥刑（脸上刻字），并把东垣县改名真定县。

伴随着汉军的攻势，王黄、曼丘臣率领的叛军主力中被悬赏缉拿的全部被活捉，陈豨叛军主力彻底溃败。陈豨率领少数人在偏远地区进行游击作战。于是樊哙在代地进行战后维稳与追剿工作，并在汉十二年的冬天，于灵丘县斩杀了陈豨，彻底平叛。刘邦回到洛阳，封年仅八岁的皇子刘恒为代王。记住这个名字，刘恒，之后会经常提到。

异姓国代国，扑街。

这次讨伐陈豨，还拔出萝卜带出泥。原来陈豨赴任之时，曾经和淮阴侯韩信见了一面。据说，当时韩信拉着陈豨的手，在庭中走了几圈，说："我有几句心里话，你可愿意听啊？"

陈豨自然是愿听其详。

韩信说："你那位置啊，天下的精兵都在那儿，如果皇上听到有人告你不对劲，皇上不会相信的。但是有两个人告状，估计皇上就有点怀疑了。要是三个人告状，估计就得气冲冲地去打你了……嘿嘿，我愿意做你的内应，夺取天下，那是小事。"

韩信的本事，陈豨能不知道么？

"多谢韩将军教诲！"

就在刘邦亲征陈豨时，韩信不仅以生病为由没有跟去，还暗中派人与陈豨联系。韩信和家臣商量，在夜里假传圣旨，释放了在首都各处的奴仆和刑徒，就等着陈豨一声令下，就去杀了吕后和太子。

可是就在这节骨眼上，韩信把一个得罪他的家臣给关了禁闭。这个家臣关了禁闭，可是他还有个弟弟啊。这个弟弟就去揭发了韩信的阴谋。

吕后很担心，召来丞相萧何一同商议。

于是，第二天突然传来了刘邦已经斩杀陈豨，即将回到长安的消息，命令群臣都要来朝贺。

萧何与韩信多少有点知遇之恩，萧何亲自写信给韩信："我知道你身体不是很好，但是一定得来哦。"

成也萧何，败也萧何。

韩信到了长安，就被吕后派遣的武士缚住，在乐钟室被斩。死前，韩信高呼："我不听蒯彻的，如今被个女流给整了，真是天意。"不仅韩信，韩信一家都被处死了。

异姓地方实力派淮阴侯，扑街。

当刘邦真的回到长安，知道韩信已经死了，虽然高兴，心里也有些惋惜，便问吕后韩信有没有什么遗言。吕后如实说了，刘邦倒是对蒯彻起了兴趣，他知道此人是个有名的说客。蒯彻被缉捕，带到刘邦跟前。

刘邦问："是你这个酒鬼挑唆韩信造反的么？"

蒯彻直言不讳："是啊，谁叫他自取灭亡，不听我的？他要是听我的，你现在也没机会坐在皇位上审问我咯。"

"狂徒！来人啊，把他煮了！"

"什么？煮？陛下，冤枉啊！"

刘邦怒不可遏："你教唆人造反还冤枉啊？"

蒯彻大道理讲了一通，最后一句话说到了刘邦心坎里："盗跖的狗，会向贤王尧帝又叫又赶。难道是尧帝不贤明么？是因为狗的主人是盗跖啊。那时候，我的君上是韩信，不是陛下啊！"

这几句话，是对封疆建国制度弊端的最好诠释。刘邦最终没有惩罚蒯彻，反而把他释放了。

这时候，北方战场又传来好消息，将军柴武在代地参合县（今山西阳高县一带）斩杀了韩王信。

接连干掉了张敖、陈豨、韩信、韩王信，刘邦的威望进一步确立，但是异姓王们慢慢开始人人自危。

刘邦讨伐陈豨的时候，让各个诸侯王出兵参战，结果大部分都成了围观党。理由嘛，基本上都是身体不适。这其中，就包括了梁王彭越。

彭越可是一位大功臣，游击战大师，楚汉战争中就是他在深入敌后袭扰楚军粮道。最后垓下会师，合围项羽，也有他一份。当然，和韩信一起逼宫要封王，也有他一份，韩信被杀了一家，这家伙能不害怕么？更何况，梁国与赵国是邻国，彭越没有出兵，刘邦是派使者点名当面批评过的。刘邦灭了陈豨，杀了韩信。彭越就像热锅上的蚂蚁一样，坐立难安——下一个目标极有可能是他。

彭越犹豫了很久，决定亲自去长安请罪。但是，他的手下扈辄提出了不同意见："您一开始不去，现在上面派人骂过你了你才去，这不是找不快活么？你一到长安就会跟韩信一样被杀你信不？不如，咱们反了吧。"

这些无良谋士，看似忠诚，其实是在投机，跟蒯彻一样。如果头子造反成功，他本来是诸侯国的丞相，之后就是全中国的丞相；如果之前是诸侯国的太尉，之后就是全国的国防部长。如果头子造反失败，大不了像蒯彻一样，安享晚年，著书立说。但是对于他们头子，代价可是诛灭三族。彭越没有听取造反的建议，但是也没胆子去长安请罪，只好继续称病。

就这样，彭越熬到了汉十一年的三月。不知什么原因，梁国的太仆犯了什么罪，总之彭越不管三七二十一，想把这个太仆给杀了。太仆，就相当于现在的交通部长，帮皇帝管理御马和马车，兼管全国的马政，偶尔也客串下皇帝的司机。这个太仆可能有点被冤枉的意思，一路逃到长安上访，反咬一口，揭发梁王和扈辄想合谋造反。

刘邦暗地里派了一些特工，悄悄地进入梁王的寝宫，将其抓捕归案，押送至洛阳。

经过洛阳当地有关部门的审问，有关部门认为彭越造反罪成立，建议依法判处死刑。但是，刘邦念在彭越好歹也是个大功臣，赦免了彭越的死罪，贬为庶民，流放到蜀地青衣县（今雅安一带，西汉时候，那可是个鸟不拉屎的地方）。

彭越一路向西押送，到了郑县，正好遇到要去洛阳与刘邦见面的吕后。彭越那叫一个哭啊，一个劲儿地倒苦水，说自己真没那个胆子造反啊，青衣县那地方不是人待的啊，跟皇上说几句好话，送我回昌邑老家养老啊。吕后答应他的请求，并且邀请他一起去洛阳。

可是，吕雉并不是同情彭越，真的想帮他。吕后在洛阳见到了刘邦，告诉他说："陛下，彭越这人可有本事，你把他放到蜀地那山高皇帝远的地方，你放心么？不如把他杀了。所以，我把他又带回洛阳了。"之后，吕后还买通彭越的手下，进一步"揭发"彭越谋反的"证据"。廷尉王恬申请诛灭彭越三族，刘邦答应了。

于是，梁王的位置空出来了，刘邦的第五个儿子刘恢封为梁王，并把梁地一分为二，又搞出个淮阳王，封给第六个儿子刘友。

异姓诸侯梁王彭越，扑街。

随着异姓诸侯这个不安定因素的逐渐铲除，中央集权缓慢形成，汉朝的威望与日俱增。就在今天的福建、广东、广西一带，当时有个强大的地方割据势力——南越国。

南越国，本来是秦帝国的一部分，当年秦始皇往南开阔疆土，"南取百越之地，以为桂林、象郡；百越之君，俯首系颈，委命下吏"。将今天的广西地区纳入中华的版图。之后又派屠睢、赵佗率军五十万讨伐今天的岭南，也就是福建、广东一带。但是由于屠睢滥杀无辜，激起当地居民的强烈抵抗，被当地人用毒箭杀害。之后，仁嚣接替了他的位置成为主将，继续征服岭南。前214年，岭南纳入版图。今天两广地区的汉人居民，大部分都是这五十万秦军的后代。

岭南平定后，秦设置南海郡，仁嚣是首任南海郡尉。二世元年，也就是前208年，中原大乱，仁嚣与赵佗决定割据一方，躲避战乱。仁嚣死后，赵佗成为郡尉。在仁嚣、赵佗的管理下，南海郡蒸蒸日上，之后还吞并了桂林郡和象郡，也就是吞并了今天云南中部和东部、广西全部和越南北部，加上原有的南海郡（福建南部、广西南部和广东全部）。有了如此广阔的疆域，加上秦朝已经灭亡，赵佗干脆自立为王，成立了南越国，建都番禺（广州境内）。

汉十一年五月，公元前196年，汉皇帝刘邦下诏书，肯定了赵佗教化岭南的功绩，立赵佗为南越王。于是陆贾成为使臣出使南越国，将赐予的印、绶交予赵佗，赵佗接受了，稽首称臣。

虽然说，刘邦封与不封，南越王赵佗就在那里。但是，只要封了，赵佗承认了，名义上，南越就是中国不可分割的一部分。

插句嘴，因为当年越南北部也属于南越国，所以越南人认为南越也是越南的第一个朝代，称之为赵朝……按照这个逻辑，是不是法国殖民越南的时候，是越南的法朝？

南越"回归"祖国的喜悦还没过去，刘邦的一个劲敌出现了。淮南王英布，在这一年的七月举兵造反。

其实，这英布也是被吓的，带有被迫造反的成分，刘邦杀了韩信，英布心里就开始有点犯嘀咕。

而刘邦杀彭越的时候，刘邦又做了一件极其不厚道的事情。他杀了彭越之后，把彭越的尸体做成了肉酱，分开盛起来，打算送给各个诸侯。

当时呢，淮南王英布正在打猎，看到中央特使，自然毕恭毕敬地去接待，欸，还有赏赐……

这……太吓人了吧！英布对着肉酱，心里彻底崩溃了。之后暗中派人悄悄地部署军队，随时准备起兵。

然而，还没起事，就被人揭发的狗血剧情再次出现。英布怀疑手下中大夫贲赫跟他的小老婆关系不正常，于是贲赫就去长安上访了。

这个乱搞男女关系，到底怎么回事呢？说起来其实真没什么。英布的小老婆一向身体不好，时不时地去医院做检查。贲赫家就在医院边上，这个贲赫呢，以为自己是近臣没关系，时不时地看望看望，拍拍马屁。某天晚上，小老婆跟英布两个聊天，本来开开心心的，小老婆无意间就夸了贲赫一句。英布很奇怪，你怎么了解的？小老婆就把在医院的事情说了。

英布是囚犯出身，还被判了黥刑，也就是脸上还刺了字。所以当时人们也叫他黥布。这个人内心深处肯定是自卑的。在爱人面前自卑，必然容易嫉妒。七想八想，越想越不对劲。最后干脆起了杀心。好在贲赫消息灵通，连夜逃往长安，英布还派人去追，结果没追上。

贲赫可是英布近臣，秘密军事部署的事情，他一清二楚。英布除了赌一把，几乎没有其他路子可走了。

本来，贲赫到了长安，刘邦还有趁英布没有起兵之前将其活捉的可能。毕竟，贲赫已经将英布的虚实告诉了刘邦，英布必须重新谋划。英布，也确实在踌躇。

刘邦找到了萧何商量，萧何说："英布不至于这样，搞不好是贲赫跟他有仇才揭发的呢。不如先派个使臣去查查？"刘邦也觉得有道理，就派使臣过去，名为慰问，实际上是调查。

英布正在纠结，汉使一来，立即杀了贲赫一家，对汉廷宣战。

英布是当时赫赫有名的将才，从囚徒到将军，从将军到诸侯，都是一路打出来的。后世将其与彭越、韩信并称为当时三大名将。而英布的封国淮南国，首都在今天的安徽六安，下面有九江、庐江、衡山、豫章、会稽五个郡，至少名义上统治着今天河南南部、安徽淮河以南、江西西北、江苏中南部、浙江大部和福建北部的广大地区，完全具有与大汉对抗的国力。英布也叫嚣："刘邦已经一把老骨头了，厌恶战争了。汉军将领我最怕的就是彭越和韩信，现在他们都死了，其他的那些将军，我都不怕！"

所以，当英布造反的消息一传来，刘邦一病不起。这是刘邦不愿意面对的局面，当将领们纷纷请战的时候，他独自躺在寝宫，谁都不见。周勃、灌婴、夏侯婴什么的，都不敢进去。就这样磨了十几天，老部下樊哙受不了了，硬是推开守门的侍卫，闯进了寝宫。凡事就怕开头的，樊哙一闯，后面的人就一股脑儿地跟了进去。

樊哙跪在刘邦面前，哭泣着说："陛下，当初我们跟您一起在沛县闹革命，一直打到现在有了这么大的产业，这是多么伟大的壮举！现在您怎么了？身边就一个宦官，将军们想见您见不到，难道您想和秦二世一样，再弄个赵高出来祸害人间？"

刘邦一听，哈哈大笑，与将领们一起做战前部署。刘邦振作了起来，问："弟兄们！英布造反怎么办！"

"揍他！抓住了活埋！"将领们齐声呼喊。

这时，夏侯婴站了出来，说："陛下，我有个门客薛公，是以前的楚国令尹（宰相），对英布很了解，您要不要召见下？"

原来，之前夏侯婴就曾问过薛公关于英布造反的事情。

"英布都做上王了，何必造反呢？"

"彭越、韩信都被杀了，他能安心么？他们三个功劳都差不多的，他自然会寻求赌一赌的机会。"

夏侯婴将原话一五一十地说了，刘邦对薛公很感兴趣，立即召见了。

"薛公啊，这仗你说该怎么打？"

"陛下啊，如果英布使用最佳战略，估计山东（崤山以东）就不属于您了。最佳战略就是向东西扩张，占领吴国、西楚，基本达到当年楚国的疆域，再向东北挺进，夺取齐地、鲁地，之后对燕、赵两国宣战，迫使其只能按兵不动。这样，天下至少大半就是英布的。"

刘邦无语了，薛公继续说道：

"如果英布使用中等的战略，那么大汉的胜算还有一半多。那就是向东占领吴国，向西占领楚国，然后北上进攻韩魏之地，占领敖仓的粮食，封锁成皋的交通。但是，我推想，英布只不过是个囚徒，战术在行，战略不行。他所追求的不过是荣华富贵，那么，他必然采用最差的战略，我们大汉可以高枕无忧！"

"最差的战略是什么？"

"向东占领吴国，向西夺取下蔡（安徽淮河北方的凤台县），财宝辎重留在越地，然后一路跑到长沙国！"

刘邦当即封薛公为千户侯，封皇子刘长为淮南王。随即发动员令，征调了关中、巴蜀的大部分军队，甚至将死刑以外的囚犯们都发动起来参军，展开大规模的东征行动。

果然不出薛公所料，英布首先东征荆国，荆国王刘贾（刘邦堂哥）一路逃亡，死在路上。

英布招降了刘贾的所有军队，向西北渡过淮河，到了楚国的地界。楚王刘交派遣军队在今天江苏徐州、安徽泗县一带与英布周旋。楚军兵分三路，打算出奇制胜。可惜啊，毕竟不是中央军，战斗力和士气本来就不行。就算是正规的中央军这样打，万一被各个击破怎么办？当时就有人提议："英布那人擅长打仗，万一击溃我军其中一路，其他两路溃散怎么办？"可惜啊，楚军主帅不听。

结果，楚军一路大败，其他两路军四散奔逃。英布一路向西挺近。汉十二年十月，在今天安徽的宿州市西南边，英布遇到了御驾亲征的汉皇帝——刘邦。

英布的军容整肃，士气高昂，刘邦远远望去，阵形就像当年项羽的阵形一样。汉军迅速建设了简易的军事工事，刘邦在阵前远远看到了英

布，大喊："你为什么要造反？"英布斩钉截铁地回答："想当皇帝呗！"此言一出，汉军士气大振。前锋郦商，一位从入关灭秦时期就跟着刘邦，并且屡次夺得战功的将军，即将迎来人生最为辉煌的一战。

郦商率领先锋部队向英布的阵地发起了攻击，接连突破两道防线，冲散了英布的阵形，为汉军的最终大胜创造了最重要的条件。英布一路南逃，郦商紧追不舍，一路追到英布渡过淮河。数战下来，郦商击垮了三支军队，攻取了六个郡、七十三个县，俘获丞相、守相、大将各一人，小将二人、二千石以下到六百石的官员十九人。英布只得带着百余人南渡长江，另谋出路。

英布在江南也是有人脉的。原先，番县（今天的鄱阳县）的县令和英布有点亲戚关系。这个番县的县令《史记》上没说是谁，但是都知道，指的是长沙王吴芮啊。此时的长沙王已经是第二代王了，他写了封信给英布，说是要越境逃到南越国去。英布欣然同意，结果被长沙王吴臣骗到了番阳县，被当地百姓杀了。

异姓诸侯淮南王英布，扑街。

现在，异姓王只剩了听话的长沙王吴臣，与刘邦的发小燕王卢绾，陈豨虽然还在逃亡，也不成气候了。然而，此时刘邦的身体已经大不如前，在与英布作战时又受了箭伤。立足未稳的大汉江山，刘邦还顶得住么？

第六章

一封陌生老男人的来信

在英布被撵得南渡淮河的时候，刘邦拖着疲惫的身躯，回到了沛县。当晚，召集了从前的父老乡亲和朋友，搞了一次大型的家宴。当地官员组织了一百二十人的歌舞队伍，进行了一场别开生面的歌舞晚会。

刘邦渐渐有些醉了，跟着音乐的节奏，自己唱到："大风起兮云飞扬，威加海内兮归故乡，安得猛士兮守四方？"唱着唱着，一百多人的表演团队，立马改成大合唱，刘邦就像领唱一样。

唱着唱着，刘邦跟着歌舞队伍忘情地跳啊，唱啊。几番过后，歌声变成抽泣声。刘邦歇了一会儿，擦干眼泪，说："游子，哪一天不思念自己的家乡。我虽然住在长安，但是我万岁之后，魂魄还是要来沛县。我以沛公的身份闹革命，对抗暴政，才得到了天下。今后，沛县就是我的汤沐邑，父老乡亲们，永远不用缴纳赋税。"接着与乡亲们继续饮酒联欢。

一连过了十几天，刘邦准备回京了。一行人数不少，再留下来，接待他的开销对于家乡来说也不是小数目。父老们一再挽留，刘邦还是要走。皇帝的队伍走出了沛县县城，这一天，县城一个人都没有，一路跟在队伍后面。

刘邦也心软了，搭起帐篷，继续住了下来。沛县的父老们在欢谈之间，向刘邦提出了一个问题和建议："陛下，沛县现在免赋税了，为什么唯独您生长的丰邑不能享有这个政策啊？"

"丰邑，我生长的地方，我不会忘记。可是当年我困难的时候，丰邑的父老乡亲们，跟着雍齿一起投降了！"

沛县的父老乡亲们一再请求，刘邦心一软也就答应了。又留了三天，离开了沛县。之后，再也没回来了。

英布在番阳被斩，陈豨的残余也被周勃平定。

刘邦以为可以安定一阵子了，下诏，把原本属于荆国的吴国地区独立出去，单独封一个吴国。长沙王吴臣等都建议，封抵御英布有功的刘濞（刘邦侄儿）为吴王。刘濞的封地刚好在沛县，就在当地搞了册封。

刘邦见了刘濞，摸着他的背说："你有点造反的面相啊。听说，五十年以后东南部有人造反，该不是你吧？都是一家人，别窝里斗。"刘濞应允了——五十年后的事情，我会在后面说到的。

异姓王吴臣已经是第二代了，也个是老实人，唯唯诺诺的。燕王卢绾，与刘邦同年同月同日生，算是世交，小时候也是同班同学。他会有异心么？

可是，真有。陈豨余部被歼灭，俘虏和降将们，供出了让刘邦难以接受的事实。

当时陈豨刚刚谋反，燕王也在陈豨东北方牵制了他的一部分兵力。但是，燕王与其他异姓王一样，听信了谋臣张胜的鬼话。起初，张胜奉命在战争中出使匈奴，散布陈豨大势已去的传言，令匈奴不愿意支持陈豨。结果，张胜碰上了最早被除掉的异姓王，前任燕王臧荼的儿子臧衍。这个投降匈奴的浑球儿劝张胜说："为什么你受燕王重用？因为你通晓匈奴的事务。为什么燕王受刘邦重用？因为天下诸侯屡次造反。现在你为了燕国想灭了陈豨，但是陈豨被灭了，燕国是不是下一个被除掉的诸侯呢？你和燕王都会成为砧板上的鱼肉而已。不如，您劝说匈奴继续联合陈豨，陈豨继续与燕国交战，维持现状。这样，汉朝中央政府绝对不愿意对燕国动手，而你，也会继续得到燕王的重用。"

张胜听信了这些鬼话，劝说匈奴联合陈豨，攻打燕国。

当初，卢绾甚至还向刘邦举报过张胜有勾结匈奴的倾向。结果张胜知道了，将臧衍的话复述了一遍。卢绾也被忽悠了，不仅保了张胜，还做出了一个最最错误的决策——帮助陈豨。

就在陈豨兵败如山倒的情况下，卢绾派使臣范齐找到陈豨，劝他率领军队长期进行流窜作战，形成战争久久不能结束的局面——燕国会在暗地里提供尽可能的帮助。

汉十二年十二月，陈豨的降将，将一切报告给了汉朝中央。

刘邦很无奈，最好的朋友背叛他了，他命令卢绾来长安见他，他要亲自审问这个昔日的发小。

卢绾以生病为由，不愿意去长安。刘邦派遣使臣审食其等人前去质问。消息一出，卢绾四处躲避，时不时地跟左右近臣说："异姓王，只剩下我和长沙王了。韩信死了，彭越死了，下一个就是我……都是吕皇后的主意！吕皇后专门杀我们这些异姓王！"他继续装病，不愿意面见使臣。但是，传闻也在燕王王宫中慢慢起来，审食其将这些谣言整理了下，报告给了刘邦。

之后，汉军又接纳了匈奴的降将，匈奴人说，张胜现在还在匈奴做使臣。刘邦这下坚信了，越发愤怒。二月，刘邦命令樊哙以相国的身份，率军讨伐卢绾。这个时候，刘邦已经一病不起。这时，一个天大的阴谋正在悄然进行。

有人向刘邦告密，樊哙是吕皇后的妹夫，他们打算在您去世之后，对您的宠妃戚夫人和代王刘如意下手！

刘邦意识到事态的严重，他已经无力挽回，只好找个理由召樊哙回长安，命周勃接替了樊哙的指挥权。

周勃在燕地，攻下蓟县，俘获了卢绾的大将抵、丞相偃、郡守陉、太尉弱以及御史大夫施等人，屠灭浑都城。在上兰打败了卢绾的叛军，又在沮阳击败卢绾的叛军。追击到长城，平定上谷郡十二县，右北平郡十六县，辽西、辽东二十九县，渔阳郡二十二县（都在今天北京、天津、以及周边的河北省部分地区）。

这样的战绩，并不是因为卢绾无能。而是因为，卢绾并不想与刘邦对抗。燕王卢绾带着家属和一些宦官宫女躲在长城附近，在那里等着。等着哪天，刘邦的病好了，他们亲自去长安谢罪。

这月，刘邦又封皇子刘建为燕王，在靠近南越国的位置，封了当地的少数民族首领织为南海王。

三月底，刘邦在讨伐英布时受的箭伤发作了。病情渐渐加重了，吕皇后组织专家进行会诊。刘邦问医生病情，医生说："陛下，放心，能治好的。"

刘邦又爆粗口了，像以前一样谩骂。最后感慨说："我一个布衣草民，提剑三尺，硬是成了皇帝。这不是命运么？命运掌握在苍天的手上，扁鹊又能怎样？我，该走了。"

赏赐医生们五十金，拒绝接受治疗。

吕后问："老伴儿啊，萧何去世了，谁代替他做相国啊？"

"曹参吧。"

"曹参之后呢？"

"王陵可以，但是这小子有点愣，可以让陈平帮他。陈平蛮有头脑的，但是单独干还不行。周勃这人敦厚老实，虽然没什么文化，以后安定刘家江山的，必然是周勃。"

"再之后呢？"

"可能你都看不到了，说不定那些英雄豪杰，现在还在娘胎里呢。"

汉十二年，四月底，刘邦病逝。

可是吕皇后并没有急着为大行皇帝发丧，而是打算私下里除掉大部分功臣武将，以防止他们谋反。当时，在长安的将领郦商听到这话，大吃一惊。他赶紧找到吕后亲信审食其，说："你们疯了么？皇帝已经死了四天了，还不发丧。我听说是要诛杀各地的将领！真的这样，汉朝天下完蛋了！陈平、灌婴率领十万人驻守荥阳，樊哙、周勃带着二十万人在燕代一带作战，消息一旦传出去，这些将领掉头攻向关内，你们有几个脑袋？"

审食其将这话汇报给了吕后，这才给刘邦发丧，大赦天下。卢绾听说刘邦去世，自知没有退路，越过长城，流亡匈奴。

五月，刘邦葬于汉长陵，庙号汉太祖，谥号高皇帝，享年六十一岁。从村支书到皇帝，刘邦传奇的一生，就这样结束了。

客观评价一下，刘邦的功绩是非常大的。

秦始皇一死，天下又是大乱，六国贵族纷纷起事，甚至不乏成功复国者。这说明，秦始皇的统一太过激进了。封疆建国制度从夏代出现雏形，虽然到战国慢慢瓦解，但是其残余影响还是极大的，中央集权不可能依靠高压政策与战争长期存在，郡县制最终在人民战争的大潮中被终结。而项羽，倒行逆施，又搞封建建国，甚至春秋时期诸侯称霸那一套，还是失败，说明中央集权确实是历史的潮流。

刘邦，开创了郡国并行的制度，关东等地，郡县与封国并存，并通过战争、暗杀、秘密抓捕的办法，将不安定的异姓诸侯王一一剿灭，改封刘氏宗族为王。这样，封国在一定程度上与中央的关系更加密切。既保证了政府的动员能力与中央集权，又使得封疆建国制度的支持者和残余势力得到安抚。可以说，真正在实质上使中国统一的人，是刘邦。他的国号，也成为了一个辉煌民族永远的名称。

汉十二年五月，皇太子刘盈继位，谥号孝惠帝。他的母亲吕皇后，成了吕太后。这一年，刘盈只有十六岁，吕太后成为帝国的实际统治者。

女人的嫉妒心理是极其可怕的，吕太后的疯狂报复，即将开始。那些夺走她丈夫的女人，威胁她儿子的男人，下场只有一个。

当年，刘邦最为宠幸的，是戚夫人。因为喜欢戚夫人，戚夫人生的刘如意，也是他最喜爱的儿子，刘邦在世时总是说："如意这小子真像我当年啊。"戚夫人也是个不明事理的小丫头，自以为皇上宠爱，就能凭着这极好的恩泽挑战权威。

"陛下，太子刘盈我看是极不中用。我看如意是像极了陛下，若是封我家儿子如意为太子，也不负了陛下的恩泽，必定是极好的。"

可惜啊，戚夫人太年轻、太幼稚。吕皇后什么人？相国萧何、御史大夫周昌什么的都是她老乡，将军樊哙是她妹夫，张良与她的大哥是称兄道弟。汉十年，刘邦刚刚提出换太子的想法，大臣们就是一片哗然。当时，沛县出来的老革命、烈士家属周昌站出来强烈反对，刘邦问他原因。周昌本来就有点口吃，这时候又正在气头上，半天憋出几个字："我语言表达能力不强，但……是……我……知……道……这个事……情……他不行……我实在……不……敢听……从这个……议……案。"

刘邦哭笑不得，只好下令搁置争议，日后再议。

吕皇后不急不忙，感谢了周昌，接着请了已经归隐的张良出山。张良给吕后出了个主意——让刘邦一向敬重的四个贤人出面，说太子几句好话。这四个人就是商山四皓。

刘邦征讨英布回来，自知命不久矣，重新提及换太子的事情。张良亲自去劝谏，刘邦慢慢动摇了。之后大学者叔孙通拼命用礼法规劝，刘邦最终只能放弃这个念头。之后的一次宴会上，商山四皓跟着太子一起进入宴会现场，刘邦惊呆了——老子请了十几年都请不动这四个老头，儿子这么年轻就请到了。刘盈的地位，彻底稳定了。

现在，吕皇后成了太后，帝国的统治者，能放过戚夫人么？此时，戚夫人在长安，刘如意在赵地当赵王。这个可怜的女人，被吕太后关押在一个巷子里，没有了华丽的衣服，没有了名牌化妆品和名牌包包，整天春米，几乎断绝了与外面的一切联系。

吕太后还不满足，她还要干掉刘如意。此时赵国的相国正是当初反对改立太子的周昌。吕雉几次派使臣召刘如意入京，周昌死活不愿意让一个小孩（刘如意当年才十三四岁）去赴死。他告诉使臣："先帝叫我保护好赵王。太后怨恨戚夫人，只要赵王进入长安，命就不保了。"

吕后很生气，直接召周昌进京，周昌没有办法，只有听命。失去了保护伞的刘如意已经几乎是碗里的食物，一道圣旨就被召到了长安。

从血缘上说，吕雉和刘如意没有血缘关系，但是刘如意与皇帝刘盈倒是亲兄弟。刘盈软弱，但不是傻子，就算是傻子，母亲的想法他能不知道么？

赵王刘如意一路走来，在靠近长安的霸上，遇到了迎接他的刘盈。刘盈为了防止母亲对弟弟下毒手，每天都与他在一起，几乎一刻也不离开，饮食、起居都在一起，形影不离。

汉惠帝元年十二月的一个早晨，刘盈要去练习射箭。在古代，射箭是上至天子下至寒士甚至庶民都要学习的技能，也是孔子提倡的六艺之一。刘如意岁数小，加上在封国的日子安逸惯了，冬天大清早地去练习射艺，他可没兴趣。刘盈只好一个人去。

上午，刘盈就回到了寝宫，然而他只能见到弟弟的尸体了——刘如意被吕太后派人毒死了。刘盈另一个异母弟弟淮阳王刘友改封赵王。

一连几个月，吕太后都对刘如意的事情耿耿于怀。她不是愧疚，而是觉得自己儿子太不成器，对自己的对手动恻隐之心，太过仁慈。

这年夏天，吕太后想到了一个旷古绝今的主意——让刘盈看看他老娘是怎么对待敌人的，看他以后还手软不。于是，她找到了被软禁的戚夫人，砍断了戚夫人的手和腿，挖去了她的双眼，熏聋了她的耳朵，喂她喝了哑巴药，丢到厕所里。

面对这样一个行为艺术品，吕后很满意，命名为"人彘"，"彘"就是猪的意思。几天以后，戚夫人已经奄奄一息，血肉模糊（想象下，一个这样半死不活的人，在肮脏的环境下，还是夏天……不说了，我反胃了）。吕后让刘盈过来看，告诉他，这是他小娘戚夫人。

对于一个十六七岁的青少年来说，这个场景太震撼了。刘盈当场大哭不止，因为惊吓过度，大病一场。他派人转告吕太后："这个不是人类能做的事情。我是您的孩子，没有脸面再治理国家了。"之后的一年多，刘盈都没能痊愈。

我猜测，刘盈也因为惊吓过度失去了生育能力——与宋高宗赵构一样。所以刘盈的"子嗣"最后都没得到那些功臣及功臣后代的承认。

惠帝二年十月，按照那时的历法，十月是新年的开始。刘盈的叔叔楚王刘交、哥哥齐王刘肥来朝贡，顺便一家人吃顿饭。

家宴上，因为刘肥是哥哥，所以刘盈让他坐在身边的上座，一起喝酒。吕雉什么人？眼睛里面能容得下这粒沙子？吕后悄悄命人准备了两杯毒酒，亲自端到刘肥跟前。

"肥儿啊，一家人好久没见面了，这两杯御酒就敬你了。你就拿这两杯酒，给妈妈我祝个寿吧？"

齐王很高兴，估计吕后从来没对他这么客气过，他拿起酒杯，刚要开口，刘盈也拿起了酒杯。

"母后，亲儿子也敬你一杯。"

吕后着急万分，没多想，一把夺过酒杯把酒倒了。齐王发现不对

头，急忙说："母后万寿无疆！但是我看母后一定是醉了，我也有点头晕，这酒我暂时不喝了。"说完，就收拾了下，告退回到了长安的住所。

齐王派人打听，得知那果然是毒酒。齐王明白了，吕太后虽然是自己的嫡母，但是毕竟隔着一层肚皮。前头刘如意已经被害死了，现在又轮到他，看来刘邦的子嗣即将面临一场大清洗。

刘肥心里清楚，如果不采取行动，他再也别想出长安城。此时，齐国的内史（仅次于国丞相）向刘肥建议："太后亲生的只有一儿一女。女儿鲁元公主的采邑只有几座城。您是先帝的长子，封国有七十多座城，不如送个郡给公主，讨好太后。"

刘肥听从了他的计策，跟太后说，想把城阳郡送给鲁元公主，这才被允许回到了齐国。

这年的七月，萧何病逝。按照刘邦的遗嘱，曹参继任丞相。

曹参继任以后，一副很闲的样子。整天很早就下班，最后甚至很晚才上班。身为一国总理，这样轻松，迟到早退，连无心问政的刘盈都看不下去了。

刘盈特地召见了曹参，问："我听说曹丞相时不时地迟到早退啊，是不是有这事？"

"我哪是时不时迟到早退！我是天天迟到早退啊。反正没事干，我坐办公室干吗？"曹参淡定答道。

刘盈被这个态度和理由哽住了，问："呃……这样是不是影响不好？"

曹参笑了笑，问刘盈说："你说我和你萧何叔叔比，哪个厉害啊？说实话。"

"好像是萧何叔叔更厉害。"

"陛下和先帝，哪个更厉害啊？"

"当然是我爹更牛啦！"

曹参大笑说："对啊，我不如萧何，陛下不如先帝。先帝和萧何丞相早就为我们汉帝国制定了相对完善的制度。我们只要按照这个制度按部就班地做就行了。天下战乱了这么久，需要休息啊。"

于是刘盈哈哈大笑，不管曹参了。萧何的规矩，曹参一直遵守，这就是常说的萧规曹随。

表面的欢悦下，有着无数辛酸的无奈。连年的战争已经让汉朝不堪重负，秦末大乱的影响使得经济处在崩溃的边缘。此时的汉朝，就像一个病重的婴儿，只能静养。社会问题虽然很多，但是如果改革出现一个小小的问题，就会面临崩盘。对于当时的政府来说，休养生息是唯一出路。当时经济萧条，皇帝的御用马车都凑不齐四匹毛色一样纯的马，配给官员的公车都是牛车为主，马车极少；很多先秦时期和秦代修建的大粮仓都受到一定程度的破坏，政府几乎没有什么储备粮；对于周边国家的挑衅，汉朝能忍就忍——实在没钱再进行战争了。

不过，曹参做丞相也有不厚道的地方。曹参担任丞相之后越来越闲，简直是盐巴蘸咸盐。他一下班就喜欢喝酒，于是有人不高兴，亲自跑过去劝谏，说您上班早退也就算了，回家还酗酒，这不厚道。结果，曹参碰上一个上门提意见的就把他灌醉，来一个灌一个。

惠帝三年，一封寄给太后的书信震撼了整个汉帝国，一场大讨论由此开始。信的作者，是匈奴的大单于——冒顿。

"孤偾之君，生于沮泽之中，长于平野牛马之域，数至边境，愿游中国。陛下独立，孤偾独居。两主不乐，无以自虞，愿以所有，易其所无。"

我是个孤独的君主，出生在荒野草原，在高原游牧部落生长。我几次到过边境，希望能去中国玩一玩。现在我单身，你守寡，两国君主都不快乐，没办法得到幸福。我愿意用我有的东西，换你没有的东西。

这篇充斥着羞辱和威胁的信，让每一个汉臣脸上都失去了光彩。吕太后龙颜大怒，召集樊哙、季布等将领议事。

将领们群情激奋，很多人都建议斩杀使者，北伐匈奴。吕布问樊哙，樊哙说："臣愿意领兵十万，横行匈奴！"

季布很是不屑，当别人都在叫好的时候，只有他一言不发。当太后问起他时，他说："樊哙，简直应该被斩首！当时韩王信叛乱，高祖发

第六章　一封陌生老男人的来信

兵三十二万人抗击匈奴，樊哙是当时的上将军，当先帝被围困在平城白登的时候，樊哙能解围么？天下有歌谣说：'平城被围那时候真是辛苦，七天没吃上饭，我简直都拉不开弩。'至今战争的伤痛还在人们的记忆中，那些残疾的伤员还躺在病床上，樊哙想动摇天下，妄言十万人能够横扫匈奴，简直是打自己脸。而且那些蛮横的外国人与禽兽有什么区别？得到他们的好话别高兴，得到他们的坏话别生气。生气，是拿别人的错误惩罚自己。"

吕后冷静地想了一想，是啊，中原不能再有战争了。于是命令大谒者（相当于现在的外交部长）张泽，带着自己的书信，前往匈奴。吕后在信中写道：

"单于原来还没有忘记我们中国这个破地方，还送了封信，我们这个破地方真是诚惶诚恐。我独自想了很久，我现在岁数大了，也不好看了，头发没了，牙齿掉了，连走路都没有什么仪态可以注重了，单于估计听说什么谣传了吧，我现在可是没脸面侍奉您了。我们中国这个破穷地方没什么罪过，您得饶人处且饶人。现在有两辆皇家马车，两套挽马一共八匹，就送给你当座驾了吧。"

冒顿接到信，扼腕叹息。他本以为可以借此吸引汉军前来攻伐，然后在草原战场，利用主场优势全歼汉军，消耗汉帝国的实力，甚至有机会还可以一举征服汉帝国。

但是，他的计划落空了。而且，汉帝国将永远铭记这次耻辱，早晚有一天，冒顿的子孙要付出代价。

冒顿没办法，只好又写了一封道歉信，信上说："我没听说过中国的礼义廉耻，感谢陛下原谅我们。"

惠帝三年的春天，又一个宗室女远嫁匈奴，和亲的政策也被延续下来。此时的汉帝国，需要一个安定的外交环境，它只有忍。

惠帝七年八月，刘盈因为长期卧病，结束了他二十四年的生命，谥号汉孝惠帝。

第七章

自家人有时候也靠不住

孝惠帝的葬礼上，吕雉痛哭不止，但是并没有流下眼泪。这个细节被张良的儿子张辟强发现了。这时候，张良已经登仙了，张辟强虽然才十五岁，但是已经承袭了留侯的爵位。

此时，曹参也已经过世，现任丞相是陈平。张辟强虽然名声不如他爹显赫，但是谋略也不差。他找到陈平，问他说："太后在大行皇帝葬礼上都没流泪，发现没？知道为什么吗？"

陈平想了想，直接问："该怎么办？"

"大行皇帝没有年长的'孩子'，太后最怕的就是你们这些老功臣啊。你去请求太后封她的亲侄子吕产、吕台为将军，指挥长安附近的南军和北郡，其他吕氏子弟也都封将，或者留在中央任职，这样，你们这些旧功臣，就能安全了。"

陈平按照张辟强的建议向吕雉提出申请。太后终于可以放心地哭了。

之后，就该忙活继承人的事情了。惠帝的后宫宫女有几个私生子，其中有个男孩子从小被寄养在皇后张嫣那儿，他的生母被杀害了（说不定生父也被杀了）。说起来，这桩婚事非常乱伦。张嫣是惠帝妹妹鲁元公主与张耳的女儿，是吕后的外孙女，刘盈的外甥女，也就是说，这个太子按辈分，既是刘盈的外甥又是刘盈的儿子，既是吕后的孙子也是重外孙，既是张嫣的儿子，又是张嫣的远房表弟……思绪有点乱……

这个男孩就是惠帝朝的太子，刘恭。刘恭才六岁，一切军国大事皆由吕雉处理，太后处理政务，史称"称制"。吕氏家族的黄金时代，开

始了。

常言道，隔层肚皮隔层山，不是亲生的，就是靠不住。刘恭继位四年，不知道哪个嘴碎的宫女太监，总之刘恭知道了自己身世。他是宫女所生，其实是不是孝惠帝的孩子很难说，因为那时候阉割制度不严格，后宫除了嫔妃住的地方外，纯爷们儿多的是。对于一个十岁的孩子来说，这个消息是晴天霹雳，这个扶持他登上皇位的奶奶，杀了他亲生母后，间接害死了他的"父皇"。

毕竟年轻啊，不知深浅，这个小皇帝放出狂言："太后怎么可以杀了我母亲再让我当太子！可惜我还小，等我长大了，我一定要帮父母报仇！"

放出狂言，不要紧，但是吕太后何人？刘恭身边有多少吕太后的人？好家伙，他立即就被软禁在一个叫永巷的地方。不错，就是戚夫人被软禁的地方。

可是，大臣总要和皇帝见面啊。于是吕太后向天下宣布："这个，上天覆盖着大地，大地承载着苍生。做皇帝就得这样，皇帝安抚百姓，百姓拥戴皇帝，这样国家才能好好发展欣欣向荣嘛。可惜现在皇帝病得很重啊，病得这么久，精神有点不对头，不能为皇室延绵国祚延续香火，天下不能给这样的人，还是换个皇帝吧。"

大臣们有办法么？只好各自奉承：太后真是为大汉江山考虑啊，有太后这样的明主真是大汉百姓之福啊，太后英名啊之类的马屁不绝于耳。于是立孝惠帝宫女之子常山王刘义做皇帝，改名刘弘，并在这年五月，秘密处死了刘恭。这样一来，天下的矛盾被激化了，刘氏和吕氏本是一家人，现在彻底将矛盾放到台前了。好不容易在曹参手上休养了多年的汉朝，又要面临动乱。

新皇继位，当权的还是吕太后，她的几个侄儿吕台、吕产、吕禄，还有吕台的儿子吕通，都权倾朝野，飞黄腾达。吕氏已经几乎与刘氏平分天下。

但是内部不稳定，必然会滋生外来势力捞好处。汉中央似乎也意识到了这点。高后五年，汉廷不知道听谁的建议，禁止与南越国的铁器贸易。南越国当时地处偏僻（那时候的广东还不是现在的经济中心），生产力水平不足，铁器主要依赖进口满足本国需要。看起来，这是个很好的主意，遏制南越经济让它不敢反。但是此时的汉朝，远远没有与南越国叫板的资本。南越虽是小国，但是如果与汉廷关系紧张，吃亏的还是中央。

果然，这年春天，汉中央吃到了恶果。南越国国王赵佗分析：高皇帝在位时，我已经表示回归，高帝承认特区政府的地位，与我开放各项边关贸易。现在吕后断绝贸易，很可能是想通过长沙王和南海王把我干掉。于是，赵佗干脆称帝，宣布南越国独立，这样，南越王国成了南越帝国，这个意义可不一样了。赵佗还为战争做好了准备，陈兵长沙国、南海国边界。不得已，吕后只有派遣将军周灶在长沙国一带驻防。

不仅是南方，高后六年的六月，七年的十二月，匈奴两次掳掠狄道县（今甘肃临洮县），单单人口就劫掠两千多。

傀儡刘弘继位没两年，就有了重重外患，南北都有问题，一旦陷入两线作战，以此时汉朝的实力肯定得完蛋，至少是经济崩溃。刘姓诸侯的不满可想而知。此时的吕后为了稳定吕氏的权力，只好对刘氏诸侯王动手了。

就在高后六年十月，吕王刘嘉以骄奢淫逸的名义被废，吕后破天荒地封吕产为吕王。

高后六年的年底（也就是秋天），吕太后的侄女儿一气之下回了娘家。原来，为了控制刘姓诸侯，各路诸侯的妃子几乎都是吕家人。这个侄女儿是赵王刘友的王后。刘友蛮有个性，这个王后毕竟是包办婚姻啊，所以对王后一点感情没有，跟别的王妃一起亲亲热热。

吕太后正要处置诸侯王呢，赵王撞枪口上了。赵王后不仅带来了家事的苦恼，还带来刘友的一句话："吕氏现在也能封王？只要吕太后那老女人一死，我肯定得反上长安，诛杀吕氏！"

这可是触碰到吕后的逆鳞了。高后七年正月，她随便找了个理由召赵王刘友进京。刘友进京之后，待遇还不错，被安排在一个像模像样的住所，还有不少卫士守卫。就是……既不能出去，也没有吃的。赵王的

臣子一看急了，有几个胆大的偷偷去送饭，结果都被抓了。

赵王平日里在封国，虽然不是花天酒地，锦衣玉食那是一定的啊。这饿着饿着，临死之前竟然饿出了诗兴：

"诸吕用事兮刘氏危，迫胁王侯兮彊授我妃。我妃既妒兮诬我以恶，谗女乱国兮上曾不寤。我无忠臣兮何故弃国？自决中野兮苍天举直！于嗟不可悔兮宁蚤自财。为王而饿死兮谁者怜之！吕氏绝理兮托天报仇。"

从此包办婚姻的罪行多了一个：饿死王爷。这还不算，赵王饿死了，只按照平民的礼节，下葬在长安城百姓公墓的旁边。

可是你别说，有的事情还真邪门儿，刘友那诗最后一句"托天报仇"还真应验了。这个月就发生了日食，白天那一小会儿跟晚上一样。吕后这人迷信得很，死活觉得日食跟她有关系。当然，我们现在都知道这事主要怪月亮挡着光，跟吕后没关系。但是，吕后不知道啊，闷闷不乐，身体渐渐不如以前。

越是身体不好，她越要为吕家的后路着想。

这年二月，她就迫不及待地部署。让梁王刘恢成为赵王，吕王吕产改封梁王，但是没有去封国，而是留在京城做皇帝的太傅（老师）。又立孝惠帝时期另一名宫女生的儿子刘太为吕王。改梁国为吕国，吕国为济川国。此时，汉廷中央，已经基本被吕氏把持。还有个刘邦的远房亲戚刘泽，此时任大将军（相当于军委副主席，跟丞相几乎平级），看起来是吕家的劲敌……可是，人家的老婆是吕后的外甥女。不仅如此，为了安抚这个姓刘的，吕后还封他为琅琊王。

可是，刘家的悲惨命运还没结束。刘恢不仅就任赵王，吕后还给他介绍了对象——不用说，是吕家的，吕产的女儿。万恶的包办婚姻，还是政治联姻的那种，自古被别人唾弃。

刘恢的苦闷不仅于此，前任赵王，一个刘如意，一个刘友都是惨死。他能好受？再者身边又都是吕氏的眼线，做什么事情都得小心翼翼。就算没这些，从小生活在梁国，突然到了赵国，总会不适应吧？何况梁国还比赵国富裕。

刘恢转来转去，只好在感情上找寄托。可是啊，天不遂人愿，准确说吕不遂刘愿。他找感情寄托，宠爱某妃子，吕王后能忍得了？就算吕王后能忍，吕太后呢？

好在是吕王后没忍得住，毒死了赵王宠妃，要是吕太后没忍住，刘恢就得惨死了。可惜啊，小王爷为情所困，天天怀念宠妃。还创作了四首歌曲，天天叫宫里的歌姬们唱。没多久，小王爷就抑郁了。这年六月，刘恢自杀。

吕后得知，内心是喜出望外啊。宣称，刘恢这孩子为了感情不要国家，这样的血统不能做王——于是把刘恢绝了后。

九月，燕王刘建也死在燕王宫中。吕后喜出望外啊。虽然说燕王刘建有个年幼的独子，独子？已经权倾朝野的吕氏害怕这个刘氏的小王子？于是……燕王也绝了后。吕后八年十月，吕台之子吕通被封为燕王。

吕氏家族的步步紧逼让刘氏诸侯渐渐坐不住了。

就在铲除刘氏燕王之前，吕太后把毒手伸到了远在北方边境的代国。代国在汉匈边境，代王刘恒不是一个虚职的诸侯王，手上掌握着驻守边关的边军。此时吕太后已经除掉了赵王刘恢，刘恢又没什么后代，于是请刘恒去任赵王。刘恒如果是个傻子，也许会去，如果他胆子小，没权力，也会去。

有兵权就是不一样，刘恒婉言谢绝了吕太后的命令：我愿意驻守在代地的边关。

于是，干脆，吕后七年秋，封吕禄为赵王。

当然，刘恒还属于韬光养晦型的，也有刘氏成员直接与吕氏对抗的。齐国当时势力最大，管辖几十城，齐国第一任国王刘肥还是高皇帝长子。刘肥在孝惠帝六年逝世，现在的齐王是刘肥的长子、刘邦的长孙刘襄。刘襄的二弟刘章当时是朱虚侯。

刘章二十岁的时候，又高又壮，对吕氏家族欺负皇室的事情早就看不惯了。他那会儿在中央任职，相当于一个禁卫军小头子，中南海保镖。同时，他也是吕禄的女婿。

一次，吕太后搞宴会，不知道是家宴还是国宴，总之下面不少姓吕的。吕后叫刘章做酒吏，也就是这场宴会的司仪。刘章跟吕后请求说："臣就是个做将军的料子。咱们行酒，就按军法来办吧。"吕后不知道他葫芦里卖的什么狗皮膏药，觉得新鲜就答应了。

酒喝了几旬，大家兴致正高，刘章请求搞个歌舞表演。吕后问："什么表演？"

"嗯，我给大家唱唱农业科普歌曲，'耕田歌'。"

吕后还把他当个小孩，就逗他说："我知道你爸爸当年跟奶奶曹氏一起种过田，你从小就是个王子，也知道种田的事情？"

刘章说："我知道啊。"

"那就快快演呗。"

于是刘章手舞足蹈地唱啊跳啊，调调没传下来，歌词传下来了："深耕概种，立苗欲疏，非其种者，鉏而去之。"

意思就是：种田要耕得深些，合理密植，农作物的苗，要稀疏一点。如果不是一种的（杂草），那就得一锄头把它铲除。

本人不会种田，不知道说得对不对，但是这最后两句的意思，估计大家都明白。当场气氛就僵了下来，连吕后也默然无语了。

场面寂静了些许，一个姓吕的佯装喝醉，气冲冲地离席。刘章当即追了上去，一刀斩他个桃花开。刘章淡定地回到吕后面前，说："有人擅自逃离酒席，我已经按照军法将他就地正法。"吕后和所有参与宴会的人都大惊失色。吕后心毒，但是讲道理，既然前面已经许诺按照军法行酒，也就没办法将刘章治罪。

至此，吕氏开始惧怕刘章和他所在的齐国了，很多忠心刘氏的大臣也秘密与刘章和齐王刘襄合作，刘氏又慢慢有了起色。

内部的矛盾激化到这个地步，别国不来占便宜那就怪了。南越独立组织头目赵佗，在高后七年九月发兵攻打长沙国与南海国，攻取数个县城。汉中央头都大了，差遣周灶领兵十余万与南越国交战。

读者们不妨算一算，且不说秦末诸侯并起、项羽到处屠城烧房子，也不说楚汉之争双方的消耗战相持战。单说刘邦灭了项羽之后，又是除掉燕王臧荼，又是打韩王信，又是打彭越，又是打陈豨……战争一直就没消停过。曹参那会儿难得休养生息了几年，还不知道成效如何。要知道，这个时候的汉执行的是郡国制度，天下大半是封国的，封国的国王未必有实权，但是经济大权是掌握在手里的，汉中央政府能够收缴赋税的地区是那些郡县。也就是说，此时的汉中央政府，只能从广袤疆域的一小半上收取赋税，发展经济，更何况连年的战争。

周灶是个经验丰富的老将，老革命老资格。资格老到什么地步？当年刘邦当亭长那会儿，带着那原本要被押去修皇宫的十几个壮丁一起闹革命，周灶就是这十几个壮丁之一。之后灭秦、灭西楚的各个大仗几乎都参与过，以善于打防御战闻名。

可是，当时的汉军哪有在热带作战经验？何况隔着一个五岭，山地丛林作战，汉军吃尽了苦头。没多久军中又传染起瘟疫，周灶只好在湖南南部的山区休整，以防御为主要目的，择机收复失地。

吕后的烦心事一个接一个，刘友死了突然来个日食，刘恒不听话，刘章、刘襄兄弟两个对抗吕氏，周灶在岭南战事不利。不知道是吕后心情低落产生幻觉，还是确有其事。高后八年三月上巳节，吕后参加祓礼（一种消灾祈福的祭祀）回来的路上，遇到了一只神秘动物。这动物长得像苍狗，突然攻击了吕后的腋下，慌乱之际，一下子又不见了。

吕后一生，亏心事做得蛮多，这种灵异事件深是忌讳。请了个大师一看，不得了，大师说是赵王刘如意的冤魂作祟啊。这一下，吕后彻底一病不起了。

其实要我看啊，这个其实好解释，一种青黑色像狗，行动敏捷又不常见的动物攻击了吕后。应该就是狼獾，一种像狗一样的小型猛兽，也叫貂熊、山狗子，诡计多端，敏捷异常，因为上蹿下跳就跟飞一样，俗名也叫飞熊。有熟悉动物的读者可能要质疑了，这玩意只有东北才有啊。嘿嘿，这几年，还真在秦岭附近发现了貂熊分布，古代环境好，秦岭都有了，怎么陕西就不能有呢？

我道歉，又歪楼了。

让吕后忧心的事情远远没有结束，八年夏天，长江、汉江流域又出

现特大水灾，筋疲力尽的汉中央政府，或者说，吕氏当局又不得不投入到抗洪抢险之中。

匈奴在北方观望，刘氏随时准备着绝地反击，周灶在岭南战场毫无进展，各种灵异事件，最终让心力交瘁的吕后累垮了。

到了秋初七月，吕后病情加重，死亡的阴影笼罩着这位女强人。为了吕氏家族的利益，吕后做了最后的安排，任命吕禄为上将军（军委副主席），统领北军；任命吕产统领南军。南军是守卫皇宫的军队，北军是守卫京城的军队。

在汉代军制中，南北二军的意义非同小可。尤其是西汉，当时每个二十三岁的健康男子都得参军两年，哪怕是权贵富豪之家，都得如此。而且，各个地方都会定期组织二十岁以上的退役军人和居民进行军事训练，通常在农闲的时候，也就说，绝大部分人参军之前就有一定的军事素养了，这个之后我们会专门提到。当时，一般人先在本地的郡或者国服役一年，再去边疆或者京城。也就是说，南北军的军人，个个都是"老兵油子"，用现在的话说，那是一支士官部队。

吕后做了最后的安排之后，将吕禄、吕产叫到身边，告诫说："高皇帝平定天下之后，曾经说过'今后不是刘氏的，不准封王'，现在你们两个都是王爵，大臣们肯定不服。等我不在了，皇帝又年轻，大臣们和其他皇室可能会有变化。你们手握兵权，足可以守卫京师。但是，千万不能立即为我发丧，让天下缟素，搞得都知道我没了。"

没多久，吕后一命呜呼，结束了颇多争议的一生。按照吕后的遗诏，每个吕氏家族的人都得到不同的赏赐。吕产被任命为相国，吕禄的女儿成为皇后，当年和吕后一起到项羽那儿当俘虏的审食其成为皇帝的太傅。

中央已经安排定了，底下的诸侯身边也都有眼线。吕后去世的消息也没有被政府正式宣布，这看似完美的部署，被一个人给彻彻底底地打破。这个人，就是齐王刘襄的弟弟刘章。

第八章

休养生息

吕后刚死，吕禄、吕产的野心就慢慢膨胀，渐渐有了"作乱关中"的意思，估计是想废除刘氏少帝，拥立吕氏。但是，当时周勃、灌婴、郦商等开国功臣还在，所以只能秘密进行周密部署。

当时，齐王刘襄的两个弟弟刘章、刘兴居都在长安。刘章的妻子，是吕禄的女儿。以往，这些吕氏的女人通常是个打小报告的角色，但是这个吕禄的女儿，偏偏是真心爱上了刘章。这也好理解，刘章确实是个勇武强壮的英雄。在爱情和家族之间她很纠结，但是还是最终把消息告诉了刘章。

刘章出于种种考虑，决定暗中写信告诉他哥哥刘襄，让他领兵西进，刘章、刘兴居在长安为内应，攻入关中，自立为帝。刘襄作为高皇帝长孙，继承皇位顺理成章。

刘襄接到了弟弟们的来信，与舅父驷均、郎中令（负责王宫守卫兼管进谏等事，九卿之一）祝武、中尉（王宫禁卫军总指挥）魏勃，私下商量起兵之事。

世上没有不透风的墙，这个事情被齐国丞相召平隐约知道了。在西汉初年，为了加强中央对诸侯国的控制，封国的丞相都是由中央任命，只有几个亲近的官职可以由诸侯王自己决定。召平自然要为"中央"考虑，说白了，吕家人让他有个饭碗，不容易。

当晚，丞相就打算调换卫兵监视王宫。好在这事情他只是隐约了解，所以还有忽悠的余地。主谋之一的魏勃，是齐国中尉，掌管禁军和王都的治安。魏勃提议说："齐王想造反？那也得有中央的调兵虎符

啊？相国您围住了王宫，本来就是为中央分忧的好事。这个应该是我分内的事，让我来指挥这次监视任务吧。"

召平没多想，本来也是魏勃分内的事情，让他做天经地义，凭什么要我大半夜守着王宫？于是很干脆地答应了。

结果当晚，魏勃带着人把相府包围个水泄不通。

"道家说'当断不断，反受其乱'，真是至理名言。"留下这句遗言后，召平举剑自杀。

齐王正式拉开队伍，任命驷均为相国，魏勃为将军，祝武为内史（掌管财政）。但是，刘襄刚刚准备对吕氏当权的中央政府宣战，却意识到一个大问题——就算倾国之力，动员王国内的所有部队，也不是中央军的对手啊。之前我说过了，在西汉初，驻守郡国的地方兵都是些新兵蛋子，入伍不到一年，中央的南北军、边防的边军无论是作战经验还是兵力，都是远远超过齐国的。何况，虽然齐国是个大国，但是前些年又是拿这个郡给鲁元公主，又是拿那个地区贿赂吕产。现在也不过就是两三个郡的地盘，这点兵力，发动周围几个郡的兵力就可以把他给剿灭了。

我估摸着，可能是丞相驷均的主意，至少琅琊王刘泽也这么认为。齐国派遣祝武到了琅琊国，跟琅琊国王刘泽说："国王殿下啊，吕氏现在已经在关中造反了。我们齐王得知了中央的内部消息，已经起兵准备西征。不过齐王辈分小，也不懂军事指挥什么的，愿意将齐国军队交给您指挥。大王您是高皇帝的老部下，作战经验丰富。但是齐王不敢离开军队，希望您亲自率军到临淄（齐国王都）会师，共商大事，一起平定关中之乱！"

刘泽本来就很担心朝中的事情，认为皇帝年少，吕氏又强权。一听这个好事，一国军队等着自己去指挥，哇噻，这辈子也没指挥过大兵团作战啊。于是当天带着琅琊国的军队一路急行军，到了临淄。结果就被齐国的魏勃一伙人给扣了，琅琊军稀里糊涂地也打起了齐军的旗帜。

刘襄骗了刘泽，刘泽眼看着回去又不行，军队又被骗走了，只好给刘襄出了个主意："您父亲齐悼惠王是高皇帝长子，您又是高皇帝长孙，就应该继承皇位。现在朝中大臣们的态度暧昧不定，我身为刘氏家族中岁数较大的一个，我的话在朝臣中也是有分量的。大王留着我也没用，不如放我去关中，制造些舆论好了。"结果齐王也被这番话说得飘飘然，不仅同意了，还给琅琊王配了几台豪华公车。

于是，有了家底的齐王开始向吕氏宣战了，首先就是攻打西边吕国（吕产的封国）的济南。这时的齐王腰杆硬了，向所有的诸侯发布了一篇公开信。信上强调："高皇帝平定天下之后，分封子弟为王。我的父亲悼惠王是长子，被封在齐国。悼惠王去世以后，惠帝派张良立我为齐王。惠帝去世得早，吕太后把持朝政。她晚年纵容吕氏家族成员废掉高皇帝分封的诸侯王，先后杀掉了三个赵王，废了梁国、燕国、赵国，改封吕氏家族的人为王。还活生生把我的齐国分成了四国。忠臣们的建议对于吕氏来说就是一阵风。如今，吕太后去世，皇帝以后的日子还长，还不能治理天下，本来就要依靠大臣诸侯们辅佐。可是现在吕氏家族的人个个自立为高官，集结军队树立威信，挟持功臣忠臣，假传圣旨号令天下，刘氏的宗庙已经危险了！现在，寡人亲自带兵去长安杀了那些不该称王的！"

公开信一出，中央也就知道了齐王的目的，相国吕产派遣灌婴率军平叛。灌婴出关到了荥阳，仔细权衡了下利弊："吕氏家族那些人带着军队驻扎在关中，想要废除刘氏自立为君。我要是打败了齐军回去复命，是在帮助吕氏攒造反的资本啊。"干脆在荥阳这个地方驻扎下来不走了，反正这里粮草足够。

于是灌婴派遣使臣找到齐王，双方达成同盟，就等着关中的事态发生变化，打入关中，杀光专权的吕氏成员。齐王也按照约定退守齐国西部边界，等待消息。

当时，吕禄、吕产各自统领南北二军，朝中有实权的都是吕氏家族的党羽。虽然内部有周勃、刘章等人，外面齐王刘襄、楚王刘交已经起义，但是关键是灌婴在关外不知道会不会背叛，只要灌婴和齐王一交战，他们起事就是轻而易举。朝中无论是封了爵位的功臣还是一般的臣子，都是人人自危。

就在这节骨眼上，真应了刘邦的遗言——保全刘氏天下的，一定是周勃啊！

此时，当时大部分叱咤风云的功臣相继离世，功臣中的领军人物就是灌婴、郦商、陈平还有周勃。但是灌婴已经被派往荥阳，郦商年事已高无心政治，朝中只剩下没有实权的陈平和周勃。

但是，郦商的儿子郦寄，不仅在朝中任职，还与吕禄有些交情。于是周勃与陈平在一起谋划着如何改变事态，一出好戏就此展开。

郦商稀里糊涂地遭到了不明人士的秘密挟持，郦寄为了父亲的安全考虑，只得答应对方的条件。郦寄按照对方的要求，见了吕禄，说："打江山这个功劳，有高皇帝的一半，也有高皇后的一半。高皇帝封了九个王，高皇后立了三个王，这些都是朝廷内外许可的。现在高皇后去世了，皇帝还年轻，你带着赵国的王印，还不去封国当赵王，却带着军队驻守在京城，难免大臣说闲话啊。您不如交还朝廷的官印，把军队还给太尉周勃指挥。如果梁王也这样做，顺便和朝中大臣搞好关系订个盟约，齐国没了借口作战，大臣们心里安心。你也可以在封国世世代代做赵王，多好啊。"

吕禄仔细思量了会儿，竟然真的准备交出将军印，让周勃接替他指挥北军。此事风声一传，吕氏家族内部掀起轩然大波，议论纷纷。一天，吕禄的姑妈吕媭（樊哙之妻）看到吕禄与郦寄一起去城郊打猎，大发雷霆，将家里的珠宝什么的乱砸乱丢，一边砸还一边说"不把这些个砸掉，就是给别人看着这些宝贝啊"之类的气话。

接着，吕后生前的亲信左丞相审食其也被扳倒。

八月，这场政治斗争达到了高潮。当时曹参的儿子曹窋是代理御史大夫（三公之一，管典籍、监察、拟订诏书），正好要去找相国吕产商量事情。这时，郎中令贾寿刚刚从齐军那儿出使回来，为吕产分析形势，劝他去封国。

曹窋在偷听中隐约知道了一个消息——灌婴已经和齐军结盟了，吕产马上将要去皇宫交出相位。

他立即找到周勃和陈平，告诉了这个消息。周勃当即决定，找管理符节的纪通，来个"窃符救汉"，假传圣旨进入北军驻地。这次行动非常冒险，就算真的能进入北军，也未必能够让北军将士听从指挥，消灭吕氏。吕禄身边的耳目进一步煽风点火，最终同意将北军指挥权全权交给周勃。

周勃进入北军驻地大门之后，当即组织动员，下令说："愿意给吕氏卖命的，把右胳膊露出来，愿意为刘氏卖命的，把左胳膊露出来！"

结果军中都露出来左胳膊，史书叫"左祖"。

现在很多人，都说周勃是在进行一次冒险，赌上一把。就赌北军愿意左祖向着刘家。其实，如果研究下古代的服饰就会发现，从先秦到明代，中国的服饰都是交领右衽为主，也就是左边衣襟压着右边衣襟，然后在右边有个系带。基本上……要么赤膊，要么露出个左胳膊，露出个右胳膊，衣服大概就不能要了。所以说，这个命令，其实是个死命令——你们必须听我的，效忠汉室！

就这样，北军已经被周勃控制了，陈平让刘章帮助周勃，周勃命他监守军门。

此时的南军统帅吕产正在去皇宫的路上，而看守宫门的，早已经被曹窋收买。吕产还不知道北军的事情，想闯入未央宫为非作歹。可是就是无法进入宫殿，在那里徘徊不定，犹豫不决。曹窋担心事情有变化，跑到北军找到周勃，汇报了情况。

原本周勃也没有十足的信心在军事上干掉吕产，始终不敢直接下令诛杀吕产。可是吕产在宫门前徘徊不定，正好给了他理由。周勃立即命令刘章带人以保卫皇帝的借口进入皇宫。刘章要了一千士兵，以进入未央宫就看到了吕产一行人为由，大约在午饭时，刘章向吕产一行人发起了攻击。这时，狂风大作，吕产的随从们四散奔逃。刘章一路追击搜寻，在郎中令府的厕所中发现了吕产，当即斩首。

此时，小皇帝的位置开始尴尬，对于傀儡来说，幕后推手被别人干掉，未必是好事。小皇帝派遣一个谒者带着皇帝的符节慰劳刘章，刘章想要夺过符节，以便在宫中随意出入。谒者不愿意，刘章干脆把谒者整个人给劫持了，坐着他的车驾在宫中搜寻，斩杀了长乐宫的卫尉吕更

始。之后丢了那个谒者，独自回北军大营复命。

这时，吕氏家族已经没有可以与周勃等人抗衡的人物了。周勃命令北军全城搜索，在关中各地将吕氏一族尽数抓捕，全部斩首。之后，吕后当年封的异姓王也被一一处死或者废黜，重新封刘氏宗族的人为王。于是灌婴也准备从荥阳班师回朝了，齐王方面也宣布停火。

这时，朝中大臣的春天来了，吕氏的高压统治时代结束了。孝惠帝的"孩子们"的地位，自然就不会被承认，包括皇帝。大臣们提议，在皇室那么多候选人当中，选举出一个合适的人，继承皇位。

按理说，带头起事的是齐王刘襄，功劳最大的是齐王刘襄的弟弟，何况刘襄还是高皇帝刘邦的长孙。可是，这时候，琅琊王刘泽也进入了长安，参与了讨论。

琅琊王刘泽能不报仇么？他当初可是被齐王和驷均坑得不轻，于是立即制造舆论："吕氏作乱，无非因为他们是外戚。齐王刘襄的舅舅驷均，良心大大的坏，就是个野心得不到满足的老虎。如果立齐王，还不是外戚乱政么？"

就这样，刘襄的选票支持率立马下去了。

经过各方面考虑，最后一个不起眼的皇室成员进入了他们的视野——代王刘恒。一方面，在高皇帝活着的子嗣中，刘恒是当中最年长的，长期驻守在北方边境，与匈奴接触；另一方面，刘恒的母亲薄夫人老实谨慎，薄夫人原先是楚汉争锋那会儿魏豹的妻子，魏豹在荥阳被周苛杀了之后，刘邦一次酒后失态（其实酒后壮胆的可能性更大）跟薄夫人发生了关系，干脆封她为妃，生下了刘恒。再者，刘恒在当时名声还不错，人称孝子，性格温顺，这样的皇帝上台，不会对大臣起疑心，就算起疑心也不会下狠手。

最后，老臣夏侯婴和刘章的弟弟刘兴居，一起进宫，把皇帝请下皇位，以迎接代王刘恒的到来。

事情定下来了，灌婴还留了一手，他以挑唆齐国与中央关系的罪名把齐将魏勃革职，极大地削弱了齐王的实力。

可是，当周勃、陈平派出的使臣到了代国，刘恒傻眼了，这怎么办？我们可以看到，之前的太多事例说明，中央让诸侯王去长安，绝对没好事。这回好好地说让刘恒去做皇帝，实话说，换作我，我也不信。代王底下也都炸开锅了，有的说快点去长安啊，天下掉馅饼啊；有的说千万别去啊，去了就得死啊。

纠结了一天，晚上刘恒又向王太后薄夫人请示，还是没结果。干脆，找个算命先生烧乌龟壳。乌龟壳上出现了一个横着的大裂纹，算命的扑通跪地："您是要当皇上了。"

刘恒心里还是没底，命舅舅薄昭先去长安打探情况。薄昭回来后，把周勃等人的原话告诉了刘恒，刘恒这才带着亲信前往长安。

刘恒就是汉文帝，庙号太宗，成为汉代第二个有庙号的皇帝。

元年冬十月，刘恒正式称帝。汉王朝，终于可以好好地安定一会儿了。刘恒充分借鉴了曹参等人的休养生息政策，国家安稳无事。

一个安定的内部环境，换来的首先是外部弱小势力的尊重与畏惧。元年，文帝派遣书生陆贾前往南越国，南越国皇帝赵佗看到汉朝内乱已经结束，与周灶的作战又没有什么好处，再一次向汉朝称臣。南越大地又回到了祖国的怀抱。

而面对强大的匈奴，汉文帝依旧只能采取忍耐的态度。汉文帝即位之初就重新开始和亲的政策，并且几乎年年赠送匈奴丰厚的礼物，类似宋代给契丹的岁币。

但是，冒顿并不领情。汉文帝三年五月，匈奴右贤王部攻入了北地郡（今陕甘宁三省交界处），又在河南地区（今天河套地区及其南方一带）劫掠财物，甚至屠杀边民。

此时的汉文帝正在甘泉宫度假，这是他即位以来的第一次。六月，做好一切部署的汉文帝决定组织一次有限的自卫反击——这是继白登之围后的第一次对匈奴的军事行动。

汉军在高奴县（具体地址众说纷纭，有人说是今天的延安一带）集结八万五千边防骑兵，由丞相灌婴指挥。但是，这次作战可能很让汉中央没面子，因为《史记》《汉书》上都只记载了三个字，"匈奴去"。也就是说，等汉军集结完毕到了战场，匈奴人已经劫掠完毕，得胜回

朝了。

可能是为了挽回颜面，汉军调整了军事部署，加强了长安的守卫，随后文帝亲自到了高奴县，顺路到了太原，也就是过去代国的王都。

这明显只是对匈奴入侵的一个表态性质的动作，真要汉文帝此时去亲征，汉文帝不会同意。

可是，没骗到匈奴人，骗了自己人。齐王刘襄的弟弟刘兴居此时被封为济北王，原来为了削弱齐国势力，刘章、刘兴居都被封王，封地都是从齐国划出去的。刘兴居以为汉文帝真的想北伐匈奴，长期驻扎代地。他天真地举兵谋反了，准备进攻荥阳（这个地方经常躺枪）。

文帝当即命令灌婴回撤，派遣陈武为将军，集结郡国兵十万人前去讨逆，命缯贺驻守荥阳。七月，文帝回到长安，下令：叛军领地内，在官军到来之前归顺的，官复原职，不问其罪。结果，八月就把刘兴居团伙悉数抓获。

此时汉朝政府的动员力和整个国家的国力已经有了明显的改观，处理个叛乱干净利落。虽然，面对匈奴机动性超高的大规模骑兵有点追不上的感觉，但是至少组织了一次抵抗。

针对文帝三年的战事，汉中央政府两次通过给单于的书信发表强烈谴责。

第二年，也就是汉文帝四年，前176年，冒顿单于首次针对去年的边境纠纷表态，寄了一封回信给汉文帝：

"天所立匈奴大单于敬问皇帝无恙。前时皇帝言和亲事，称书意合欢。汉边吏侵侮右贤王，右贤王不请，听后义卢侯难支等计，与汉吏相恨，绝二主之约，离昆弟之亲。皇帝让书再至，发使以书报，不来，汉使不至。汉以其故不和，邻国不附。今以少吏之败约，故罚右贤王，使至西方求月氏击之。以天之福，吏卒良，马力强，以灭夷月氏，尽斩杀降下定之。楼兰、乌孙、呼揭及其旁二十六国皆已为匈奴。诸引弓之民并为一家，北州以定。愿寝兵休士养马，除前事，复故约，以安边民，以应古始，使少者得成其长，老者得安其处，世世平乐。未得皇帝之志，故使郎中系虖浅奉书请，献橐佗一，骑马二，驾二驷。皇帝即不欲匈奴近塞，则且诏吏民远舍。使者至，即遣之。"

这封书信很有意思，首先，表示冒顿单于与汉文帝和亲政策是正确的；二来，将事态恶化的责任推了一半在汉朝边防人员身上，把匈奴方面的责任全部推给右贤王，各打四十大板，言下之意这次的纠纷不会造成汉匈两国政府高层之间的往来；再者，话锋一转，说为了惩罚右贤王，命他率军攻打月氏国，现在"楼兰、乌孙、呼揭及其旁二十六国皆已为匈奴"，明着是道歉，实际上是显摆；最后，伸出了橄榄枝，表示愿意继续修好，希望双方撤离部分边民和边防军队，在边境建立军事缓冲区，最后还说明了礼单。

说白了，这就好比说，哎呀，不好意思啊，我也没想到我们匈奴一个右贤王就能随随便便把你们汉朝打成这样。为了惩罚他，我派他去与西域交战，没想到，西域也不经打，现在全部臣服于我了。

实话说，匈奴这封信真的很欠揍。

接到书信后，汉文帝开始与大臣们商量汉匈关系的政策，和亲还是战争。朝臣普遍考虑到此时匈奴已经进军西域，国力正强，远远不是开战的时候，更何况对于汉朝来说，匈奴贫瘠的土地不能耕种。汉朝只能继续和亲的政策。

文帝六年，汉朝方面予以了回应：

"皇帝敬问匈奴大单于无恙。使系雩浅遗朕书，云'愿寝兵休士，除前事，复故约，以安边民，世世平乐'，朕甚嘉之。此古圣王之志也。汉与匈奴约为兄弟，所以遗单于甚厚。背约离兄弟之亲者，常在匈奴。然右贤王事已在赦前，勿深诛。单于若称书意，明告诸吏，使无负约，有信，敬如单于书。使者言单于自将并国有功，甚苦兵事。服绣袷绮衣、长襦、锦袍各一，比疏一，黄金饬具带一，黄金犀毗一，绣十匹，锦二十匹，赤绨、绿缯各四十匹，使中大夫意、谒者令肩遗单于。"

信的语气一如既往地低调。冒顿单于的自称是"天所立大单于"，称汉文帝为"皇帝"；而汉文帝的自称是"皇帝"，称冒顿为"匈奴大单于"。这封信中，虽然语气谦逊，但是俨然是平等的对话，甚至告诫

匈奴方面不用过于指责右贤王，并且希望匈奴单于能够做到书信中说的承诺。

很多人都会觉得奇怪，向来好战的冒顿单于为何主动伸出和平的双手，甚至愿意撤离部分军队和牧民。而且是在攻取西域获得大胜的情况下。其实，这时候的冒顿已经是个垂垂老矣的人了。汉朝的书信到了没多久，冒顿就结束了精彩的一生。冒顿之子稽粥（音基玉）继位，被称为老上单于。

为了对新继位的单于表示和平的诚意，汉文帝在诸侯王的子女中找了一位翁主（相当于后世的郡主）前去和亲。可是这次和亲，却给汉朝惹来了几十年的麻烦。

当时，汉朝派遣一个燕国的宦官作为陪嫁去匈奴。这个宦官一百个不情愿，凭什么我就得去那么鸟不拉屎的地方？可是在政府的安排下，他是不去也得去。临走前，他带着满腔的愤恨和对社会的不满，扬言："等我到了匈奴，一定是汉的祸患。"这个宦官到了匈奴还真的成了老上单于的心腹，成为了单于帐下的对汉关系的首席智囊。这个宦官，叫中行说。

中行说成为老上单于的亲信后，汉匈关系逐渐恶化。在中行说的建议下，匈奴停止了对汉的向往。中行说分析说，匈奴的人口不到汉的一个郡，如果饮食服饰与汉地相同，那么很快就会被汉吞并。只有让民众知道，汉的丝绸不如匈奴的毛皮粗布，汉的美食不如匈奴的乳制品肉制品，保持游牧的风俗，才能让汉廷惧怕。

在两国的书信来往中，汉朝使用的是一尺一的木片。在中行说的挑唆下，匈奴不管是信札的大小，印章的规格，都高于汉朝使用的，而匈奴单于的开头问候语，也变成了"天地所生、日月所置匈奴大单于，敬问汉皇帝无恙"。

之后汉朝使臣与中行说也屡次针对匈奴的风俗展开过辩论，中行说身为汉人，却对汉极力贬低，更使两国交恶。

实际上，无论对当时的汉人，还是现在的文明世界，匈奴的很多陋俗都是让人难以接受的。不过，当时的大部分游牧民族，就是这样。

汉文帝十一年夏，匈奴在边境狄道县（今临洮）挑衅。汉十四年（前166）冬，匈奴集结十四万人，越过边境的朝那、萧关，进攻北地郡（今甘肃东部，陕甘交界处），名叫昂的北地郡都尉战死。汉军的边民畜牧遭到大量掳掠，匈奴军队一直打到彭阳县（今宁夏东南部）。匈奴前锋部队甚至烧毁了汉代在边境的回中宫，侦察部队进入雍地的甘泉宫（皇帝度假地，离长安不远），不仅对汉代的边关贸易、边民财产安全造成极大的损失，甚至直接威胁到了汉中央政府的安全。

汉文帝被彻底激怒了，得到消息后，当即任命中尉周舍、郎中令张武为将军，遣战车一千余辆，骑兵十万人在长安附近的渭北建立防御工事，防止匈奴的奇袭。并派遣卢卿、魏㑪、周灶分别为上郡将军（今陕西榆林一带）、北地郡将军、陇西郡将军（甘肃东南部），张相如为大将军，董赤为前将军，集结大量车骑部队反击匈奴军。

汉文帝亲自去劳军，跟将士们待得久了，慢慢地也想起了当年做代王时，驻守边关的情形。加上这次匈奴入侵规模大、性质恶劣，文帝在向往和愤怒中，萌生了一个疯狂的想法——亲征匈奴。

虽然汉文帝没去成，但是任命老将栾布为将军，参与指挥作战，也算为亲征找个台阶下。匈奴在汉地坚持了一个多月，汉军将匈奴驱逐出境就没有继续追击了，所以虽然取得了胜利，但是匈奴军的伤亡并不大。

接下来的几年，匈奴日益骄横，几乎年年在边境闹事，大量屠杀无辜的边民，云中郡（今内蒙托克托县一带）、辽东郡（今辽宁省东部一带）、代郡（今河北省与山西省东北的交界处）最为严重，死亡人数超过万人。

汉文帝十七年，因为得到了一个"仙人"的玉杯，破天荒地改称十七年为新的元年，史称后元元年。不过，当年就发现其实是民间术士的把戏，但是后元元年就这么将就下去了。其实这已经是年号的雏形了。

汉文帝后元二年（前162），汉匈边境关系依旧紧张，长期拖下去，对汉朝是不利的。匈奴入侵，打个县城就能抢到钱。汉朝如果越境

反击，估计只能在地上捡点马屎牛粪运回去当肥料。彻底撕破脸全面开战，闹不好把整个国家搭进去了。万不得已的情况下，汉朝方面只有主动示好，寄书信给老上单于：

"皇帝敬问匈奴大单于无恙。使当户且渠雕渠难、郎中韩辽遗朕马二匹，已至，敬爱。先帝制，长城以北引弓之国受令单于，长城以内冠带之室朕亦制之，使万民耕织，射猎衣食，父子毋离，臣主相安，俱无暴虐。今闻渫恶民贪降其趋，背义绝约，忘万民之命，离两主之欢，然其事已在前矣。书云'二国已和亲，两主欢说，寝兵，休卒，养马，世世昌乐，翕然更始'，朕甚嘉之。圣者日新，改作更始，使老者得息，幼者得长，各保其首领，而终其天年。朕与单于俱由此道，顺天恤民，世世相传，施之无穷，天下莫不咸便。汉与匈奴邻敌之国，匈奴处北地，寒，杀气早降，故诏吏遗单于秫糵金帛绵絮它物岁有数。今天下大安，万民熙熙，独朕与单于为之父母。朕追念前事，薄物细故，谋臣计失，皆不足以离昆弟之欢。朕闻天不颇覆，地不偏载。朕与单于皆捐细故，俱蹈大道，堕坏前恶，以图长久，使两国之民若一家子。元元万民，下及鱼鳖，上及飞鸟，跂行喙息蠕动之类，莫不就安利，避危殆。故来者不止，天之道也。俱去前事，朕释逃虏民，单于毋言章尼等。朕闻古之帝王，约分明而不食言。单于留志，天下大安，和亲之后，汉过不先。单于其察之。"

信写得不卑不亢，但是和平的意思很明显，并且明确表示再次和亲之后，汉朝会继续赠送纺织品和粮食，并且保证不会主动挑起事端。

匈奴方面出于种种考虑，同意与汉廷继续和亲。汉匈的争端告一段落，双方约定，两国军队都不能擅自越过边境。

四年后，老上单于去世，军臣单于继位，中行说依旧是首席智囊。汉朝继续向匈奴示好，但是，这个新继位的单于并不领情。

后元六年（前159）冬天，匈奴分别派遣三万人在云中、上郡两地发动战役，一共六万人大举入侵。这次，汉军派遣三个将军驻守北地郡，代国地方军驻扎句注山（今山西代县北部），赵国地方军驻扎飞狐口（今河北张家口市一带），相互呼应，防范匈奴。为了防止匈奴奇袭长安，又在长安附近的细柳、渭北、霸上加强防备。

这次的匈奴军队很狂，主动进攻有大量汉军驻守的句注山，烽火台的烽火一直延绵到了甘泉宫和长安。此时的汉朝已经休养了二十二年，早已不是当年那个一场战争就能崩溃的困境帝国。汉军与匈奴军在战线上僵持了几个月，匈奴一直劫掠，汉朝也源源不断地输送援兵。这下成了消耗战，无论汉军还是匈奴军，都显得疲惫不堪。几个月后，事态逐渐缓和，双方都开始慢慢撤军。

汉文帝后元七年夏，汉文帝逝世。

在汉文帝在位的二十三年中，汉朝中央政府十分勤俭节约，休养生息，没有大的工程，没有大的改革，也尽量避免卷入大的战争。同时，汉文帝改革了律法，废除了肉刑，增强了汉朝政府的民意支持度。总之，在这个英明的皇帝领导下，汉朝逐渐走向复国强兵的道路。虽然在与匈奴的作战中并没有多少斩获，没有歼灭多少匈奴的军队，但是在不卷入大规模战争的情况下尽最大可能保证了领土完整，这一点，难能可贵。

接着，汉景帝继位，云中、上郡的战役，又以另一种形式继续了。

第九章

七国之乱

文帝驾崩后，太子刘启继承皇位，也就是汉景帝。与他一起登上历史舞台的，还有他的母亲窦太后。相比较文帝，他们实在是太幸福了。文帝当年接手的完全是个烂摊子，这个时候的汉已经是个名副其实的强国了。退一万步说，至少官员的公车是马车不是牛车了，皇帝的仪仗队也能凑齐了。而且因为边防的加强，匈奴如果想发动大规模的入侵，是要冒险的。文帝朝后期和匈奴的对峙，就很能说明问题。

但是，匈奴人不傻，尤其是还有个了解汉朝情况的中行说。中行说原本就是诸侯国的人，对于汉朝诸侯与中央那点破事，他再了解不过了。

早在云中上郡的对峙结束后不久，汉文帝即告病危，匈奴和赵王刘遂就有了点暧昧关系，私底下有些不干净。

一朝天子一朝臣，景帝即位之后，他的一些亲信立马就被提拔了。这其中，就包括他的老师——晁错。景帝对晁错充满了崇拜和偏袒，称其为"智囊"。

开始时，晁错的官职只是内史，管京师治安和财政，但是景帝基本上都是单独和他畅谈，不敢说晁错的实际地位超过丞相，超过九卿（地位相当于后世的各部尚书）是肯定的。晁错这个人，有才华，有思想，有学历，能言善辩，文帝时期几篇策论那是滔滔不绝，大谈改革。对，改革。

晁错这个人，千般好，就是喜欢改革。当然了，当时西汉确实也到了需要改革的时候了。文帝在位的二十三年，基本上都是在攒钱，每年死抠那么一点钱加强国防、发发工资什么的，就连皇室成员穿什么衣服都是精打细算。改革万一受到挫折，以文帝时期汉代的国力是难以承受的。虽然后期也在法律上加了几条附加条款，但是对于很多根本的流弊，汉文帝并没有去集中处理（但是不等于没处理，文帝那种慢条斯理的改革方式也蛮好的）。这其中，就包括诸侯王的问题。

汉代实行郡国制度，有封国有郡县。文帝其实已经动手处理了一些事情，比如将封国变小啦，一国分多国啦，七搞八搞的，中央掌握的郡县数量，慢慢地就超过了所有封国掌握的郡县数。

文帝确实是个老狐狸。景帝和晁错，相比之下差远了。

当时的丞相是申屠嘉，是个红小鬼，高祖打项羽那会儿，他还只是个队率，管五十个人，相当于现在的副连长。晁错论资格论官爵，和申屠嘉比起来都不是一个次元的。晁错每天跟皇帝开小窗口私聊，动不动就说改革什么的，申屠嘉心里能服？于是这个申屠嘉就到处搜晁错的污点。

当时，晁错的内史府修在汉皇室的一个宗庙围墙的里面，为了方便出入，晁错装修的时候干脆在这个南边的墙上开了两个门。

小样，我还治不了你？申屠嘉当晚就写了一封奏折打算第二天送上去。

可是，这揭发的事情一怕别人抢先，二怕走露风声。晁错还真听说了这个事情，当晚就找到景帝跟他说明情况："陛下啊，你得做主啊，为师凿的门不是宗庙的墙，是宗庙空地的墙，不是违章建筑啊。"

第二天，申屠嘉雄赳赳气昂昂地跨过未央宫的门槛，送上奏折，说现在长安一环内有个超大型的违章建筑，而且这个违章建筑还破坏了皇家宗庙，按照法律，不仅得拆毁还得判处死刑。

结果景帝直接说了句："晁错凿的墙我知道，哪有那么严重？那是宗庙空地的墙，不算违法。"

申屠嘉揭发不成，这下反而得换他谢罪了。老将军受不了这个打击，一病不起，没几天就死了。功臣二代陶青被任命为丞相，晁错被任命为御史大夫（相当于副丞相、候补丞相）。但是这个陶青，还真没什么本事，只不过是个靠着关系上位的而已。晁错成为实际上的丞相。

一场轰轰烈烈的改革开始了。改革的首要目的，就是削藩。

新官上任三把火，晁错提出建议，只要是犯了事的诸侯王，都得削减地盘，各个诸侯国边境的郡县，也都加强管理或者干脆收回中央。

景帝于是召集大臣、各个侯爵，在长安的皇室举行国会，晁错一个人在那大殿上夸夸其谈。晁错什么人？皇上的红人。申屠嘉牛人吧，不照样在晁错手上栽了跟头么？当时，晁错一口气说要改的政策和法律林林总总三十多条，没人敢反对。

"够了！晁错大夫，你要淡定啊！"终于有人站出来了，这个人就是窦太后的侄子，窦婴，一个小小的詹事（宫里面管事的，类似于后来的宗人府小头目）。

"不改革，哪天诸侯造反怎么办？"

"本来不造反的，你这么一削藩，不反也得反！"

这两个人就闹起来了，此后也一直有隔阂。因为只有一个窦婴投了反对票，更因为汉景帝同意削藩改革，这个议案就通过了。

窦婴是个忠臣，就是心直口快，逮着什么说什么。之前有一次，景帝的同母弟弟梁王刘武进宫朝觐，窦太后带着两个儿子举行家宴，其乐融融。景帝酒喝多了，话也多，为了让老娘高兴，随口说道："我死后，传位给弟弟刘武好了。"结果窦婴端着酒杯到了景帝面前："打天下的是高皇帝，高皇帝当年定的规矩就是父子相传。传位梁王，不合法。"

当时景帝和梁王的小伙伴们都惊呆了。你想，谁会在家宴上说正经话，就算有异议，事后说不行么？当然，天子不能乱说话，历史上也是有过先例。一次十几岁的周成王拿着片树叶，对弟弟叔虞说："我把唐国（后来的晋国）封给你了。"叔虞几岁的孩子懂个毛，顺手接过树叶。旁边大臣就对着"唐侯"拜了，成王说："我跟弟弟闹过家家呢。"大臣无语了，史官站出来说："丫的，我都记下来了。"于是这事就成事实了。

呃，抱歉，最近总是歪楼。总之窦婴这个人很直，有点小任性，虽然是窦太后的侄儿，但是并不是很讨窦太后喜欢。

晁错的改革如火如荼，底下诸侯叫苦不迭。晁错的父亲感觉不对头，一直从颍川老家找到长安，见了晁错，破口大骂："逆子啊！皇上刚刚继位，你小子一上台就搞什么削藩？诸侯是什么？是皇帝的亲戚。你给人家打工，还破坏人家家庭和睦，能有好下场么？"

"老爹，国家本应该如此的。不然中央没有被尊重，汉室的江山不稳。"

"就算刘家安全了，咱家危险咯。"

晁错老爹劝不住他，当夜就服毒自尽，遗言是："不忍心亲眼看到灾难降临到我家啊。"

这时，吴王刘濞坐不住了。他是高皇帝所封的诸侯王，手下有三郡，实力较强，一下子被削了大半的封地。刘邦又一次成了预言帝——五十年后东南有人造反，我希望不是你（指刘濞）啊。

没多久，楚王也坐不住了，赵王也坐不住了。慢慢地，胶东王、胶西王、淄川王、济南王都坐不住了。

十几天后，吴王刘濞发动总动员令，将整个吴国十四岁到六十岁的男子全部强征入伍，凑了五十万大军，与中央决裂。好吧，其实这五十万是号称，顶多二十多万——也不少了。实际上，他们七国私下里已经串通好了，甚至和东越、闽越这些当时的少数民族私下里都有来往。赵王刘遂更牛，直接找了匈奴当靠山。淄川王、胶东王、胶西王、济南王则在齐地策划"统一全齐"。天下，将又一次陷入大规模战争中，七国联军对阵中央军。但是，匈奴人算计得很好，这时并没有出兵——等汉中央军和七国联军两败俱伤，就……

公元前154年春，七国联军造反。造反总要个理由啊。想来想去，理由就是"清君侧、诛晁错"。汉代涌现过很多预言帝，晁错的父亲，也可以算一位了。

没多久，联军打到睢阳（今商丘）了。这里是梁国的都城，亲兄弟就不是盖的，死守睢阳，就是不同流合污——梁王刘武不傻，跟着景帝他是皇帝亲弟弟；跟着刘濞这个远房堂叔，毕竟是一代亲二代表，三代

就拉倒。再者，景帝对他确实不薄，削藩也没怎么整他。

前线是越来越吃紧，实话说，虽然我们现在总是说"文景之治"，但是实话说，景帝的本事远远不及文帝，更不如他儿子武帝。刚刚即位就摊上大事了，他也慌了。对于晁错，他也开始怀疑了，不是说削藩就能稳定中央的权利么，怎么现在反而打起来了？

晁错也着急了，这下保守党有了口实，内史窦婴、申屠嘉的亲信袁盎，开始反击了。其实文帝那会儿，袁盎就跟晁错处不好关系，后来晁错告发袁盎收了刘濞的贿赂，害得袁盎被革职。

晁错明白，不能干等着。叛乱的消息一传来，他就找到丞相的丞史（相当于秘书，当然都是男秘书）说："袁盎当年收受刘濞的贿赂，现在刘濞造反了吧？袁盎肯定有阴谋，应该判处袁盎死刑。"

结果内史不慌不忙："现在只是有消息，中央还没确认到底是不是造反。就算是，杀了袁盎，叛军就不造反了？再说，要是袁盎有阴谋，早就反了，干吗非等到革职以后？"

晁错彻底慌了，不知如何是好。当晚，袁盎找到窦婴，希望通过他面见皇帝——他要为皇帝分析刘濞造反的原因。毕竟，袁盎曾经是吴国的相，对刘濞很了解。

皇帝果真召见了袁盎。

两人聊得很开心，晁错也在一旁，气得直咬牙。最后皇帝问了主题："平叛，有什么计策么？"

袁盎请示，屏退左右才能说。

皇帝答应了，就连晁错也被命令退下——皇帝的不信任已经看得出来了。

袁盎这才回答说："吴楚发兵，理由就是晁错削了他们的地。现在如果杀了晁错，恢复他们的封地，他们还有脸造反么？"

景帝无话可说，考虑了很长时间，最后说："只要真的有用，那我为了天下只好舍弃一个亲信了。"

袁盎也无奈地说："我的计策只有如此了。陛下好好考虑吧。"

之后，袁盎被封为太常（九卿之首，相当于后世的礼部尚书）。

景帝思考了十几天，梁王在睢阳一直坚守，情况危急。这天，景帝派遣中尉到了晁错家，说要到长安的东市去一趟。晁错还以为是皇帝召见，穿了一身朝服，结果到了东市……欸，怎么是法场！

晁错的政治生涯和生理生涯都到了终点。袁盎带着皇帝的赦令和一股子天真无邪的劲头，到了吴王刘濞的军营中。

袁盎见了刘濞，还没开口，刘濞就说了句："我已经是东边的皇帝，还用听刘启的话么？"袁盎也被困在叛军中，历经波折，才逃出去，到了梁王那边，报告了叛军不肯罢休的消息。

景帝这才明白，战争不可避免了。想来想去，窦婴是个贤人，干脆封他做大将军，指挥全局。先帝文帝说过周亚夫这人不错，让他做个太尉吧，做个前线总指挥。老将栾布、郦寄也都可以去别的战场征讨。

可是窦婴有点小性子，请了几次才同意，出任大将军指挥全军。皇帝送的金银，也都全部给了部下。

至于周亚夫嘛，倒是一口答应做了太尉。当年，文帝后元六年那会儿，匈奴入侵，文帝视察军队，为了更好地贴近基层官兵的生活，事先没有通知。先去了霸上、棘门，去的时候那是欢迎欢迎，热烈欢迎。走的时候那是全军欢送。

到了周亚夫的驻地细柳营，走来就被站岗的拦住了："你们是哪部分的？"

"我们是御林军，皇帝来这儿视察。"

站岗的不买账："拿出皇帝的符节来，不然不能进去。"

皇帝派了个人拿着符节进去通报，这才被放进去。

"军营里车马速度不要太快，你们车子开慢点。"站岗的还不停地提醒军中的注意事项。

周亚夫穿着盔甲出来迎接，行了军礼："陛下，我穿着军装，就行军礼了哈。"

就这样，周亚夫军令严明让文帝很是欣赏。养兵千日，终于到了用兵一时的时候。

皇帝当时一心想救援梁国——那是他亲弟弟。周亚夫却有自己的想

法，他向皇帝建议说："楚军战斗力强，不好打。不如让梁王再忍忍，我去叛军后方，完成合围之势。"景帝答应了。

中央军，这才算真正对叛乱动手。没多久，周亚夫和窦婴会师荥阳（现在知道什么叫"兵家必争之地"了吧）。随后确定作战计划：窦婴驻守荥阳，并指挥齐国战场和赵国战场；周亚夫率中央军主力联合梁王与叛军主力吴楚军交战；齐国战场前线指挥为栾布，率领齐军与中央军胶东、胶西、淄川三国叛军交战，务必防止叛军合围临淄；郦寄为赵国战场前线指挥，努力攻破赵国西部防线，进攻邯郸，与赵军对峙等待援军合围。

不久，周亚夫就向洛阳进发。在洛阳他遇到了一个牛人——剧孟。剧孟是个富商，爱好行侠仗义，在当时算是个社会名流。周亚夫非常高兴说："难怪七国打到现在都没进展，原来叛军没有得到剧孟的帮助啊！现在我军占领荥阳，荥阳以东，没有什么可以顾虑的了。"

此时，吴军对梁国的攻击越来越狠，梁王向周亚夫部求援。周亚夫在指挥部与参谋门进商讨，一致认为，现在急于救援梁王会使战局被动，破坏作战计划。于是周亚夫向东北进攻昌邑（今山东昌邑市）。拿下昌邑后，建立了牢固的军事据点。梁王几乎每天派个使臣前来请求救援，周亚夫就是坚守不战，军队在昌邑慢慢休整。

最后，梁王失望了，派人去见景帝。景帝急了，急命周亚夫前去增援——别玩得过火把我弟弟玩死了。

周亚夫这下连皇帝的命令都不管了。但是，周亚夫部的休整也告一段落。当日，他派遣韩颓当等人率领轻骑兵断绝了楚军的后勤补给线。吴军后勤出现问题，决定速战速决，几次向周亚夫部挑战，周亚夫都只是据守不出。晚上，周亚夫军营内突然发生混乱，混乱迅速蔓延，到了周亚夫的营房。周亚夫根本不以为意，卧在床上休息，压根儿没管这事，他玩的就是心理素质。没多久，军中又恢复了平静。

之后，汉军周亚夫部在据点东南角发现大量吴军，声势浩大，烟尘蔽日。周亚夫一看，下令：除了东南方向都给我加强防御，尤其是西北。果然，吴军主力当真突袭西北角，损失惨重。吴军的后勤体系已经崩溃，开始撤退。周亚夫率军一路追上去，吴军受到致命打击。

此时，梁国主战场的形势已经明朗起来；齐国战场的栾布已经击破胶东、胶西、淄川三国叛军的合围，成功保卫了齐国，周亚夫部的韩颓也率轻骑兵前来增援；郦寄也已经攻破赵国西部防线，即将进攻赵国的国都邯郸。

对于叛军来说，现在能指望的，只有赵王刘遂——让他联合匈奴。叛军原先的构想是，刘遂坚守赵国西部防线，等吴楚军攻破梁国，就联合匈奴一起西进，进攻关中。

但是，这个时候，中央军的胜利指日可待，任他刘遂如何求援，匈奴就是不愿意按照约定出兵相救。没多久，栾布平定完齐国，向西北方向进发，准备与郦寄合围邯郸。

可能大家都会觉得奇怪，这个吴王刘濞是不是和梁王刘武有仇，干吗老跟他过不去？攻不下来，你就不能绕道走么？其实说起来，原因有两个。

一来嘛，刘濞跟刘武是有仇，准确地说和刘武他亲哥哥景帝刘启有仇。当年文帝时候，吴王世子入宫朝贡，家里来亲戚文帝高兴啊，就叫太子刘启陪他堂叔叔去玩。两个人去下棋，下着下着，这个吴王世子估计是赖皮还是咋的，总之刘启盛怒之下一个"棋盘斩"，把吴世子给杀了。现在日本剑道里还真有招叫"棋盘斩"，不过用的是日本刀不是棋盘。总不能把太子杀了抵命，中央干脆低调处理，皇室内部私了算了。但是，杀子之仇，确实是刘濞造反的导火索之一。刘濞被削藩，罪行之一就是不愿意朝见皇帝，对皇帝不敬——拜托，景帝毕竟是杀子仇人耶。

二来，刘濞当年是讨伐英布的时候被封的王，手下不少将军。但是，那些都已经落后于时代了，战术战略思想还是楚汉相争那套。当时吴国几十年没参与作战，少壮派上不去，老顽固没死绝。当时叛军有个年轻的将领，姓桓。他就向刘濞提议道："我们吴军以步兵为主，这次北上渡淮河作战，会在平原遇上汉军的骑兵、车兵。对于沿途的重镇，能不打就不打，速度向西进发，攻下洛阳。这样就能得到洛阳的武库和

敖仓的粮食。随后依靠山河的险要地形据守洛阳、命令诸侯，就算不能立即拿下关中，胜算也很大。要是为了一城一地的得失浪费推进的时间，万一遇上汉军的大量车骑部队，往梁国楚国的平原上一冲，我军就必败无疑了。"

这番话其实很有道理，事实也印证了他的说法。当时刘濞问身边的老将的看法，老将们表示：年轻人嘛，激进点很正常。仗，还是得该怎么打怎么打，一步一步来。

事已至此，刘濞也没法子了。三月，六国叛军全面溃败，吴楚联军主力被歼灭，胶东王、淄川王、胶西王、济南王纷纷自杀，封国被中央废除，赵国国都也面临中央军的合围。此时，刘濞破釜沉舟，挑选数千个能打的精锐士兵，放弃军队突围，一直逃到丹徒（今江苏镇江附近）。周亚夫乘胜将剩下的吴楚联军尽数俘虏，楚王自杀。

一个多月后，越人（今天南方很多少数民族的祖先）配合中央军斩了刘濞，将他的首级送给了中央政府，谱写了一段民族团结的佳话。

几个月后，栾布和郦商利用水攻的方法攻破邯郸城，赵王刘遂自杀。

至此，七国之乱基本结束，主要叛乱和作战前后仅仅历时三个月，汉中央军的平叛行动可圈可点，军队纪律严明，武器精良，后勤完善，行动敏捷，战术灵活，将领的军事素养也是远远高于以往。军队的强大只说明一件事，帝国的辉煌时代，到来了。

这一切，匈奴都看在眼里，怕在心里。整个景帝时代，匈奴顶多是进关抢劫，没有再大举入侵，攻克郡县。

之后，丞相陶青引咎辞职，周亚夫因军功成为丞相，窦婴被封为魏其侯，几年后任职太子太傅。这一对老战友在朝堂上是一唱一和，群臣没几个能与他们争辩。

后来，太子被废，窦婴死活不同意，老战友周亚夫也是使劲劝谏。结果是两人都被疏远，窦婴一气之下隐居蓝田，周亚夫还是有点居功自傲。加上梁王几次入朝，也说了不少周亚夫的坏话。

后来，周亚夫也因为几次否决皇帝的议案，君臣关系逐渐恶化。一次，匈奴有将领来归降，这是破天荒的一次。景帝打算封那几个匈奴将军为侯，吸引以后更多的匈奴人归顺。可是周亚夫投了反对票，说："这些人不论怎么说都是卖国贼，封侯，我认为不合适。不然，以后还有什么脸面责备那些叛国的人？"景帝直接说了句："丞相的提议不可用。"

之后周亚夫干脆称病不朝。

汉景帝中元三年（前147年），周亚夫因病辞去丞相职务。没多久，景帝请周亚夫吃饭，只给了一整块的烤肉，既没有筷子，也没有刀叉。周亚夫心里很不开心，叫管理宴席的宦官去拿筷子。景帝笑着问："这些你还不能满足么？"

周亚夫心里很不是滋味，拿下帽子，起身告退。景帝站了起来，周亚夫小步快跑出去。景帝望着他说："这个人，不适合做小皇帝的臣子啊。"

周亚夫的身体也确实一天不如一天，他的儿子出于孝心，置办了五百套盾牌盔甲想做陪葬。那玩意重啊，搬家公司把这些家伙搬来了，周亚夫的儿子又不愿意加钱。搬家公司知道这些东西是从军队偷来的，就以盗取武器装备的罪名告发周家。

景帝很生气，派了一个人去审问周亚夫。那人对待犯人比较宽松，周亚夫不为所动。景帝干脆派了廷尉（相当于后世的刑部尚书）去直接审问。

廷尉问："你是不是想造反啊？"

"我买那五百套盔甲是陪葬用的，怎么能说是造反的呢？"

"哟，有本事啊，不在地上造反，想去阴曹地府造反啊？"

几番侮辱下来，周亚夫没想法了，绝食五日，吐血而死。

窦婴隐居了一段时间，受到别人的劝说，也就继续入朝为官，在景帝一朝，混得也蛮开心。

第十章

军队的发展

经过汉初的混乱，文帝朝的积累，边疆与匈奴作战的历练，以及七国之乱的洗礼，汉朝军队在景帝朝，制度已经完善，武器装备也发生了一些变化。

之前我也说过，西汉时期实行的是全民皆兵的制度。十七岁后定期接受军事训练或者劳役，一般是每年一个月。二十岁到二十三岁任意一年被拉去从军，当一年地方军，再当一年的京城卫戍军或者边防野战军。退伍后依旧要定期接受军事训练和一些徭役，直到五十六岁，基本上每年一个月。

不仅如此，汉军对兵种的划分非常细，非常"现代化"。对于参军入伍的新兵，会根据他的特点分配到不同的兵种当兵。当时主要有四个兵种，称之为材官、轻车、骑士、楼船。

材官兵就是步兵，数量最多；轻车就是战车部队，如果你入伍之前干的是运输，或者有驾照，那就当轻车兵；骑士就是骑兵，牧区很多人入伍就被分配为骑兵；楼船是汉代的主力军舰，楼船兵就是水兵，如果你家靠水，又会游泳，那么你在汉代就是光荣的大汉水军。

还有些特殊的兵种，比如楼船材官。对，你没猜错，这个就是海军陆战队。

各个兵种的训练科目武器装备也不一样，同一兵种不同任务训练科目也不一样。

首先，无论哪个军兵种的士兵都要练习弓弩，弓弩是汉代军队的绝对主战武器。汉代已经熟练掌握了筋角木弓的制作技术，我们称之为角弓。从现存浮雕上看，汉代的角弓主要有两种形制，一种弓形短小，曲线相对夸张，类似中亚的斯基泰弓，应该主要装备骑兵、车兵；一种弓形较长，一直影响到明代，被称之为汉弓，应该主要装备步兵、水兵。短弓箭速更高，携带方便；长弓更加精准。根据估测，当时汉军弓的最低拉力约合现在的四十斤，弩最低在八十斤左右。但是弓拉开的程度更大，箭也更重，所以弓弩的威力其实是相差无几的，很多情况下弓的初动能反而更大。汉代的普通箭矢大约五十克，在拉力和材料弹性效率优良，射程至少 150 米以上。汉朝的弩，已经有了完善的瞄准器械，并且影响了弓的射法，确定了拇指式射法影响至今。此外，在很多气候潮湿，不适合使用角弓的地区，也有竹木弓。但是这些竹木弓是将多层竹木片层压一起制成的，类似现在的日本弓，性能不是后世西欧的单体长弓可比的。

对于步兵来说，除了弓弩以外，最常用的武器就是环首刀。一般刀手的标配是一个钩镶一把环首刀或者一把长刀，双手握持。钩镶是一种将钩和小盾牌结合的武器，如果说因为盾牌面积小，防御刀砍、矛刺效果一般，对付戈、戟的钩和砸那就十分有效了——拿自己的钩子钩住别人。相对于当时欧洲的步兵，汉军的远程攻击力强（弓弩），盾牌的面积相对小，但是刀剑的长度更长。

长矛、戟当然也是汉步军的标配。需要声明下，当时的中国并没有太多长柄武器，除了矛、戟之外，像偃月刀、狼牙棒这类武器都是没有的。所以，东汉末年的关羽，绝不可能用偃月刀作为自己的武器。

此外，驻守北部边疆的步兵也需要学习如何使用长城的烽火台。

西汉的骑兵还没有马镫，但是已经有马鞍了。因为没有马镫，骑兵无法使用枪矛进行大力冲刺——不然反作用力就把人抵下马了。所以，骑兵也是以骑射为主要的作战方式，当然为了保证精确度，以立马停射为主，行进间攻击为辅。在冲锋的时候，使用枪矛向侧面刺击为主。同时因为骑兵的普及，双刃剑不再是军用武器装备。因为剑是双刃，对于冲锋的骑兵来说，只需要一个刃、能刺就行了。当时骑兵的标配是，一把环首刀、一把戟或者矛，一把弓和弓囊，若干个装满箭的箭囊（约数

十支）。

水兵在当时是高技术兵种，除了作战人员外，需要很多水手掌帆、掌舵和划船。楼船是水兵的主战舰艇，甲板上层建筑是个巨大的楼房，像个碉堡一样。汉代的大型楼船足足二十米高，可以载一千多人。这种船运载量大，特别适合在内河进行水战、登陆战，但是由于重心高，海战微微有些吃力，不能全天候作战，遇上大风大雨就得等等了。大部分楼船并没有帆，是靠两边蜈蚣腿一样的船桨滑动的。当时造船业技术已经很发达，船已经有了尾舵和隔舱设计。上面设有各种各样的舱室，可以满足水兵长期作战的需要。甲板的"楼"上有掩体、射孔；也设有平台，空间很大，可以骑马、驾车，甚至摆放投石车。两舰对峙时，可以用弓弩、火箭，甚至是投石车。在接舷作战时，就算敌人登上军舰甲板，拿下军舰上的碉堡也不是简单的事情。

同时水军还需要执行登陆战，于是有了楼船材官兵。所以水兵的组成相对复杂，武器相对齐全。

最坑爹的就是轻车兵。车兵在中国历史上曾经大放异彩，战国时期之前，一个诸侯国战车的数量决定了国家军事力量的强弱。当时的战车种类五花八门，有牛拉的有马拉的，有大的有小的，有作战的有侦察的，不同阶层的战车还不一样。到了战国中期以后，骑兵出现，开始进入车骑并重的时代，大量的战车被淘汰，只留下轻车这一种。在很多地形复杂的诸侯国，轻车干脆被淘汰。春秋末期，大国普遍装备战车近万乘，号称万乘之国。到了战国后期，秦赵这类的军事强国普遍只有轻车一千乘，但是骑兵规模普遍上万。

轻车由四匹马拉，车厢就是个大篮子，很小很轻，也没有遮蔽，顶多撑个伞不得了了。一个车厢只配三个人，一人驾车坐中间，一人在左边射箭，一人在右边拿戈。对于车兵来说，戈很好用，为什么呢？突入地方步兵阵中的时候，戈往那横着一挑，就可以"划"人、钩人了。但是，我们可以算一下，四匹马拉三个人，只有两个是作战的，骑兵一人一马，节省马匹。再者，轻车只适合在华北平原作战，到了北方草原，到了江南丘陵，到了岭南山地，就是一堆废柴。即使是在平原地区，四匹马拉一辆车，看起来速度是很快，但是汉代军队已经普及了弓弩，主要外患（匈奴）也是骑射见长——射死四匹马中的一匹马，整个战车的速度就会……

战国时期，出于军队编制和地形的考虑，车兵才被作为一个兵种保留下来。在西汉，车兵逐渐退出战场，战车从作战装备成为后勤装备。从现在的很多考古发现来看，西汉中期开始，车兵数量大量下降，而戈这种武器却是彻底地退出了历史舞台。

其中，有一种装备必须单独说说，那就是铠甲。西汉中期之后，铁甲已经几乎完全普及，只有少量不适合铁甲的军队使用皮甲（比如水兵）。包括铠甲在内的所有武器都已经实现制式化，哪怕你是北疆的兵，我南国兵的武器也是一样。当时的铁甲是扎甲，一个个小铁片用牛皮绳扎起来，防卫的地方没有缝隙，根据现在的推测，一个甲片大概0.5厘米厚，因为甲片是重叠的，相当于 $1 \sim 1.5$ 毫米的厚度，每片之间有些缝隙，面对箭矢的攻击还有"间隙装甲"的作用。战场上，如果铠甲受损，只需要将受损那几片换下来即可。根据兵种的不同，铠甲的防卫面积也不同，但是可以保证同一兵种的通用，除非两人身材差异太大。

当然，对于宫廷一些禁军来说，不管什么兵种，仪仗是肯定要练习的。

每年秋季，汉军都会在京师附近举行大型演习，操练阵法。有时候也请外国使团观摩，弘扬国威。在地方上，县令、县尉需要组织材官、骑士、楼船进行一些考核和军事比赛，不合格的军队会被罚，去进行游猎兴致的演习。在紧张的边塞，尤其是北部边疆，不仅会每年组织围猎形式的演习，还会对执行巡逻任务和侦察任务的士兵进行单独考核，由郡守一级的高官亲自巡查。

所有士兵的武器装备、粮食、马匹都由国家提供，汉朝有各个武库。中央有考工令统一管理全国的兵工厂，负责制作各种武器，各个武库有武库令管理武器的储存和分配。

在当时，军队除了练习各种作战技能外，平时也有娱乐活动，除了

角力（摔跤）、手搏（搏击、拳术）等等与军事息息相关的体育项目之外，最重要的活动就是蹴鞠。因为军中极度流行蹴鞠，以至于当时有一个人编写了一本书，叫《蹴鞠二十五篇》。写这本书不是关键，关键是后世的学者班固将这本书划归到兵书的类别中！在那时候，不会蹴鞠都不好意思说自己当过兵。

汉朝喜欢蹴鞠有多疯狂呢？当时有个人叫项处，是个脑残球迷。项处生病了，西汉名医淳于意给他看病，告诫他要静养，别做大量运动。当时他答应得好好的，第二天就去蹴鞠，结果吐血身亡。项处算是世界上第一个为足球献身的爱好者吧。一开始，蹴鞠只是劳动人民聊以娱乐的体育项目，也是军队里对体能的一种锻炼。但是从刘邦他父亲刘太公在长安组织了第一场球赛开始，蹴鞠就迅速在高层蔓延。

当时蹴鞠的规则也已经完善，最基本的玩法是在一个长方形的专门场地里，两边各有六个球门，每个球门都有一个守门员。两个球队的人要把球踢到对方的球门中，得分多的取胜。根据记载，汉代的球门还比较矮，因为用的是实心球，踢不高，也不用担心手球。到了唐代发明了充气皮球，那家伙就踢得爽了，凌空射门不再是神话。每队多少人，这个就不清楚了。总之宋代的规则是每队十六个人，跟现在一样一样的，就是多五个守门员。汉代应该也是一样的，一来这样的规则应该是一脉相承，二来这也符合汉军的编制。

汉军的基层编制基本上差不多，不同军兵种之间，不同战区之间也有着一些差异。军队最最基层编制是，伍，顾名思义，就是五个人，包括伍长在内。两个伍为一个什，多出一个什长。五个什为一个队，每队五十多人，头子叫队率。两个队为一个屯，一百多人，头子叫屯长。两个屯为一个曲，两百多人，头子是军侯。两个曲是一部，四百多人，头子叫军司马。五个部为一个独立作战单位，两千多人，称之为营，头子是校尉，是单一兵种的最大建制。

可以看出，当时基本上是按照五和二的倍数来编制。这个好理解，因为人的手指就是二和五的关系。

在当时，有各个不同的营，比如步兵营（材官）、骑兵营（骑士）

等，绝对不可能一个营级建制内有多兵种合成，顶多说，一个材官营中有刀手有矛手有弓箭手等。直到汉武帝时期才有合成化程度更高的军队，但是单一兵种独立单位的指挥依然叫校尉。

校尉之上是将军，将军手下通常是有不同兵种的营，就算是楼船将军，手下也会配属一些材官、骑士。将军手下没有固定的建制，根据战场的情况，临时点兵，但是将军身边有自己的参谋、文书，是个固定的班子。将军和将军的等级不一样，之间也会有隶属关系，这个关系一般也是固定的。同时为了方便将军指挥，点兵的时候，也会尽量让将军指挥自己之前有过交流的各个营或者校尉。

这样的制度非常合理，跟美帝现在的模块化陆军有的一拼。现在的美军师这个建制只是个架子，只有个指挥部和直属几个部门，聊聊几个营的直属部队，要打仗的时候，再拉起各个旅组建师。但是为了更加协调，战场上，尽量会让改革之前隶属这个师的旅划归这个师指挥。

但是，完善的制度，先进的武器生产工艺，庞大的经济规模，勇敢机智的官兵，并不能保证在冷兵器时代占据不败之地。不然，后世的宋朝就不会被辽金元搞得那么被动以至于亡国。因为那个时代有一种极其重要的武器装备并不取决于制度和生产力，那就是——马。

在那个时代直到清末，骑兵都是战场的主角之一。很多人说，中国古代都是轻骑兵为主。错了，应该说是中型骑兵为主。中原的骑兵都是百分百配备铁扎甲的。在那个没有马镫的时代，骑兵的速度、冲击力就已经是步兵的噩梦了。虽然重步兵依靠牢固的阵形可以抵挡骑兵的冲击保证阵形不乱。但是骑兵掌握战场主动权，你重步兵组织阵形，好，那我就不打你，我绕过去，有本事你们拖着几十斤的盔甲来追我啊。就算打不过，骑兵也可以迅速退出战场，保证不被全歼。即使是在不适合骑兵冲锋的丘陵、山地，骑兵依靠立马停射，下马搏击依然拥有较强的战斗力。何况汉代已经有了适合山地的马种呢。

汉初，因为连年的战争，军马数量长期得不到补充。好在汉代疆域广大，有不少可以放牧的草地。文帝时期，因为养马得花钱，并没有刻意去增加军马的数量。直到景帝即位，马政才被提上帝国的议事日程。

景帝四年，御史大夫卫绾提议："马匹超过五尺九寸（约1.35米），而且牙齿没有磨平的（磨平意味着是老马），不准带出关。"中央认可了这个提议，汉代大规模的马政正式开始。

当时，西汉在长安附近有六个国有的马厩，各个地方上的驿站也有马厩，在边郡草原地带，还有很多国有牧场，被称之为牧马苑。

按照制度，长安附近的每个马厩有一万匹马，也就是说一共有六万匹。当然这只是制度，一直到文帝朝，长安马厩的马匹数目都没有超过四位数。到了汉景帝时期，长安马厩才出现田鼠式的发展。长安马厩的马匹主要供皇帝仪仗、车驾所用，优良的马匹也会成为皇室的坐骑，很多时候也会成为皇恩浩荡的一种体现。

各地的驿站也养了大量的马。虽然每个驿站养得不多，但是汉代的驿站数目是庞大的。根据出土的汉简中分析的数据，驿站之间的距离最近已知数据为三十五里，最远已知数据为九十九里。可以想象，广袤的华夏大地上得有多少驿站。

汉景帝时期，又在秦代国有牧场的基础上扩大规模，一共有三十六所牧马苑，散布于北边边郡和西部边郡，所有牧马苑的工作人员加在一起共有三万多人。皇家马厩的马是仪仗、赏赐用的，地方马厩的马是交通物流、传递信息用的，当然，作战的时候也可以征用。但是牧马苑的马才是真正作为军马的储备库存在的。为了增加军马的数量，一来要做好对牧马苑本身军马的繁殖工作，照顾好种马和马驹；二来，也需要大量从民间购买良马。

为了鼓励民间养马的热情，文帝二年就已经下令："民间有车骑马匹的家庭，可以省去三个人的赋税。"民间马匹数量经过数十年的增加，到了景帝时期已经相当可观。在景帝后期，牧马苑的军马数量已经达到了三十万匹。

最难能可贵的是，汉代对马匹进行精心的照料，并不是粗放的放牧，而是放牧和圈养结合的方式，每天会喂食包括小米在内的精饲料。根据现有考古资料，西汉的军马体高（也就是蹄子到肩膀的高度）平均大约为135厘米，属于相对典型的东方马种。如果严格说起来，这个体高在东方已经是很惊人的了。要知道，当代中国本土马种的体高，平均下来超过 1.3 米的马种都屈指可数。现在西北的蒙古马、岔口驿马、大通马平均体高 1.3 米左右，东北和中原的土种马普遍 1.2～1.3 米，南方的各个马种超过 1.2 米的寥寥无几（不过也和南方的地形有关），只有西部地区少量类似河曲马、哈萨克马这些血统优良的本土马能够达到 1.35 米以上。

很多人都说西汉的汗血马的引进如何如何，汗血马如何如何神勇俊美，汗血马的体高确实高，足足 1.5 米以上，但是其实汗血马根本不能作为军马使用，后面的章节我会详细描述。

在强大的经济基础和动员能力下，汉朝在景帝中期以后就已经可以组建规模相当的骑兵部队了。而文景之治的五十年积累，也让武帝不愁钱花。武帝时期，全面对抗匈奴，马政达到全盛，牧马苑的马匹总数达到四十万，每年仅仅养马的粮食就有 2190 万斛，约合现在的三十万吨！

不仅如此，为了防止养马人员懈怠，也有一系列完善的考核制度，马匹的健康与强壮可以为养马的人员提供良好的前途——养马不仅仅是做个马倌，人家玩的是仕途！武帝后期的匈奴战俘金日磾（休屠王子）就因为养马养得好被提拔，最后成为顾命大臣！

甚至于，在马匹品种的培育上，汉代的科研人员也是别出心裁，研发新科技，培育好品种。其中最有意思的就是果下马。这种马产自南方，由一个叫果厩的繁殖中心培育出来，高不超过三尺（这个记载也许有些夸张，现存的中国矮马平均也有 1.1 米），是宫廷女子、年轻贵妇、富家少年出门显摆、招摇过市、嬉戏园林的必备坐骑！

在完善的军队制度、有保障的后勤、充足的马匹数量的基础上，在景帝时期，很多优秀的将领因此可以出人头地。虽然匈奴在景帝朝并没有大举入侵，但是时不时的小规模冲突让这些将领得到了历练。

这其中，很多将领和军队之间建立了密切的联系，这些军队有的以材官为主，擅长防御。有的将领作风毒辣，让匈奴闻风丧胆。也有的将军很有个性。当时的汉朝完全按照匈奴的模式训练军队，擅长骑兵战

术，甚至连战术都和匈奴如出一辙，活脱脱一支穿着汉军服饰、拿着汉军武器的加强版匈奴军。当代我人民解放军也有一支按照"某大国"思路组建的军队作为假想敌——蓝军部队。那么，我们可以称汉朝的这支军队为"汉朝的蓝军部队"。

第十一章

汉代的蓝军部队

匈奴的文帝时期多次大举入侵，甚至两次威胁到京师安危。经过文帝的励精图治，在景帝时期，匈奴入侵的规模逐渐下降。但是频率却一直没有降低，边疆各郡深受其害。

敌国外患，很多时候也是国家走上强大的一个条件。只有在战争中，很多名将才能脱颖而出，很多战术和经验才能得到运用和总结。

在汉文帝十四年（前166）冬的战役中，汉文帝对匈奴忍无可忍，可以说是心烦意乱，茶饭不思。一次他乘坐龙辇回寝宫，身边有个中郎署长（侍卫的小头领），这个官职因为牵扯到元首的安危，一般都由年轻力壮的人担任。文帝觉得奇怪，就问："这位大哥是哪里人啊？怎么年纪不小了还在这儿做我保镖？"

这个中郎署长说："我叫冯唐，家住在安陵（今河南省鄢陵县）。爷爷是赵国人，父亲出生在代国。我朝建国后才迁到安陵的。"

文帝一听，代国，我当年的封国啊，就继续问："老乡啊，我住在代国时，常常听我的私人厨师讲到他当年在巨鹿战役中的事情。听说巨鹿之战时赵将李齐很厉害，是不？"

"李齐？切，跟当年的廉颇、李牧差远了。"

"怎么说？"

冯唐腰板都硬了，说："我爷爷当年，那是李牧的部下，关系好得很。我老爸在灭秦战争中是代国的相国，跟李齐也有交情。这两个人什么情况我可清楚了。"于是将李牧的英勇事迹详细一说。

文帝听着李牧打匈奴的事迹越听越激动，一拍大腿说了句："哎

哟，偏偏我不能得到李牧廉颇这样的将军啊。不然我还担心匈奴？"

"切，皇上，您这样就是李牧、廉颇在世，你也不能任用。"这句话一出，我估计身边其他侍卫都会私下讨论：冯唐摊上大事了。

文帝已经气得说不出话来，起身从龙辇上走下去，一直步行回了宫中。在宫中过了一会儿，还是越想越生气，就把冯唐召来了，走来就是一顿批："你就得当着那么多人面骂我是吧？私下里说你会死啊？"

冯唐跪着道了歉："这个，我这个人吧，不太会说话，如果真的有什么得罪的地方……你有本事来打我呀。"

文帝接着发问说："你怎么就知道我不能任用李牧这样的人才呢？"

冯唐回答说："人家过去的贤王明君派遣将军将领，都是很诚恳地告诉将军：政治上的事我来管，战场上的事，随便你。军队在外作战，士兵军官的赏罚什么的，那都是将军自己做主，皇帝只要在得胜还朝之后同意下就行了。我爷爷当年跟着李牧，嗬，边疆的税赋随便李牧怎么花。没几年，李牧就攒齐了几万车骑部队，打得匈奴满地找牙。后来嘛，换了个赵王，这个赵王是婊子生的，硬是把李牧给撤了职，没几年赵国就没了啊。"

"你怎么就知道我不能放手让将军自己干？我是那种爱管闲事、瞎指挥的人么？"

"皇上，汉三年的时候我还听说，云中郡守魏尚蛮能打的。那年匈奴入侵，他们云中郡就是没损失。有一次匈奴进入他的防区，他是亲自带着士兵冲锋啊，杀敌虽然不多，也算击退敌军，打赢一场吧。他是贪污了点市场的租金，但是那是拿去请士兵吃饭鼓舞士气的，最后还自己垫了点私房钱。后来匈奴人一直躲得远远的，一直不敢入侵云中郡。士兵们都是些小伙子，大部分都没多少文化，哪里还知道什么法律？最后查点歼敌人数，就跟魏尚的数据差六个，只差六个啊陛下！您就把他撤职了，还上了军事法庭数罪并罚，考虑有重大立功表现，判处一年有期徒刑。您这也实在是太不厚道了。现在啊，对边疆官兵法令太严格，罚得重，赏得轻。要是李牧在现在啊，估计十年牢都不止哦。"

文帝一听，立马意识到事情的严重性。当即命令冯唐，拿着符节赦免魏尚。魏尚官复原职，任命为云中郡守，并且在这次战役中再一次立功。冯唐也因为这事被提拔成了车骑都尉（掌管各个郡国车骑军队的装备、招募等事务，也就相当于汉军总司令部车兵、骑兵部总参谋长）。

在文帝后元三年的云中、上郡对峙战中，云中能够抵御三万匈奴骑兵的进攻与之僵持，与魏尚平日的经营和出色的指挥关系很大。

更重要的是，从这次事件以后，汉代边疆的将领有了更多的自由空间。魏尚开了一个好头，之后的景帝朝，魏尚的晚辈们，一个比一个能打。

文帝十四年对匈奴的战役中，还有一个崭露头角的新人，名叫李广。去年，他以良家子（说白了就是地主家的孩子）的身份参军入伍，现在边境某支骑兵部队服役。因为家里祖上是秦代名将李信，从小接受良好的军事训练，骑射功夫那是出神入化。战斗中，李广就是利用超群的骑射，立有大功，退伍后被任命为中郎（皇帝的保镖）。

景帝初年，李广已经升任陇西都尉（陇西郡守的副手），不久中央与诸侯国紧张，回到京师任命为骑郎将（御林军骑兵总指挥）。七国之乱爆发后，随周亚夫出征，任骁骑都尉（骑兵部队的副总指挥）。在昌邑战役中，李广因为率部夺了叛军的军旗，立有大功。因为在战争中梁王送了李广一枚将军印，这种行为是犯忌讳的，所以朝廷没有给李广多少赏赐，更没有给爵位，但是官位得到升迁，任上谷郡（今河北张家口一带）郡守。

那会儿正值景帝一朝汉匈关系最紧张的时候，赵国叛军仍在与中央军周旋——匈奴在观望叛军动向，随时准备干涉汉朝内政。所以在相对远离敏感地区的上谷郡，匈奴的小股部队几乎是每天都来骚扰。后来叛军余部被悉数歼灭，匈奴的小规模入侵还是没有结束。

时间久了，过了几年，平定七国之乱的老战友公孙昆邪已经从陇西太守到了中央当典属国了（管理属国和少数民族）。他知道了李广的现状，哭着向皇帝建议说："李广这个人啊，自信心很足，总是觉得自己能打。上谷那地方局势太复杂，他与匈奴恶战好几次，我怕他早晚死在战场上啊。"景帝也觉得有道理，这样一个将才死了也是可惜，就让

李广到上郡任太守。上郡在今陕西省榆林一带，靠近中央，多少安全一些。

李广在上郡待了很长的时间，这段时间内，没有过于频繁的战事。于是李广训练了一支高效的骑兵部队。李广与这支军队的官兵们同吃同住，一起训练，一起演习，一起作战。这支军队令行禁止，军纪严明。这就是名将的魅力，就算士兵换了一拨又一拨，作战风格就是不变。李广还按照匈奴人的模式，训练士兵的骑射技能与长途奔袭的能力；甚至在行军的时候，也没有像其他汉军部队那样的阵形和列队，连文书都被简化；驻扎地也是选在水草丰茂的地方，晚上也不打更，而是像匈奴人一样设置哨兵在营地巡逻，以避免匈奴军的夜袭，更能适应草原的环境。

虽然仅仅一个上郡如此，但是在汉文帝时期汉军到了边疆不敢越界的时代一去不复返了。

李广的名声渐渐响起来了，景帝也很高兴。汉中元六年，景帝派了一个身边的宦官去上郡边防部队考察与匈奴作战的情况。这个宦官估计是在宫里面闷久了，到了边疆草原上就像打开笼子的鸟，骑着马那是策马奔腾。为了怕这个宦官出事，李广调了几十个人陪他，去草原上骑马游玩。

没想到，跑着跑着，遇上了匈奴的部队——还好只有三个人。李广的士兵，能够容忍三个匈奴人在眼皮子底下溜走？士卒们将宦官排在阵形的后面，安排小部分人护卫，剩下的去迎击这三个匈奴士兵。欸，匈奴人怎么不跑呢……

"嗖！"一个匈奴人射了一箭，一名汉军应声倒地。

"嗖！"……"嗖"……汉军冲锋途中，剩下的两个匈奴人也放了两箭，又是两个汉军倒地。不管了，反正我军有十几个！汉军抱着这样的想法继续冲锋，没多久已经靠近了匈奴人。

眼看着汉军就要杀过来了，三个匈奴人立马散开。汉军也分兵追击。匈奴人并不急着逃跑而是分分合合，与汉军周旋，不停地在行进间射箭攻击，陆续有汉军倒地。汉军也向匈奴人射箭，但是这种动对动的作战情况对汉军多少有些不利。而这些匈奴人作战素质极高，逃跑路线让汉军捉摸不定，速度时快时慢，汉军始终无法在奔跑中快速瞄准。

没多久，汉军已经阵亡多半，三个匈奴人都没有受伤。但是汉军的人数优势依然存在，匈奴兵也得想法子解围——这时候，一个匈奴人发现了汉军保护的目标，宦官。

说时迟那时快，一支箭立即射出，宦官应声倒地，汉军阵脚大乱，不得不掩护宦官撤退，而这三个匈奴人甚至追击了一段路程才慢慢停下。

这次小冲突中，汉军损失将近五十人，而三个匈奴兵全身而退。

所幸宦官只是负伤，伤情并不严重。当士兵把战况告诉李广时，李广立马意识到："这是匈奴人的射雕者！"

射雕者，是匈奴的精锐骑射手，用的弓矢都是最为精良的，而且尤其擅长小股部队的游击作战——说白了就是匈奴特种兵。

李广咽不下这口气，决定率领一百人前去追击。此时的汉军执行征兵制度，虽然士兵在入伍前都能接受军事训练，战斗力较强，但是要是想组建一支类似射雕者这样的职业化特种兵是不可想象的。毕竟每个人只当两年兵，培养一支类似射雕者这样的军队，没有几年的苦练是不行的。

追击了数十里，李广才发现他们。那三个匈奴兵因为战马在之前的战斗中受伤，已经下马步行。李广下令士兵向左右两翼展开，将三个射雕者包围在其中，然后只身前去与射雕者作战。三下五除二，干掉两个，活捉一个。对那个活捉的一盘问，果然是匈奴射雕者，而且是在执行侦察任务……

汉军将俘虏绑上马，前方就出现数千人规模的匈奴部队。汉军开始不稳，官兵们开始建议李广撤军，李广坚决认为不能撤退：我们一旦撤军，这几千人打过来我们还有的活么？现在侦察我军动向的射雕者已经没了，只要我们不动，匈奴人会怀疑我们是个诱饵，不敢进攻的。

果然，匈奴人看到李广的军队也大吃一惊：太守级别的军旗，既然只有一百余人，一定是诱饵，周围绝对是汉军包围圈！匈奴指挥官立即调整部署，向周围的一个高地转移，并列阵准备防御。

李广一看匈奴军的动向，得意扬扬，下令说："前！"

于是这一百人就列阵向着那数千人的阵地上挺进，大约到了离匈奴阵不到二里地的位置，下令："都给我下马，把马鞍子放下来！"

身边有人犹豫了下，小声说："我们离敌军太近，万一事情紧急，我们怎么办？"

"我就是要让匈奴人知道，我不想撤退。"李广说着率先解下马鞍，丢到一边。这时候匈奴阵地里出来一个前来一探究竟的白马军官，李广一声令下，几个骑兵以迅雷不及掩耳之势迅速上马，将匈奴军官射成刺猬，然后继续回到原位，下了马鞍。

这时候已经是傍晚了，匈奴军依然犹豫不决。到了晚上，匈奴人担心汉军会有伏兵来夜袭，连夜撤回。第二天清晨，李广也回到了军中，因为大军不知道李广的动向，所以也没有采取什么动作。

可惜，就是因为李广在关键时候不在指挥位置，导致了匈奴某部入侵上郡的一个牧马苑，掠夺了部分战马。还好损失不大，李广也算个功过相抵。

当时在边疆驻防的，还有个太守与李广齐名，名叫程不识。有趣的事，正如同他们的名字，两千年后的今天，还真是认识李广的人数"广"，而大多"不识"程不识。

当时程不识的防区主要在今天的山西北部，也就是那会儿的雁门郡一带。程不识是一个一板一眼的人，一切按照规矩来。作为传统的汉军将领，程不识的手下士兵主要是材官兵，也就是步兵。程不识的军队在编制、行军、驻扎、列阵方面，非常讲究，夜里打更的规则也十分严明。而在秋季考核、作战或者演习的时候，每天的作战报告和人事管理，常常让军中的文书、参谋彻夜加班，士兵们都难以得到休息。因为军队的纪律严明，作战意志顽强，这支军队也是当时的一支劲旅。

但是，士兵们普遍喜欢李广，当兵分配的时候也更希望被编到李广的军队中，匈奴也更害怕李广一些。

对此，程不识有自己的看法："李广治军随意，如果匈奴的军队突然进犯，他没办法抵御的。好在他手下的人都过得开心，也都愿意为他效命。我部虽然治军烦琐，还有些折腾，但是能够保证匈奴也不敢打我主意。"

这句话，其实也说出了汉军与匈奴军的优劣长短。李广的部队就像是加强的匈奴军，士兵作战意志顽强，服从命令，战术灵活，但是无法抵御大规模的突然袭击；程不识的部队就是夸张的汉军，战术死板，士兵作战意志一般，但是一样服从命令，有着较强的防御力。

实际上，现代的研究也表明，在冷兵器时代，如果仅仅是面对面地死磕，战斗力最强的是训练有素、编制合理的重步兵。重步兵一旦排成严密的阵形，无论重骑兵还是轻骑兵都难以战胜。但是一旦阵形被冲散，重步兵就会被合围、全歼。骑兵对步兵拥有战略主动权，想从哪儿打就从哪儿打，想打就打，想撤就撤，很难被合围、全歼，但是很难攻破对方的重步兵方阵。一个既能组建一定规模的骑兵，又拥有强大重步兵的国家，才是真正强大的。

李广、程不识这些带有实验性质的试点部队，无论是边将的有心为之，还是中央政府的无心插柳，都为后来汉军出长城与匈奴主力决战提供了宝贵的经验和数据。而在景帝后期，汉军第一次主动出击匈奴的计划，也逐渐浮出水面。

汉景帝后元二年（公元前142）正月，赋闲在家的郅都被任命为雁门太守，出于种种原因，不用入京报告和领旨，直接赴任。

这个郅都与李广、程不识等人不一样，他不是从军队里一步步打出来地，但是都做过宫廷侍卫。

但是郅都比李广要愣，好好的侍卫不当，偏偏喜欢"谏言"，而且一点面子都不给，常常让很多领导、高层很难堪。

有一回，郅都甚至连皇帝的面子都不给。那次皇帝去上林苑（皇家猎苑）狩猎，带着宠妃贾姬一起去。女人对狩猎能有兴趣？没一会儿这个贾姬就往厕所跑。可是上林苑不是什么好地方，那是荒野啊。这时候，一只野猪闯进了皇家简易厕所里。

"啊——"一声尖叫划破苍穹。

景帝吓了一跳，一看情况，示意郅都去营救。郅都一点反应都

没有。

景帝慌了，准备自己拔剑闯进女厕。郅都一把拦住说："您是皇上，少个老婆还能接着再娶个。偌大个天下像贾姬这样的女的很少？我的任务是保护您，您也要自重啊。不然，怎么对得起祖宗？怎么对得起太后？"

景帝没话说了，好在那几声尖叫把野猪也吓跑了，贾姬没有受伤。太后听说这个事，欸，不错，这小伙子有出息。赏赐了郅都很多财物，并且开始重用他。

没多久，郅都被提拔为济南太守。虽然也是太守，一个郡的政治一把手，但是与边关不一样。边关一切以军事为主，其郡国兵也是以作战为主要目的，还有边防军的配合。像济南这样的内地郡县，一方面以维持经济发展社会稳定为主，战争一时半会儿也打不到这儿；二来没有边防军，军队都是一年不到的新兵蛋子，主要任务是配合衙役进行治安和对某些犯罪分子的抓捕。

为什么要让郅都这个出身军界的人到地方当个郡守呢？问题就在于济南郡当时的情况。由于文帝朝休养生息，经济得到恢复，但是景帝经历七国之乱的教训后也是一贯的政策，什么事情都力求息事宁人。在外部，匈奴的实力得到增强，在内部，地方黑社会势力也是很猖獗的。在济南郡，就有当时最大的黑社会势力，瞷氏家族。

那会儿的黑社会跟现在有些区别。现在的黑社会是以个人为头目，活动在城镇或者城乡结合部，规模不大。少量规模大的黑社会呢，那就有恐怖组织性质了。当时，黑社会是以某个家族为头目，有地产有田租，甚至有武装，俨然就是个国中小国。

瞷氏家族当时在济南有三百多家，就爱钻政策的空子发不义之财，而且横行乡里。三百家啊，加上些七七八八的附属势力，少说掌握有几千户人。要知道，汉代的侯爵，封万户的屈指可数，这个实力已经赶上了大部分侯爵！何况侯爵只能有收取租税的权利！所以历任济南郡守都对瞷氏家族避而远之。

郅都一到济南，二话不说就带兵把瞷氏家族一家给灭族了。除掉了黑社会老大，济南的各个势力都是安分守己，战战兢兢地做了良民。由于处理这个事情干净利落，周围几个郡之后在一起开会的时候，那几个郡守几乎就把郅都当成上司了。现在济南是山东省会，估计和郅都多少有些关系。

汉景帝七年（前150年），郅都因为治理济南政绩显著，被提拔为中尉（管理京城的卫戍部队，兼管京城治安）。

可是郅都这个人太刚烈，终究还是吃了亏。

汉景帝中元二年（前148年），当初被废除的太子，临江王刘荣犯事了。这个年纪轻轻的小皇子小王爷，偏要装修自己的王宫，一不小心，占了宗庙的地，被人上访告发了。

景帝召见刘荣，虎毒不食子，再说景帝那么宅心仁厚的，会对刘荣下手么？但是刘荣有心理负担，出国都城门的时候，车的车轴断了，只好换乘别的车。于是送行的百姓那就窃窃私语了，说什么不吉利啊，这下回不来了啊，我朝历代被召见的诸侯没一个好下场啊什么的。

刘荣心里那个害怕啊。等到了长安，审问刘荣的就是中尉郅都本人。郅都长得又凶狠，刘荣想死的心都有了。在狱中，刘荣请求郅都给他一些竹简或者信札，还有刀笔什么的，说是想写封信给窦太后（找奶奶，肯定管用啊）。结果郅都就是不肯。窦太后也担心长孙的安危，就让刘荣他表叔窦婴带着刀笔书札悄悄到了监狱里。

结果，刘荣写了封给奶奶的遗书，就在狱中自尽了。窦太后知道此事，大发雷霆，勒令景帝将郅都撤职。景帝也在气头上，就这样，郅都的仕途暂时终止了。

随着景帝时期国力的增强，加上边疆的好消息也逐渐多了，何况景帝的身体也逐渐有些撑不住。景帝开始考虑在有生之年尝试对匈奴进行一次有限度的、可控制的自卫反击。想来想去，完成这个任务的人，首先要雷厉风行，因为景帝的身体等不起了，最好到了那里就能打。李广防区的军队太轻浮，虽然适应匈奴的环境，李广本人也擅长指挥骑兵，但是让这支实验试点军队去，多少有些冒险；程不识防区的部队很严谨，战斗力顽强，指挥和管理更符合汉军的传统，用这支军队更保险，

但是让程不识指挥，没个几年的准备，程不识不会敢打。

最后，景帝决定，让赋闲几年的郅都出任雁门太守，为了防止窦太后的反对，才让郅都直接上任。并且嘱咐，遇到难题，可以"便宜行事"。意思很明显，只要匈奴来犯，可以不遵守文帝时期两军不越界的条约——其实汉匈关系在中元二年（前148）就已经因为匈奴入侵燕地而破裂，和亲被终止。

后元二年（前142年）正月，郅都出任雁门太守。郅都的名声在当时非常响亮，被称之为"苍鹰"。匈奴人听说郅都成为雁门太守，竟然落荒而逃。郅都出兵反击，虽然并没有歼灭多少匈奴军队，但是毕竟开创了汉军主动反击的时代。

虽然只是一次小小的、实验性质的反击，却给匈奴人留下了阴影。甚至于当时一个匈奴将领命令工匠仿照郅都的样子雕刻了一个木偶当箭靶，训练士兵的骑射——但是当那些匈奴人看到郅都样子的靶子，都吓得难以射中。

好景不长，不到两个月，窦太后知道了消息，下令逮捕郅都。汉景帝辩解道："郅都好歹是个忠臣。"

窦太后反问道："难道我孙子、你儿子刘荣就是个奸臣？"

汉景帝无话可说，只好将郅都撤职，没多久，郅都因为逼死皇室成员等罪名，被处死刑。

雁门局势变得复杂，情况紧急。汉中央只好让当时的御史大夫冯敬接替郅都，临时接管雁门郡。郅都一走，匈奴军队展开了报复，立即攻入雁门，雁门太守冯敬战死。

就这样，冯敬稀里糊涂地成为整个汉匈战争期间，汉军方面牺牲的级别最高的官员——前任御史大夫、雁门太守。

一年后，也就是景帝后元三年，前141年，景帝安静地离开了人世。死后也没有被人承认的庙号。虽然说，文景之治，现在都还被人津津乐道，文帝景帝被人并称。而事实上，大家也能看出来：景帝在各个方面都不如文帝，好在当时局势没有发生大的变化，否则就景帝那个德行汉朝是很危险的。

在削藩时期，误判形势，听信晁错导致七国联军对抗中央，后来竟然天真地认为杀了晁错就能平叛。好在汉军的作战能力已经经过文帝时期的历练和积累，加上叛军作战思想的落后死板，客观上反而促进了中央集权。在对待军界的功臣和政绩卓著的地方官上，也是赏罚不定。周亚夫这样的大功臣，就算容忍不下，也不至于将其逼死。

相对于文帝来说，景帝有太多的不足。其实按照文帝那种缓慢的削藩，景帝在位的十七年，足可以将各路诸侯一分二、二分四甚至更多，找些理由收拢一些郡县也不是不可以。像周亚夫这样有些跋扈的功臣，文帝时期难道没有么？文帝是被周勃等人扶持上去的，周勃能不跋扈？虽然文帝看不惯，但是文帝只是让他去封国养老，还重用了周勃之子周亚夫。文帝可以听从冯唐建议，对一个魏尚不闻不问，让他"便宜行事"，自己在边关随便弄；景帝却对边疆将领多少有些控制，所谓派宦官到李广那儿学习军事，无非是监军罢了。而郅都的悲剧，一方面说明当时窦太后的权力上升，一方面也说明景帝为人过于暗弱，不敢据理力争。

但是有一点上，景帝超过了文帝，那就是景帝的儿子比文帝的儿子牛。景帝生了一个好儿子，小名叫刘彘——彘，就是猪的意思。按照现在的话，小名就是"刘小猪"。

第十二章

建元新政

　　刘彘只是小名，他大名叫刘彻。刘彻继位，就得跟别人不一样，想换个纪年的方式。这之前，都是以干支纪年为主，辅之帝王纪年，比如甲子年、高帝元年什么的。但是皇帝生前哪来的庙号谥号？得死了纪年才方便。刘彻一想，欸，当年爷爷文帝因为一个杯子另立一个元年，老爸景帝当年也是一共换了两次元年，为什么不想个记号，以后就用这个记号纪年呢？思来想去，嗯哪，这个记号就叫年号吧。

　　公元前 140 年，刘彻设立了中国第一个年号——建元，这一年也就是建元元年，他才不到十七岁。

　　刘彻在一开始就有着不同寻常的举动。他注定要和之前的汉朝皇帝截然不同。

　　刘邦在位时，一片废墟，乱世一直延续到文帝继位。这期间，汉朝根本没有精力去发掘什么人才，搞什么教育或者学术。文帝时期政局稳定，才开始注重些文化上的事情。文帝时期，很多著名学者被提拔。其中最著名的有两个，一个叫晁错，景帝时期削藩的那个；一个叫贾谊，著名的一个政论家。

　　这两个人在文帝朝就已经提出了各种关于改革的建议，但是文帝仅仅采纳了其中一小部分举措——文帝是个冷静的皇帝。但是文帝开始意识到文化的重要性。在秦末，秦始皇焚书让民间藏书几乎成为奢望，国家馆藏的书籍也被项羽一把火烧了。很多古代的经典，在文帝时期实际上已经或者即将失传了。而晁错在整理和抢救这些古籍方面，确实为中华民族乃至世界做出了极大的贡献。文帝时期，大部分濒危古籍都被抢救，并且出现了很多学者，儒家思想、道家思想和法家思想等学派又出现了很多大学者，逐渐恢复了往日显学的地位。整个国家的学术氛围欣欣向荣。

这其中，当时被称之为黄老之学的道、法中和思想深受文帝、窦太后的青睐。黄老之学崇尚安静，反对过分变革与战争，总是强调战争和改革的反面作用，提倡"无为而治"、减轻赋税、强调法律的作用。在这种指导思想下，汉文帝确实为汉朝赢得了积累的时间。

但是景帝开始就不一样了。景帝的老师是晁错，晁错本身就带有一些儒生的色彩，加上后来参与整理的古籍多是儒家经典，耳濡目染地间接影响了汉景帝。所以汉景帝在培养皇子的时候，特意安排了一些儒生去做皇子的老师。一些皇亲国戚也开始向儒学倾斜，比如刘彻的舅舅田蚡，景帝的表兄弟窦婴等等。

这样的情况是必然的，因为黄老之学与儒学相比，有着太多的局限性和软弱性，甚至有对内残酷对外妥协的成分，最糟糕的是黄老之学自我更新的余地也远远不如儒家。

景帝时期，齐人辕固生因为研究《诗经》取得很多成果，被召为博士（有点类似后世的翰林院翰林）。当时，博士之中，最具权威的是黄老之学的黄生。辕固生与他关系并不融洽，干脆，两人请景帝前来参观儒道两家博士的学术辩论会。

此次学术辩论会的题目是"商汤王灭夏与周武王灭商是否合理"。其实这个问题在当时已经辩论很久了，黄老和儒家一直争论不休。

黄生首先发言："我方认为，汤武二王对当时的中央政府发动战争，并不是顺应天命，而是弑君篡位。"

辕固生说："我方观点认为，当时中央政府的首脑夏桀和商纣都是暴君，天下的民心是顺着汤王、武王的。天下的民心希望汤武能够取代当时的中央政府，桀纣的人民不愿意为桀纣卖命而投靠汤武，汤武的继位也是带有不情愿性质的，怎么能说是没有顺应天命呢？"

黄生说："帽子就是旧了，也得戴在头上吧？鞋子再新，也得穿在脚上吧？为什么呢？就是因为上下分工不同。汤武作为臣子，在天子有

过错的时候不去想着怎么劝谏，反而因为劝谏无效就把天子杀了，自己称王。这不是弑君篡位是什么？"

辕固生只好使出撒手锏："这么说来，我朝高皇帝取代秦朝成为天子，怎么说？"

就在这当口，景帝突然发言："好了，好了。这个，吃肉不吃马肝（后人讹传马肝有毒，其实应该只是说马肝不好吃或者难啃），不能说这个人就不是美食家吧？今后啊，这种不和谐的问题就别提了。学者不讨论这些汤武革命的事情，就是伪学者么？"

景帝再不发言终止辩论，说不定两边就得骂到高皇帝那儿去了。这次，窦太后又不高兴了，召见了辕固生，问他《道德经》上的学问如何。辕固生淡定地说了句："就那么回事，给家庭妇女看的。"

窦太后能饶得了他？立马叫来人，把辕固生丢到斗兽场去和野猪搏斗。好在景帝悄悄地给了辕固生一把利剑，辕固生当年在地方上参与军事训练也是个好手，一剑刺下去，正中野猪的心脏。

从这个事情可以看出：第一，景帝时期，中央级别的学者中儒派的已经有了一定的话语权；第二，窦太后是黄老学的脑残粉；第三，景帝更倾向于儒学；第四，当时的黄老之学思想更加死板教条。

刘彻在儒黄两派争锋的时代长大，即位之初的他，带着对儒学的向往和对奶奶的叛逆，开始了一场虽最终失败但是影响了两千年的改革——建元新政。

刘彻与文景不同，他从来没想过指望和亲换来和平。此时爷爷和爸爸已经积累下这么多的家业，国家完全有实力进行一次整合。路已经铺好了，就等着他收拾好国家，与匈奴决一死战了。

在儒派官员，舅舅田蚡、表叔窦婴（当时的丞相）的指引下，年轻的刘彻提拔两个儒生进入高层。一个是赵绾，任御史大夫，一个是王臧，任郎中令。这个闸口一开，大量儒生进入到高层。

其实，不管从哪个方面来看这都是好事。首先，在这个时候，中国确实需要一个统一的价值观，用现在的话说，确定一个普世价值。而在众多思想中，道家太出世法家太极端，唯有儒家思想是最为独到。

很多人估计受到新文化运动和后世儒家尤其是满清腐儒造成的负面影响，对儒家无甚好感。实际上，就算是现在，有人极力反对儒家思想，那么无非三个原因：第一，没能理解儒家思想；第二，纯粹人云亦云；第三，本身价值观不正。最近据说教师节要改时间了，改成孔子的生日。呵呵，其实国外很多国家（好像美国也是）都是以 9 月 28 日孔子生日为教师节。

歪楼了，我们继续说刘彻的改革。这次改革，各个儒生都提出了很多建议，无非两个方面：第一个，兴儒学；第二个，除弊政。

建元元年初，刘彻就颁布了"举贤良"的政令，希望能够招揽一些人才。这个其实已经具备后世科举考试的雏形，被各个单位举荐的人才，统一考试，写一篇自由发挥的策论，对某个国家时事发表看法。御史大夫卫绾就建议皇帝："所推举的贤良之才，在回答您问题的时候，要是有人引用申不害、商鞅、韩非、苏秦、张仪这些人的话，请求皇上都不要重用他们。这些都是祸国殃民的角色。"汉武帝同意了，这下，至少法家纵横家的学者是参加不了考试了。

在推举的"贤良"中，有个人脱颖而出，此人在文帝时期就已经是博士，此时其实已经取代告病隐居的辕固生成为儒林的宗师——董仲舒。

他在《举贤良对策》这篇文章中提到：今后招博士，如果不是学习六艺的，不是研究孔子的，就别招了。统一咱们的教育，统一咱的学术考核内容。

这句话说到刘彻心坎里了。要是那帮子老臣还拿着黄老那一套，再经营几十年也别想出击匈奴。只有让儒生掌握话语权，整个国家才能有改革的活力与动力，才能有一举北伐的魄力与实力。

刘彻将这个作为改革的一部分，并且几乎是首要任务。窦太后的心理，我们可以猜到了。接着，当时的儒学大师，《诗经》研究学的泰斗——窦婴、赵绾、王臧等人的老师申公也被接到了长安，准备兴修名堂，供儒家学者讲学。这些儒生也进一步规范了高帝时期传下来的礼仪，提高了国家威望。

没几个月，改革如火如荼，窦太后身居深宫，朝中掌权的黄老派官员越来越少。但是黄老派强调隐忍，所以并没有发作。

接着，与董仲舒一起参与考核的严助，开始受到重用，成为中大夫（议论政事，相当于议员或者秘书之类）。这标志着刘彻准备对文景时期的弊政动手。改革的重点，就在京师，针对关中京畿地区的种种不合理现象，汉武帝准备大刀阔斧了。

文景时期，很多没有官职的贵族不愿意去自己的封地，就待在长安。早在文帝时期，就执行过一次半强制性的列侯就国，让一些贵族去自己的封地养老。这样，旧贵族远离政治，让新鲜血液更好更快地流淌，他们回到封地，也能让封地的经济文化得到发展。

还有个现象最是不合理。在秦代，没个通行证你别想过函谷关，汉高帝也继承了这个政策。他们这样做其实好理解。对于秦来说，函谷关之外那是"被占领区"，函谷关内才是本土。对刘邦来说，函谷关外是诸侯国地盘，关内才是中心。对于吕太后来说，函谷关外是刘家的，关内才是自家的。但是伴随着文景时期的削藩，关外的土地也大半归属中央，这时候出入关还得拿通行证，不仅没有意义，还对经济发展、物流交通、文化交流都很不利。

刘彻一合计，嗯，差不多了，说改就改。顺便，自由下言论，让人们可以放心大胆地检举违反政令的皇亲国戚。

建元二年十月，大刀阔斧还没砍下，一只老手挡在了刘彻面前——窦太后很生气，后果很严重。

原来，改革刚刚涉及到贵族回封地，就让那些旧大臣叫苦不迭。设想下，谁不想在京师这样的大城市待着过好日子？这个时候他们可不管什么清心寡欲的无为而治，一个个找到太皇太后那儿诉苦。太后啊，这个祖宗之法是要被皇上改完咯。太皇太后啊，不知道先帝看到这样会怎样。太皇太后啊，我们黄老之学算是完蛋了……

吵着吵着，太皇太后也坐不住了，准备干涉下朝政。首先就要求刘彻放弃改革，重新回到黄老学说"无为而治"的基本国策上来，继续休养生息，不要折腾。这下，十几岁的刘彻可抓瞎了。

眼看都快一年了，改革的成效就要出现，儒学好不容易掌握了话语权。改革是皇帝提倡的，现在要皇帝下令终止改革，皇帝岂不是很没有面子？可是，皇帝也不能不给太皇太后面子啊？左也是面子，右也是面子，两边的面子都伤不起。这是真伤不起。

刘彻左思右想，干脆心一狠——我也玩次政治斗争。他找到改革派的赵绾、王臧说："明儿个上朝，你们呢就提议'以后啊，这个朝政就别老是请示太皇太后了，太皇太后毕竟一大把年纪，也该休息休息了。'然后我就表示同意。怎么样？"

这两个初入政坛的小年轻也不懂，就这么答应了。

第二天，赵绾按照刘彻的指示上奏，刘彻假装思考良久，最后同意了。结果现实将这三个年轻人打入了谷底。窦太后听说之后，对外宣称："这两个人是想再做新桓平。"

新桓平是文帝时期一个江湖骗子，那个让文帝另立元年的玉杯，就是他送的。杯子上写了"人主延寿"的字样，并且谎称是神仙送的。他靠着这样的骗术，得到了文帝的信任，被封为大夫。后来丞相张苍和廷尉（相当于后世的刑部尚书）秘密成立专案调查组，找到了雕刻玉杯的工匠——新桓平被诛灭三族，满门抄斩。

于是窦太后以挑拨宗室关系为理由，终止了各项改革，并认定赵绾、王臧为主谋。随后派人暗中调查甚至制造赵绾、王臧的经济问题，并且拿着这些问题摆到刘彻面前。刘彻没办法，只好下令将御史大夫赵绾、太尉王臧革职下狱。

汉代的女人估计都很凶狠，吕后我们不必说。窦太后手上，也斩了一个郅都啊。赵绾、王臧两个人那叫一个悔，在牢房里是担心受怕、胆战心惊。没多久，就传来两个人在狱中自杀的消息。对于这个事实，刘彻无能为力。

随后，田蚡、窦婴也都遭到罢免。好在窦太后是个慈祥的老人家，对家人还算客气，没有将他们治罪。同年，黄老派的许昌接替窦婴为丞相，庄青翟为御史大夫（之后也担任太尉）。儒学大师申公，也无奈地停止了讲学计划，告病回到故乡。

刘彻被架空了，他在朝中只不过是个傀儡，只能按照奶奶的指示办事，甚至于奉旨办事的权利都还在丞相手上。刘彻身边信得过的只剩下屈指可数的几个亲信了。中央换血之后，严助成为改革派硕果仅存的官员，依旧是皇帝的秘书。皇帝都不算事了，皇帝秘书有用么？好在他苦心设立的亲军还在，这是一支由战死官兵家的孩子组成的军队，职业化程度非常高，精通各种作战技巧，与匈奴射雕者不相上下。

建元二年的三月，刘彻去霸上参加了上巳节的仪式，这个百无聊赖的年轻人想去走走，反正朝中的事情也不用我操心。回宫的时候，路过了姐姐平阳公主的府上，干脆就走了进去。

汉代的公主，只要不是嫁到匈奴去，那比诸侯王还舒服，每天就在家里吃喝玩乐。平阳公主家里就有不少歌舞伎，每天组织演出，开心得不得了。这会儿弟弟来了，还是皇上，当然会找来最好的歌女舞姬来给刘彻表演。众多的歌女之中，一个窈窕婉约的身影深深打动了这个十七岁少年的心。这个歌女名叫卫子夫，她母亲就是个奴仆，同时也是某个基层官员的二奶。因为是私生女，所以跟妈姓。她还有个弟弟，叫卫青，是个侯爵家骑马的跟班。

刘彻早在八九岁时就已经结了婚。那是一场纯粹的政治联姻，为了得到太子之位，刘彻与姑妈馆陶长公主刘嫖的女儿陈氏被迫成亲。野史上说，陈氏名叫陈阿娇，当初姑妈刘嫖问刘彻："我把阿娇嫁给你好不好？"刘彻回答说："如果能娶到阿娇，我就做个金屋子让她住。"然而传说终究只是美丽的故事，实际上，陈氏比刘彻至少大了十几岁，是刘彻的大表姐。对于一个八九岁的孩子，明白什么？跟指腹为婚有区别？再者说，此时的陈阿娇，少说也将近三十岁，刘彻心里会对那场婚姻满意？

平阳公主也看出了刘彻的心思——一个十七岁的少年老是盯着一个美女，其实谁也不用猜了。刘彻长叹一声，跟平阳公主说："姐姐，我去更衣。"更衣，是在某些场合对如厕的一种称呼。作为皇帝这样的贵族，"更衣"也是要人伺候的。平阳公主示意卫子夫跟过去服侍……

他们的感情就这样一发不可收拾了。年轻的刘彻在爱情的召唤下，重新振作。

改革现在是行不通了，但是时间掌握在刘彻的手上，他才十七岁，现在要做的就是等待。但绝不仅仅是等待，刘彻的眼光远远高于之前的任何一个皇帝，包括秦始皇、汉高祖，以及他的爷爷汉文帝。不知道是哪来的消息，被匈奴人打败的月氏国一直被逼迫到匈奴的西方，如果能够找到月氏国，联合起来，可以让匈奴陷入两线作战，汉军在战略上就能取得上风地位。（实际上此时汉朝民间与外界的交流已经远远超过了汉朝政府的想象，后面会提到的。）

此时的汉朝，实际上处在匈奴的"C"形包围之中，北方、东北、西方都是匈奴人的地盘，秦朝扩张的河南地（今河套一带）也被匈奴占领——这是导致文帝时期匈奴入侵就会危及长安的根本原因。

刘彻发布了一道命令，与改革无关，只是想找人出使西域，找到传说中的月氏国。刘彻没有什么权利，这道命令只能传达给身边的几个侍卫。一个叫张骞的自告奋勇，并且说，自己有个手下就是匈奴西域人（此时西域是被匈奴占领的），叫堂邑父，或许还可以做向导。

建元二年（前138年），张骞和堂邑父带着一支一百多人的队伍整装出发，离开了京师。不久，就在茫茫的草原上失去了消息。（也有说是建元三年出发，估计是历法计算出现差异的。）

没多久，一个好消息传来——卫子夫怀孕了，这是刘彻的第一个孩子。无论是男是女，意义都是重大的。有人欢喜有人愁，陈皇后能开心？陈皇后她妈妈长公主能开心？长公主可不好惹，一查，哦，卫子夫你还有一个弟弟叫卫青是吧？我还玩不过你一个奴仆？在皇帝身边当差了不起么？当晚就把卫青绑架了。

卫青是个苦命的孩子，从小吃苦。一次有个看相的说："哎呀，你是贵人相，以后肯定是万户侯！"小卫青只是笑了笑，说："唉，奴才家的孩子，不被别人打我就安心了，还想什么封侯。"

刘彻手下的骑郎（骑兵卫士）公孙敖坐不住了，带着几个年轻力壮的就去长公主那儿把卫青抢了下来，保住了卫青的命。刘彻一看，我小舅子人缘蛮好嘛，就任命他做了建章监（实话说，当时刘彻没实权，这

些乌七八糟的官职我也搞不懂）。

要想在以后顺利进行改革，靠着几个侍卫秘书，干等着窦太后放权或者去世可不行。逮着机会，就得让手下人去历练。

机会说来就来。

当年的吴王刘濞逃亡到东瓯国（今浙江东南），东瓯国国王对汉中央心存归附，就把刘濞杀了去领赏。这个时候，吴王刘濞的儿子刘驹逃亡在闽越国（福建北部）。建元三年，在刘驹的怂恿下，闽越国发兵入侵东瓯国。东瓯国撑不住了，向汉朝求救。

说起来，这些国的国王都是越王勾践的后代，汉初因为帮助过刘邦，特许复国。等于是成立了两个越人自治区。但是，对于这些自治区之间的事务，汉朝没有干涉的先例。

此时改革的风波已经过去了一年，改革派的首领田蚡已经以皇亲的身份重新走上仕途，成为太尉。刘彻向舅舅寻求意见："舅舅，这仗咱打不打？"

"越人自己打起来了，本来就是常有的事。他们反复无常，有时候跟中央好，有时候又跟中央唱反调。这样的事情，不足以劳烦中央军去武装干预。秦朝那会儿就不管他们了。"

刘彻没有听到自己乐意的答案，于是一旁的秘书严助壮着胆子发言了："现在就怕没有力量去救援，没有恩德去施惠。要是能，干吗不管他们？当年秦朝连咸阳都管不到了，还管得到越人？现在小国因为点困难来求救，身为天子的皇帝不管，谁去管呢？天子哪来的威严去治理天下？"

刘彻开心了，说："嗯哪，太尉的说法经不起推敲。但是我刚刚继位，不想拿着虎符去调动郡国的军队。"

汉代的制度，调动地方军队，需要虎符、节两样东西。此时的刘彻，已经没了实权，只有节。虎符，在老奶奶那儿呢。

严助只有秘密拿着皇帝的节，没有虎符，去会稽（今苏州一带）征调楼船兵和材官兵。会稽郡的太守对严助还算客气，但是一看，欸，没有虎符……于是就找各种理由推脱。

严助没办法了，只有来硬的了。二话不说，拔刀斩了一个司马（郡里面管军事的一个官），把皇上的情况和想法如实说了，这才征调了楼船材官兵，从海上增援东瓯国。

官兵还没到，风声就传到了闽越。闽越王如果与汉朝抗衡那他就是傻子，大军没到，就先撤退了。东瓯国感激汉中央政府的恩德，表示希望解除自治权，举国内附。随后，汉朝展开了移民工作，将东瓯的越人往江淮（主要是今天的苏中、苏北）一带迁徙。

这一举动，为以皇帝为中心的少壮派赢得了声誉。同年，刘彻决定对民间的情况亲自调研，也就是微服私访。于是每天带着身边的骑射能手去田间地头游乐，自称是"平阳侯"。当然，说是调研，对于一个年轻人来说必然带有玩乐的成分，没事也会去打打猎，反正闲着也是闲着。但是因为经常踩踏田地，引起了地方民众的不满，以至于当时杜县和鄂县的县令想要抓捕刘彻，好在刘彻带着些皇帝的物品，给他们看了之后才免除了牢狱之灾。

一次刘彻独自带着武器微服出行，前往一个山谷，夜里就近找了一家旅馆。山间的旅馆条件可以想象，又是夏天，刘彻有点热，问："老板，有浆么？"浆是古代一种很香甜、微酸的饮料，贵族解暑必备。

老板觉得刘彻胡搅蛮缠，这大穷山区的，要这么高端的饮料，不耐烦地说了句："浆没有！有尿！"

刘彻也没发作，毕竟不能暴露身份，就独自去睡了。旅店老板觉得不对，大晚上的，一个穿得蛮好的小伙子来我们这投宿，会不会是个逃犯？想着想着，老板还是觉得不对劲，找来一帮小痞子想把刘彻揍一顿。

但是老板娘觉得刘彻长得不像坏人，还很有涵养，就说："老伴，我看这个客人不是寻常人，而且又有防备，还是别打他主意了。"老板就是不听。好在当晚老板娘故意多灌了老板几壶酒，趁他喝醉了绑了起来，然后叫底下等着的痞子们都回家，并且杀了一只鸡请他们吃了一顿。

第二天，刘彻回去后，赏赐这个老板娘一千金，并且任命她的丈夫

为侍卫，后来还做了羽林郎（侍卫的一个小头目）。

考虑到游猎毕竟会损失百姓的资产，在秘书吾丘寿王的提议下，刘彻决定，扩充上林苑，并且已经做好了拆迁的赔偿准备工作。虽然东方朔提了反对意见，刘彻也觉得有道理——这样做确实会给人民带来不便。刘彻在提升东方朔做给事中（皇帝顾问）后，还是扩充了上林苑。

刘彻这样做有苦衷，因为只有扩充上林苑，他的军事班子才能有场地演练。

建元六年五月（前135年），窦太后终于去世了。

说实话，窦太后的举动也得一分为二地看待。首先，作为一个政治参与者，甚至是景帝时期的当权者之一，文景之治是有她的功劳的。文帝没有她这个贤内助，宫中俭朴的风气根本起不来；景帝与梁王没有她的维系，也不会在七国之乱中那么团结；刘彻没有她的干预，也不会那么快成长。可能窦太后确实在政治上趋于保守，甚至是个黄老学的脑残粉，但是不失为一个伟大的女政治家。我认为，她与吕太后甚至是后来的武则天相比，都是有过之而无不及的。

仅仅一个月之后，保守党的丞相许昌、太尉庄青翟以没办好窦太后丧事的名义被罢免。刘彻的舅舅田蚡出任丞相。

此时刘彻身边已经陆续聚拢了各路人中豪杰，吴人朱买臣和严助、赵人吾丘寿王、蜀人司马相如、平原人东方朔、吴要人枚皋、济南人终军，这些人善于辩论，学识渊博；身边的卫尉李广、程不识都是一代名将，公孙敖、公孙贺、卫青都是潜力股；在学术界，还有以董仲舒为首的儒家势力撑腰。改革，对于现在的刘彻来说，根本不是难事。

一个新的时代，来了。一个光荣的时代，来了。

第十三章

大刀阔斧

其实窦太后晚年眼睛有点毛病，近乎失明，可能是老年白内障。所以实际上在建元五年，刘彻就有动作了，他将博士一职的人事做了调动。首先，传纪博士职位被废除，改成五经博士，专门研究儒家的五经（本来是六经，可惜《乐》在秦代失传）。

建元六年（前135）八月，窦太后去世才三个月，闽越国又犯事了。小小的闽越王骆郢，不知道哪来的勇气，对南越国动手了。建元四年，南越王赵佗去世，新主继位不久。赵佗实在太牛，在位七十一年，活了一百零四岁，长子早没了。这会儿继位的是孙子赵胡，骆郢或许是想趁机捞点好处。主弱必然臣强，孙子即位往往会有各种问题发生，这也是历史规律。

但是赵胡不傻——我惹不起你，但是大汉你惹不起。当即上书给刘彻："闽越、南越本来都是大汉的藩属臣子，不应该有这样的斗争。现在是闽越国先动手的，与我无关。我不敢擅自发兵与闽越国作战，希望皇帝和中央政府能够妥善处理此事。"

刘彻一看，南越，够意思。闽越啊闽越，你算是撞枪口上了，前几年就是你闹事，现在我憋了这么多年正愁没人练手。于是派遣大行（主管外国使臣和君主的接待，搞外交的）王恢、大司农（农业部部长）韩安国为将军，兵分两路。王恢率军从豫章郡（南昌一带）迂回包抄闽越国，韩安国从会稽（今苏南浙北）一带正面攻击。

说起来，这两个人都出身军界，还是一对死对头。这之后不久，这两人就围绕着对匈奴是打还是和亲吵个不停。王恢年轻，认为反正和亲

了没几年又要进关掠夺，不如揍他一顿，一了百了；韩安国认为远征一不划算，二来出关打匈奴本部路途遥远，军队都成"强弩之末"，很难打赢。最后武帝考虑到还要进行改革，加上支持韩安国的大臣居多，就听了韩安国的，准备和亲的事宜。

王恢是燕地人，从小生活在边关，曾经是边关的一名基层军官。

韩安国资格老，是个传奇人物，当初七国之乱的时候，他是梁王的将军。梁王抵御吴楚叛军的功劳也有他的一份。后来因为处理好了中央与梁国的关系，被调到中央。在中央没多久，又因为别人犯事，他受到牵连，就被抓了。

狱吏田甲当时羞辱在狱中的韩安国，韩安国受不了了，就问："死灰还有复燃的时候。你小子别狂，等出去了有你好看。"从此我们多了一个成语。田甲不以为然地说："那我就一泡尿把你这死灰给灭咯。"后来梁国缺个内史（管梁国的刑法），朝廷再一次任用韩安国。田甲吓得逃跑了，但是韩安国淡定地说了句："田甲这小子要是不出现在我面前，我杀他全家！"田甲只好光着膀子负荆请罪。韩安国哈哈大笑，说："你尿啊，你尿啊。你这种人值得我处置么？"最后对他还是相对友好的。

可见韩安国这个人不记仇。我估计王恢也是这样，所以这两个人政见虽然不一样，但是配合起来也是相当之好。

闽越王骓郢早有准备，汉军还没到岭南边界，他就在边界的丘陵、山地等险要之处派兵驻守了。看起来高明，实际上，骓郢已经让自己陷入两线作战的窘境之中。

骓郢的弟弟余善私下里与宗族和丞相商量："咱们的王现在疯了。这个好战分子没有向天子请示，擅自发兵入侵南越。现在中央军已经快打来了，就算我们侥幸大胜这一场战，也只能造成天子派遣更多的军队前来讨伐的局面。这样我们藩属国的地位必然不保。现在我们干脆把王杀掉，向中央政府请罪，如果弄得好，咱们能停止战争。实在不行，我们再奋力战斗也不迟。真的到国破家亡的地步，咱们都去海上做海盗也蛮好的！"

大家一致同意了，就一不做二不休，把驺郢一枪捅死，带着他的首级，给了王恢。

王恢一看，说："我们讨伐的目的就是诛杀好战分子驺郢，现在你们已经杀了驺郢向中央道歉。和平解决这种问题，当然是最好了，具体细节我还得向中央请示。"于是王恢暂时停火，并告知韩安国。

没多久，刘彻下令停战，并派遣前任越王无诸的孙子繇君丑为闽越王。为什么不立余善呢？嘿嘿，这还用说么，这么一个强势的人，怎么可以作为藩属国王呢？

不过后来局势证明余善的民意支持率太高，繇君丑根本没办法控制局面，余善成为实际上的王。刘彻考虑到，只要你不犯事不就行了么？于是干脆又封了余善为王，一个闽越国，同时存在两个王。

至于南越国，那自然是感恩戴德。严助作为使者，将中央的举动告诉赵胡，赵胡泪流满面，对着圣旨就磕头："中央这次为臣做主了啊，我就是死也报答不了恩情啊。"

"恩情嘛，倒是不需要你以死相报。您亲自去长安拜见皇帝就行了。另外您的太子婴齐一表人才，中央打算重用他做长安的宿卫，怎么样？"

赵胡答应了严助的意思。不就是送个太子当人质么？有什么大不了的。但是，国家刚刚经受战乱，所以婴齐与严助先行一步，赵胡得处理好战后重建工作才能去朝见天子。

严助一走，就有人向赵佗提议："汉朝轻而易举地杀了驺郢，也是在警示我们南越啊。先王就说过，侍奉天子，礼仪到了就行，千万别因为使臣的几句好话就去中央朝觐。万一去了回不来，南越国可就得亡国咯。"于是赵胡以生病为理由，一直没有去长安朝觐。

但是不管怎么样，现在南方已经基本安定下来，闽越国扶持了新政府，南越国太子再做人质。前几年东越就归顺内迁了。短时间内南方不会再有问题。无论改革还是对匈奴作战，都有了条件。

随后，韩安国被任命为御史大夫，并且提拔了东海太守汲黯为主爵都尉，管理那些侯爵。

汲黯在景帝时期，是太子刘彻的太子洗马（教太子政治的）。这次汲黯被重用，而且出任这样一个官职，与改革是有关系的。汲黯是个不给人面子的人，又仗着自己是皇帝的老师有点狂，容不下别人犯错。看得顺眼的就善待，看不顺眼的看都不想看。

当时，丞相田蚡接受那些两千石高官（汉代没有品级，两千石相当于从一品）的拜见，那些高官行的都是跪拜礼，田蚡只是作揖回礼。汲黯见了田蚡，顶多拱个手。

别说田蚡，就是皇帝他照样不给面子。此时的皇帝正在做当年没做成的事情，那就是召集儒生，进行改革。上朝的时候，刘彻动不动就说："我想啊，以后……"如何如何，说得天花乱坠，充满了对未来美好生活的向往和憧憬。汲黯淡定地说了一句："陛下，您自制力太差，就算表面施行儒家的仁义，也不能造就唐尧虞舜那个时代的盛世。"刘彻脸色一沉，宣布退朝，一甩袖子就走了。回去了还在骂："汲黯，你太过分了！又蠢又鲁莽！"

声音很大，外面的大臣都听得到。很多人就怪汲黯，汲黯很淡定地说："咱们三公九卿百官这么多职位，难道是用来说好话拍马屁的？难道就这样看着皇帝偏离正道而不管？我现在好歹也是个九卿级别，要对天下大事负责！"

生气归生气，但是刘彻依然很重用汲黯。

但是，改革派并没有向刘彻想的那样好控制。他的舅舅田蚡，这会儿就很狂。田蚡平时在家里声色犬马、置办豪宅，作风不是很正。虽然有那么点本事，但是有那么点腐败倾向。刘彻也管不了那么多，只要改革能顺利进行就好，在家跋扈点没事，配合改革就好。

但是，实际上，这跟刘彻想的不一样。刘彻渐渐发现，原来舅舅才是改革的主导！每次人事调动，官员部署，都是田蚡做主。开始，刘彻言听计从。但是久而久之，刘彻有些坐不住了。

一次，田蚡又去商量人事调动。刘彻一看名单，嗬！动不动就是两千石的高官！田蚡又在那滔滔不绝，在那儿说，这谁谁呢，去当某某郡守；这谁谁呢，调到中央当个什么差……

刘彻无语了，说："舅舅，我是皇帝……您安排的职位弄好了，是不是也轮我安排几个？"

田蚡这才在朝廷上安分了些。之后的某天，田蚡又找刘彻商量些家事——他又想置办豪宅，但是地方比较敏感，靠近长安的武库。没有皇帝的同意，办不成这事。

刘彻一看规划图，嗬！这规模再扩张装修下比得上皇宫了。刘彻把规划图一摔，彻底爆发了："舅舅，你干脆把长安武库也划到你家里去吧！"

这样，才让田蚡老实点了。刘彻，真正成为改革的主导。

冬十月，改年号为元光，这年改成元光元年。五月，汉武帝再一次号召各郡国推举贤良、文学。董仲舒再一次得到与刘彻近距离接触的机会。董仲舒和刘彻都相比前一次更为彻底和激进，刘彻的问题，已经上升到如何让中华长治久安，让中华文明生生不息的高度。董仲舒针对刘彻的问题，一连献上三篇策论——史称天人三策。

总结起来，其中与改革相关的就是：第一，宣扬五常，即仁义礼智信，认为君王尤其需要遵守并约束自己，否则"天人感应"，后果相当可怕；第二，坚持儒家思想，罢黜百家，将法治、德治相结合，尤其反对法家的愚民政策，要兴办教育，广开言路，让权力机关更加面向社会各个阶层开放；第三，"春秋大一统"，加强中央集权，对抗外部的反对势力。

这些建议，很多影响至今。很多人都拿"罢黜百家，独尊儒术"来说儒家如何不好。的确，董仲舒提出过君权天授，但是君权天授的目的在于利用民变、自然灾害约束皇帝，并不是加强皇权；的确，董仲舒提出了三纲五常，五常，难道不是一个人应该有的道德标准么？董仲舒没说王者应该首先遵守么？至于三纲，君为臣纲，父为子纲，夫为妻纲，纲是什么？纲就是拉渔网的绳子，这里是表率的意思。君是臣的表率，父亲是子女的表率，丈夫是妻子的表率。儒家黑们，都说儒家如何强调君权，如何让人有奴性……我怎么感觉是反着的呢？难道我看的都是盗版书？还是儒学黑们……根本就不看书！

事实上，刘彻就按照这些指导思想，在元光年间进行了一系列的重大决策，对汉代的多项政治制度做出了调整。为汉代几十年后的宣帝时期走向全盛赢得了条件。

建元年间，没做到的，刘彻现在就会做；建元年间没顾及到的，刘彻也会去做。

首先，建设明堂，进一步规范高祖时期由儒生叔孙通建立的礼仪制度，更加约束贵族的言行。对于主爵都尉汲黯来说，这个不是难事。

另外，筹备兴建太学，也就是全国性质的最高学府，聘请名师讲授儒家经典，选拔民间优秀的学者儒学。太学规模相当大，从初部的规划到最终完成，已经是元朔五年（前124）了。

至于罢黜百家，独尊儒术就不用说了，中华的主流意识形态就此诞生。

在采纳董仲舒的建议之后，刘彻任命他为江都王的相。此时的诸侯已经不比以往，中央任命的相才是诸侯国的真正管理者，诸侯充其量只是一个副手。江都王原本是个骄奢淫逸的纨绔子弟，在董仲舒的教育下，也变得文质彬彬了。后来董仲舒还因为淮南王的事情上书指责刘彻而差点被罚，结果淮南王真的出了问题，刘彻更加对他敬重。晚年董仲舒在家赋闲，一有什么大事情，刘彻依然会派人来询问董仲舒的建议。当然，这都是很久之后的事情了。

这年被召选的贤良文学中，除了董仲舒这个熟面孔，也有一些新人被提拔。这其中，齐人主父偃深得刘彻的赏识，一年之内，就被升了四级。

与董仲舒不同，董仲舒更适合做学术和研究思想哲学。主父偃年轻时候学习的纵横家那套，岁数大点的时候，才学习了《易》《春秋》等等经典。一直游学了数十年，基本上都是在窘迫中度过，经历了太多的世态炎凉和人情冷暖。相比读书三年都不向花园看一眼的董仲舒，主父偃的人生经历更加丰富。所以，主父偃在实干能力上，是比董仲舒要强的。

主父偃和其他贤良文学不同，他可不是考试考上去的。这个人一直到处游历，跟各地的诸侯王、侯爵什么的打交道，但是都没发现什么值得他敬重的，干脆到了长安，找到了皇帝的小舅子卫青，希望卫青能够引荐下。于是卫青也向姐夫说了几次，刘彻就是没理会。

没几天，主父偃的盘缠就用得差不多了，老是在京城朋友家白吃白喝也不好，别人也烦。主父偃索性破釜沉舟，写了奏折，大清早的把奏折背在身上（竹简……）到宫门外等着。

晚上，主父偃受到了召见。奏折一共有九项建议，八项关于法律，还有一项就是讨论对匈奴的战争。

这个风气一开，接连又来了两个，一个徐乐，一个严安，后来都是刘彻秘书处的办事员。主父偃最为积极，一年中多次向刘彻提出建议，也难怪他一年内连升四级。

之后，刘彻在修的皇陵茂陵周围设立了一个新的县，茂陵县，因为刚刚设立，没有多少人口。主父偃又提议，说："现在关外有些兼并别人土地的豪强大户，不如让他们搬到茂陵。这样一来促进京师的经济发展，二来也让他们不在天高皇帝远的地方为非作歹。"

这样政府获利还皆大欢喜的举动，在当时也只有主父偃能够想出来。刘彻对主父偃的器重，可想而知了。

实话说，当时这些贤良文学，除了第一批的董仲舒、严助、吾丘寿王这些人，其他人的建议和政见都没多少干货。身边的贤良、文学侍从，也只有主父偃、严助、吾丘寿王拿得出手。其中有的人名声很响，比如司马相如、东方朔、枚皋等人，但是司马相如动不动就是生病请假，推卸责任，东方朔、枚皋有时候提的建议莫名其妙，一点根据都没有。

后来主父偃的一道"推恩令"，确实让刘彻深感宽慰。推恩令，实际上就是进一步削藩，虽然此时的诸侯没有了动乱的权力，但是封国地盘仍然不小，仍然有造反的实力。虽说是中央任命国相来掌权，但是万一遇到个有野心的国相怎么办？相对于晁错，主父偃简直就是个天才，他向刘彻建议说：

现在啊，随便一个诸侯王的子弟就有十几个，可是呢？只有嫡长子能够继承王位，这个实在是不能体现中央政府的恩德啊。我们应该进一

步让更多的皇室成员享受到封地，每个诸侯王都能享有将自己封国分给所有子孙的权利。

相对于晁错的强制削藩，推恩令是让诸侯王拿出了地盘还哈哈笑，实在是高。就算诸侯王不愿意拿出土地，想只传给长子诸侯王，底下几个儿子能同意呢？

不过这是后话了，推恩令颁布是在公元前127年，也就是元朔二年。

但是，主父偃与董仲舒相比，并不是一个有涵养的人。虽然两人都为改革的规划做出了很多贡献，但是主父偃在得到皇帝的重用后，凭着伶牙俐齿到处收取贿赂。大臣、贵族们害怕他那张嘴，只好拿出封口费。其累计作案金额达到了上千金。有人劝他说："你是不是太横了？"

"我穷困潦倒地生活了四十余年，一直在求学，郁郁不得志。以至于老爹不认我这个儿子，兄弟不收留我，朋友们嫌弃我，我他妈穷怕了！大丈夫活在世上，要么一顿饭五个大鼎在那儿煮，要么轰轰烈烈地被五个鼎煮死！我没几年就得退休了，现在不贪污，什么时候腐败呢？"

最后主父偃因为种种原因，被满门抄斩。死后连个收尸的都没有。所以说，做人，要厚道！

罢黜百家，独尊儒术；兴办教育，教化臣民；削弱诸侯，强化中央；抑制豪强，促进经济与安定……在一系列改革的同时，刘彻也准备对匈奴真正动手了。就在去年，武帝还答应了和亲的请求，这年初，刚刚送走和亲的翁主，一系列的军事部署就开始了。

首先，封卫尉（宫廷护卫队指挥官）李广为骁骑将军，指挥一支骑兵，驻军云中；中尉（首都护卫队指挥官）程不识为车骑将军，指挥轻车、骑士、材官组成的合成军，驻军雁门。为了掩人耳目，六月又悄悄地撤销了这些封号。

一切都在悄无声息地进行中，边境还是那样严防死守，军队也看不出明显的调动，就连边疆的将领也都任命之后即撤职，甚至于刚刚送去一个翁主去和亲。这一切都因为，在以刘彻为中心的汉朝中央，秘密导演着一次天衣无缝的"无间道"行动。

第十四章

失败的"无间道"行动

话说东汉建安二十年（公元 215 年），孙权率军十万，进攻曹操地盘合肥。此时曹军主力远在西边征讨张鲁，驻守合肥的只有数千人，总指挥是张辽，副指挥官是李典、乐进。这三人按照曹操当初的部署，由张辽、李典出战，乐进守城。张辽带着必胜的信念，选拔了八百余名骑兵，

第二天清晨，张辽走马出战，身先士卒，杀敌十余人，斩孙权军两将。八百人一路猛冲，一直打到孙权的中军帐（指挥所）附近，孙权只得转移到一处高地，派人坚守。经过一上午的苦战，张辽所向披靡，八百人在孙权军中来去自如。孙权军几次将张辽等人包围，张辽就几次突围。一次，张辽突围，还有数十人在包围圈中，那数十人在那儿喊："张将军，别抛下我们啊！"张辽拍马向前，独自将这数十人救出。

随后十几天，孙权始终不能攻下合肥，只得率军后撤。张辽率领数百人一路追击，差点活捉孙权。

如果让我说出心中的三国第一勇将，那么肯定是张辽。从史实来看，吕布有勇无谋，不忠不义，不成气候；关羽带着数万军队，守个险要的荆州都守不住，一辈子没打过几场胜仗；赵云也就单骑救主能拿去吹吹，一辈子的杂号将军。这些人都不能与张辽相提并论。而张辽的祖先在西汉武帝初期却并不姓张，也是一个了不得的人物，堪称西汉时期的邦德，他叫聂壹。

聂壹是雁门郡马邑（今山西朔州市）人，在边关做外贸生意。生意不小，估计已经垄断了至少一个雁门郡的进出口，在当地是个有钱有势

的人家。不难想象，这样一个在汉匈边境做进出口贸易的人，对匈奴的情况多么了解，同时作为一个边民，对匈奴的骚扰有多么深恶痛绝。

出于一种高尚的爱国情操和国家公民的使命感，元光二年（前133年），聂壹以进出口贸易负责人的身份，找到了当时的大行令（相当于外交部部长）王恢。

他向王恢汇报了一些情况，分析了局势。首先，聂壹与匈奴军臣单于关系不错，军臣单于很信任他。其次，军臣单于知道聂壹在马邑是个有钱有势的豪门大户。最后，此时汉匈刚刚和亲，匈奴对汉军不会有什么防备。

聂壹的计策就是，他作为间谍，潜入匈奴内部，把军臣单于和匈奴军引入马邑的汉军伏击圈，一举将他们包围。一来歼灭匈奴军主力，俘虏军臣单于，二来也好报汉初白登之围的耻辱。

王恢一直是坚定的主战派，当然会觉得很有道理，就把"诱敌深入，伏兵袭击"的战略构想告诉了刘彻。刘彻召集群臣，召开内部会议专门讨论匈奴问题。这是一条不归路，如果汉军一旦与匈奴军全面交战，无论胜败，都将让文帝后期形成的局面不复存在。汉匈关系必将重新回到文帝时期那种时不时就有上万骑兵攻入内地的时代。

王恢在会议上，代表主战派说："我听说以前哪，北边有强大的匈奴，内部也有战乱的隐患，但是也能让老人得到安排，孩子们健康成长，国家富庶，匈奴不敢轻易开战。现在在陛下的威严下，天下一统，匈奴还是敢惹咱们。原因没别的，就是匈奴人不怕我们大汉。我认为，还是打一仗好。"

主和派的韩安国则认为："我却听说以前高皇帝北伐，被围在平城，整整七天没有得到补给。最后突围回到皇位上，没一点愤懑之心。圣人要站在天下的角度去思考问题，不能意气用事，为了个人的愤怒就损害全天下的利益。所以高皇帝派遣刘敬和亲，到现在，高帝、惠帝、文帝、景帝、我朝，已经五世，都在享受和亲带来的和平局面。我认为，还是不能打。"

王恢受不了了，他从小生活在边境，边民在匈奴阴影下的生活他很能体会。他说："你说得不对。高皇帝穿着盔甲拿着武器，纵横天下几十年。之所以不报平城战役的仇，不是力不能及，而是想让天下得到休息。现在边疆的情况你知道么？匈奴几次惊扰边民，士兵、平民大量牺牲，之后中国边境这边运棺材的灵车一辆接着一辆。这是任何一个仁义的人都不想看到的。所以，我还是认为，一定要打！"

"不对。打仗，总要让士兵吃饱，然后对付吃不饱的敌人吧？让士兵纪律严明，对付乱成一团的敌人吧？让士兵得到休息，对付疲惫不堪的敌人吧？所以说，打仗，就要占据优势，讨伐别的国家，毁掉别人的城池，然后尽快占据敌国就地补充给养，这才是圣人打仗的法子。现在，随便组织正规军长驱直入，很难成功。如果纵向推进，战线太长，防线薄弱；如果横向推进，后勤补给线很容易受到攻击。如果快速推进，后勤难以跟上；如果缓慢推进，那么走不到多远，就人困马乏，缺少给养。兵法说，给别人留下东西就是别人的战利品。我认为，不能打。"

王恢提出了自己的建议："我说的打，并不是发兵深入匈奴境内反击。而是诱敌深入在我国境内，调动骑兵、步兵将其合围，然后一举将其消灭。"

王恢随后说出了自己的计划，大家都认为可行，刘彻自然也是听从了这个建议。

这年的六月，伴随着酷暑，聂壹潜入了匈奴境内，找到了单于，说是要谈一笔买卖。

"单于陛下，我有笔大买卖，不过本金很大。找您入股，同意不？"

"什么买卖？还得找我入股？"

"我在当地的实力，您也知道。我能带着我的一帮小弟，把马邑的县令、县丞都杀了，然后举城投降，全城的财富都是我们的。"

军臣单于一看，嗬！一个大城市的财富！抵得上匈奴半个季度的生产总值了！于是干脆地答应了："你说吧，怎么搞！"

"我呢，先回到马邑，然后您的探子就站在城门下，到时候我把县令、县丞的人头挂在城门楼子上。探子一看到人头就回来报信。然后您

呢，就带着十万大军直奔马邑就行了。"

"嗯哪，你先回马邑，快点啊！"

于是聂壹和匈奴的探子就按计划行事，聂壹回到马邑，探子在城门外活动。

同时，军事部署也在暗中计划好了。韩安国为总指挥，代号为护军将军；李广为骁骑将军，指挥骑兵；太仆（皇帝的司机，兼管天下交通）公孙贺任轻车将军，指挥轻车部队；太中大夫（议员）李息任材官将军，指挥步兵；主战派领袖王恢任将屯将军，驻扎在代郡（河北蔚县一带），负责奇袭匈奴后方的补给线。汉军前后一共组织了骑兵、轻车兵、步兵大约三十万人，在马邑一带潜伏。一切都在悄无声息地进行着。

没多久，聂壹联合事先知道真相的县令、县丞，找到了两个死刑犯，砍头之后，关闭城门，然后把两个人头挂在了城门楼子上。探子一看，快马加鞭去单于那儿报告。

军臣单于得到消息，带着十万人浩浩荡荡地越过了长城防线的武州要塞——不对，怎么这次长城防线这么空虚，难道……军臣单于也没多想，继续向前。

匈奴军离马邑不到一百里了，汉代的百里，只相当于现在的四十公里。也就是说，再过半天的工夫，一场汉军的大胜就要到来。

"不对！这旷野上牛羊遍布却看不到一个牧民，绝对不正常！大家停下。"军臣单于看出了端倪。

原来为了让计划更加保密，汉朝在这天严禁边民随便出门。所以只有漫山遍野的牛羊，却看不到一个人影。

军臣单于观察了一下地形，不禁一身冷汗——再往前十几里就是一个天然的伏击圈，完全可以再现白登之围，只不过双方角色互换了下。

匈奴军调整了部署，掉转过去对汉军的一个边防哨所展开了进攻，俘虏了雁门武州的一个尉史（边防哨所的负责人）。在威逼利诱下，这个尉史将汉朝的计划全盘托出。

军臣单于哈哈大笑："差点被汉朝给卖了。带上这个尉史，撤！"

十万大军，再次开拔，向相反的方向走去。

没多久，匈奴已经再一次突破长城防线，回到了塞外。军臣单于很感慨："得到这个尉史真是天意啊。"于是这个尉史被单于封为天王。

直到这个时候，参与伏击的军队才从边防军那里知道匈奴后撤的消息，立即展开追击。可惜到了边塞，已经看不到匈奴的人影了，只好作罢。只有王恢因为在代郡离匈奴更近，追上了匈奴的辎重部队，但是敌众我寡，王恢手下只有三万人，担心匈奴主力掉头痛击，也没有展开攻势。

汉朝对匈奴的第一次主动反击战，被俘一人，失踪一人，匈奴零伤亡，史称马邑之战。因为汉代一个边防哨所就两个人，一个尉史，一个士史，而且都是国家公务员，不属于军队编制，顶多算准军事部队，充其量也就是民兵级别。也就是说，双方的军队都打出了零伤亡的神话。

韩安国、王恢等人带着沮丧回到了长安。

仗打成这个德行，刘彻的失望可想而知。计划是王恢提出来的，最后还有临阵脱逃的倾向，刘彻能放过他？

但是王恢也向刘彻说出了自己的苦衷："本来说好的，主力和单于交战我就打击匈奴的辎重，这样肯定能胜。现在匈奴没到包围圈就后撤，我只有三万人啊，寡不敌众，只能忍受战败的屈辱，但是不管怎么说，我给陛下保存了三万的兵力啊。"

刘彻不听，让廷尉处理此事。廷尉判决：王恢临阵脱逃，判处死刑，斩首。于是王恢豁出去了，命比钱重要啊，叫家人把家产全给卖了，凑齐了一千金，送给了丞相田蚡。

田蚡也不好拿这事和皇帝说，只好找到了刘彻的母亲王太后。欸，怎么田蚡是刘彻的舅舅，而太后姓王呢？这个事情说起来复杂，简单说就是王太后与田蚡是同母异父。其实在汉代，很多事情超乎我们想象，其实王太后也是改嫁给景帝的，她在民间还有个女儿呢——也就是刘彻同母异父的姐姐。

闲话不多说，田蚡告诉王太后这件事情，说："姐，你说，王恢提议打匈奴，现在这会儿皇上要杀王恢。这个，是不是有点给匈奴报仇的味道？"

王太后可没有窦太后的老谋深算，有什么说什么。第二天，刘彻去探望母亲，王太后就把田蚡的话一五一十地说了。刘彻依然坚持处死王恢，解释道："当时，听了王恢的话，发兵数十万进行这次作战。就算抓不到单于，王恢当时如果率军攻击匈奴的辎重部队，依然可以取得一场大捷，让天下人宽心。现在如果不杀王恢，我没办法面对天下。"

王太后通过田蚡转告了这句话，王恢一听，就在狱中自杀谢罪了。

从此之后，匈奴与汉朝的关系全面破灭，屡次攻入长城以内，次数之多远远超过前代。但是匈奴出于对汉朝物产的向往，依然没有放弃与汉朝的边疆贸易。汉朝方面为了稳定局势，也没有单方面终止贸易，继续开关互市。

这次的反击失败，对主战派的打击很大。需要注意的是，改革派不等于主战派，改革派中的主父偃等人，都是主和派。接下来一年，国家机器按部就班地运转着，并没有什么大变化。

但是这毕竟是个变化的时代，元光四年，前131年，汉朝高层出现了一次动荡。

这年春天，丞相田蚡状告颍川（今河南禹州）人灌夫横行乡里，民怨很大。说起来灌夫还是七国之乱的功臣，当年只身闯入吴军阵营中，身上挂彩十几处，依然以知道吴军虚实为理由继续冲锋。他父亲原叫张孟，因为是当年的颍阴侯灌婴的舍人（门客），干脆改姓灌。后来在七国之乱中为中央军的胜利献出了生命。并且灌夫与前丞相窦婴还是拜把子，这样一个人，会横行乡里么？而且他一直在官场上混，地方上当过国相，建元元年还在中央当过太仆。这时候因为犯了点小错，赋闲在长安的家中已经几年了。

说起来，灌夫也确实有点过分。这个人没什么文化，但是喜欢行侠仗义，恪守承诺，交往的都是些大人物，有钱人。家里也有几个小钱，在老家弄了不少田园楼阁。手底下的门客、一些老家的亲戚，也确实有些不干净的事情。颍川儿童都有儿歌唱道："颍川的水清了，灌家就消停了；颍川的水混浊了，就赶快把灌家一家人杀了吧。"

但是这时候，灌夫其实已经失势了，从前的门客也都离开，家里远房亲戚也貌似少了很多。在长安，有一个人与他境遇类似，那就是前任丞相窦婴。说起来其实两人虽然感情好，但是也都有小算盘——窦婴想抬高灌夫的身价，刺激那些以前得势时候跟着他，失势之后又嫌弃他的人，灌夫也需要窦婴这个皇亲来捞点政治资本。

细说田蚡、灌夫和窦婴的矛盾，那么我这一章的篇幅就不够了，何况此事与匈奴关系并不大。总的来说，这就是现任丞相田蚡和前任丞相窦婴的一次内斗，这两人可都是当初改革的主导者之一啊。

后来窦婴为了营救好朋友灌夫，与田蚡在朝廷上进行了激烈的辩论。最后刘彻也搞不清谁是谁非，只好让大臣们都发表意见。汲黯耿直，力挺窦婴；韩安国一个劲儿地和稀泥，两边都说好话；内史（管刑法）正当时一开始支持窦婴，但是田蚡毕竟是他的顶头上司，他最后又改口了。

刘彻很生气，平时一个个的说起来不知道多凶，关键的时候就不顶用："依我的话，我把你们这帮没用的都杀了！退朝！"

中午，刘彻与母亲一起吃饭，王太后气得吃不下饭。刘彻问母亲原因，太后说："我活着的时候，都有人这样欺负我弟弟，等我死了，还不成了别人砧板上的鱼肉？"没办法，刘彻只好下令清查灌夫的罪行。

一查，不得了，窦婴在朝廷上的很多话就成了假话，欺君之罪！于是窦婴也被人弹劾，被收纳在专门的监狱里。说起来，窦婴也是顾命大臣，景帝临终前给过他一封遗诏。这下窦婴可不怕，他找到家里的家臣，让他把家里封存的遗诏给刘彻看。

遗诏送到刘彻手上，刘彻一看，嗬！老爸说窦婴关键时刻可以"便宜行事"，随便向皇帝提建议。但是刘彻很谨慎，你说是遗诏就是遗诏了？下令去国家档案馆查遗诏的备份，结果——没查到。

我估计，是窦太后搞的鬼，担心窦婴影响她的地位。可惜了窦婴啊，假传遗诏的罪名成立了，跟着灌夫一起被斩首。

可是没多久，田蚡却疯了，整天在家里磕头谢罪。后来找来巫师一看，巫师说，哦，是灌夫、窦婴两个人的鬼魂老是来索命，这个，我可没办法。没多久，田蚡也在疯狂中离开了人世。

这全是天意啊，刘彻的权力得到集中了。只要权力集中到刘彻手

上，还怕主战派抬不了头，刘彻本人就是主战派的领军人物啊！

现在就对匈奴开战？当然不是，韩安国说得不错，大举入侵一个拥有广阔纵深的国家，确实是一件很困难的事情。匈奴疆域的广阔远超过大汉，除了它直接控制下的蒙古高原和西伯利亚南部、甘肃大部和青海北部、宁夏全部、陕西北部、河北北部、一直到今天的辽宁以北地区，共有领土约340万平方公里，如果加上臣服匈奴的西域，一共有540万平方公里。而此时的汉朝，除掉名义上臣服的南越国，只有250万平方公里，不仅纵深不如匈奴，首都长安还暴露在匈奴的威胁之下。

刘彻将目光暂时投向了南方，在征讨匈奴的同时，一定要稳住整个南方，甚至必要时还需要将其收为郡县，不仅能与匈奴形成对等的纵深，而且还能增强中央政府的实力。不仅是南越，还有未知的西南山区。然而此时的汉中央惊喜地发现，稳住南越的要害之地，就在西南山区。

当初，王恢平定东越，命令番阳县（今上饶市附近）县令唐蒙把中央出兵的消息告诉南越。南越人请唐蒙吃了一种美味，叫作枸酱（也写作蒟酱，我估计是当年音译的）。这种东西具体是什么现在已经没人知道了，有人说是槟榔，有人说是一种果酱。不过确实对生活在汉朝腹地的唐蒙来说很新鲜，唐蒙就问："这玩意哪来的？"

负责接待的南越人告诉他："南越西北方的山区，有个交通要道叫牂牁（今天的贵州一带），牂牁江很大，水路能直接到番禺（今广州，南越首都）。"

对于唐蒙来说，这太震撼了，原来西南山区竟然还有人居住，还有健全的贸易体系，看样子那里还有个国！

后来唐蒙回到长安，四处打听西南的情况，询问了汉代西南蜀郡（今成都）的商人后，终于了解到了确切的情况。商人们说：蒟酱其实是蜀郡的特产，只不过卖到了牂牁江边上的夜郎国。牂牁江很大，可以行驶巨大的船舶。所以南越国一直想吞并夜郎国，虽然南越实力一路向西控制了一个叫同师的地方，但是始终没有能控制夜郎全境。

经过一系列的调查，唐蒙终于上书给皇帝，说："南越王很狂，用的是黄色的车盖，举的是国主的旗帜。南越国疆域东西走向足足一万里以上，名义上是个诸侯，实际上是个独立王国。我们现在如果从豫章郡和长沙国进入南越，山重水隔，地形对我国不利。我已经打听到西南有个夜郎国，有精兵十万，如果我们在牂牁江组建水军，南越就会完全在我军控制之下。以汉的强大，巴蜀的富饶，与夜郎建立关系，在当地设置机构，轻而易举。"

元光五年（前130年），刘彻任命唐蒙为郎中将，带着一千名作战士兵，辎重保障人员一万余名，从蜀郡一个叫筰关的地方出境。翻过重重大山，渡过无数河流，见到了夜郎国的国主多同。

在当时的夜郎看来，夜郎就是世界上最大的国家，周围的山川险阻让他们与外界隔离。牂牁江畔分布了多个小城邦，夜郎是这其中最为强大的，并且统一了这里，所以所有的城邦都说自己是夜郎的一部分。所以夜郎国问汉朝使臣的第一句话就是："使者啊，你看，夜郎国和汉朝国哪个大？"

唐蒙这下真"蒙"了："额，大概和我们那儿一个郡差不多大。"

"郡是什么？"

"一个郡下面管十几个县。县就是一个城管辖的区域。汉朝嘛……几十个郡还是有的。另外像你们这么大的国，附属的也有几十个吧。"

多同惊呆了，他实在想象不出山外的世界到底大到什么地步。

随后，唐蒙将汉朝的赏赐给多同看，把汉朝的意思告诉了多同。多同看着这些从来没见过的绫罗绸缎，看着这些他们几代人都没见过的金银珠宝。他满怀着对大国文明的向往，同意汉朝在夜郎设置机构，归顺大汉，成为大汉的臣属。随后多同的孩子们被封为当地的县令。夜郎附属的小城邦也都同意多同的做法，表示愿意归顺——天高皇帝远，归顺了，你能拿我怎的？何况归顺了还有赏赐，还能与大汉中央进行贸易。

唐蒙完成了使命，回去报告了汉武帝。从此，夜郎国成为了汉朝的犍为郡。

同年，汉朝打算征调巴、蜀两郡的劳役，修筑通往夜郎国，也就是犍为郡的道路。计划从僰道县（属于犍为郡，今天四川宜宾一带）直接到达牂牁江。工程量很大，一共动员了数万人参与。唐蒙作风粗暴，对

于一些偷懒、逃跑的员工打打杀杀，甚至还杀了一名当地的酋长。西南少数民族民怨沸腾，巴、蜀两郡的人民大为惊恐。刘彻听说，赶紧派遣蜀郡人司马相如前往施工现场，责令唐蒙改变工作作风，并且代表皇帝告诉巴蜀居民和西南少数民族中央的立场，让当地民怨逐渐消退。

后来刘彻干脆任命司马相如为郎中将干预此事，毕竟他是当地人，了解当地的风俗禁忌，更能与当地群众打成一片。紧接着司马相如还奉命出使西夷（今天的凉山彝族自治州那边），号召当地归顺汉朝。从此蜀郡以西的邛、筰两地也都归附汉朝，设置郡县。

汉朝此举，一来赢得了南方广袤的疆域，虽然管辖的力度有限，但是意义非常。二来，匈奴已经与西边的西羌（西羌的后代就是今天的羌族，以今天的四川汶川为中心的区域分布，是个古老的民族）暧昧不清，如果匈奴势力深入西南，整个汉朝就处在匈奴的战略包围之下——南宋当年就是被蒙古战略包围然后……

南方的事务告一段落，但是匈奴在边境屡次骚扰。元光六年的春天，匈奴军队进入上谷郡，屠杀俘虏和平民，大肆掠夺，制造惨案。而且这段时间渔阳郡（今北京密云县一带）方向虽然没有大批匈奴军队，但是匈奴入侵最为频繁，严重影响了当地人民的生命财产安全。

就在几个月前的冬十一月，刘彻刚刚颁布新的商业税以增加财政收入，以组织对匈奴的全面反击。这次是对商人的车辆、运输收取赋税，史称"初算商车"。不过这只是一个开端，之后的几十年内，中国的经济制度也会迎来翻天覆地的改革。但是现在，经济和税务制度的改革刚刚开始。

与匈奴的入侵同时，为了保证关中地区的农业生产，刚刚通过大司农（农业部长）郑当时的提议，也就是"把渭河打穿，连通到黄河，这样可以让关东关中的漕运更加便捷，又可以灌溉万余顷的良田"。也就是说，这时正有数万青壮年在服徭役，修筑这条水利工程。

情况摆在这里，面对这次匈奴的入侵，刘彻会像之前的汉朝皇帝一样继续忍下去么？

第十五章

天注定的裙带关系（上）

刘彻死后的谥号是武帝，如果这时候他向文景二帝一样继续妥协，那么就不会有这个谥号了。

元光六年（前129年），刘彻正式对匈奴发动全面的反击战。为什么匈奴人可以派遣小股军队入侵骚扰大汉的边界，大汉的军队就不能主动越过长城去反击呢？花钱不是问题，文景两朝的积累足够刘彻打个十几年，何况这时刘彻手下还有一个顶级的财政专家桑弘羊（此人是个经济领域的绝对天才，后面会专门说到）。算下来，跟匈奴消耗个几十年，还是玩得起的。

说干就干。万事开头难，这不仅仅是汉朝第一次反击匈奴深入草原腹地，也是华夏文明第一次尝试向北方的蒙古高原开拓。夏代的中心区域只在今天的河南一带，对河北山西的控制力都很低，不用说草原了；商代在盘庚之后才慢慢稳定下来，主要精力是在对付东夷（今天的山东和苏北）；周代通过大规模封疆建国，疆域扩展了很多，与草原部落有过摩擦，但是即使东周战国时期的李牧反击匈奴，也都是以诱敌深入然后围歼的打法为主，没有深入草原；秦代蒙恬反击匈奴，也只是在河套地区将领土推进七百余里，约合现在的三百公里。

经过精挑细选，刘彻一共选拔了四位将领——有着多年与匈奴作战经验的李广，任骁骑将军，带着他匈奴式的轻骑兵军团前往雁门（山西大同一带）；功臣子弟、汉朝杰出人物、前任太仆青年公孙贺（平定七国之乱的功臣公孙昆邪之孙），因为有优良的驾驶技术，并且掌管交通多年，所以任轻车将军，率领轻车兵集结云中（内蒙古托克托县）；

曾经主持在长公主手中营救卫青行动的优秀侍卫公孙敖，任骑将军，在代郡（河北蔚县一带）集结骑兵。

此次匈奴入侵的就是上谷，上谷方向的胜败很是关键。然而，与这三个人相比，在上谷（河北张家口一带）方向的将领显得默默无闻。他就是卫青，皇帝的小舅子，任车骑将军，带着骑兵为主、轻车兵为辅的合成军队驻扎上谷。这样的安排，将领、大臣们嘴里不说，心里肯定也是嘀咕个不停。虽然说，公孙贺也是皇帝宠妃卫子夫的妹夫，但是也是官宦人家，卫青只不过是个骑奴出身。但是刘彻心里有数，这个小舅子，绝对不是凡人。

这次的反击带有明显的探路性质，每个将领手下兵种不一，而且每人只带五个营，约一万人。四路军加在一起只有四万人，任务很明确，深入匈奴腹地，能打多少打多少。

到了约定的时间，四路大军一齐出动，由集结地的各个要塞、关口和边境贸易市场出发，进入匈奴境内。

对于此次反击，匈奴人一清二楚。军臣单于对四位将领的情况也是了如指掌——李广是匈奴的老敌人了，一定要全歼李广部，活捉李广！

于是，匈奴骑兵主力集结在雁门方向，李广刚刚进入匈奴境内，就遇到了十几倍的敌人，没多久就被合围。与此同时，公孙敖在代郡反向遇上了匈奴包围圈的东线。几天后，李广军队被匈奴主力秒杀，李广被俘，公孙敖在损失七千余名骑兵后主动后撤。

而在代郡方向的公孙贺，带着坑爹的轻车部队在西线雁门的草原上行进了几天，一个匈奴人都没见到。加上轻车部队在草原上颠簸难行，也就撤退了。

然而东线上谷方向的卫青却出人意料地获得了大捷。卫青事先做好了侦察与情报工作，知道匈奴有个地方叫龙城。匈奴人的各个首领都要在每年的五月，集合在龙城举行大祭，说白了就是匈奴单于的祠堂、祖坟所在地。这样，仗就好打多了！

对于我们这些现代人，不妨这样想，把这个当成一个游戏，汉、匈两军是即时战略游戏的两个派别，每个派别都有很多的属性不一样。我们将属性归纳下，有机动性、防御力、战斗力。汉匈的战斗力相当，匈奴的机动力远远强于汉军，但是，匈奴的防御力几乎为零！因为匈奴由于生产力的限制，其聚居地，或者说城市的防御工事绝对是很原始的，甚至是不设防，相对于有着高大城墙的汉军来说，攻击或者突袭这样的聚居地就像屠城一样轻松。

果然，卫青没有辜负姐夫的期望，率领车骑兵深入蒙古境内，直捣龙城。虽然歼敌数量不超过一千，但是卫青破坏了匈奴人的祭天圣地，汉朝几十年内蒙受的耻辱可以说是一扫而光！汉朝的荣耀，开始让匈奴人感受到屈辱了。匈奴人不可战胜、单于是天之骄子的神话被一个奴仆出身的将军彻底打碎，碎得像粉。

可怜此时的李广已经在押往单于大帐的路上。两个匈奴骑兵，一人拿着渔网的一头，李广就在这个渔网中卧着，动弹不得。走了十几里，李广隐约听到那些士兵用匈奴语说什么要抓活的。嘿嘿，要抓活的。李广干脆开始装死，这下押送的士兵们急了，把李广放下来查看情况。李广微微睁眼，正好看到一匹好马，于是突然一下跳起，骑上这匹马，带着马上的弓箭一起往南逃去。匈奴人一共数百人追击，又不敢杀李广，只能追不能打。李广扯开了性子，一路将这些匈奴人当靶子打。一路上李广也逐渐收拢了些走失的其他汉军士兵，跑了几十里，终于回到了汉朝境内。

这场战役到此结束，匈奴人虽然连续击败了两支汉军部队，但是并未完全达成此战的战术目标。虽然全歼了李广部，但是没有生擒李广壮大士气；虽然击溃了公孙敖，让公孙贺无功而返，但是卫青破坏了圣地龙城。总体而言，双方是互有胜负。从宏观上看，形势明显开始偏向于汉军。

卫青的胜利，也让刘彻的威望进一步提升，群臣都说皇上善于识人。但是，公孙敖和李广这两个败军之将，不处理还是不行的。四个将军回朝之后，刘彻下令，将李广、公孙敖送交军事法庭审判；随后，卫青也被封为关内侯；公孙贺嘛，不胜不败，既没有处分也没有受罚。

李广、公孙敖以指挥不当，致使汉军蒙受巨大伤亡的罪名判处死

刑。不过朝廷也不是那么不讲理，那时候没有缓刑，但是可以拿钱赎罪。于是这两家就凑了点钱，把他们给赎出去了，免了死罪，但是失去了官职，贬为庶民。

汉军的首次反击虽然有胜有败，甚至是败大于胜，但是就鼓舞士气而言，这一仗的意义是不同凡响的。尤其是卫青指挥的龙城大捷，让汉朝有了与匈奴叫板的资本。汉朝对匈奴，就在这时候正式宣战，刘彻颁布诏书，通告天下：

"夷狄无义，所从来久。间者匈奴数寇边境，故遣将抚师。古者治兵振旅，因遭虏之方入，将吏新会，上下未辑。代郡将军敖、雁门将军广所任不肖，校尉又背义妄行，弃军而北，少吏犯禁。用兵之法：不勤不教，将率之过也；教令宣明，不能尽力，士卒之罪也。将军已下廷尉，使理正之，而又加法于士卒，二者并行，非仁圣之心。朕闵众庶陷害，欲刷耻改行，复奉正义，厥路亡由。其赦雁门、代郡军士不循法者。"

表面上，这道圣旨的主题是处理战争中指挥不当的军官，实际上，其开头的"夷狄无义，所从来久。间者匈奴数寇边境，故遣将抚师"才是重点。这是在告诉大汉子民，也是在告诉匈奴——大汉再也不会向不讲信义的匈奴屈服。

匈奴的报复也随之而来，这年秋天，匈奴的骚扰日益严重，尤其是在上谷郡东边的渔阳郡（北京密云县一带）。于是武帝任命韩安国为材官将军，率领步兵加强渔阳方向的防御。

此时的韩安国已经不是当年那个意气风发的护军将军。田蚡发疯期间，他曾经以御史大夫的身份代理丞相职务。可惜田蚡刚死，原本有机会担任丞相的他经历了一场车祸，成了瘸子。汉朝只好选功臣后代薛泽为丞相，韩安国伤养好了仅仅担任中尉。

十月，为了纪念卫青取得龙城大捷，这年改年号元朔，朔就是北方的意思。没两个月，卫青又当上了舅舅，也就是刘彻的长子刘据出生了。这年三月，卫子夫因为皇长子被封为皇后，卫青成了皇帝嫡亲的小舅子。

这年，匈奴在渔阳方向的入侵似乎消停了。为了查清楚情况，韩安国组织了一支小部队进入匈奴境内抓捕了一个俘虏。根据这位俘虏的描述，匈奴已经向西北逃窜，韩安国于是放松了警惕。在农忙时节，韩安国上书中央，希望让百姓能够安心劳作，撤走一部分军队。

结果，刚刚撤军不到一个月，在元朔元年的秋天，前128年，匈奴展开了一次规模较大的报复活动。卫青砸了他家祖坟和祠堂，军臣单于在一年多的愤懑中，身体已经大不如前，他需要在有生之年报仇雪恨。就这样，两万匈奴骑兵进入汉朝辽西郡（辽宁义县一带）境内，汉军损失两千多人，辽西太守殉国。

辽西被侵占，渔阳的材官将军韩安国已经处在困境之中，匈奴军又进入渔阳郡与上谷郡交界地，击败渔阳太守的郡国兵，对韩安国材官军的驻扎地形成半包围。

此时韩安国驻扎地的兵力只有七百余人，韩安国率军突围，结果因为兵力悬殊，一败涂地，他本人也负了伤，只得继续回到驻地坚守。好在燕国的援军赶来，匈奴暂时退却，在燕国援军的掩护下，韩安国带领残余的数百人向东转移。同时，匈奴侵汉军队的主力进入雁门，汉军损失惨重。

刘彻对此事大为震怒，在派遣援军的同时，也派遣使臣责备韩安国——谁叫你撤军的！

几个月后，韩安国在焦急、辛劳和紧张中，吐血身亡。主和派将领彻底破产，当然这是后话，现在，是朝廷解救局面的时候。

不得已，刘彻只得再度起用李广，命令他驻守右北平郡（北京东北部到内蒙古边境一带），任右北平太守。

李广这次被重用，死活要带一个人一起去战场，霸陵亭的亭尉，过去的道路上，"十里一亭"，亭尉就相当于现在道路收费站的工作人员。堂堂李将军，要这么个小官干吗？

这事还得从李广被贬为庶民说起。那时候的李广没事做，整天打猎，一次带着一个骑奴打猎久了，回去的时候已经天黑了。回去的路上要经过霸陵亭，可是霸陵亭的亭尉似乎喝醉了，死活不让李广过去。

第十五章　天注定的裙带关系（上）

李光的骑奴看不下去了，说："你有没有搞错啊，这可是前任李将军，这都不能通融？"

霸陵尉说："切，宵禁期间，现任将军都不行，前任将军能行？"李广只好在亭下暂时休息了一晚。

所以这次李广赴任，一定要带上这个亭尉，这个小要求，皇帝和政府当然都不会介意。亭尉到了军中，就被军法处置了。

此时的李广在匈奴中威望颇高，从数百名匈奴骑兵中逃走，难道会飞么？所以李广得了一个外号叫"飞将军"，匈奴人躲都躲不及。

汉朝的举动可不仅仅是派遣一个李广去驻守，主动出击必不可少，我能打第一次就能打第二次。李广前往右北平的同时，匈奴军也正在雁门郡掠夺。车骑将军卫青率领三万骑兵从雁门郡出击，将军李息在代郡开辟第二战场。在两人的配合下，上演了一场围魏救赵，希望通过在雁门、代郡方向的歼敌，吸引匈奴侵汉军的主力到此决战。于是卫青的主力军在战斗中成批成批地歼敌，取得匈奴军的数千枚首级。

但是这次战役的结束并没有那么简单，直到元朔二年冬天，匈奴军仍然在上谷渔阳方向作战，并没有与卫青部决战的意向。并且匈奴放出豪言，一定要占领汉朝的东北领土。

如此看来，既然匈奴把主要精力放在东线，那么，是不是就可以趁此机会收复河套呢？

秦代，蒙恬"却匈奴七百余里"，占领了河套地区，并且修筑了长城和城市。秦末河套开始逐渐被匈奴蚕食，到了文帝时期，匈奴的势力向南发展已经距离长安仅仅数百里。收复河套，就是解除匈奴对汉朝中央的隐患。

说干就干！刘彻命令卫青和李息在云中会师，然后掉转方向，收复河南（河套）！卫青不负众望，采用迂回的战术，率军先绕到高阙（内蒙古杭锦后旗），也就是匈奴河南守军楼烦王部和白羊王部的后方，让河南守军失去了与匈奴大本营的联系。随后卫青命令骑兵向南直插，部署防线，直达陇西，完成对白羊、楼烦二王的切割包围。

白羊王、楼烦王只得率军突围，战斗中损失数千人，汉军趁机总攻，完全占领河南地区，俘获牛羊百万余头。但是由于卫青兵力只有三万，所以并没有展开追击。

从此，匈奴对首都长安的威胁基本解除，有了河套地区，大汉的腰板可以挺直了。

此仗，是汉匈之间规模空前的反击战，当然并不是绝后的。汉军先从雁门、代郡出击，客观上让匈奴高层麻痹大意，放松了对河南地区的警惕。随后在河南地区击溃了匈奴的两个藩王，前后共歼敌近万人，并且收复河套地区，是汉匈战争自白登之战爆发，七十六年来的首次全面胜利。更难能可贵的是，汉军自身损失极小，史书记载是"全甲兵而还"，没有一个建制被打散，几乎打出一个零伤亡。

如果说龙城大捷是打破了匈奴不可战胜的神话，那么这次的河南战役就是创造了卫青不可战胜的神话。为了表彰卫青的功劳，卫青再一次受封，卫青手下的两个功劳最大的校尉苏建和张次公也都受封为侯。

与上次作战后的复杂心情不同，刘彻满怀着兴奋，再一次颁布了一道诏书：

"匈奴逆天理，乱人伦，暴长虐老，以盗窃为务，行诈诸蛮夷，造谋藉兵，数为边害，故兴师遣将，以征厥罪。诗不云乎，'薄伐玁狁，至于太原'，'出车彭彭，城彼朔方'。今车骑将军青度西河至高阙，获首虏二千三百级，车辎畜产毕收为卤，已封为列侯，遂西定河南地，按榆谿旧塞，绝梓领，梁北河，讨蒲泥，破符离，斩轻锐之卒，捕伏听者三千七十一级，执讯获丑，驱马牛羊百有余万，全甲兵而还，益封青三千户。"

上一次，更多的是强调匈奴侵犯，所以征讨；这次，俨然一副世界警察的样子——匈奴人太野蛮，不教训下真的不行。

同年，汉武帝接受了主父偃等人的建议，不顾其他大臣的反对，在河套地区设置朔方郡、五原郡，建设防御要塞。并且在秦朝蒙恬修筑的朔方城遗址的基础上修建新的朔方城，命令苏建组织内地居民向朔方大批移民。从此，汉朝北伐匈奴，有了一个坚实的后勤基地。

另外，朔方城的地形对汉朝也有利，对外，既有秦长城遗迹的拱

卫，又有黄河天险；对内，可以很方便地修筑各类运输通道。

汉朝的魄力，就是伟大的。至今，我们还有"黄河唯富一河套"的说法，虽然当时有很多人反对建设朔方城，但是元朔三年的一次辩论中，以御史大夫公孙弘为主导的反对派被朱买臣等人说得哑口无言，朱买臣一连说出建设朔方郡的十条好处，公孙弘只能勉强说出放弃建城计划的一个好处。

可笑的是，距离此事一千年后的宋朝，司马光在描述建设朔方城的事情时，竟然依然带着一种批判的语气。我不否认宋朝确实是中华文化在科技领域、经济领域和文化领域的一次巅峰，但是，这个皇朝确实有时候太小家子气。或许，司马光的描述也带着一点酸葡萄心理？

在东线的战场，匈奴仅仅得到了汉朝上谷郡的两个县。又因为李广驻守右北平郡，匈奴军既不敢进攻右北平，又不愿放弃目前的战果。虽然战线向前推进了不少，但是始终处在李广的阴影之下。

当时，右北平环境比较好，人口也不多，山里时不时地有东北虎出没。李广听说，某某县出现了东北虎，十分感兴趣——到了战场又没仗打，打个老虎总行吧？于是带着弓箭亲自组织打虎行动。那时候可不讲究什么保护动物，老虎就是害虫，必须要消灭——估计这就是咱们现在老虎快灭绝的原因之一。到了老虎的栖息地，李广身先士卒，亲自跟老虎干上了。

李广射箭一个特点就是，要么不射，射就得射准，宁可把敌人放近处射，不把敌人放远处射。于是李广故意引起老虎的注意力，等老虎扑过来的时候，一箭射出去，正中老虎……可是东北虎毕竟是 350 公斤的大家伙，一箭射不死啊！老虎中箭后一个翻身打伤了李广，李广奋力逃出一段距离，又射一箭，才制服老虎。

这样一个英勇的超级特种兵对匈奴人来说是个噩梦，虽然李广没多少指挥才能，但是与李广作战，匈奴军队的士气会受到极大的影响——李广一个人是杀不了几个，但是谁也不想成为那几个之一。

元朔三年的冬天，军臣单于带着满腔怒火病逝。他的弟弟左谷蠡王伊稚斜自立为单于，并且率军击败了军臣单于的太子于单。于单无路可去，只得在这年的夏天投降汉朝。

这下，汉朝打起了如意算盘——到时候扶持这个小太子登基，匈奴不就是个亲华政府了么？汉朝对这个小太子十分礼遇，封其为涉安侯。可惜于单没几个月就死了。战争，还是要继续。

然而伊稚斜的篡位举动不仅逼得太子进入汉地，也让一个关键人物回到了汉朝。

这年夏天，两个乞丐一样的男人来到了长安城的城门下，身后还有一个匈奴女人和混血的孩子。我可以想象到，当时这两个男人的眼睛里一定是饱含着热泪，因为他们对这片属于中国的土地爱得深沉。他们以及他们的继任者，将让汉匈战争的格局翻天覆地。

第十六章

有个人回来了

事情还得从十几年前说起。

建元二年（前 138 年），失去实权的刘彻派遣侍卫张骞去寻找匈奴的另一个敌人月氏国，匈奴裔华人堂邑父为向导，随从大约百人。由于此时的汉朝处在匈奴的包围之下，张骞一行不可避免地经过了匈奴的领土，更不可避免地被匈奴人抓到了，带到了军臣单于那儿。

军臣单于问："你们这群汉人要去干吗？怎么还带着汉朝外交专用的节杖？"

张骞毕竟没有外交经验，实话实说："我奉大汉皇帝之命出使月氏国。你们匈奴国行个方便吧。"

如果现在他们在聊 QQ，军臣单于一定会发个擦汗的表情："有没有搞错啊，月氏国在我们西北边，你们凭什么经过我国领土就去找他们建立外交？哪天我国想出使南越国，你们同意不？"

于是张骞等人就这样被匈奴人扣留下来，软禁起来。但是张骞一直拿着汉朝的节杖，不愿意放下。匈奴人不傻，为了让他们放弃出使的任务，匈奴人对他们很优待，不仅安排工作，还介绍对象。所以张骞也娶了一个匈奴女人，还生了一个儿子，生活也很幸福。但是，他仍然没有放弃。

这一下就是十年，一直到了元光六年，公元前 129 年，张骞搬到了匈奴国的西边居住。这个时候，西域局势已经发生了变化，月氏国被乌孙国打败，现在已经西撤，从匈奴王庭（单于驻地）的西北迁到了汉朝的正西。

这个时候的匈奴人好像变了一样，整日愁眉苦脸，匈奴的局势貌似紧张了起来。

张骞和堂邑父，离开了自己的妻儿，趁着匈奴人不备，逃进了无边的旷野，一路向西。汉朝的节杖依然拿在手里。

张骞他们不知道，匈奴人之所以心不在焉，是因为汉朝的反击开始了。而且，首战中车骑将军卫青就捣毁了匈奴人的圣地——龙城。

"你挑着担，我牵着马，迎来日出，送走晚霞。"堂邑父是个匈奴人，在战争中被汉军俘虏，还做了堂邑县的奴仆。堂邑父不是他的本名，他本名叫甘父，因为在堂邑参加了汉军，才被战友们称作堂邑父。这个人在汉地住的时间很长，对汉朝更有感情。一路上，没食物，堂邑父就用弓箭去打猎，晚上就露天搭建个营地暂时住下。这情景，跟贝尔-格里尔斯的《荒野求生》差不多。

在荒野求生几十天后，他们终于见到了文明世界，到达了大宛国。大宛国在中亚，大约在今天的乌兹别克斯坦、吉尔吉斯斯坦、塔吉克斯坦一带。这里有大大小小的七十多个城镇，几十万人口，在当时也算一个大国。与中国一样，这里也是农耕文明，手工业、商业也很发达。张骞在这里，见到了很多闻所未闻的新奇玩意，比如苜蓿草、葡萄等等。其中留给张骞最深印象的，就是汗血马。

汗血马是个古老的品种，学名叫阿哈尔捷金马，身材高挑，看起来非常高贵。相对于当时汉朝、匈奴的马来说，汗血马可是名副其实的高头大马，体高在 150 厘米以上，模样高贵，伺候起来也比较复杂，这种马只喜欢吃苜蓿草，还要吃一定数量的精饲料，而且皮肤很薄，马厩里必须铺满细细的木屑，不然容易蹭破皮肤，导致流血。正因为如此，张骞错误地认为这种马的汗就是血，所以叫汗血马。还有种说法是汗血马的皮肤太薄，有时候流汗的时候确实会渗出血丝。

对于大宛来说，大汉更是神一样的存在——那是一个人口按照千万计算，财富无法计算的超级大国啊。大宛国非常希望能与汉朝搞好关系，一直希望两国官方能够建立正式的合作关系，所以当张骞到了大宛国不久，就接受了大宛国政府的接待。

大宛国国王见到张骞，非常高兴，问："中国的使者，你们打算去哪里啊？"

"我等是从东土大汉而来，去往西方大月氏国寻求合作的。可惜我硬是被匈奴给扣了十年，好不容易才逃出来。如果大王愿意派遣人员护送我们，给我们当向导，只要把我们送到月氏国，等我回去之后，汉朝政府给你们的礼物将会是你们难以想象的。"张骞说完，堂邑父翻译成匈奴语，大宛国再翻译成他们本国语言。

大宛国国王深信不疑，一个被匈奴控制十年还不放弃的人，一定不简单。于是派遣人员护送张骞等人到了康居国。

康居国是个部落联盟，有五个王一起管理，中心区域在今天乌兹别克斯坦的撒马尔罕一带。这是一个游牧民族，有几十万人口，军队大约十万人，处在匈奴和月氏两个大国的夹缝之中。康居国与大宛国关系不错，所以大宛国将张骞送到康居之后，康居接替了大宛国的人员，护送张骞往西。

在康居的西南，是一个叫大夏的国家，大约在今天的阿富汗的东北部。现在，这里就是张骞的目的地。大夏是个非常繁华的希腊化国家，这里有百万以上的人口和发达的商业。当初亚历山大大帝东征，将希腊文明带到这里，并让这里成为亚历山大帝国的东方领地中心。后来，月氏国在乌孙、匈奴的逼迫之下只好离开祖祖辈辈生活的故乡，占领了大夏国，这里既是大夏，又是月氏。

打个不恰当的比方，这时大夏和月氏的关系，就像满清时期满洲和汉人的关系，满洲统治了整个中国，满洲人或者说那些八旗子弟就不用干活了，被中国老百姓养着。

在这个时代，希腊化的文明已经在中亚行将就木，中国和印度的影响即将长远地影响这里。

但是，当张骞提出汉朝的构想，月氏国有些为难了。又要和匈奴打仗，何必呢？我在大夏国当统治者挺好的啊，土地肥沃，又没有外患，离汉匈战场又那么远，何必呢？

所以张骞并没有与月氏国达成协议，从这个角度说，出使的目的并没有达到。

但是，张骞也得到了一个惊喜。在大夏国的集市上，张骞和堂邑父准备买点纪念品，但是却看到了熟悉的东西，竹杖和蜀布。欸！这不是中国的特产么！西域哪里来的竹子！张骞仔细拿着商品一看，哇！当真是 made in china！大老远的看到了国货，这种心情不言而喻。

张骞怀着复杂的心情，问："老板，这个东西是哪里来的？"

大夏商人说："我们的商人到我国东南方几千里的身毒国买来的。身毒国也是个农耕国家，跟我们这一样。但是气候很悲剧，湿热得要命。他们国家有很多大象，人们就骑着大象作战。对了，他们还靠着一片很大的水域。不过这个东西也不是身毒国出产的，据说来自一个特别大的国家，人口几千万，几千个城镇。哈哈哈，客官，你说这身毒阿三是不是爱吹牛，人口几千万，城镇几千个……哈哈哈……"

身毒就是天竺国，也就是现在的巴基斯坦和印度北部，谈话中那个很大的水域其实是印度洋。

张骞突然明白了很多，带着堂邑父准备动身回到汉地。为了防止被匈奴抓住，他们沿着昆仑山的南部往东走。那里就是现在的新疆、西藏的交界处，气候的恶劣，超乎想象。走出了青藏高原的北部边界，张骞打算从羌人的地盘上回到汉朝。

可是张骞万万没有想到，羌人在这时候也是匈奴人的同盟。羌人首领抓到了张骞，送给了匈奴。

这下又被扣住了，不过不幸之中也有那万幸，那就是张骞一家又团聚了。

汉朝是个幸运的朝代，从刘邦开始就这样。一年多以后，军臣单于去世，军臣单于的弟弟左谷蠡王伊稚斜发动政变，打败了军臣单于的太子，自立为单于。太子于单只得带着亲信逃窜到汉朝。这场内乱，也让张骞有了机会，带着家小和堂邑父，逃到了长安。

当初百人规模的使团，只有张骞和堂邑父两个人回来了。这时已经是元朔三年，前 126 年，整整十三年。

张骞拿着节杖，在朝廷上向武帝滔滔不绝地说着各种见闻。但是也

深刻地指出：有匈奴在，汉朝很难和西域各国建立关系，更别说同盟或者招抚了。

但是张骞也说到了在大夏见到国货的消息，建议武帝说："照我说啊，既然大夏国在长安以西偏南方向一万二千多里，身毒国又在大夏国东南方向数千里。那里有蜀郡的货物，说明离蜀郡不是很远。现在出使大夏，从羌人那儿走吧，一来道路太危险，二来羌人也是跟匈奴一伙；稍微往北走点，匈奴在那里，您懂的。从蜀郡走，既没有敌人，而且可能路还好走些。"

刘彻开始考虑这个建议，但是出于对匈奴作战的考虑，并没有立即执行。

伊稚斜刚刚稳定下自己单于的位置，就向汉朝发起了攻击。在代郡方向，数万匈奴骑兵南下，代郡郡守共友战死，一千余民汉朝居民被掳走。随后，雁门也传来急报。

刘彻很清楚，打通西域，打破匈奴的包围很重要，但是现在的重点是保住朔方城，毕竟这里才是一切的基础。此时的汉朝一共有三个方向需要经营，除了朔方城、西南夷，还有个苍海郡。局势如此，武帝不得不考虑当初御史大夫公孙弘提出的建议："暂时放弃苍海郡和西南地区的经营，全力经营朔方！"

苍海郡是元朔元年设置的，在今天的中朝边境，目的是防止匈奴势力进入朝鲜半岛。但是对于现在的汉朝来说，一个朝鲜不过是沧海一粟。世界，非常大。汉朝中央果断暂时放弃。

但是张骞的一番话不得不让刘彻重新考虑西南的作用，加上这里本来就是控制南越的咽喉之地。所以刘彻并没有完全放弃这里，而是暂时放松了对西夷（今天四川凉山一带）的管理，并且仅仅保留了犍为郡的两个县和一个都尉（比校尉大，比将军小的武职，地方军事机构）的编制，让犍为郡高度自治。

但是，刘彻和汉中央一直没有忘记这里。后来，到了武帝元狩元年（前122年），局势稳定之后，张骞奉命来到了犍为郡，一起前来的有王然于、柏始昌、吕越人等使臣。这些使臣带着汉朝的节杖，想从西南的茫茫大山之中找到通往身毒国的捷径。

于是他们来到了被中原遗忘了一百多年的滇国。公元前278年，楚国将领庄蹻带着军队沿着长江往上游走，在巴蜀等地靠岸，一路向南而去。到了今天的滇池附近，这里是古昆明族最大的聚居地。庄蹻发现这里土地肥沃，物产丰饶，就把这里征服了，建立了政府。但是，当他准备回去报告楚王的时候，巴蜀等地已经被秦国占领，庄蹻干脆自立为王，成了第一代滇国国王。到了汉朝的使臣来到这里，已经过了一百多年，此时的滇王叫尝羌。

可是当滇王尝羌第一次见到汉朝使臣的时候，却问了和夜郎国一样的问题："滇国和汉朝，哪个大？"一百年的时间，他们已经忘记了中国的广大。

好在经过交谈，滇王对归顺汉朝非常乐意。听说汉朝想找到去身毒国的道路，滇王非常愿意合作，派出使臣和随从与汉朝一起前去，可惜在今天的大理一带被昆明族的土著居民所阻拦。从西南通往西域的计划就此搁浅，汉朝才将联通西域的计划寄托于武力征服汉朝西北的匈奴领土。

好在，刘彻他们做事都会留一手。后话我们就不多说了，让我们回到前125年的夏天，也就是元朔四年，此时匈奴向汉朝发起了总攻，在代郡、定襄郡（由云中郡分出，大约在山西北部，靠近河北）、上郡三个方向各发三万骑兵入侵，总兵力达到九万人。

但是武帝和汉中央政府很清醒，现在不能动，一动，朔方就难保了。

一直忍到元朔五年（前124年）的春天，匈奴的右贤王终于按捺不住，率军进攻汉朝的朔方。是可忍，孰不可忍？为了保证朔方城这个前进基地的安危，汉朝方面立即发动了一场比龙城大捷、收复朔方规模更大的战役作为回应。

车骑将军卫青为总指挥，率领其部下三万人集结在高阙以南，游击将军苏建、强弩将军李沮（左内史郡的郡守）、骑将军公孙贺（太仆）、轻车将军李蔡（代国的相，李广的弟弟）在朔方集结，都属卫青

指挥。值得一提的是强弩将军李沮，强弩将军是汉武帝时期组建的弓弩部队的总指挥，帐下有若干射营、弩营，战斗力不容小觑。这是西线主战场，在东边的右北平郡，将军李息、张次公等也在边境对匈奴进行牵制。

前前后后加起来，东西两线汉军参战总兵力大约有十几万人。

出于种种考虑，张骞被授以校尉的军衔，在卫青帐下充当参谋。有了这个在匈奴居住十年的探险家的参与，汉军如虎添翼。

总攻发起了，汉军东西两线并进——汉匈之间的边界线很长，你长我也长，你能一次攻打多个郡县让我首尾难顾，我也能两线出击让你左右为难！

在西线主战场，负责抵御汉军主力的匈奴军指挥就是右贤王。他一点也没有想到汉军有什么奔袭能力，看了看作战地图：唉，还早，没个三五天卫青打不来。于是右贤王在中军帐里开始继续他的爱好，酗酒。

没想到当天晚上，汉军的骑兵部队就由张骞带路，将右贤王的部落包围起来。当时，匈奴人作战，尤其是防御战，往往是一个诸侯带着自己的部落全部搬到某地放牧，这样可以就地取得补给，也方便长期驻防。

右贤王带着醉意醒来，四周已经全部是汉朝的军队了。晚上，右贤王带着自己最爱的一个小老婆，指挥数百名精锐骑士成功突围，汉军的轻骑兵营校尉郭成率部追击，一直追了数百里，都没有追上。

虽然总指挥右贤王跑了，但是跑得了和尚，跑不了庙！汉军主力对包围圈内的匈奴军进行了屠杀式的攻击。卫青部的都尉公孙敖在战场上接应、联络各军，都尉韩说协助车骑将军卫青指挥作战。在各路汉军的齐力打击下，匈奴军民望风而降。

此仗，将右贤王部整建制歼灭，仅仅右贤王的裨王（辅佐匈奴诸侯王的领主，大约相当于周代诸侯的卿大夫）就有十几人被俘，匈奴居民被俘一万五千多人，有男有女，大小牲畜共计数千万头！

东线的李息、张次公也取得了不错的战绩。

当卫青的军队回到长城以南的朔方，胜利的消息已经通过汉朝发达的驿站系统传到了长安。此时，带着圣旨的天使（天子的使者，不是基督教的安琪儿）已经等候很久了。就在军中，天使代替皇帝将大将军印交给卫青。从此，卫青从车骑将军提升为大将军，成为全军除了皇帝以外的最高指挥官，是汉匈战争中汉军的最高指挥官。

卫青以车骑将军的身份出征，以大将军的身份回到了长安。武帝代表政府，表彰了卫青的功绩，对卫青的封地加封了六千户。不仅如此，连卫青三个在襁褓中的孩子都被封为侯爵。

卫青感恩戴德，推辞说："我能侥幸在军中任职，都是陛下的提拔。现在我军取得大捷，也是下面将军和校尉奋力作战的结果。我已经接受了朝廷的加封，现在我的孩子还小，一点军功都没有，封什么侯爵啊。这可不是我在军中激励全军指战员全力作战的本意，我那三个孩子就算了吧。"

武帝微微一笑，说："你以为我忘记那些基层将校了么？御史（御史大夫的秘书），念诏书吧。"

御史就站出来，念道：

"护军都尉公孙敖三从大将军击匈奴，常护军傅校获王，封敖为合骑侯。都尉韩说从大军出浑，至匈奴右贤王庭，为戏下搏战获王，封说为龙额侯。骑将军贺从大将军获王，封贺为南侯。轻车将军李蔡再从大将军获王，封蔡为乐安侯。校尉李朔、赵不虞、公孙戎奴各三从大将军获王，封朔为陟轵侯，不虞为随成侯，戎奴为从平侯。将军李沮、李息及校尉豆如意、中郎将绾皆有功，赐爵关内侯。沮、息、如意食邑各三百户。"

这次的封侯名单中没有出现张骞，张骞封侯，是下一场战役的事了。

但是下一场战役的时间不会隔得太久，秋天，匈奴人组织万余名骑兵进入代郡，代郡都尉朱央战死。

对于这种你一拳我一拳，像早期单机游戏似的回合制作战，汉朝已经厌倦了。这次的反击，将是直接针对匈奴的大本营，目的就是彻底摧毁匈奴南下的信心，让匈奴彻底变为守势。同时，另一个传奇将领，也

粉墨登场了。

此时匈奴的右翼右贤王部已经被整建制歼灭，整个右翼都暴露在汉军的兵锋之下。似乎，汉军即将再一次赢得一场全胜。

第十七章

天注定的裙带关系（下）

元朔六年（前 123）春，汉朝政府在接连取得一次小胜、两次全胜后，做出了一个大胆的计划——深入匈奴的漠南地区，寻找匈奴单于庭（单于驻地，相当于首都），寻歼单于主力，让单于彻底丧失进攻汉朝本土的能力。

此次战役的总指挥一职没有悬念地落在了大将军卫青身上。为了保证远征塞外的协调与配合，此次作战，汉军将所有军队都集结在一起，统一由大将军指挥。公孙敖为中将军，太仆公孙贺为左将军，赵信为前将军，卫尉苏建为右将军，郎中令李广为后将军，李沮继续任强弩将军。总兵力十余万人，几乎全是骑兵。

为了达成战役的突然性，汉军并没有选择在匈奴已经暴露的右翼进攻，而是在朔方反击战的东西战场中间的定襄郡集结。

二月，汉军出长城进入匈奴领地，遭遇匈奴军小股部队，编制不到万骑，大概是几个千骑长在那儿例行巡逻。汉军将其全歼，但是为了保证战役的突然性，汉军果断后撤，继续休整。

休整大约个把月之后，汉军再次发起总攻。卫青显然低估了伊稚斜单于的指挥能力——这次作战的战役突然性已经为零。

汉军一路北上，果然遭遇匈奴军队的主力，卫青命令前将军赵信、右将军苏建带领两个营大约三千多骑兵（建制不是很完整，非主力）在汉军右翼掩护（左翼的右贤王部已经被歼灭），李广在后方警戒。部署完成后，汉军对遭遇的匈奴军发动突袭，歼敌上万人，匈奴军残余向北逃窜。

没想到，这并不是伊稚斜单于的主力，伊稚斜单于的本部就在这时突然出现在汉军左翼，苏建、赵信被合围。

此时，一个胡子还没长齐的少年军官找到了卫青，他叫霍去病，这年他才十八岁。霍去病是卫青姐姐的孩子，卫青是他舅舅，汉武帝是他姨父，都是实实在在的亲戚，这孩子是百分百的高干子弟。十八岁，就跟着舅舅打匈奴了，担任校尉。

"舅舅……大将军！前方的匈奴人都跑了，追啊！"

"追？左翼的苏建、赵信两个将军已经被匈奴单于的主力合围了！这时候率领主力去追击，我怕不仅苏建、赵信两人的军队保不住，就是我军也会被击溃！"

霍去病眼看着胜利，极力请求说："大将军！让我带着我的骠姚骑兵营上吧，能追出多少是多少。"

卫青问："你的骑兵营，现在能立马集结的还有多少？"

在过去，一场仗打下来，很少有完整的建制，并不是被消灭，而是建制被打散，难以联络，毕竟那时候没有无线电，到最后都是谁军衔高就跟着谁打，说白了最后各个方向都是听总指挥一个人的。

"我能立马集结两个部，一共八百人，两个部建制完整，没有太大伤亡。"

卫青没什么时间考虑，追击一支败退的军队，毕竟比较安全，何况可以确定匈奴军并不是假装失败。卫青同意了，骠姚校尉霍去病就这样带着八百人向北追击。

赵信、苏建与匈奴主力激战一天多。直到第二天，苏建才在汉军主力的打击下只身突围，赵信率领最后的八百人投降匈奴。也就是说，汉军整整两个将军的建制被全歼。但是匈奴军单于本部也损失数千人，尤其是上谷郡太守郝贤的出击，让伊稚斜单于猝不及防，在赵信投降后逐渐撤离战场。

现在卫青的局面很尴尬，他与单于都犯了错误。他认为他面前的这个万骑是单于本部，所以将这里作为主攻方向，其实这里只是单于的一个策应；而单于认为汉军右翼的掩护部队是汉军主力，将其合围。

然而，霍去病带着八百人回来后，尴尬气氛就一股脑儿散去了。八百人追击数百里，取得首级、俘虏一共两千零二十八人，伊稚斜单于的祖叔被斩首，并俘虏了伊稚斜单于的叔叔罗姑比，甚至俘虏了匈奴的一个当户（匈奴级别较低的诸侯王）和一个相国。

无心插柳柳成荫，汉军虽然没有达到重创单于本部的原定目标，甚至自身损失数千人，但是前后歼敌一万九千余人，并且俘虏、斩首如此多的皇室、高官，也足以让汉军士兵感到欣慰。

但是苏建的军队被全歼，这个事情还没完。苏建其实是有机会在单于合围之前与大军会合的，但是因为他在草原上迷了路，所以这个指挥不当的罪名还是有的。

卫青找来正闳、长史安两个参谋和议郎（中央禁卫军派来的顾问）周霸，问他们说："苏建指挥不当，怎么搞？"

周霸不管其他，说："大将军打了这么多仗了，还没杀过裨将军（副将）。现在苏建犯了错，就该杀，这样才能确定大将军的威严。"

正闳、长史安汗流满面，说："有没有搞错啊，《兵法》上都说了'小股军队就是再顽强，遭遇敌军的优势军队还是死路一条'，苏建带着几千人对抗匈奴的数万人，奋力作战整整一天，直到最后一兵一卒，都没有投降。现在他回来了，反而把他杀了，这不是叫后面人都学着赵信做汉奸么？"

卫青仔细考虑，想了一个两全的方法："我卫青能够在军中任职，就不怕没有威望。周霸的建议我们无视，杀人树立威信，这不是一个臣子不该做的。就算按照我的职权可以杀苏建，但是我现在受到朝廷的尊重，要是在国境外杀了部将，是不是有点辜负甚至独断专行的味道？不如，咱们把这事告诉皇上，让皇上管去，还能让朝廷知道咱们不是那种跋扈专权的军队，多好啊。怎么样？"

于是苏建被押往长安，卫青等人率军回到了长城内。最后，苏建被贬为庶民，霍去病因为功劳封冠军侯，冠军，就是说他的功劳是全军之冠。张骞这个带路党也终于被封为博望侯，博望，就是见识渊博的意思。卫青没有加封，但是赐予了一千金的钱财。

此时的汉朝已经有些疲惫，接连发动十余万骑兵参战的战役让汉朝财政出现了问题。六月，汉朝决定执行卖爵位和赎罪的临时政策，以增加财政收入。卫青也在朝廷协助武帝主持朝政，所以与匈奴大规模的会战，也告一段落。

此时匈奴内部对赵信十分优待。作为汉朝反击以来唯一拿得出手的战果，伊稚斜单于封其为自次王，并且将自己的姐姐嫁给了赵信。赵信原本就是匈奴的一个小王，在之前的战争中投降汉军，所以对汉匈两地的情况都有所了解。

赵信向伊稚斜建议，将匈奴的单于庭迁往远离汉朝的漠北，这样可以避免汉军攻击到匈奴单于庭。就算汉军千里迢迢跨越沙漠追击到此，匈奴军以逸待劳，击败汉军也不是难事。

出于种种考虑，匈奴单于庭开始向北方迁移。从这个角度说，这次作战的目的竟然在一个叛徒的建议下达成了。

到了第二年的冬十月，武帝去今天的凤翔县南部参加祭天大典，回去的路上顺带着进行了一次狩猎，抓到了一只怪兽，据说是麒麟。所以这年被称为元狩元年。

这年，匈奴也有军队进入上谷，但是相比之前的动辄数千人被掳掠，这次数百人的损失相对来说简直不算什么了。

同时，张骞出使西南夷寻找道路前往身毒国的计划受到阻碍。为了打通西域，彻底解除匈奴势力的包围，汉朝只有在匈奴领土上撕开一个口子了。单于的北迁也让匈奴大本营与左右各部之间的距离更远，汉军完全可以组织万人规模的骑兵将其各个击破。这种规模有限的骑兵作战，任务落在了年轻将领霍去病的身上，这种事，他比较擅长。

黄河是个"几"字形，在那一撇的西面，有两座山——祁连山和合黎山（上古时代所说的昆仑山就是这里）。在两山之间，有一条天然的狭长通道，被称为河西走廊，是中原通往西域的必经之路。这里原先是一片无人区，上古华胥国时代后期，一场特大洪水淹没了中原（也淹没了伊甸园，产生了亚当夏娃），华胥带着女娲、伏羲来到这里。后来华夏先民回到了中原，月氏国在这里繁衍生息，匈奴人赶走了月氏国，这里只有少量被奴役的月氏人和大量匈奴人。

元狩二年（前121）春，汉朝对河西发起攻击，兵力一万多人，由骠骑将军霍去病指挥。这次汉军可以说是孤军深入，也有些探路性质。在河西，霍去病转战六天，将河西一带的五个匈奴部落重创，杀了折兰王、卢侯王，俘虏浑邪王的儿子，以及匈奴的都尉、相国等高官，歼敌八千九百六十余人，并且还掠夺了匈奴休屠王的祭天圣物——祭天金人。或许汉朝那时候还不知道这个祭天金人到底是什么，其实这个玩意就是希腊战神阿瑞斯的金像。从此，希腊文化在中亚和东亚的影响即将消失。

虽然汉军自身也伤亡七千余人，但是作为一次探路，这样的战果已经出乎意料了。

这年夏天，真正的河西战役开始了。骠骑将军霍去病为西线战场总指挥，公孙敖为副指挥，率领数万骑兵进攻河西。同时，为了减少匈奴在东线的威胁，并且防止匈奴左翼（此时匈奴在汉匈边境东线依然有一定的战斗力）增援河西，由郎中令李广、卫尉张骞牵制匈奴左贤王部。

为了保证河西战场的战役突然性，李广首先率领四千骑兵出塞作战，作为诱饵，吸引左贤王主力。张骞率领主力一万余人，随时准备与匈奴左贤王主力开战。

左贤王早有准备。李广进军数百里后，突然遭遇左贤王的四万大军。李广的士兵惊恐万分，没多久，李广就被左贤王合围。

李广为了稳定军心，命令他的儿子李敢进入敌阵，激励士气。李敢带着几十个骑兵冲了上去，李敢在匈奴阵的侧翼来回地打，回来后在阵前高呼："胡人太好打啦！"

接着李广命令军队组织一个圆形的防御阵形，只要匈奴骑兵发动进攻，就用弓弩还击，避免短兵相接。匈奴骑兵只得在进攻中不断用弓箭还击。要知道汉军的着甲率是百分之百，匈奴军几乎无甲，在这种弓箭对射的作战条件下本身就没有优势，再者匈奴骑兵这时候是在颠簸的马背上射箭，难以保证精度。激战数小时后，汉军损失将近两千人，匈奴军伤亡更多。要命的是，汉军的箭不够了。

　　李广果断传令下去：拉满弓，暂时不要射。但是匈奴骑兵的进攻仍在继续，李广将匈奴骑兵放到了精确射程内，亲自带着神射手用大黄弩（一种力量很大的角弩，弩弓部分也是筋角木的合成材料）射杀匈奴的军官。没一会儿，匈奴多名副将被杀，只好暂时停止攻击。

　　此时天色已经暗下来，李广重新组织防御，将阵地的薄弱环节予以加强。第二天，继续奋力作战，足足等了一天，张骞的主力军才赶到，击退了左贤王的军队。

　　相比较东线战场，西线的作战极其顺利。就在匈奴的注意力都在东线时，霍去病与公孙敖分道进军河西。霍去病由北地郡（今甘肃庆阳）向西北深入匈奴军队，准备按照计划与公孙敖会师后对河西发起全面打击。

　　然而，公孙敖在匈奴境内迷路了。为了不延误战机，霍去病果断决定——就带着这几万人，自己一个人指挥，进攻河西走廊！霍去病并没有直接向河西进攻，上次的正面对抗让他损失过半，这样划不来。霍去病掉转军队，迂回到了河套西南部，穿过居延（今内蒙古额济纳旗一带，那时候是一片巨大的湿地），到达小月氏的领地（今天的甘肃西北），小月氏就是被奴役的月氏部落，他们不会向匈奴人告密，至少短时间不会。此时，汉军霍去病部已经深入匈奴领地两千余里，绕到了匈奴河西守军的后方。向南，就是祁连山。

　　霍去病率军发起攻击，匈奴守军猝不及防，在一个叫鳞得的地方（今张掖一带）与霍去病展开了一场遭遇战，随后全线溃败。汉军一路追击，歼敌三万二百余人，俘虏包括匈奴单恒王、酋涂王两个王在内的大小军政官员两千五百多人，其中部落首领和女首领各五人（简直和捉奸似的成双成对地抓），单于阏氏一人（估计是以前的，或者被伊稚斜单于甩的），各种王子五十九人，相国、将军、都尉、当户等高官六十三人。整个匈奴河西守军，只有浑邪王、休屠王率领残军逃离战场。

　　此次河西作战，汉军在没有按照原定计划会师的情况下，自身伤亡仅三千余人，并且整建制消灭匈奴单恒王、酋涂王两个万骑，可以说是完胜。

战后，张骞、公孙敖因为延误战机被判处死刑，有赎罪机会，于是都交了罚金，贬为庶民。李广因为指挥不当导致军队被合围，但是作战英勇功过相抵。霍去病及其帐下的多名将军、校尉都得到了封赏。

李广也确实有点背，文帝那时候他官太小，景帝那时候没大仗，龙城大捷的时候遇到了匈奴主力全军覆灭差点被俘，朔方战役的时候他在右北平，出击定襄的漠南战役他是预备队。好不容易这回做总指挥能打一个胜仗混个封侯，又碰到了张骞这个猪队友。

也就在这一年，丞相公孙弘病死，李广的堂弟李蔡，都已经混到丞相了。他们俩可是同时参军的啊！怎么差距就这么大呢！

其实霍去病能够打大胜仗，除了能打之外，还有两个原因。一个是运气，还有一个就是霍去病的军队很特殊。汉代采用征兵制度，士兵都是当两年就回家。武帝时期，采用募兵、征兵双管齐下的办法，既有义务兵，又有职业兵，不仅兵源充足，还能提高战斗力。霍去病手下的骑兵，全部是当兵多年，作战经验丰富的职业老兵。

实话说，霍去病并不是一个军事理论知识很丰富的将军，他的一招一式都来自于丰富的作战经验。甚至说正是因为理论学得少，他才能擅长出其不意打一场不按常理出牌的战役。当初他还是校尉的时候，就有人跟他说过："你很有想法，跟我学《兵法》吧。"

霍去病当时就很不屑："你是谁啊，大叔？"

好吧，其实这个让他学兵法的就是他小姨父汉武帝。无论如何，这一仗算是霍去病独立指挥作战的巅峰之一，此时他的恩宠与当初的卫青已经差不多了。

张骞、公孙敖作战失利，汉朝放了他们一马。匈奴的浑邪王、休屠王就没那么好的运气了。一下子被汉军歼灭好几万人，这是匈奴从未有过的失败。伊稚斜认为浑邪王、休屠王不能留，留着影响士气，于是下诏让他们到漠北来一趟。浑邪王、休屠王傻啊！当然不能去！不去漠北，怎么办呢，赖在河西？回头汉军打过来怎么办？欸，干脆归顺大汉吧！

于是这两个王派遣使臣到了边境，邀请来一个汉人，让他去报告汉朝天子，他们想归顺。当时，大行（外交官）李息正好在朔方黄河边修建一座城，所以这个汉人干脆直接找到了李息说明情况。

李息又把这事汇报给了中央政府，刘彻一看，哎哟，你投个降搞这么大动静，使者托边民，边民托李息，李息再传消息给我，这是不是诈降啊！想诈降偷袭，做梦！

再三考虑，汉朝还是决定让武将带兵去主持受降。武将是谁？当然还是霍去病。

虽然说不是诈降，但是也确实出了岔子。休屠王突然后悔了，反正我手下人不少，自立为王也不是不可以啊？可惜他这个意见刚刚跟浑邪王提出，就被浑邪王杀了，浑邪王是吃了秤砣，铁了心要投降。

可是这浑邪王傻，投降搞得跟宣战一样。他收拢了休屠王的部落，加在一起人口还剩四万多人，结果他还来个号称十万。拜托啊大哥，你是去投降啊，非得搞得跟诈降一样么？

到了约定的日子，霍去病带兵渡过黄河，远远地看到了浑邪王的部众。浑邪王的部众也看到了汉军，嗬！这么多汉军骑兵！不少匈奴人开始往回逃跑。霍去病打马上前，亲自带着一拨骑兵亲信接见浑邪王（其实就是控制）。其余骑兵到了浑邪王部落的后面一路追杀那些叛逃的匈奴人，斩首八千多人。

之后，浑邪王被封侯，但是他的部众被分散在汉朝北部的陇西郡、北地郡、上郡、朔方郡、云中郡以外，依然按照匈奴的风俗生活（当然，汉化他们也是慢慢地进行中）。他们一共被分为五个部落，所以被称之为五属国。从此匈奴的原右贤王部落聚居地成为汉朝的势力范围，成为汉匈之间的战略缓冲带。今天的内蒙古西部和蒙古国的南边一小部分都成为了汉朝的领土。此后，匈奴陇西郡、北地郡、上郡的威胁已经几乎不存在，汉军也逐渐减少在这里的驻军，到了元狩三年，驻军的规模只有原先的一半了。

而在河西，汉朝设置了张掖郡、武威郡、酒泉郡、敦煌郡，河西走廊被汉朝紧紧拿在手里。匈奴的战略包围宣告破产，汉朝的使臣可以自由出入西域，西域将迎来一股豪情万丈的大汉雄风。

但是，胜利之下也有隐忧。为了迎接浑邪王的部众，汉朝准备了两万辆马车去迎接，顺便搞个移民，大家都懂的。可是这时候连年征战，汉朝已经不如初期那么大手大脚了。没办法，只好向民间征用马匹。结果怎么凑都凑不齐，你总不能到百姓家抢吧？武帝很生气，就想杀了长安县令，判他个办事不利。

这时候，老臣汲黯站出来了："长安县令没犯错的，有本事你把我杀了，看看百姓给不给马。匈奴的将领背叛他们的国家和民族，跑来投降你搞这么大个动静，有必要让我们中国人要死要活地侍奉这些归顺的匈奴人？"

汲黯是个老臣，但是这时候并没有得到升职。当汲黯担任九卿之一的时候，公孙弘什么的都是小官。后来公孙弘当了丞相，位列三公了，汲黯还是九卿。到后来，连汲黯的秘书、文书都混得比汲黯好了。后来汲黯实在受不了了，直接跟皇上说："您是任命官员还是烧柴火？怎么越是后来的，越往上调呢？"于是咱们现在多了一个成语叫后来居上。

汲黯就是这样的汉子，很直。但是也是实话，没多久，汲黯又建议让归降匈奴人全部成为奴隶，以缓解汉朝的财政危机。出于军事上的考虑，武帝没有采纳。

此时的汉朝，确实是捉襟见肘，战争的消耗太大。元狩三年（前120年），中原地区发生水灾，各个郡国的地方粮仓全部拿出去救济都显得不足。于是汉朝政府向各个地方富豪、贵族、官员发行国债，依然显得杯水车薪。没办法，汉朝只能将大量灾民迁移到朔方等地，朔方不是灾区，还提供多余的田地和就业岗位。虽然这是一个刺激经济、缓解灾情的好方法，但是负责移民的官吏在官道上往来不绝，整个移民工程的庞大预算，让汉朝的财政赤字雪上加霜。

但是，此时对匈奴的作战接连取得胜利，龙城大捷、雁门反击战、朔方战役、高阙反击战、两次漠南战役、两次河西战役，歼灭、俘虏、招降的匈奴士兵数目已经将近九万人，是匈奴全部兵力的四分之一。而且匈奴单于庭已经迁往漠北，对汉军没有任何防备，这是汉军进行一次

主力会战的最佳时机。此时匈奴元气大伤，失去了整个河西和半个漠南，但是没有伤到根本，一旦匈奴有了喘息的机会，依然会威胁汉朝的安危。

一边是需要发动再一次大规模会战的战场，一边是庞大的移民工程。最可怕的是，南方局势开始出现微妙的变化，昆明族部落骄横地阻拦汉朝使者，引发了一系列的蝴蝶效应。为了威慑，汉朝政府又不得不在长安附近开凿一个昆明池作为楼船兵的训练基地，差不多等于搞个海军士官学院。昆明池又是一个难以想象的大工程，面积达到十平方公里以上，池中还要建造楼船上百艘，戈船（登陆舰）数十艘以备训练之用。

昆明池开凿了，移民正在进行。与匈奴的会战似乎不可避免。我们现在有俗话说"一下回到解放前"，那么这仗一打，对汉朝来说就是"一战回到文帝前"。

每到困难的时候总会有牛人出现。这时候，又出现了一个牛人，前无古人的经济学家，桑弘羊。

第十八章

"国有制经济改革"和"先军政策"

话说西汉的首都在长安，但是经济中心是在洛阳。洛阳商业很繁华，出现了不少有名的富商。其中，有个富商家庭的孩子特别擅长心算，用现在话说就是神童。这个孩子神到什么地步呢？他十三岁的时候，就已经被调到中央当侍中（编制外的政府顾问，桑弘羊应该是会计）了。他就是桑弘羊。

咱们想象咱们十三岁的时候在干吗吧！十三岁在中央工作，人家真不是靠背景的！欸……汉朝政府这是招收童工么？

元狩四年的冬天，也就是公元前 120 年的冬天，庞大的财政预算让汉朝不堪重负。为了能够尽快组织一场对匈奴的决战，各方面的预算是能省多少是多少。据说，连刘彻他们一家的伙食标准都下降了一个台阶。为了有足够的马匹补充军队战马伤亡造成的空缺，皇家的马匹都被拿去充军发配了（拿钱买老百姓的马，要钱啊）。甚至于最后，皇室的资产都开始削减、变卖以增援前线。

怎么办呢？多收税？万一农民起义什么的就不好玩了，打跑了匈奴让别人占了便宜。掠夺？掠夺谁呢？南越？你两线开战是作死么？

想来想去，有关部门想出了一个主意："县官用度太空，而富商大贾冶铸、煮盐，财或累万金，不佐国家之急。请更钱造币以赡用，而摧浮淫并兼之徒。"

意思就是说：现在政府的花销太厉害了，但是那些富商靠着冶金业、制盐业，有的财富超过一万金，现在国家有急需，他们也不帮忙。

不如我们换一套钱币发行，打击那些喜欢搞兼并的奸商。

在当时，钱币的铸造也是交给私人去搞的，所以那些造钱厂的厂长们得多有钱我就不用说了。

问题是，钱多不代表富有啊！建元之后，铜矿开采量逐渐加大，民间的小矿山也悄然兴起。于是铸币量突然变大了，加上连年战争造成的经济退后，各种商品的产量均有一定量的下滑——于是货币开始大量贬值，物价上涨。也就是我们常说的，通货膨胀。

为了缓解通货膨胀，汉朝中央普遍认可这个决议。当时，武帝的皇家园林里面有些白鹿（皇家特供的，别的地方没有），少府（皇家仓库）里面也有些银子、锡之类的金属。于是将那些白鹿杀了一部分，取它们的皮，做成一尺见方的皮革，装饰上一些花纹，限量发行，价值四十万钱。并且规定，诸侯王前来朝觐，必须要用这种皮币连同玉璧一起送上来。这玩意，我估计跟现在的纪念币差不多，真要它流通有点困难。不过话说回来，这种钱币的作用就是敲诈那些诸侯王，也用不着它真的在市场上流通。一张皮四十万钱，也就跟明抢差不多了。

随后又用那些银子啊、锡啊什么的铸成白金（不是铂金），铸成三种面值的金币。第一种呢，是圆的，上面印的是龙，叫白选钱，面值是三千钱；第二种呢，小一些，是方的，花纹是马，面值五百钱；最后一种最小，椭圆形，估计造型和古装片里面的银元宝差不多，上面印有一只小乌龟，面值三百钱。

除了这些大面值的钱币，最基本的铜钱也被改造，之前的什么秦半两、汉半两之类的钱币全部被废止，统一使用由政府铸造的三铢钱。三铢钱也是圆形方孔钱，钱的重量刚好是三铢，二十四铢为一两，西汉的一两是 16 克多点，三株就是两克多一点。后来考虑到三铢钱的不便，没多久就又将三铢钱改为五铢钱。五铢钱是中国历史上使用时间最长的官方货币，一共发行了七百年，隋唐时期还有人用。

到了元鼎四年，前 113 年，桑弘羊又将铸币权全部收归中央，各个郡县的铸币厂全部取缔，在位于上林苑的水衡都尉（掌管皇室资产，造船、水利等）下设置辩铜、技巧、钟官三个部门，分别管理铸钱的原料采集、模具制作、最终完工。

我有个哥们儿是搞收藏的，算是忘年交。我在他那干过兼职，帮他订钱币收藏册。我在那里看到过不少汉五铢，历经两千多年的风风雨雨，很多钱依然光彩如新。那个钱叫一个漂亮！

既然有了政府铸造的真钱，必然就会有民间铸造的假钱。汉朝对此进行立法，造假币，无论什么假币，都是死罪。当然了，亏本的生意才没人做，杀头的生意自古都有人做，只要有利益。假币问题从此一直在中国存在，但是在这时候还没有到影响经济的地步——要做假币当然做大钱，所以当时的假币贩子都去做面值大的白金钱去了。

如果仅仅是这些，那么顶多是稳定经济，并不能迅速增加政府的财政收入，也谈不上促进经济发展。汉朝政府又使出一个绝招，盐铁国营。

当时，冶铁和晒盐，几乎是稳赚不赔（现在差不多也是）。当时，齐地的东郭咸阳靠着晒盐发家致富，南阳的孔仅拥有全国最大的钢铁厂。这两人是业界的龙头老大，几乎有垄断地位。汉朝政府干脆给他们官职，调到财政部门，专管盐铁。

怎么个管法呢？这个时候，在中央当了十几年会计的桑弘羊终于出头了，在他的规划下，制订了一套非常合理的方案。说白了，就是把民间的矿山、晒盐池、冶铁厂等全部收归国有，但是管理的方式不尽相同。

首先，孔仅、东郭咸阳两人带着队伍在各个郡国考察，确定好哪些地方是产铁矿的，哪些地方是产盐的。不过我估计这有公费旅游的成分，他们干了一辈子了，还不知道这些？然后在产铁的郡设置大铁官，对当地的矿山和冶铁厂、钢铁厂进行"国有化"改造，并且直接任命当地钢铁行业的龙头为铁官，其他的矿主、厂长也都有了国家吏（吏就是公务员）的编制。在不产铁的郡和县一级，设置小铁官，负责铁器的运输和销售。这样，钢铁行业的采矿、冶炼、铸造、加工、运输、销售一条龙全部由国家包办。

对于制盐这种技术含量较低的产业，政策更加有意思。那时候制

盐，都是在海边收集海水煮盐。现在海水低潮的时候修筑堤坝和盐田，高潮退去之后，堤坝盐田里就灌满了海水。然后就在那晒啊晒，盐田里海水的浓度到达一定的程度，又要涨潮了，就得把浓海水收集起来，拿去煮盐。煮盐，费时间、占面积，更适合私人个体户进行生产。

于是汉朝政府将所有的盐田收归国有，以前的那些盐田地主全部被"招安"为国家官吏。然后将盐田按照面积承包给各个制盐工人，也叫盐农。政府建立的盐官实际上更类似与一个生产合作社，盐农们的生产非常自由，没有计划指标，一些小型工具由他们自行筹备。但是像煮盐的大型牢盆之类的大型工具，则由政府提供。每次产出的盐由政府统一收购，所以不用担心生产积极性的问题。收购以后也由政府负责运输和销售。当然了，限于认识的不足和生产力水平，汉朝政府就没有在食盐里添加碘元素防止甲状腺肿大等疾病了。

如果民间有人敢私自制盐、制铁，不仅要收缴全部生产工具，追缴"赃款"，还要被剁脚趾。

这些制度是不是看起来有点穿越？我们的老祖宗就是这么牛，两千年前就会混国企了。还有更穿越的，在钢铁产业国有化之后，各个钢铁厂出现大规模地合并、整合，出现了各种大型的矿区和钢铁厂。人多了，好办事，尤其是集中力量办大事。各个大型钢铁厂组织了一系列的技术革新，很多之前难以大规模采用的先进技术，很多需要多人操作的大型设备，现在规模上去了，什么技术、设备不敢用？

比如说炒钢技术，简单说就是在炼铁的过程中不断加入一些原料然后不停搅拌的技术，火候把握得好，可以得到熟铁、低碳钢、中碳钢、高碳钢等产品。这种技术出现在西汉初期，到了这时候，还怕普及不了？要知道，这种技术西洋人在十八世纪才会玩。此外，淬火、冷锻这些技术都是小儿科了。根据我们现在的考古挖掘，西汉时期很多炼钢厂的炼钢炉直径足足一米六，随便一个厂子都有十几座这样的炉子，怎么着也得有数百名工人。

甚至当时大部分的铁器都已经有了设计规范，以前只有武器制式化，现在很多工具也有了全国标准。

咱们玩的就是穿越！

到了公元前 119 年，桑弘羊提出"算缗"的建议。是什么是算缗呢？大家应该记得我之前讲过"初算商车"，就是对商品、人员的运输收取税赋，按照车主车辆数量来计算。算缗是"算商车"的升级版。

所谓"算""缗"其实都是钱的单位，一缗就是我们常说的一贯钱，也就是一千钱，一算是两百钱。算缗是一种收税的方法，对于大商人、私营的工厂来说，收入每二千钱收一算；对于个体手工业者来说，四千钱收一算；除了公车和军车，民间买一辆轺车（一种轻型小马车，作用类似今天的商务车）要交税一算，如果轺车用于商业，收税两算。船五丈（约合现在的十一米五多点）以上收取一算。同时为了保证农业的稳定生产，规定商人及商人家属不得购买农田。

那么，有人逃税怎么办呢？桑弘羊针对性地提出了"告缗"的政策。要是谁敢隐瞒资产，任何人都有资格揭发、状告。一经核实，没收全部资产，一半收缴国家，一半分给揭发人。这样谁还敢偷税漏税？

如果按照桑弘羊的建议，汉朝政府的收入还会增加。但是由于财政部内部有人反对，所以就没有全面执行。

但是有盐铁官营，财政收入就已经很可观了，对经济的发展也很有好处。鉴于孔仅和桑弘羊的政绩，三年后他们就成为了财政部门的主管。于是很多政策，比如算缗、告缗，这才真正普及开来。盐铁制度也逐步被完善。

客观地说，算缗还是比较合理的，就是税率有些可怕，告缗也未免太过了。但是这个毕竟是战时经济体制，非常时期，当然不一样。

桑弘羊主管经济后，又制定了"均输"政策。在这以前，各个郡县都要把很多特产送给中央，也就是我们常说的贡品。这样做很多时候多此一举，中央并不差你这点东西，还得派人运来，浪费钱粮、浪费人力。

均输，就是改变这个状况。每个郡县都设置了掌管均输部门。各个地方采购的贡品，除了特别优异的献给中央外，其他的都由均输官拿到临近的地方当特产卖掉。这样不仅省下了很多经费和人力，还能赚一大

笔钱，毕竟很多在这里稀疏平常的东西，在隔壁县就是宝贝，价格肯定不一样。这样不仅能节省劳动力，还能增加地方财政的收入，老百姓的物质生活还丰富了。

之后桑弘羊被一路提拔，到了元封元年（前110年），桑弘羊已经成为实际上的财政部长。为了满足武帝开疆拓土的需要，他继续深化经济体制改革。

这个时候的汉朝已经在西域开疆扩土，需要强大财政支撑。虽然这时候国家的财政收入不是问题，但是一些连带问题导致了国内经济再一次出现通货膨胀。比如说，为了增加财政收入，盐铁的价格有些许上涨，部分"国企"的体制僵化，不仅价格上去了，质量还下降了。算缗的高额商业税，也让物价上涨，尤其是车船的运输税，让物价的涨幅更厉害。加上把铸币权收缴中央后，曾经给各个部门一些公款，结果引来一阵公款消费的热潮，让脆弱的市场经济雪上加霜。

为了防止通货膨胀的扩散，抑制通胀率，桑弘羊采取了对经济的调控政策——平准。当时，各地已经设置了均输官，在均输政策的基础上，桑弘羊进行了调整。除了供给皇室的用品外，其他的贡品由政府设置的平准官掌管。贡品当然是什么都有了，其实主要还是些柴米油盐。说白了，就是对容易保存的生活必需品进行一些储备，一旦物价上涨了，就把储备的卖掉，物价下降了，就再一次收购。

桑弘羊，你小子究竟是不是穿越过去的？两千年前你就玩"宏观调控"了是不？！

后来到了武帝天汉三年（前98年），汉朝的扩张还在继续，财政压力越来越大。为了进一步增加财政收入，少府（掌管皇室财产）和大司农（这时候已经不是农业部了，是财政部长）桑弘羊联合制定了"酒榷"政策。就是将酒类产品由民间生产，建立合作社，由国家专卖。在当时，酒很赚钱的，司马迁在记载汉代最赚钱的几大产业的时候，第一个就列举了酒。

当然，后来战争实在是进行得太厉害了，经济还是受到了影响，好在武帝悬崖勒马，不然后果不堪设想。当然了，后话我们少说，不然就剧透了。

如果我们类比一下会发现，汉朝时的中国能够进行这一系列近乎穿越的改革，与生产力发展水平和国家动员力的强大密不可分。而当时西方的罗马共和国，至少在国家动员能力上差了一大截。此时的罗马已经打败了马其顿，成为地中海的霸主。但是要让罗马组建一次十万人以上的骑兵会战，会要了罗马的命。罗马共和国的领土虽然与汉朝相差不多，但是人口远远不如汉朝。罗马此时采用征兵制度，士兵都是职业兵，素质较高，但是与汉朝职业兵、义务兵结合的兵役制度比起来简直是太年轻太幼稚。

当时的汉朝究竟强大到什么地步呢？根据出土的汉代东海郡（今山东南，江苏北靠海的地方）一个郡武库的资料来看，在稍晚些的汉成帝时期，一个东海郡的武库储备的武器就足以完爆好几个罗马。当然，这个不是郡级别的，是国家级的武库之一，但是西汉至少还在长安、洛阳有相同规模的大型武库。

该武库资料上的每种武器的数量都精确到个，有车用弩（守城也行，比一般的弩大，不便携）一万多台，普通单兵弩五十万余把，半成品弩（备用的）二十六万把；

弓将近八万把；

连弩车五百六十四辆，这个连弩车就类似后世三弓床弩，三弓床弩是重武器，发射枪矛或者石球；

武钢强弩车十辆，武钢强弩车就是超大型的弩车了；

扎甲（铁甲）五十八万套，皮甲十四万套，重骑兵全套甲五千套，战马头盔九万个，盾将近一万个；

矛五万、戟七万、铍（相当于后世的朔）四万六、刀十五万，剑九万九；

马鞍两千个，上马鞯（马镫雏形，是世界上出现最早的，在当时是绝对的高技术装备，有了它，骑兵骑马作战不再是神话）八百多……

这足以武装至少六十万人的军队！而且是步骑高度合成的军队！不说其他的，单单这五千重骑兵，就足以碾平好几个古罗马步兵军团了

（一个军团不到六千人）。罗马那样的步兵军团对抗重骑兵，伤亡比一般是十六比一！就算武帝时期实力还没有这么强，毕竟汉朝最强大的时期是在汉宣帝时期，汉成帝还是宣帝的孙子。那么就算武帝时期全国的军队武器总量只有这个的两倍，也足以在军事实力上远远超过罗马。

很多人计算过，罗马鼎盛时期的军队人数大约80多万人，包括了那些什么辅助兵、雇佣兵在内。我估计正儿八经的野战军也就三十万不得了了。够汉军十万轻骑兵加两万重骑兵的一次冲锋么？有人说罗马士兵都是职业化的，素质高，作战顽强，面对数倍的强敌依然不会退却，仍然能够保持完整的阵形。有人更是借此说汉军都是义务兵，农民而已，不可能有如此的作战素质。首先，凭什么瞧不起农民？另外不说其他的，第二次河西战役的东线战场，李广带着四千人面对四万左贤王的主力军，退却了吗？汉军士兵参军前也是接受过多年训练的好不！

几百年后，"匈人"（有人说是匈奴的一支）入侵罗马帝国，罗马被打得跟狗一样。可以这么说，罗马的成就完全是因为没有遇到强大的敌人，尤其是强大的游牧民族。而中国北方拥有世界上最广阔的草原之一，这里的游牧民族从来都是世界最强。汉朝不仅没有被匈奴征服，反而反过来将匈奴纳入属国的行列。罗马，别说后来的匈人了，日耳曼他都搞不定。就靠那几个步兵军团能干成什么？人跑得能有马快？

不说了，说多了洋奴会把我这本书喷死。我们还是回到漠北主力会战前的元狩四年。盐铁、算缗什么的政策正在实行，战争的需求凑一凑还是够的，大不了经济退后点呗。就在这时，又出现一个人，帮助汉朝解了燃眉之急，漠北的主力决战，可以没有顾虑地顺利进行，唯一要顾虑的就是怎么打赢。

这个人叫卜式，是孔子门生子夏的后代。后来家道中落，父母双亡，没什么文化。后来在村里搞养殖，养羊，养得非常好，渐渐地就发家致富了。他为人很大方，而且还有钱，特有钱。当初，汉朝开始反击匈奴的时候，这个家伙就跑到长安，捐了一半的财产给军队。

遇到这样的五好公民，武帝都觉得奇怪，就派人过去慰问。武帝的使者问："卜先生，您是想当官么？"

"我就是个放羊的，哪会做官呢？"

使者又问："那难道是你有冤屈，想上访？"

"我从小放羊，哪来的冤屈？同村贫困的我有时候还救济，遇上投机倒把的我有时候还教育一两句。你去十里八乡的问问，哪家不说我的好话？我怎么会有冤屈？真是。"

使者无语了："既然这样，那么你到底想要什么呢？"

"皇上反击匈奴，前线的人奉献了生命，我们这些后方的富商，就只有捐钱咯。这样人人都献出一份爱，世界就变成了美好的人间。我们才能打败匈奴啊。"

使者把谈话内容告诉了武帝和丞相公孙弘。武帝问公孙弘什么看法，公孙弘一想，说："这不符合常理啊，炒作吧。这种炒作的人别提倡，不然影响国家法制建设。您还是别答应吧。"武帝就没理睬卜式。

卜式在长安待了几年就回去了，继续搞养羊，毕竟有了点名气，财路更是源源不断。

没多久，浑邪王归降，政府需要钱，中原地区又爆发了水灾。没办法，汉朝组织中原地区的居民往朔方一带移民。这时候，卜式又一口气捐款二十万钱给河南郡（洛阳一带）郡政府，帮助政府移民。

卜式一带头，河南地区的富商纷纷捐款，搞了一次大型的慈善活动。事情引起了中央的注意，武帝查看了捐款的花名册。

"欸……卜式，捐款二十万钱。卜式？这名字好熟……哦，前几年捐款给中央的那个！慈善家啊！"

这下解了汉朝燃眉之急，你说武帝开心不开心。任命卜式为中郎（侍卫），又赐田地财宝又给称号，下达了"全天下都要向卜式同志学习"的通告。

开始，卜式并不想当官，一直不愿意赴任，还把政府的赏赐都捐了。后来武帝问他说："我上林苑里也有不少羊，你去帮我养羊怎么样？"这样，卜式才答应了武帝的请求。

后来武帝视察上林苑，发现羊养得不错，肯定了卜式的"政绩"。武帝问他诀窍，他说："其实跟治理百姓一样，按照合理的时机进行干

预和管理，优待好的，去掉坏的，维护群体的质量。"武帝一听，貌似很有道理的样子，就派他去做了河南郡缑氏县（偃师市附近）的县令。再后来卜式政绩卓著，最后还当了齐国相（相当于郡守，封疆大吏）、御史大夫。

可能大家会认为这个人真的是炒作，其实，完全可以想得"正能量"些。就是这个看起来像是为了做官炒作的卜式，后来因为反对盐铁国营还惹了武帝生气。如果他真的是个工于心计、喜欢炒作的小人，完全可以阿谀奉承，而不是忠言直谏。后来他因为小时候家里穷，文化水平低，御史大夫没当多久就被调职，贬为太子太傅（虚职），最后寿终正寝也没被再次录用。

国家有困难，卜式勇敢地站出来了，做出了自己该做的。汉朝有这样无私的公民，有这等的凝聚力，与匈奴的主力决战，势在必得！

第十九章

决战漠北

卜式发起的公益行动，让汉朝暂时没有了财政上的困难，一场主力会战拉开序幕。

元狩四年（前119）的初夏时节，武帝召集将领们召开会议。武帝提出："翕侯赵信给匈奴单于提出了建议，将匈奴单于庭设在漠北，他们对我军没有防备，不会想到我们会长途跋涉到漠北与他们决战。现在如果我们集中优势兵力在漠北进行大会战，一定能取得预料的战绩。"

于是，汉朝发动十万骑兵，卫青、霍去病各有五万人，还有后勤马匹四万匹，保障后勤和助攻的步兵一共有几十万人。相对而言，霍去病的骑兵战斗力更强，所以霍去病担任主攻任务，集结于定襄，任务是打击、重创匈奴主力的有生力量。卫青的任务，则是率领一支步、骑、车合成的大军，捣毁匈奴的单于庭——赵信城（今天蒙古国杭爱山南麓，乌兰巴托西边的车车尔勒格市）。

随后汉军吸取漠南战役的经验，进行了细致的侦察工作，最后得到确切消息，匈奴单于主力在东线战场的北方。这个也是意料之中，毕竟匈奴西线已经一败涂地。于是卫青在定襄郡集结军队，霍去病部赶往代郡、右北平郡一带。

出征前，李广再三要求出征，武帝考虑到李广运气太背，年纪又大，没有同意。后来再三考虑，心一软，任命李广为前将军。此外，任命太仆公孙贺为左将军，主爵都尉（掌管爵位）赵食其为右将军，曹襄为后将军，统一在定襄集结，由卫青指挥。除了曹襄以外，都是与卫青参与指挥过漠南之战的老面孔。

而主攻方向的霍去病手下没有裨将军（副指挥），只是任命李敢（李广儿子，第二次河西作战时在东线战场有立功表现）等人为大校（高级的校尉）。

伊稚斜单于听说了汉军的动向，非常郁闷，赵信依然是那么自信，告诉伊稚斜说："汉军长途奔袭越过沙漠，我军以逸待劳，坐着收编俘虏就行了。"

呵呵，当初在汉军中，汉军也是赵信口中的"我军"。

作为应对，伊稚斜单于在漠北集结主力，将辎重放到更远的地方，也是一副决一死战的态势。手下的骑兵，七七八八地还剩个二十几万呢。右谷蠡王和河西部队虽然被全歼，东部的左谷蠡王实力依然存在，有他挡着，霍去病也打不来。

卫青的中路军抓捕俘虏，逐渐得到了单于位置的确切消息，于是分兵北上，卫青率领主力迎击单于，命令前将军李广与右将军赵食其会师，从东路进军，在漠北再与大军会合。东路道路稍微有些绕，加上主力军在沙漠行军肯定不休息，等于是让赵食其和李广做预备队了。

原来，皇帝考虑到李广的年龄和运气，暗中指示卫青别真的让李广当前锋，该调动就调动，最好让他当个后卫。加上老战友公孙敖最近刚刚犯了错误，更需要一次立功表现。

李广接到这个命令，自然不高兴，跟卫青说："大将军你不厚道啊！我是前将军，是主攻啊，这下我成助攻了！不对，简直是候补！老子刚成年就出来打匈奴了，那时候还没你呢！今天这一仗，就是要打匈奴单于，我保证我力战到底，实在不行我比单于先死！"

李广软磨硬泡，卫青就是不领情："你以为踢蹴鞠呢？还主攻、助攻、候补，赶快组织军队按照部署干。"李广径直离开，甚至没有告退，脸上写满了无奈的愤怒。

卫青的主力前进千余里（汉朝的一千里相当于现在的400多公里）进入漠北，果然遇上了单于本部的军队。匈奴在那里就建好了防御工事，军队阵形严严实实的。

卫青的作战思想其实比较趋于保守，之前作战，一来集中了优势兵力，二来有一定的战术突然性。可是这次匈奴人已经做好了防御，准备相当充分。河南之战的时候，卫青就吃了一次亏。最要命的是，这时候李广、赵食其还不知道在哪里，左等右等就是不来，说好的漠北集结呢！

但是这次，卫青不怕了，他拿出了汉军的"秘密武器"，武钢车。

武钢车是种两用车，既可以用来运输，又可以用来作战。这是一种重型战车，很大，长有两丈（汉代一丈大概两米五不到），宽有一丈四，一般用牛拉。与一般的战车不同，武钢车四面都有防护，用大盾包裹着车厢，盾上还有射击孔和矛。甚至根据资料来看，当时作战用的武钢车顶上面还有一门重型弩炮。这就是一辆古代的步兵坦克啊！

汉军将武钢车组织起来建立了圆形的防御圈，保证防御圈中的主力不会受到匈奴的打击，然后派出五千骑兵进攻匈奴军。匈奴军队也派出大约一万骑兵进行反冲击，汉军以少敌多，与匈奴骑兵绞杀在一起。当时，已经是傍晚了，天色逐渐暗淡。这时候正好又爆发了沙尘暴，沙子和小石子打在人脸上都疼，两军的主力已经相互无法看到了。

趁着这种有力态势，卫青指挥剩下的骑兵陆续出击，逐渐从两翼突进，以包围匈奴军。伊稚斜看到这样让他无语的天气，和无法打败五千汉军骑兵的一万匈奴兵，再考虑到了卫青的兵力和士气，心想算了还是逃吧。于是乘坐一辆六匹骡子拉的车，带着数百名亲身侍卫，在包围圈还没合拢的时候，向西北方逃去。

到了夜晚，汉军愈战愈勇，匈奴军也在做垂死的挣扎，双方伤亡人数相当。没多久，汉军左翼的一个校尉抓到一个俘虏，得知匈奴单于在天还没黑时就已经向西北逃窜。卫青得到这个消息，立即调整部署，派遣轻骑兵向西北方向追击，主力紧跟其后。匈奴军队见汉军撤开了包围圈，立即四散奔逃。

等天亮了，汉军轻骑兵一路追击两百里，还是没有见到伊稚斜单于的踪影。经过一夜的厮杀，虽然为了追击单于没有全歼这伙匈奴人，但是也让匈奴损失了一万九千多人，而且卫青也来到了此行的目的地，赵信城。

卫青在赵信城，惊呆了，哇噻，原来单于把主力的辎重都放在这里啊！于是汉军就在赵信城大吃海吃了一天。第二天，能带走的匈奴辎重就带走，带不走的，就一把火给烧了，直到亲眼看到辎重全部烧完，才撤军向南。

在东线，骠骑将军霍去病到了右北平与当地太守路博德会师后，北上深入匈奴军队两千多里，找到了左谷蠡王的主力军。霍去病天生就是打匈奴的，这次的战果一如既往地辉煌，夺了匈奴左谷蠡王的战旗，俘虏匈奴小王三个，将军、相国、当户、都尉一共八十三人。左谷蠡王的残军一路奔逃，汉军就一路追击，一共歼敌七万余人，汉军伤亡一万人左右。

胜利后，霍去病还代表汉朝天子在匈奴的祭天场所（以前的祭天场所被当时的车骑将军卫青给……你懂的）狼居胥山组织汉军也搞了一次祭天活动，在姑衍山搞了祭地活动。这对匈奴民众的心理震撼可想而知。

狼居胥山、姑衍山在哪，现在没人知道，众说纷纭，但是霍去病当时去的有一个地方是可以确定的，史书记载霍去病在祭祀天地后"登临瀚海而还"，也就是霍去病带着将士们在匈奴搞公费旅游一直到了瀚海才回去。可以推测狼居胥山和姑衍山离瀚海不远。瀚海在哪里呢？瀚海，就是浩瀚的大海，当然了，不是北冰洋，北冰洋全是冰，一点也称不上浩瀚，在漠北地区能符合条件的只有当时被称之为"北海"的贝加尔湖。贝加尔湖在今天的俄罗斯境内，西伯利亚的南部，是世界上最深的淡水湖，有一千多米深，蓄水量也是世界淡水湖中最大的。不过在唐朝以后，瀚海的意思就变了，成了沙漠的意思。

汉军取得胜利后，逐步向南撤离。卫青的深入并不远，没多久就到了漠南，没想到在漠南遇上了两个人——李广和赵食其。搞了半天这两人压根儿就没找到通往沙漠的路，更别说漠北了！

卫青心里不是滋味，就让一个文书做传令官去传话，叫李广、赵食其去大将军幕府（幕府就是指挥所）回话，说白了就是挨批。

李广得到消息，跟传令官说："手下的校尉们都没什么罪，是我自己迷路的，一会儿我亲自去大将军幕府写检讨。"

可是李广另有打算，想了想，唉，真没意思了。回到自己的幕府，跟校尉、幕僚（文书、干事、参谋之类）们说："老子刚结婚不久就去打匈奴，到现在混到将军，大大小小的战斗七十多场！我今年六十好几了，面对这些传令官的问责，我怎么面对？"说完，拔刀自刎而死。

挺可惜的，其实如果李广不自杀，武帝也会饶他一命。赵食其原本被判处死罪，最后还是缴纳罚金了事。

而霍去病在撤军的途中，还有一件事情要做。他来到了河东郡平阳县，也就是今天的临汾市，找到了一户人家。这家人姓霍，主人叫霍仲孺。霍去病的母亲叫卫少儿，是卫子夫的姐姐，也是个女奴，侍奉平阳公主。后来卫子夫显赫了，卫少儿也带着霍去病这个油瓶嫁给了一个姓陈的詹事。霍去病的父亲是谁，卫少儿也一直没提。

但是这次出征前，卫少儿说出了真相："你爸爸叫霍仲孺，当年是个平阳县的小吏，我俩在平阳县的时候好上了。后来我怀孕了，他也不敢承认，但是不管怎么说也是你爸，这次你路过平阳县，记得去看看他。"

霍去病见到了他的"私生爹"霍仲孺，我相信他有很多话要说，比如当初为什么抛弃我们母子，妈妈这么多年不容易之类的。但是霍去病只下跪说了一句："孩儿不孝，到现在才知道您是我的亲生父亲。"

霍仲孺很尴尬，说："老臣等托将军的洪福，也是老天的恩德。"这句话显得语无伦次，这次他们会面并没多少生离死别，最重要的成果是，霍去病发现了一个非常可爱机灵的小伙子，是他的同父异母的弟弟——霍光。霍去病离开的时候，顺便把霍光接到身边，在平阳县给他老爹置办了财产。

也许他想不到，这个叫霍光的小子，以后将是帝国的实际统治者。不得不说，霍仲孺这人别的本事没有，生孩子倒是真牛！两个儿子那是出将入相，风虎云龙。

闲话就不多说了。卫青、霍去病等人回朝后，都得到了一定的封赏，卫青、霍去病被授予大司马荣誉称号。大司马就是原先的太尉，但

是现在只是个虚衔。卫青由大将军成为大司马大将军，霍去病由骠骑将军成为大司马骠骑将军。右北平的太守路博德、北地都尉卫山等人也被封侯。

因为霍去病的战绩更大，所以霍去病的风头正盛，已经盖过了卫青。以至于卫青手下好多人都去巴结霍去病，以求个一官半职。当然了，卫青也很高兴，自己的外甥出人头地了，做舅舅的难道不开心？不过这其中倒有个叫任安的，一直跟着卫青，没有离去。后来任安与一个人关系特好，那人就是司马迁。于是任安这样并不显赫的也在史记露脸了！还有特写！

对于匈奴来说，这次会战的战果是一次致命的失败，伊稚斜单于与匈奴各个部落一度失去联系，以至于右谷蠡王以为单于已经战死，自立为单于。伊稚斜慢慢收拢部众，右谷蠡王才将单于位交还给伊稚斜。除了对匈奴政局的影响外，此次汉军总共歼敌八万九千多人，匈奴的二十四个万骑一共三十多万人的军队现在已经只剩下一半不到，尤其是东线的左谷蠡王部被整建制歼灭。而汉朝在匈奴西南的朔方、河西走廊的经营也趋向稳定，逐步蚕食匈奴的领土。匈奴在漠南的势力已经宣告瓦解，史书记载——漠南无王庭。

不过，汉朝的状况也堪忧，几次作战的财政问题暂且不说，最重要的就是马匹的伤亡！仅仅一次漠北会战，马匹的死、伤、病就在十万左右，汉军士兵的伤亡也有几万，军队需要战后建设，尤其是需要重新为骑兵部队采购马匹。

实质上，双方都默认了一个现实，现在是停战状态，该是签订停战协定的时候了。伊稚斜单于虽然吃了亏，但是并没有怪罪赵信——其实他也明白，虽然说退居漠北吃了败仗，但是如果不退居漠北会吃更大的败仗。赵信又出了主意，继续和亲，而且这次和亲，咱们低声下气些。

匈奴的使臣来到长安，第一次用低声下气的语气请求和亲。朝廷针对这个议案又展开讨论，有的人说应该和亲，有人说干脆让他们臣服算了，其中，丞相长史（丞相的秘书长）任敞就说："匈奴刚刚遭受了沉重的打击，应该让他们做汉朝的属国，在边疆接受一定的管辖和敕封。"

这个议案得到了通过，任敞就被任命为使臣，出使匈奴，向单于宣告我朝的皇恩浩荡……结果再也没有回来。伊稚斜单于一听，什么！要我臣服！要我称臣！想得美！任敞就被扣在了漠北，终身监禁。

这样一下，双方耍无赖了，当然是匈奴先耍的。你扣我的使臣，老子不能扣你的？于是汉朝也把匈奴的使臣扣了。匈奴不甘示弱，你扣几个匈奴使臣，我就扣几个汉朝使臣……

"冤冤相报何时了？"博士狄山悠悠地说了这句，"陛下，要我说，还不如一开始和亲呢。"

武帝一听和亲头都大了，当初高皇帝吃败仗和亲，现在吃胜仗还和亲，是我脑子有病还是你狄山脑子进了水啊。武帝问他的御史大夫张汤："张汤，你怎么看？"

这个张汤也是个奇葩，用现在的话来说，这人童年有阴影，长大了有点暴力倾向。他老爸是长安丞（首都的治安长官），受家里的影响，从小喜欢法律。有一次他老爹下班回家，发现家里的肉被老鼠偷走了，就请小张汤吃了一顿"皮带炒肉"。张汤也没闲着，硬是展开了立案调查，抓捕了罪犯"老鼠"，并且起草了诉状，自己审理，最后给老鼠判了磔刑（就是凌迟！俗称大卸八块）。由此可见简单粗暴的教育方式教出来的孩子会有暴力倾向，但是他老爹并没有在意，反而注意到了他的诉状。哎哟喂，写得不错嘛！可以培养，长大后也成为了光荣的法律工作者。

不好意思，最近出了点事情，心不在焉容易歪楼。我们接着说。武帝问张汤："张汤，你怎么看？"

张汤很不屑："一个迂腐愚昧的臭老九罢了。"

狄山表示不服："不要用两千年后的臭老九一词侮辱我汉朝的知识分子可好？！我就算愚昧，我也是愚昧的忠臣。像张汤，那是奸诈的忠臣。"

面对这样的说法，没等张汤还嘴，武帝就问了："我让先生您去边境驻守一个郡，能让匈奴不来入侵么？"

"呃……这个，臣做不到啊！"

"我让您驻守边境的一个县呢？"

"臣做不到啊！"

"那我让你去驻守一个碉堡总行了吧？"

狄山一想，完了，再说做不到就得让我去基层当士兵了，硬着头皮说了一句："臣……做得到……"

狄山到了边境上任一个多月，就在一次边境冲突中丧生。汉匈战争就是这样奇怪，景帝时期御史大夫冯敬与接替郅都当雁门太守战死，成为了汉军阵亡的最高级别官员；狄山稀里糊涂地成了炮楼的小队长，被匈奴游击队给宰了，成为了汉军阵亡的最高学历的军官。

边境的小冲突毕竟不是致命伤，汉匈的关系就这么尴尬下去——连使臣都不方便派。

但是汉军的将领内部也悄然兴起了一些内部斗争，李广的儿子李敢是在东路军跟着霍去病的，回来后得知父亲的死讯，却认为是卫青害死了他爹。估计也是接受不了事实，李敢有点冲动，对着卫青拳打脚踢，硬是把卫青打伤了。卫青为人很低调，一如他喜欢奇袭的作战风格，这件事也就没有声张。

这时已经是元狩六年的冬天，也就是公元前118年的冬天。卫青挨打，他外甥霍去病可是看不下去了。正好，赶上皇帝狩猎，李敢霍去病都接受了邀请与皇帝一起。霍去病把李敢叫到人迹罕至的地方，一箭射过去，了结了李敢的性命。

这下武帝头疼了，李敢多少是个功臣，也是忠臣之后，虽然说殴打上司，在军界确实可以判处死刑，但是怎么也得走个法律程序吧。没办法，武帝只好叫人对外宣称：李敢打猎的时候被鹿给撞死了。

我有点疑惑，司马迁当时怎么知道李敢的死因，也可能这件事当时就没有被瞒住。不过霍去病也没有受到多少舆论的谴责——公元前117年，元狩六年的九月，霍去病突然去世，这颗巨星像流星一样陨落了。

人死了，很多坏事就没人提了，尤其是那些立了大功的人。武帝非常哀悼，为霍去病修了非常豪华的墓地，整个坟包的形状就是个大型的祁连山沙盘模型，以表彰霍去病开疆河西的功绩。霍去病墓的地点在武帝修建中的陵寝茂陵的附近，以示皇帝的恩宠。就在出殡时，霍去病封地的地方军队被全部组织起来，到长安参加葬礼。皇家仪仗队从长安城一直排到茂陵，保卫着英雄的遗体。

实话说，霍去病死得确实蹊跷，后人种种猜测，甚至有阴谋论认为是卫青害死了李广，陷害了李敢，继而逼死了霍去病。这当然站不住脚，仅仅一点就能反驳：事实上，没有了霍去病，卫青的兵权也受到了影响。此后卫青再也没有出击匈奴指挥作战，而是以大将军的身份帮助武帝处理各类军国事务，成为实际上的丞相。甚至可以说，相当于现在的军委主席兼任国家副主席。

按照最靠谱的记载，霍去病是病死的，病死的原因没人知道。也许那个时代的医学不发达，运气不好得个头疼脑热的就会要人命。霍去病，最终还是病死，可惜了。

当初，武帝送霍去病一套豪宅，霍去病却没有接受。武帝很奇怪，就问："你一个二十多岁的小伙子不要房子要什么？多少人像你这么大为了一套居室辛辛苦苦地攒钱啊！"

霍去病的回答，现在已经成了成语："匈奴未灭，何以家为。"

霍去病的病逝更加确定一件事，汉朝短期内不会再讨伐匈奴。但是匈奴也已经元气大伤，汉朝可以全心全意地进行自己的领土扩张和对匈奴的战略包围。

第二十章

暂时的停战——打小怪

公元前116年，整个国家按部就班地过着安定的日子，没有匈奴骚扰，内部经济慢慢恢复。眼看着已经到了五月，武帝实在闲不住了，平白无故地搞了一次大赦天下，然后大宴群臣"嗨皮"了五天。

就在他们都以为今年就没事了的时候，汾河出了一样东西。汾河，就是现在酿汾酒的地方。当然，出现的不是汾酒。那时候的中国还没有蒸馏酒的技术，汾酒这类的白酒是做不了的。我们现在的酒商动不动就声称：咱们这酒多少多少年历史……其实要是较真的话，蒸馏酒工艺直到元朝才出现，清代才普及！过去的酒都是十度不到的黄酒、葡萄酒什么的，哪有白酒！

闲话不多说，汾河那边发现了一些"古人"的生存遗址，在当时可是属于重大考古发现。其中，一个宝鼎的发现，让汉朝政府欣慰不已——怎么样，我统治得不错吧，平白无故得出现宝鼎了。

在西汉那时候，鼎是一种纯粹的礼器。但是在古代，鼎只不过是个炊具，据说就是火锅的雏形。

武帝自然是最高兴的，将这年的年号都给改了，称为元鼎元年。这也是向那些主和派宣示：怎么样，你看我连年征战打得匈奴跑到漠北不敢南下，连上天都送我一个鼎表示庆贺呢！

到了元鼎二年，前115年，张骞又从西域回来了。元狩四年漠北决战之后不久，张骞就再一次踏上了西去的道路。这次的目标不是月氏国，而是乌孙国和大宛国。这时候形势已经发生了变化，匈奴丢掉了河西走廊，现在又退居在漠北一隅，整个西域现在是处在小国林立的状态。曾经,这些小国都是匈奴的臣属,现在匈奴的影响已经消退,乌孙国和大宛国俨然成为其中最强的一股势力,是西域的霸主。

乌孙国也是个游牧国家,原先在敦煌祁连山一带放牧,首领叫昆莫。在当时的汉朝看来,乌孙有一个习惯汉朝是难以想象的:乌孙人的姓氏在名字后面!乌孙的王室姓"靡",这时候的乌孙王叫猎骄靡,这个人是个亲匈奴分子。他出生不久,乌孙就被月氏国给灭了。他老爹难兜靡被月氏人杀害,小王子猎骄靡被狼和乌鸦救了(据说是这样)。没多久又被冒顿单于收养,成人后又在军臣单于的帮助下复国了。

到了汉文帝时期,大约在公元前 161 年,猎骄靡在匈奴右贤王部队的帮助下击败了月氏国。月氏国的国民放弃了今天的新疆北部的地区,向西南的大夏逃去。乌孙也放弃了已经出现沙漠化的祁连山和敦煌一带,在富庶的伊犁河流域定居,经过三十年的征服和扩张,已经是南接天山,北接阿尔泰山的强国——乌孙人就是今天哈萨克人的祖先。

所以在决战胜利之后不久,张骞就建议说:"乌孙人管王叫昆莫,原本是匈奴的属国。现在他们兵力已经强大,不愿意继续伺候匈奴。他们原先住在浑邪王的地盘,现在匈奴已经被我军打得落花流水,浑邪王的地盘反正也没有居住,不如让他们东迁到敦煌西边,拿点财富赠送给他们,建立良好的睦邻友好关系,彻底断掉匈奴的右手。只要跟乌孙国关系搞好了,往西一直到大夏的那些国家都是汉朝的属国了。"

张骞以中郎将的身份出使,身边十几个副使和三百个随从,每个人两匹马,牛羊数万匹(反正打匈奴的时候缴获得多,不差钱),金银财宝那就不说了,总之很多。

可是我说过,猎骄靡是个亲匈奴分子,对汉朝使者并不礼遇。但是张骞还是把汉朝的意思说给他听:"你们乌孙国要是能回到敦煌西边居住,我们汉朝就嫁个公主给你们,两国还能互开贸易。两国结为兄弟,建立军事同盟,那么打匈奴就是洒洒水了。"

乌孙国一直住在这里三十年了,一来已经习惯,二来这时候乌孙国的君臣有几个知道汉朝到底是什么玩意?张骞磨破了嘴皮子,乌孙国还是不愿意迁徙。

在安排好副使们出使周边的大宛国、康居国（乌兹别克斯坦一带）、月氏国（大夏国）、安息国（今天的伊朗、伊拉克一带）、身毒国（巴基斯坦与印度的一部分）、于阗国（新疆塔里木盆地一带）等国家的行程之后，张骞决定回国，同时要求乌孙国派遣人员护送，顺便去汉朝见识见识什么才叫大国。

既然乌孙不肯东迁，汉朝干脆自己组织移民，设置了酒泉郡、武威郡，继续稳定在河西走廊的势力和领土，也彻底切断了匈奴与羌人的联系。

元鼎三年，前114年，张骞病逝。客观说，张骞是个合格的旅行家、探险家，但是作为外交官，他没哪次出使是成功达到预定目标的。但是这不妨碍我对他的崇敬之心，我有生之年也会去西域走一走看一看的。

跟西域搞得久了，汉朝也想管管自家的属国们了，比如南越什么的。

当初，南越王赵胡以生病为理由，没有亲自入朝感谢汉朝对闽越讨伐南越的军事干预。可是话不能乱说，没几年当真一病不起，只好请求汉朝让在长安当侍卫（其实是当人质）的赵婴齐回去，万一那什么，也好继承王位。

汉朝历史上最为狗血的一幕上演了。

赵婴齐在长安的时候，娶了邯郸的女子樛氏（《史记》上说是樛氏，《汉书》非说是摘氏，《资治通鉴》也说是樛氏，少数服从多数，班固，对不起了）。赵婴齐和樛氏还有个孩子叫赵兴，而实际上赵婴齐在南越还有个原配夫人，有个长子叫赵建德。

前122年，也就是元狩元年，赵胡死了，赵婴齐继位。新任的南越王就一个要求，让樛氏到南越国当王后，立赵兴为太子。汉朝当然无所谓，但是南越国国民都不服了，有长子不立，偏偏要找个汉朝媳妇的孩子做太子。

这个婴齐也是个浑蛋，在南越胡乱杀人，是个典型的暴君加昏君。汉朝几次请他入朝，他也都是请病假不去。他倒不是担心汉朝杀他，他在汉朝工作那么多年，也知道汉朝没那么可怕。但是他明白，这一去，南越国说不定就像内地的诸侯一样，没有自治权了。

赵婴齐也像他爹一样，请病假请多了真的来病，在位七年就一命呜呼。这年刚好是元鼎二年，张骞从西域回来。于是赵兴继位，樛氏成了太后。

狗血开始了，为了表示汉朝的皇恩浩荡、促进特区与内地的友好关系，汉朝决定派遣使臣出使南越，让南越王和王后回汉朝看一看。当然，实际的意思我们都懂，就是想加强对南越的管理，取消高度自治。

找谁去呢？武帝正发愁，年仅二十岁的终军上书推荐了一个人，就是他自己。这还出了一个典故——请缨。终军特地向汉武帝请求给他一根绳子，说是万一南越王和王后不肯来，就干脆绑来算了。

这个小少年蛮有个性，当初他十八岁的时候就出去闯荡，带着一身学识打算去首都长安做个"长漂"。到了函谷关，领了一个通行证，终军一问，原来是回去时候用的。终军二话不说就把这个通行证丢掉了，淡定地来一句："混不好我就不回去了。"

不过他这个长漂蛮成功的，因为学识不错，被举荐为博士弟子（相当于现在的候选院士）。当他再次来到函谷关的时候，已经是出关到各个地方巡察的中央考察员。

这个"请缨"的故事，当然不是我说的狗血内容之一。终军有学识善于辩论，还是一个有理想有热血的五好青年，但是只是副使。汉朝还派了一个武士叫魏臣，估计也是好几届散打冠军那类的角色，也只是个副手。汉朝派遣的使臣，显得很默默无闻，他叫安国少季。

安国少季，这个名字有没有那种玛丽苏小说男主角的味道？他是霸陵人（今天的西安市区一带），既不是大官，也不是高干子弟，一个普普通通的，在基层打拼十几年的小公务员，为什么就能一跃成为国家大使呢？这一切的背后究竟是姓名的优雅还是毛遂自荐的信心？

都不是！他做大使仅仅因为——

他是南越王太后樛氏的前男友！你是一定要给后世留些电视剧素材么，大汉帝国！这要是稍微渲染下拍出个言情大戏，比哪个清宫戏都

强啊！

剖析下丑恶的灵魂，这时候的樛氏已经离开长安很久了，远在他乡，还年纪轻轻的就失去了丈夫。这些都不说了，这个丈夫还是个昏君加暴君，我估计家暴也是少不了的。面对多年没有见面的初恋情人，她能把持得住？

汉朝，你真的太强大了。诸位读者要是不信，你们去翻《史记》《汉书》《资治通鉴》吧，越南的《大越史记全书》你们要是找得到也可以翻翻。插句嘴，其实中国古代的恋爱婚姻还是相对自由的，从上古到明代一直都是如此，真正的变态发展还是在清代。所以这个樛氏在长安还有个前男友，也是情理之中。

没想到，这个如意算盘竟然导致了一场战争。安国少季在南越与樛氏见面之后……诸如这么多年了你还好么之类的寒暄自然少不了，言情剧里面上演的俗套剧情也是一一呈现……这种劲爆的花边新闻自然是一夜之间传遍全国，樛氏身为太后的威望一下就降低了。

这样，樛氏开始担心自己的太后之位不保，想找汉朝做靠山。于是请使臣递交奏折，表示愿意归顺，每三年去长安朝觐一次，废除一些酷刑，采用汉朝的法律，甚至免除内地和南越之间来往的签证。实际上，这也就是结束了南越高度自治的历史了。

但是安国少季他们并没有回去，只是找了个人递交上书。为什么呢？因为安国少季还舍不得回去，大家都懂的。

汉朝方面作为回应，赏赐南越国的相国一枚相印。这个大家应该都明白了，汉朝的诸侯国的实际长官是相，相是由中央任命的。赏赐南越国的相国一个相印，这个意思很明显。

这时南越国相国是个老前辈了，三朝元老，名叫吕嘉。吕嘉是个典型的"越独"分子，不过因为这时候岁数大了，已经不怎么管事了。不过，没那么简单，他家族里在南越当局担任要职的有七十多人，吕氏的男子全部是南越王室的女婿，吕氏的女子全是王室的媳妇。

这个地位算是显赫了吧！他在国中的威望不用我说了，樛氏的花边新闻更是让南越王室颜面扫地。南越国解除自治，他是首当其冲的反对派，当初上书表示臣服他就几次劝谏南越王。到了这时候，他逐渐不对劲起来，汉朝使臣想见他都见不到。于是，汉朝开始对他关注起来。

后来吧，樛氏和安国少季他们合计着搞个鸿门宴设计杀了吕嘉，但是没做成，准确来说是不敢做。后来武帝派了两千人的特种部队进行渗透，结果两千军队刚刚进入南越国，吕嘉就真的造反了。不仅樛氏和南越王丢了性命，安国少季等汉朝使臣也被杀了。可怜终军，这时才二十多岁。

元鼎五年，前112年，汉朝正式与南越反目，向南越宣战。这年秋天，任命在漠北战役东线立功的路博德为伏波将军，进攻桂阳一带，进军珠江流域；楼船将军扬仆在豫章郡（今江西南昌一带）集结水师，沿浈河南下；一个归顺的南越人严为任戈船将军，集结戈船（一种登陆、运输为主的战舰）部队在零陵（今湖南宁远）一带，也是沿着水路进军。另一个归顺的南越将领在巴蜀一带发动劳改犯，调动夜郎的士兵，沿牂牁江东进。各路大军，最后的目的地都是南越的都城番禺。

就在汉朝与南越作战的时候，西羌又开始与匈奴通使，已经几年没有入侵的匈奴突然侵入五原郡。虽然规模不大，但是由于没有充分设防，五原郡的郡守被匈奴人杀死。

这年十月，汉朝派遣李息、徐自讨伐西羌，好在南方的战事已经接近尾声。经过水陆两路大军的进攻，南越国最后战败，彻底成为汉朝的一部分。汉朝在这里又重新设立郡县，设立了南海、苍梧、郁林、合浦、交趾、九真、日南、珠崖、儋耳一共九个郡。

这下激起了连锁反应，就像多米诺骨牌一样，东越王余善也宣布独立了。但是，汉朝连南越都不怕，还用得着担心这个小国？元鼎六年，前111年，东越被汉朝秒杀，残余势力也在第二年被肃清。至此，汉朝的领土已经扩张了相当一部分，西南、河套、河西和整个岭南，都已经纳入了汉朝的版图。

汉朝可以完全没有后顾之忧地面对匈奴了，匈奴的失败貌似已经不可避免。这时候，只要能够真正控制西域，成为西域的霸主，联合西域各国，对匈奴进行包围，匈奴就是不臣服也得臣服了。

这次匈奴与西羌的暗中勾结，目的很明显就是削弱汉朝对河西的控制，阻止汉朝的势力进入西域。

武帝和整个汉朝实际上对河西并没有多大的信心，西羌的动作，让汉朝坚信，河西一带还有可以威胁到汉军的匈奴势力。

于是，汉朝同时发动了浮沮井和匈河水两场战役，打算彻底消灭对汉朝与西域的交流通道有威胁的匈奴势力。公孙贺为浮沮将军，率领一万五千骑兵从九原山（在今天的山西省新绛县）出发，深入匈奴两千里，到达浮沮井（地点不详）一带；匈河将军赵破奴率骑兵一万多人从令居县（今天的甘肃永登西北）出发，深入数千里，到达匈河水（今天的匈奴河，蒙古国境内）流域。

结果两路大军一个匈奴人都没见到。这就好比你早上起来发现胸口疼，你急匆匆地找到医院又是拍片又是验血，医生坑了你几百块钱，最后诊断结果是落枕。花了几百块冤枉钱，但是好歹买了一个安心——好吧，鄙人亲身经历过……

武帝安心了，在武威郡、酒泉郡的基础上，又设立了张掖郡、敦煌郡，扩大移民的规模。

公元前111年的冬天，按照汉代的习惯，已经是新的一年，这一年的年号是元封，元封元年。武帝做了一件很拉风的事情，从长安出发，带着十八万精锐的骑兵在北部边疆巡视。最后越过长城，到达朔方城的边界，旌旗招展，绵延千余里，让匈奴看到汉军的标志，威胁匈奴。

趁着这样的契机，武帝派遣使者郭吉出使匈奴。郭吉进入匈奴领土之后，匈奴外交官对他询问，郭吉十分礼貌友好，言辞很是谦逊，说："很多事情，还是见到了伟大的乌维单于再说吧。"伊稚斜单于早在元鼎三年就死了，这时候的单于是乌维单于。

可是真等见了单于，郭吉就滔滔不绝地说狠话："南越王的头已经挂在汉朝北边的城墙上了。现在单于您要是能打，皇帝就在朔方等着您呢。要是不能打，干脆向南磕几个头，入贡称臣吧。何苦大老远的逃亡到漠北这又冷又艰苦的鸟不拉屎的地方呢！不可以这样啊。"

郭吉的话刚刚说完，单于大发雷霆，立马把主张跟汉使见面的人给杀了，郭吉也被送到贝加尔湖软禁起来。但是，匈奴还是不敢与汉朝开战。

匈奴不敢打，汉朝也不想打，硬磕只能是两败俱伤。当年楚汉相争，刘邦的最终胜利就是靠一个成功的战略包围。匈奴的北方是冰封的不毛之地，赢得战略优势，只要对匈奴进行一个"C"形的包围就可以了！

那就搞起来！先拿谁开刀呢，西线还是东线？没办法，东线开始吧，谁叫朝鲜这时候撞枪口了呢。

朝鲜是一衣带水的友好邻邦，战国时期，燕国曾经征服过这片土地。后来秦始皇把燕国灭了，鸭绿江那边就成了独立的藩国。后来卢绾逃入匈奴，他的部将卫满逃入朝鲜，代替此地原有的其子朝鲜政府，成立了卫氏朝鲜政府。汉代的朝鲜大致相当于现在的北朝鲜，南朝鲜（韩国）那时候叫马韩。

到了这个时候，朝鲜王已经是卫满的孙子，叫右渠。当时，东北的局势还真有点有趣，朝鲜大有崛起的势头，不少汉朝人怀揣着"朝鲜梦"移民朝鲜。这个右渠也不知道低调，从来没有朝见过汉朝天子。最要命的是，朝鲜北部的小国真番（其实真番简直可以说是朝鲜的属国）想归顺汉朝，朝鲜还不让。

到了元封二年，前109年，汉朝派遣使臣涉何去质问右渠，一副老大哥的样子。可是朝鲜不买你的账啊！右渠就是我行我素，你有什么法子？涉何在回去的路上，实在忍无可忍，眼看就要过国界了，派一个保镖把护送他的朝鲜小王给杀了。

回去后，涉何直接抛给中央这样一句话："我没完成任务，但是带回来一个朝鲜将领的人头，朝廷看着办吧。"

武帝一看，哎哟，你牛，我叫你出使，没完成任务还逞能是吧？好，成全你。干脆承认涉何的功劳，并且任命他做辽东的都尉（类比现在就是大校级别的军官，相当于辽东军分区司令员）。他的防区和朝鲜是接壤的。

没多久，朝鲜与汉朝闹翻了，涉何杀了朝鲜小王，他的防区成为朝

鲜的首要攻击目标，没多久，涉何战死沙场了。

"朝鲜战争"爆发了，汉朝需要军事干预。在汉朝看来，朝鲜是个不折不扣的小国，不说跟匈奴比了，跟南越比起来都显得寒酸。这场战争，汉朝根本没放在心上，连正规军都没有动用多少。这次主力军只是临时招募了一些囚犯组成的，有的是遇到大赦释放的，有的是刑满释放的，甚至也有在服刑的，总之是组建了一支囚犯部队。

又是一个秋季，汉朝正式对朝鲜动武，楼船将军杨仆率领五万水军集结于齐地，准备渡过渤海。任命荀彘为左将军，率领囚犯军在辽东渡过鸭绿江出击朝鲜。

右渠也不甘示弱，组织防御，大有与"侵略者"决一死战的态势。事实也证明，汉朝确实太轻敌了。左将军荀彘的军队简直无组织无纪律，一个卒正（相当于现在的连级干部，中尉）竟然贸然率先发动攻击，导致军队阵形被破坏，首战就是失败。毕竟不是正规军啊。

杨仆倒霉了，在那个没有无线电的时代，他完全不知道荀彘发生了什么。原先计划是荀彘在北方吸引住朝鲜主力，他登陆后可以直捣王险城（今平壤）。杨仆在海上倒是没有什么阻碍，第一批次七千人顺利登陆。为了达到战役突然性，在他的亲自指挥下，这支七千人的楼船材官兵部队（海军陆战队）按照原计划向王险城开进。

消息传到右渠那里，右渠乐了，你以为你是从热兵器时代穿越过来的啊，七千人也好意思来攻城，还是我思密达国的王城。朝鲜军出城迎战，一个冲锋就把这七千人打得七零八落，四处逃窜。杨仆本人也只好逃往朝鲜的山区，打起游击，整整过了十几天才勉强再次集结兵力。

荀彘也费了好大心力，又是杀又是打，一边搞军训一边组织作战。但是一直是在清川江与朝鲜军对峙，自始至终都没有将战线向前推进，甚至连江边都没去过。

但是，武帝一点也不担心，反而派使臣狄山去招降，朝鲜在胜利的情况下，还会投降？

第二十一章

大宛马和 C 形包围战略

汉使狄山到了朝鲜，为右渠分析了形势，就算杨仆、荀彘都退军了，对汉朝来说不过是小损失，汉朝随时可以再来打。右渠也不是那么傻，对狄山客客气气，听他分析完后，对狄山行了顿首礼，说："原本打算归降的，但是吧，害怕两个将军把我坑了，要杀我；现在中央的意思这么明显的话，我还是愿意归降的。"

顿首可是一种大礼，就是轻轻磕一下头就起身，作为一个王来说，这个礼节是非常有意义的。

为了表示诚意，朝鲜王太子和狄山一起进京，朝鲜还送了汉朝五千匹马和很多军粮。朝鲜护送的队伍总共一万多人，而且全副武装。这下坏事了，到了清川江，狄山和左将军荀彘害怕太子是不是诈降，于是向朝方提出，太子已经归降，这一万人的队伍，是不是该解除武装？

按理说这也是正当理由，可是朝鲜太子心里也犯嘀咕，这是不是要坑我？汉军好几万人呢，万一……算了，不去当人质了。于是，朝鲜太子拒绝渡过清川江，带领队伍回到王险城。

狄山回去把情况报告给武帝，武帝当场就叫来几个侍卫把狄山绑了出去砍了头。

没办法，还是得打啊。这下讲和也正好给荀彘、杨仆一个缓口气的机会。荀彘终于突破了清川江防线，进攻到王险城（今平壤）下，再其西北展开包围。杨仆的楼船材官兵也重新集结，没多久在王险城南与荀彘会师，形成最后的合围。

现在，荀彘是一路高歌打进的王险城，杨仆是首战失利勉强进军到城南。于是王险城下出现了一幅奇观，同样是汉军，城北的汉军一副决一死战的态势，城南的汉军畏畏缩缩，整天在营地里挂一个大大的"和"字。

没多久，左将军荀彘对王险城发动总攻，楼船将军杨仆却一点动作都没有。朝鲜当局一看这情况，肯定是打不过汉军了，已经兵临城下，干脆投降吧。但是左将军那个态势，投降岂不是也是死路一条？于是就暗中派人联系上了楼船将军杨仆，与他商量单方面投降。

朝鲜人这么一搞，汉军将帅不和了。本来，这两支部队就没有分配好，没有一个总指挥，现在杨仆了解到了朝鲜方面的意思，我估计那心情就是在街上捡了几万块钱。因为按理说，这场战他是没捞到好处的，首战失利，现在士气又不高，眼看着功劳全是荀彘的了。但是如果他能单方面与朝鲜签订投降协定，那么首功还是他！

双方在地下秘密商量，时间还没定好，荀彘就在组织另一次总攻了，并且希望杨仆能够给力一点。杨仆为了能够达成单方面的和谈，就是不愿意配合——打下城了首功还是你荀彘的。

没法子，荀彘也开始与朝鲜方面联系，考虑与朝鲜和谈。这一下不要紧，荀彘知道了这其中的猫腻——原来杨仆你小子想吃独食啊！

荀彘这个人，我估计有点被害妄想倾向，或者说，如果他恋爱的话是个极度没有安全感的人。他越想越不对劲，杨仆吃了败仗，私底下与朝鲜秘密和谈，到现在朝鲜也没向他投降……完了！杨仆这小子要联合朝鲜军造反把我给杀了！

荀彘越想越害怕，虽然说怀疑杨仆要造反，但是也不敢轻举妄动。

拖着拖着，已经到了元封三年的冬天，这年冬天发生了一个恐怖的事情，下冰雹。大家可能觉得无所谓，下冰雹而已嘛……可是那个冰雹有马头那么大！

武帝忍不住了，看着朝鲜这半死不活的局势，一个劲儿地吐槽：这两个将军真无能，我当初派狄山去讲和虽然没有谈妥，也算是给你们一个喘息的机会吧？这样都打不赢？！

于是任命济南郡太守公孙遂为钦差，去前线视察。

这个时候，汉朝对西域已经有了很多的了解，一年之间派出的使者就有十几批。说白了，这些使者也是带有间谍性质的。一开始听说，西域有三十六国，哎哟武帝那个压力山大啊，这要打到猴年马月才能联合到乌孙一起打匈奴啊。但是现在了解情况后，一点也不怕了，就在朝鲜战场胶着的时候，汉朝组织了第一次对西域的军事行动。

当时，西域有两个国家成为了汉朝使臣的一个障碍，一个叫车师国，一个叫楼兰国。不仅对汉朝使臣进行军事上的封锁，甚至还搞监听侦察什么的，然后汇报给匈奴。不搞死你搞死谁？武帝任命当初霍去病的一个部下赵破奴率领由属国骑（少数民族组成的骑兵）、郡兵组成的军队一共数万人西征车师国和楼兰国。

大家可能觉得武帝胆子太大了，朝鲜还在打，这会儿又跟车师、楼兰两个国家开战，三线作战，这是作死的节奏啊！可事实是，楼兰国人口是一万四千一百人，军队人数两千九百一十二人；车师国是个大国，很大，大概有几个楼兰那么大……

也就是说这两个国只不过是汉朝一个县的水平！怕什么！当时还在西域的一个使臣王恢（和马邑之谋的主导大行令王恢同名），几次吃过楼兰的亏，皇帝命令他给赵破奴带路，做参谋。

赵破奴也不愧是霍去病的部下，就在这几万人里面挑了七百名最精锐的骑兵，一路奔袭，一举拿下楼兰，俘虏了楼兰王，击溃了车师的军队。汉朝的势力一举扩张到了玉门关（敦煌市西北）以西，汉朝的军事设施一直修到了玉门关，匈奴彻底失去了与西羌交流的通道。楼兰没法子，弱国无外交，只好让一个王子去长安做人质。

没多久汉朝撤军了，匈奴又不干了，扬言要报复楼兰，谁叫你向汉朝屈服的？没法子，只好再派个儿子去匈奴单于庭做人质。但是不管怎么说，西域各国算是知道汉朝的厉害了，再也不敢给匈奴卖命对付汉朝了。

西线战场这就叫干净利落，公孙遂还没到朝鲜就结束了战斗。等公孙遂到了朝鲜，先见到的是左将军荀彘，一见面就质问：怎么搞的，打到现在还没把一个小小的朝鲜打下来？

荀彘就开始宣扬他的杨仆造反论："朝鲜早就能打下来了，现在打不下来是有原因的。您不知道，楼船将军杨仆私下里跟朝鲜人和谈呢，但是到现在还没见朝鲜投降。这意思还不明显么？杨仆就是要联合朝鲜把我给灭咯！"

公孙遂耳根子软，有什么信什么，当即就以钦差大臣的身份把杨仆叫了过来。杨仆也没多想啊，带着几个秘书就过去了，以为是开会，没想到刚一到就被荀彘的人绑了，公孙遂以钦差的身份宣布解除杨仆的指挥权，并且将他押送到长安。

武帝一看，公孙遂，你搞什么玩意！我让你去监军，你小子绑了一个将军过来，杨仆就是造反也不会在朝鲜劣势的情况下联合朝鲜造反啊？于是公孙遂丢了脑袋，杨仆入狱候审。

荀彘成了总指挥，终于可以发动他梦想的总攻了，朝鲜的大臣们一合计，算了，降了吧。到了元封三年（前108）的夏天，右渠被朝鲜的官员尼谿杀害，最后一支抵抗力量的首脑朝鲜官员成巳也被诛杀，朝鲜才终于平定。汉朝在朝鲜设置乐浪、临屯、玄菟、真番四个郡，与原有的右北平、上谷等郡形成对乌桓族的半包围。其实乌桓在名义上，早在漠北决战的时候就已经归顺，南迁到右北平、上谷、渔阳的北方，攻下朝鲜之后，整个东胡地区全部是汉朝的势力，匈奴的东部完全被汉朝势力堵截。

元封四年（前107），匈奴开始频频向汉朝示好，汉朝北地郡人王乌出使匈奴。王乌这个人很滑头，因为他长期住在边疆了解匈奴的风俗。在单于庭，他按照匈奴的礼节，拿掉符节，在脸上刺字，再去面见乌维单于。乌维单于对王乌也很客气，说了很多甜言蜜语，一个劲儿地拍汉朝马屁。乌维单于最后表态，希望能够用匈奴太子去长安做人质为代价，重新恢复和亲的事态。

乌维单于不傻，这时候朝鲜已经是汉朝的领土，西边一直到玉门关也全是汉朝的军事基地！不仅匈奴联合西羌包围汉朝的战略彻底破产，而且匈奴本身也面临汉朝的封锁！最要命的是，熟悉汉朝情况的赵信已经死了，中行说骨头都烂了。

汉朝派遣杨信去匈奴进行谈判，杨信不是什么显赫的人物，之所以选择他就是因为这个人性子非常烈，从来不愿意服谁。他到了匈奴，自然是不愿意拿掉节杖，刺字更是别想了。见了单于，他首先就说："如果你们要和亲，一定要让单于太子在汉朝做人质。"

乌维单于有些不高兴，说："这不是以前的约定。按照汉匈之间之前签订的协定，汉朝以前嫁送翁主到匈奴，给匈奴很多的纺织品和食物，用来和亲，我们匈奴也不会去骚扰汉朝的边郡。现在嘛，我们都希望恢复这种事态，但是让我的太子去汉朝当人质，那我们的会谈就没必要继续了。"

在当时，匈奴虽然说有点没落了，但是依然很狂。对待汉朝使者，只要不是皇上身边的贵人，如果是儒生，就认定他是说客，匈奴就在辩论上对抗他；如果是年轻气盛的，就认定他是有间谍倾向，在气势上压倒他。每次汉朝使臣去匈奴，都没什么好待遇。

杨信回去了，汉朝没法子，还是派了王乌去匈奴。乌维单于也是好玩，就对王乌说好话。为了多从汉朝得到好处，他欺骗王乌说："这样吧，干脆我去长安，面见你们汉朝的天子，结拜为兄弟吧。"

这下汉朝乐坏了，在长安专门修建了给单于居住的豪宅。匈奴同时也放出话来，不是汉朝显贵的人来出使匈奴，我是不说实话的。作为表态，乌维单于也派了一个匈奴的贵族去长安，结果一到长安就一病不起。汉朝这时慌了，你别死啊，死了我们说不清啊。经过全力抢救，最后还是在长安医院不治身亡。

为了显示诚意，汉朝给使臣路充国两千石的品级，为匈奴使臣送丧，带来的钱财多达数千金。可是单于一口咬定是汉朝杀了匈奴使臣，扣留了路充国。从此，汉匈关系又趋于紧张，匈奴开始对汉朝的边境展开小规模的骚扰。但是汉朝暂时还没有继续组织军队对抗匈奴的实力和精力，只是任命郭昌为拔胡将军，配合赵破奴在朔方东部建立防线。

第二年，也就是元封五年（前106），大将军卫青低调地病逝。这样，武帝朝人才的辉煌时代逐渐过去，为了弥补人才空缺，武帝下诏求贤。

在西方开拓的同时，武帝也一直没有忘记开辟滇国通往身毒的道路，但是昆明部落对待汉朝使臣是来一次赶走一次。元封六年，武帝忍了这么多年，实在忍不住了，让拔胡将军郭昌率领一支囚犯军（都是长安的劳改犯，这时候汉军的兵力需要节省）对昆明族部落展开疯狂的屠杀，一连杀了几十万人，还是没能找到通往身毒的道路。

好在，乌孙方面传来了好消息，乌孙使臣在对汉朝进行了多年考察后，终于决定与汉朝建立外交关系，希望能让汉朝派遣一个翁主嫁到乌孙，说白了也就是和亲。

武帝与大臣们一商量，这个议案就通过了。找谁去呢？干脆，找个现在已经不是翁主的宗室女吧，不然那里的环境太艰苦了。正好，元狩二年（前121），江都王刘建畏罪自杀，他有个女儿叫刘细君那年正好出生，现在正是二八年华（十六岁），简直是天定的人选啊。

但是，乌孙确实艰苦，这个艰苦倒不是别的，其实细君公主在乌孙住的吃的也不差，有自己的宫室，饮食也有供给。但是，乌孙的昆莫猎骄靡毕竟岁数摆在那儿，两人言语又不通，所以实际上细君公主和猎骄靡见面的机会并不多。细君公主不管怎么说也是武帝的侄孙女，武帝也不能坐视不管，也时不时地让去乌孙的使臣，给她送点礼物或者好看的布料衣服什么的。

但是猎骄靡想来想去，毕竟自己岁数还是大了，也不能耽误人家小女孩子啊。于是打算把她嫁给自己的孙子军须靡，这其实也是受匈奴影响的一个风俗，女人是财产，可以给自己的继承人。可是细君公主哪里接受得了这种事情！于是写信汇报给她叔爷爷，说她实在受不了了。

武帝看了她的书信，也没办法，回信说："孩子啊，忍忍吧，入乡随俗。以后我们要联合乌孙一起打匈奴啊！"

后来没几年，细君公主为军须靡生了一个女儿，然后月子没坐好，几个月就病死了。这个在史书中只有寥寥数语的女人，为了国家民族做出的牺牲我们可以想象。

这次和亲，对汉朝来说意义重大，汉朝在西域的威望树立了。加上那些使臣在汉朝的所见所闻——汉朝在他们眼中就是神一般的梦幻国度！西域逐渐向汉朝靠拢，但是这一年，匈奴乌维单于病逝，年幼的儿单于继位，匈奴的单于庭也逐渐向西迁移，这样，汉匈战场东线只到云中（蒙古托克托县一带），但是西线直到敦煌以西。匈奴明白，一旦失去对西域的控制，汉匈战争再无悬念可言。

面对这样的局势，大部分的西域小国的态度是暧昧的，甚至更倾向于匈奴，毕竟，匈奴离他们更近。

汉朝需要一场战争，一场远征作战，在西域确立威望。当初，汉朝与乌孙的和亲虽然说是一拍即合，但是汉朝出于面子，也让乌孙给点好处，说白了就是给点像样的聘礼。于是乌孙给了汉朝一千匹马。

一千匹马，看起来没什么，但是乌孙马和汉朝的马毕竟不一样。乌孙马就是现在哈萨克马的祖先，体高大约有一米四，比汉朝的马略高，身体素质也略好。最重要的是造型，比汉朝的马好看多了。武帝很高兴，称之为"天马"。

但是，没多久汉朝又得到了大宛国的汗血马，这下不得了了，武帝改口了，称汗血马为天马，称乌孙马为西极马。

于是接下来的几年成了最多事的几年，首先是改历法，这次修改的影响一直到咱们现在。汉朝那会儿原本是十月过年，就是这年用了太初历，才改为一月份过年的，从此一月成了一年的开始——我这本书记年份的时候也可以方便多了！我早就想吐槽汉朝初年那奇葩的纪年方法了！

接下来也就是改年号，因为是第一次使用这种新历法，这年就叫太初元年，前104年，历法也就叫太初历。

匈奴的儿单于非常残暴，年纪轻轻的就喜欢杀人。匈奴的左大都尉有些受不了，想把单于杀了然后带队投降汉军。于是左大都尉单方面和汉朝秘密联系，希望能得到汉军的配合，他杀了单于之后立马就往汉朝这边逃窜。但是考虑到汉朝毕竟太远，希望汉朝能够派兵去迎接。

汉朝能不高兴么？派兵迎接毕竟太危险，干脆，在塞外修筑一个城吧。这个城就叫受降城，地点在今天的内蒙古乌拉特中旗石兰计的狼山山口，主持这个工程的是老将军公孙敖。

这个事情，汉朝也没放在心上，汉朝的精力还在西域，汉朝要让西域各国知道，汉朝不好惹，惹我的没好下场。这时候西域的使臣正好汇报了一件事："大宛国有点不像话，他们有好马，大宛首都贰师城就有，可是我们汉使一到他们就把好马藏起来，就是不愿意赠送给我们汉朝使臣。"

武帝就派人带着千金的财宝和一匹黄金打造的马前去大宛国，希望能够换取一两匹大宛马。这个其实怎么说呢，就是一个政治上的示威，你看我大汉多有钱，你的马就送我又能怎的？打个不恰当的比方，大宛马就相当于现在中国的熊猫，给你一两头那是瞧得起你，瞧不起我就不给。

很不幸，大宛国就是瞧不起汉朝，扬言说："汉朝离我们这儿太远了，我就不信你们汉朝能通过盐水（今天的罗布泊）。往北走有匈奴，往南走你们得不到补充，沿途还有好多无人区。你们的使臣来我们这儿前前后后几百人了，多少在路上饿死的？有本事你们汉朝来打我啊，贰师城的汗血马，我不给不给就不给。"

汉朝使臣听了这话，一怒之下把金马给砸了，带着财物扬长而去。大宛国想，你们汉朝使臣在我的地盘上还敢狂？于是调动了大宛国东部郁成城的边防部队，把汉朝使臣全部截杀，把金银珠宝全部抢了去。

武帝得知了情况，大宛国，你牛啊，杀人越货，是可忍，孰不可忍？大宛国，你是硬要撞我枪口上啊，大家看见了啊，我们汉朝不是故意要打大宛国的啊！

武帝当即召来去过大宛国的使臣，这些使臣一提到大宛国就来气，巴不得汉军远征大宛，都宣称，大宛国的军事实力太弱小，三千不到的汉军弓弩手就能把大宛国给灭了。武帝回想当初，赵破奴带着七百人就把楼兰国给灭了，看来，这仗应该也好打。

大宛国的实力的确不是很强，比楼兰国强些，六万户人家，人口三十万，军队六万人，等于是一户人家出一个兵。地下有城邑七十多座，讲得好听是七十座城池，讲的直白点就是七十个小村落。

但是武帝身为皇帝，也有自己的小九九。霍去病是他外甥、卫青是他小舅子，都是自家亲戚，说得文绉些叫外戚。现在霍去病没了，卫青也死了，需要重新扶持一个外戚来帮他撑场子。这时候武帝很宠爱两个人，一个是阉人李延年（武帝口味确实有点重），一个是李延年他妹妹李夫人，于是讨伐大宛的担子就交给了他们的大哥李广利。这么好打的仗给你打，只要打胜了就可以名正言顺地给李广利封侯。

李广利被封为贰师将军，率领七千属国骑和几万名由少年犯组成的步兵讨伐大宛国。汉朝吸取了荀彘的囚犯军当初在朝鲜的教训，派遣有经验的赵始成为军正（管军法），王恢为向导，同时有像李哆这样的资深校尉，协助李广利指挥作战。

可是现实很骨感，过了盐水，也就是罗布泊，那些小国害怕了。汉朝原先指望那些小国能够提供些帮助，但是那些小国也不知道汉朝能不能打赢啊，万一汉朝败了，岂不是得罪了大宛国？大宛国可是有三十万人口的大国啊！

李广利没法子啊，干脆，遇到不愿意给粮食的就打吧。打下来了，还好，能补充些给养，那些打不下来的，打个几天也就不打了，毕竟首要任务不是这个。一路跌跌撞撞，到了大宛国东部的郁成城的时候，士兵们死的死逃的逃，这会儿只有几千人了，而且都是勒紧裤腰带过来的。汉军硬着头皮进攻郁成，不出意外地吃了败仗。

李广利就和李哆、赵始成他们商量了，连个郁成都打不下来，干脆我们不打了，先回去吧。谁也不想在这儿待了，一致同意撤兵。等到了汉朝的边境敦煌郡，已经是太初二年（前103）的秋天，这支远征部队的人数已经不到十分之二。李广利在关外向武帝上书，说："路途太遥远，粮草也不够，士兵们不怕打仗，就怕饿肚子，兵力越来越少，实在打不下大宛国。希望中央停止这场战争，整顿好了再打一次。"

武帝一看，大发雷霆，就在不久前，李广利弟弟李延年犯事导致李家被灭族（当然皇子和皇帝本身没有影响），念在李广利在塞外征战，没有波及到他。这会儿打仗打成这样，武帝自然很生气，他绝对不会允许这支军队撤回国内，这样等于认定这次战争的失败，他宁愿把这支军队养在玉门关外。

于是武帝下令："这支军队敢擅自进入玉门关的，格杀勿论！"李广利等人只好带着军队在敦煌一带待命。

同时，受降城已经建设得差不多了，为了迎接左大都尉，武帝命令赵破奴率领两万骑兵深入匈奴两千余里，到达浚稽山作为接应。结果到了约定的期限，左大都尉正要起事，却早就被儿单于知道，偷鸡不成蚀把米，被单于杀了。单于收拢左大都尉的旧部，向浚稽山进军。

赵破奴在浚稽山等到左大都尉的人马的时候，发现不对劲，有所防备，避免了被突袭。在歼敌数千人后，赵破奴带着军队往受降城方向转移。在距离受降城仅仅四百里的位置上，被匈奴主力八万人包围。赵破奴在包围圈内与匈奴激战一天，到了晚上，赵破奴为了找到水源亲自带人找寻，结果被匈奴军队俘虏。随后军队的军官害怕因为没有保护好主将回去受到牵连，全部缴械投降。

这是龙城大捷以来匈奴的最大胜利，虽然说赢得很侥幸，但是儿单于开心啊，率领军队攻打受降城。当然了，公孙敖不是好惹的，单于在边境溜达一圈又回去了。

相对来说，这也是汉军自马邑之围以来的最大失败。汉朝内部出现分歧，有人建议暂时放弃对西域的战争，全力对付匈奴。但是武帝很清楚，征讨大宛国，意义是什么。只要宣布对大宛国的战争结束，汉朝以失败收场，大夏、乌孙等国作何想法？汉朝如何在西域确定威信，联合乌孙征讨匈奴？

第二年，太初三年（前102），儿单于突然病逝，因为没有子嗣，单于位交给了他的叔叔，原右贤王呴犁湖。

此时的匈奴内部其实并不稳妥，武帝抓住了这个时机，命令光禄勋（原郎中令，掌管宫廷戍卫）徐自从五原要塞（今内蒙古五原县）出关一千余里，沿途设立军事要塞和通信设施，一直到庐朐（今天的满洲里）。强弩都尉路博德在居延泽（当时居延泽有三个台湾省大，整个内蒙古西部都是居延泽的范围）设立军事基地和要塞。

匈奴也在徐自修筑这些设施的同时不停破坏，并且入侵定襄、云中一带，西线的张掖、酒泉郡也受到牵连。

就在匈奴的注意力全部集中在汉朝北部的战事时，敦煌外突然出现了六万大军，装备精良，军马三万匹，骆驼、驴子、骡子等驮运粮食的牲口上万头，食用的牛十万头。军队的将领仍然是贰师将军李广利，目标当然还是大宛国的都城贰师。为了显示夺取汗血马的决心，甚至有两个研究马的专家学者也从军西征，军衔是校尉。

　　同时，河西以北，发动十八万正规军在居延、休屠一带驻防，防止匈奴突袭。国家的预备役也被动员，保证李广利部的退路和后勤补给不受干扰。

　　这次，武帝的裙带关系还管用么？

第二十二章

裙带关系还管用么？

这一次，西域那些小国震惊了，他们当中很多国家自建国那天开始也没见过这么强大的军队。汉军一路上得到了非常好的待遇，那些小国绝大部分非常友好，能给点粮食就给点粮食。

当然也有一个不听话的，叫仑头国。汉军对仑头国展开攻击，几天后仑头国就被攻陷，毕竟就那么几千人口。随即汉军展开报复，几乎将仑头国屠城，并且改名轮台。后来汉军在轮台长期驻军数百人屯田，成为汉军的一个后勤基地和军事据点，为来往西域的使臣和军队提供补给。

在吸取上次的教训之后，李广利没有去攻打郁成城。之所以汉军先攻取仑头国，也就是为了直接向西到达大宛国首都。首批到达贰师城下的汉军人数达到三万人，并利用弓弩等武器的优势击败了进行反冲击的大宛国军队，迫使大宛国军队采取据城防守的消极防御战术。

随后，汉军对大宛城形成包围，并对城外的河道进行改造，使大宛城失去了水源。之后作战四十多天，将大宛城的外城防线攻破，俘虏了大宛国第一勇将煎靡。大宛国没法子，只好放弃防线撤到内城。

大宛国的贵族们撑不住了，一起商议，越想越觉得和解比较好。事情的起因是大宛国王毋寡不愿意给汉朝好马并且杀了汉使，现在咱们大宛国贵族们如果杀了毋寡给汉军送上汗血马，不就结了么？等汉军真的不愿意撤军和解，再决一死战也行，不是么？

这些贵族一起面见大宛国王毋寡。

"国王陛下，对不起了，借您的头用一下下啦。"

"你们怎么可以这样子，你们不能这样子……"

最后他们集体选出一个代表，拎着国王的头去见李广利，说："汉军不要打了，我们把好马都给你们，随便你们挑选，你们的粮草我们也愿意提供。要是你们不愿意撤军，我们就把汗血马全部杀掉，而且，康居国的援军也快到了哦！到时候我在城内内应，康居国军队在外增援。汉军仔细想想吧，该怎么搞。"

康居国是个大国，在今天哈萨克斯坦的巴尔喀什湖以西地区，在大宛国西北。康居属于匈奴势力，同时也对月氏国表示忍让，自始至终都没有归顺汉朝。后来汉朝设立西域都护府，也没能让康居臣服。康居实力相对要强些，商业非常发达，军队人数十万左右，大部分都是精锐的弓骑兵。

但是这时候的康居国其实是徘徊不前，汉军人数、装备、士气都在康居之上，康居这时候来增援纯粹是脑袋不好使。但是汉军却不知道从哪里得到的情报，说大宛城中有秦人，学会了挖井取水，撑个一段日子不是问题。秦人，是当时中亚等国对中国人的称呼。

在经过讨论之后，汉军决定撤军。同时，汉军挑选了汗血马三千匹准备带回国内，其中可以做种马的汗血马几十匹。签订盟约时，也扶持大宛国亲汉势力的头目蔡昧为王，最终还是没有进入大宛国内城，但是也算是大获全胜，不战而屈人之兵。

但是战争还没有结束。回国途中，考虑到大军人数较多，呼啦啦的一群人一起去，好多小国都给吃出饥荒了。所以分南北两路撤军，北路需要经过郁成城。真是不是冤家不聚头，汉军北路军一千多人，由校尉王申生率领，在郁成城又碰了灰，郁成城的小王就是不愿意给粮草。

王校尉对郁成小王这种不符合条约的事情，予以强烈谴责。郁成小王知道王申生的军队没多少人，清晨派遣三千人发起突袭，将这支军队整建制歼灭，只有几个人得以逃脱，找到了李广利的主力军。

李广利也很生气，但是作为拥有数万大军的他不会仅仅是谴责，而是派遣搜粟都尉上官桀率军把郁成城给拿下了。郁成小王一路逃亡到康居，上官桀也一路追击到康居。

但是康居国不傻啊！与大汉对抗的下场，看看大宛国就知道了，干脆把郁成小王送给汉军。上官桀派遣了四个骑士去把郁成小王绑着带回来，交给贰师将军。四个骑士一算计，这个事情不好办啊，郁成小王也不是善茬儿，万一逃了，咱四个命还要不要了？但是，谁敢杀？

郁成小王毕竟是一方诸侯，气质肯定不一样，一般人可能还真没胆子把他给杀了。当年明英宗在土木堡战败被蒙古人包围，蒙古骑兵几乎没人敢上去抓的，后来明英宗回国还有蒙古人依依不舍，这就叫气质！

四个人面面相觑，上邽（今甘肃天水）的骑士赵弟岁数最小，看他们三个都无语，初生牛犊不怕虎，赵弟一剑把郁成王头给砍了。

匈奴听说李广利已经降服大宛国，非常惊恐，想要拦截李广利的军队。但是匈奴此时也没多少实力与汉军直接对抗，只好让西域小国当炮灰，派遣少量骑兵进入楼兰，希望借助楼兰的力量阻断汉朝与西域的往来。此时，汉军正在玉门关外屯田驻军，在抓捕的俘虏那里得到这个消息。汉朝二话不说将楼兰王逮捕，押送到长安面见武帝。

楼兰王没法子，对武帝倒了一肚子苦水："万岁啊，我们小国在你们大国中间里外不是人，两头都得罪不起。实在不行，我也不要国了，在你们汉朝定居当个平民吧。"

武帝觉得楼兰王说的都是大实话，就把他送回楼兰，同时也派遣少量使臣长期驻楼兰，专门应对匈奴。从此，楼兰不再是匈奴的亲信。

弱国无外交，我觉得这句话其实有问题。应该是弱国才需要外交，强国不需要外交。强国的软硬实力足够让一切弱国臣服，弱国恰恰需要外交手段作为与强国讨价的筹码。

太初四年，前101年的春天，李广利带着军队回到了汉朝。撤军路上，众多小国客客气气，纷纷派遣王子、王弟主持接待，最后也就一起跟着军队往汉朝去——当人质。虽然李广利在战争中错误不少，但是武帝认为万里远征，也就不用在意太多细节了。大小功臣都受到嘉奖，参战军官因为这次战争直接进入九卿之位的就有三个，封疆大吏百余人，千石高官一千余人，可以说赏赐超过所有参战人员的期盼。

此战之后，西域直到大宛国都成为汉朝的势力范围，汉朝在轮台、渠犁（今新疆库尔勒市）都各有数百人驻军屯田，设置有使者、校尉等机构和官员。在玉门关到盐泽（罗布泊）的广袤地域上也修建了无数哨所。

战前，汉朝曾经计划与乌孙一起进军大宛国，乌孙国只派遣了两千骑兵，而且是打酱油的。此战之后，乌孙也对汉朝刮目相看。

值得一提的是，此时的三千汗血马只剩下了一千多匹。很多人都以为这场战争的目的是为了汗血马，因为汉朝需要改良自身的马种，也有人认为仅仅是武帝自己喜欢汗血马。实际上，汗血马就是今天的阿哈尔捷金马，这种马完全不适合作战。阿哈尔捷金马（简称阿哈马）皮肤特别薄，需要住在铺满细木屑的马厩里，只吃苜蓿等优质牧草，还要饲喂羊油、大麦、鸡蛋甚至炸面包才能确保其身体素质。这就不难想象为什么一路撤军汗血马死了一半了！

最可怕的是这种马认主人，很怕生人，这在战场上是很可怕的——试想下，你是一个骑兵，你的马战死了，你战友战死了但是马还在，你骑他的马逃跑都不行，说不定还会遭受这些无声战友的攻击！

所以，其实汗血马没有对中国的马种产生多大影响，也从来没有成为军马，甚至对当时中国军马的改良作用也是微乎其微，可以忽略不计。仅仅在对驿马的改良中起到作用，至今河西一带的岔口驿马、大通马等优良走马都有汗血马的基因。

当然汗血马并非一无是处，它的耐力和速度是国内的任何马种无法企及的，外观更是骏美异常。在这次战争之后，汉代的皇家仪仗马几乎全部换成汗血马，地方的仪仗用马也都被汗血马血统改良，我们熟知的"马踏飞燕"就是汉代河西地方仪仗队的一匹有汗血马血统的仪仗马。

汉朝在西域节节胜利，匈奴的呴犁湖单于也带着愤恨在这年冬天走到了人生的尽头，他的弟弟左大都尉且鞮侯继位为单于。

且鞮侯单于刚即位，汉军又远征大宛取得胜利，"国际"影响力在东亚是空前的。为了威慑匈奴，汉武帝向匈奴下了一道诏书。

注意，是诏书，是天子对臣下的诏书，而不是国与国之间的国书。

"高皇帝遗朕平城之忧，高后时单于书绝悖逆。昔齐襄公复九世之

雠，《春秋》大之！"

内容很简短，但是很有威慑力：高皇帝留给我平城的忧愁（指的是白登之围），高后时期单于的书信无比混乱和叛逆。当初齐襄公报了九世之仇，《春秋》这部书很赞扬这种行为哦。

西周时期，纪国向周夷王进谗言，害得齐侯被周夷王给煮了。到了九代之后，齐襄公（春秋第一霸齐桓公的哥哥）即位，趁着周王室权力衰微，灭掉了纪国。

且鞮侯单于很有自知之明，对外宣称："我是晚辈，哪里敢高攀汉朝天子呢？汉朝天子那是我长辈啊。"随即将之前扣留的汉朝使臣全部遣送回国，还派遣使臣给汉朝送礼。

为了庆祝这个历史性的表态，汉朝将第二年，也就是前100年改年号为天汉，此时汉武帝已经快五十八岁，在过去算得上是一名老者了。

为了嘉奖单于的态度，中郎将苏武作为使臣率领使团出使匈奴，并且赠送钱财。但是匈奴的态度并没有实质性的改观，甚至还因为种种原因扣留了苏武，让汉朝大为失望。

且鞮侯单于继位的同时，汉将军赵破奴趁着匈奴新单于继位的事态，悄悄逃出战俘营，在天汉元年的夏天逃回汉朝。

这对汉朝来说意义非常，受降城外的耻辱终于被洗刷。有了赵破奴带回来的情报，加上匈奴的态度，一场新的战役正在筹划之中。此时，匈奴仍然对西域念念不忘，匈奴右贤王部已经迁徙到天山山脉一带放牧，随时可以威胁到汉军在西域的军事设施。

为了确保对西域的控制，彻底完成对匈奴的"C"形包围，天汉二年（前99）的五月，汉朝发起了天山战役。贰师将军李广利率领三万骑兵再次从酒泉郡出发，出征西域。

为了保证李广利大军的辎重，武帝希望能有一支步兵军队配合李广利作战。想来想去，武帝想起了一个人，李陵。李陵是李广的孙子，曾经率领八百轻骑兵深入匈奴的居延海一带进行侦察，后来一直在酒泉、张掖两地指挥和训练弓箭手。李广利远征大宛国，李陵就曾经率领五个校尉一万多人参与指挥后勤保障。

但是李陵更有想法，他可不想像他爷爷李广一样打了很多仗却没什么军功。在武台宫面见武帝的时候，李陵长跪不起，扣头说："我率领的边军都是荆楚一带的勇士、奇才、剑客，力量足以杀死老虎，射艺也是百发百中。我希望能够自己率军深入匈奴兰干山南部牵制单于的军队，减轻贰师将军主力军的压力。"

武帝却很为难："看来你不想做别人的下属啊。可是，你也知道国家现在困难，这段时间我调遣的骑兵很多，我没有多余的骑兵部队配属给你啊。"

李陵不以为然，一再坚持："不用骑兵，我愿意以少击多，率领五千步卒远征单于庭。"

毕竟年轻啊，但是武帝也很钦佩这种精神，也就答应了。但是为了保险，武帝命令路博德在李陵军队后面作为后应。

路博德也是有头有脸的人物啊，为这么不靠谱的战役做殿后，稍微有那么点……于是上书给武帝说："马上就秋天了，匈奴的战马正是最有力气的时候，不如等到开春我和李陵一起率军北上，在酒泉、张掖各调遣五千骑兵，一路进军到浚稽山一带，一定能取得胜利。"

武帝这时候已经快更年期了，很多疑，心想：这该不会是李陵这小子反悔了吧？于是告诉路博德："我想给李陵骑兵，李陵说情愿以少击多。现在匈奴已经进入西河（即河西）一带，已经对钩营的道路（在内蒙古境内）有所阻拦。"

但是武帝也实在舍不得让李陵去做这样的冒险，于是将出击牵制的任务改为以侦察为主，命令李陵在九月出发，在离单于庭很近的东浚稽山南龙勒水（今蒙古国图音河）一带"徘徊观虏"，就算没有与敌人交战，也迅速回撤到受降城休整。并且安排校尉韩延年作为副指挥，韩延年的父亲韩千秋是在南越战死的烈士，所以武帝对他很信任。

九月，李陵越过居延海进入匈奴境内，李广利也一路行进到天山，与右贤王的军队遭遇。李广利想都没想就去迎战，汉军骑兵再次展现了当年的雄风，一战就歼敌一万余人。可是就当李广利以为自己即将得胜回朝，可以无所忌惮的时候，他才发现他已经被右贤王的主力重重包

围——那一万人顶多只是一个巨大的诱饵。

而此时，离李广利最近的因杆将军公孙敖部已经离开河西，与强弩都尉路博德在匈奴涿邪山（蒙古国境内曼达勒戈壁一带）会师，以保障李陵部队的安全。

李陵率军北上三十天，终于到达指定地点，在仔细考察测绘好地图后，派遣通信骑兵陈步乐带着地图前往长安。但是，急于建功立业的李陵并没有撤军，他希望能洗刷爷爷当年的耻辱，赢得一场真正的大胜。没多久，他就被匈奴发现，被匈奴单于本部的三万骑兵包围。

这是汉匈战争自爆发以来汉军最为窘迫的一次，两路出击，都遭遇了包围。在天山主战场，李广利已经被包围数天，军队伤亡惨重，失去给养。李广利的部下假司马（代理参谋长）赵充国站了出来："给我一百多骑兵组织个敢死队，我亲自带着，突围去！"

赵充国祖籍在陇西郡，后来迁徙到金城郡（甘肃境内），后来当了骑兵，又在长安当过京城守卫。因为熟悉兵法并且对外国风土人情很了解，很快得到提升。

李广利只好照办，挑选了一百多人（也有说法是七百多人）组织敢死队，由赵充国指挥。

赵充国带着敢死队作为前锋，李广利率军紧跟其后，硬是杀开一条血路。汉军阵亡近两万人，赵充国本人也身受二十多处伤，好在没有生命危险。

东线的李陵则没有这么幸运了。他的兵力只有五千，而且多是步兵，最要命的是此时他在两山之间。面对三万匈奴骑兵的包围，李陵以军中的大车（一种牛拉的后勤车辆）作为掩体构建了简易的防御工事。他率领主力在工事前组织阵形，前排持戟、盾牌，后面全部是弓弩手。

匈奴见李陵军队人数不多，就在汉军阵营的正面组织进攻。没想到匈奴的第一次攻击就吃了亏，不仅没有击溃汉军的阵形，反而被汉军的弓弩手射杀了一千多人。

匈奴开始逐渐向山上撤退，但是李陵并没有抓住机会逃跑，反而率军追击，一路上又射杀了数千人。

但是李陵没有想到，这是客场不是主场，匈奴随时可以调遣援军。没多久，匈奴军队由三万变为八万人。这时候李陵才一边作战一边向南撤退。但是已经来不及了，行进到一个山谷的时候，汉军很多士兵都已经受伤。

当时，汉军对匈奴有一个极大的优势就是铠甲，所以这种弓弩对射战斗汉军的阵亡人数并不会很多，因为中箭后死亡的很少，但是依然会受伤。这时李陵下令，受伤三处以上的退出战斗乘车，受伤两处的驾车，受伤一处的不准撤出战场，可见此时汉军的受伤情况多么严重！

李陵这时明显感觉到军队的士气出现低落，战斗间隙，李陵忽然对大家说道："我的士兵们怎么士气这么低落，战鼓都激励不了，怎么了？难道我们军队中有女子么？"

没想到，还真有，是当时偷偷到军营的军属，藏在战车里，李陵当即把这些随军的妇女都给斩首了。第二天，又与匈奴骑兵交战，杀敌三千余人。汉军方面沿着过去龙城的道路撤退，大概四五天后，汉军撤退到一片芦苇丛生的湿地中。

这样的地形并不适合骑兵作战，但是且鞮侯单于真不是个好对付的主，他想到了火攻。李陵也不是笨蛋，指挥汉军在驻地前烧出一块隔离带，阻止火势的蔓延。

汉军继续南下，到了一处山地，没想到，且鞮侯单于已经在山上等着他们了。

但是且鞮侯单于也在怀疑，为什么这支汉军部队人数少但是训练有素，还一路牵着我们的鼻子往南走，难道又有伏兵？但是单于手下的那些指挥官可不这么想："单于陛下亲自率军却连数千人的汉军都无法打败，以后我们匈奴将颜面扫地，那些附属小国我们将再也叫不动，汉朝也会越来越轻视我们。在这片山地我们还能作战，再往南四五十里有片平地，在那里如果不能取胜，我们再撤军也可以！"

且鞮侯单于命令他的皇子下山与李陵交战，李陵当机立断，率领残部进入山林中与匈奴周旋。骑兵在山地丛林完全没有优势，只有劣势，匈奴再次损失数千人。汉军越战越勇，一支使用连弩（真正的作战用连

弩很大，远不是那种射铅笔的玩具能比）的精锐弩队甚至向单于靠拢，进入射程范围以内后向单于的中军帐射击，逼得单于仓皇逃窜。

这时，汉军残部行军速度越来越快，匈奴军队再次损失两千多人，汉军也只剩下了不到四千人。就在这千钧一发之际，一个叫管敢的军侯（相当于现在的副营长，指挥一个曲，大约二百多人，有的加强曲甚至五百人）因为不满他所在营（相当于团，两三千人）的校尉，投降匈奴。

管敢告诉匈奴人，汉军的任务是侦察，并没有后援，而且箭也快打完，现在总指挥李陵和副指挥韩延年各自带领八百人作为先锋开路，用黄色白色的旗帜作为标志。

且鞮侯单于继续发起追击，并且一路让骑兵高喊："李陵、韩延年快来投降！"汉军最终还是用完了最后一支箭，五十万支箭全部用完，汉军只好放弃辎重车辆，拿着短刀在山地丛林中一边求生，一边作战。

最后李陵与韩延年带着十几个人突围，韩延年以身殉国，李陵无奈之下，投降匈奴。五千汉军，逃回汉朝的只有四百余人。

毫不夸张地说，且鞮侯单于是匈奴的中兴之主，这场战役，无论东线还是西线，汉军都是以无可争议的事实完败。匈奴再次赢得了与汉朝叫板的威望。

李陵战败的消息传到武帝那里，武帝非常后悔没有派遣援军接应，希望李陵能够战死，保全李家的名声。可是，李陵最终的结果是投降，武帝非常生气，责问前来报信的程步乐。程步乐受不了屈辱自尽而死，最后司马迁求情，还被武帝一怒之下判了腐刑……说白了就是宫刑。

李广利的军队随后也回到了境内，身为主帅的李广利倒还义气，向武帝表彰了赵充国的功绩。武帝亲自召见赵充国，查看他的伤口，非常感慨，提升他做中郎将。赵充国在之后的历史进程中也是一个至关重要的人，以后会提到。

之后汉军又联合楼兰国讨伐车师国，匈奴右贤王部派遣数万骑兵营救，汉军再次失利，退回国内。

汉朝面临着窘境，数年征伐产生的有利局面出现了僵持，匈奴出现复兴的迹象。天汉二年（前 98）的秋天，匈奴攻入雁门郡，太守竟然畏敌逃窜。随后这个太守被汉朝斩首示众，但是说明此时人心已经不稳。

相对于卫青、霍去病这些名将，李广利实在差得很远，每次打仗都是跌跌撞撞，拖泥带水。且鞮侯单于也是一个冷静的指挥官，战略上牢牢控制西域，战术上充分发挥匈奴骑兵的优势，针对汉朝缺乏战马的实际情况进行有效打击。

武帝心存不甘，在天汉三年（前 97）春季发动直接针对单于庭的作战，动员了预备役，也就是七科谪，需要去边境服役的七种人，也就是指犯了罪的官吏、杀人犯、入赘的女婿、在籍商人、曾做过商人的人、父母做过商人的人、祖父母做过商人的人。甚至还招募了"勇敢士"，也就是职业兵。

且鞮侯单于会怎么应对呢？

第二十三章

轮台罪己诏

天汉四年（前97）春，贰师将军李广利带着六万骑兵、七万步兵集结在朔方郡，作为主攻；强弩都尉路博德率领一万弩手，与李广利在朔方以北会师；韩说被任命为游击将军，率领三万步兵集结于五原郡；因杅将军公孙敖指挥一万骑兵、三万步兵集结于雁门郡。

匈奴的且鞮侯单于早就做好了侦察工作，将辎重放到北方的余吾河（今蒙古国图拉河）北岸，并且集结全部主力一共十万人在余吾河南岸布阵，等待汉军。

李广利率领主力进入匈奴境内，与匈奴单于的十万主力接战。李广利再次吃了败仗，没多久就率军回撤，且鞮侯单于率军猛攻，一连僵持了十几天。

作为策应掩护的游击将军韩说则一个匈奴人的影子都没看到；公孙敖与左贤王（且鞮侯单于的长子）主力交战，汉军也没占到便宜，在战斗间隙迅速撤离战场。

这里面还有个小插曲，公孙敖的任务有两个，一个是作战，一个是找到李陵的下落，展开"营救"。但是公孙敖并没有找到李陵，却在俘虏那里听说了一个可怕的消息——这次匈奴的作战部署，就是李将军的建议。

事情传回汉朝，武帝很生气，后果不是非常严重，那是相当严重。他们陇西李氏祠堂的人都以李陵为耻辱，李陵的母亲、弟弟、妻子、孩子全部因为叛国罪而满门抄斩。

没多久，汉朝派遣使臣前往匈奴，李陵已经知道了自己被满门抄斩，质问汉朝使者："我带着五千人横行匈奴，因为没有救援而失败，我哪里对不起汉朝,为什么朝廷要杀我一家!"

汉朝使臣说:"我们已经得到情报,上次匈奴的作战部署都是你的建议。"

"那是李绪!不是我李陵!"

李绪是汉朝的都尉,后来被匈奴俘虏得到且鞮侯单于的重用。李陵气不过,最后请了杀手将李绪做了。于是单于的阏氏对李陵很有意见,但是且鞮侯非常信任李陵,将他派到北方藏匿起来,还把匈奴的公主嫁给了他。

同时,汉朝内部的问题开始慢慢浮现。几次作战都是大量动员预备役,劳民伤财不说,除了远征大宛之外都没有达成预定战略战术目标。

也许就是因为想去掉晦气,第二年也就是前96年,汉朝再次更改年号,这年为太始元年。

别说,还真灵,这年一代中兴之主且鞮侯单于还当真就去世了。且鞮侯单于有两个儿子,小儿子是左大将,大儿子是左贤王。且鞮侯的遗诏是左贤王继位,但是那个年代毕竟交通不便捷,左贤王还在东南边界,加上他身体不好,一时没有赶来。没办法,贵族们认为左贤王身体也不咋好,干脆拥立左大将好了。但是这个左大将还真有吴太伯的风范,硬是要把单于位交给左贤王。

左贤王心里也有些障碍,万一这个弟弟只是试探……是吧,你懂的。左贤王推辞,说自己身体不好,左大将急了:"哥哥,哪天你真病死了我再接替行不?"

这样,左贤王继位为单于,史称狐鹿姑单于。

但是,汉朝内部就没有这么和谐的一幕了。这年春季,老将公孙敖就因为一件诡异的事情被判处腰斩,这是一种残酷的刑罚,因为人被拦腰截断后不会马上死去,前半身还有意识,后半身没有大脑的控制到处乱爬。公孙敖的罪名就是——巫蛊,准确地说,是他的妻子搞了巫蛊。

冥冥之中似乎预示着什么,已经六十多岁的汉武帝变得非常多疑,他已经不是当年那个风华正茂、雄心壮志的一代明君了。或者说,他现在是典型的更年期,很典型。

但是有一点我很服他，那就是他身体特好，在古代皇帝中首屈一指。长寿的皇帝不少，这个没什么，长寿主要是靠基因和运气，一身病却活了很久的皇帝多了去了。太始三年，前94年，六十三岁的武帝迎来了他的小儿子——刘弗陵。

刘弗陵的母亲岁数不大，是一个姓赵的婕妤，因为住在钩弋宫，所以也叫钩弋夫人。按照野史记载，这个人通过一个很好的炒作进入皇宫。一次，武帝进入她的家乡河间国，当地官员说，本地有个美女，长得非常漂亮，就是手只能握拳不能伸开。武帝起了兴趣，召见了她，将她的手拿起来一看，果然是个拳头伸不开。武帝将她的手指轻轻一掰，发现拳头里握着一个玉钩，武帝很高兴，就将她带在身边，之后入宫封为婕妤。当然，如果这个事情是真的，那也是地方官员的炒作。

或许是因为武帝年纪太大，孩子还是胚胎的时候发育比较慢，刘弗陵在钩弋夫人肚子里足足十四个月才生出来。武帝却很开心："欸，当年尧帝也是怀孕十四个月啊！"于是，将刘弗陵出生的那个宫门命名为尧母门。

这，似乎又在预示着什么。

相比较钩弋夫人的恩宠和对小儿子的喜爱，太子刘据则受到冷落，卫子夫也早就人老色衰，很长时间都没见到武帝了。最可怕的是，卫家的靠山已经没了，霍去病去世了，卫青去世了，霍光这会儿只是个奉车都尉，虽然是个两千石的高官，但是说白了也就是个给皇帝养马看车库的。

不仅如此，太子的政治理想与武帝也有些不一样。武帝一直在执行战时政策，法律严苛，而刘据则为人宽厚。这样一来，那些武帝的大臣时不时地说刘据坏话，希望能让武帝废除这个太子。

开始武帝还能保持清醒，有次武帝生病，让一个太监常融去叫太子过来。常融睁着眼睛说瞎话："陛下，太子不厚道，你生病了他还笑。"

武帝无语了，我养这么个好儿子？刘据过来后，果然嬉皮笑脸："老爸，没有事的，你会好起来的。"

但是武帝仔细一看，哎哟，好儿子，这脸上还有泪痕，眼睛都是红的——于是常融被拖出去斩了。

可是这会儿武帝更年期啊！而且是"更入膏肓"。也就在这年，绣衣使者（相当于明代的锦衣卫）江充，恰恰因为抓到太子违反交通法的把柄而大受重用。

总之，汉朝弥漫着诡异的气息，到处让人感觉不对劲，但是又说不出诡异在哪里。对于更年期的刘彻来说，这一切简直显得可怕。

征和元年（前92），丞相公孙贺的儿子公孙敬声担任太仆，位列九卿。公孙敬声又是卫皇后姐姐的儿子，当然是恩宠有加，公孙敬声甚至还有些得意忘形。

不凑巧，这年冬天恰好遇到一个怪事，一个不知名的男子带着剑要进入建章宫的宫门。此时武帝正在建章宫中，看门的担心这个人是刺客，要他上交佩剑。没想到这个人突然丢掉剑逃跑，侍卫们一路追击却没有将他抓获。

武帝很生气，将这个看门的杀了，发动京师的骑兵去到处搜捕，上林苑差点被掘地三尺，长安城也是层层盘查。

没想到，没拔出萝卜，就带出了泥——公孙敬声贪污长安城守备部队北军的军款，涉案金额达一千九百万钱！没的说，公孙敬声被抓捕归案。

他老爸公孙贺急了，好在汉朝有个制度，可以拿功劳去赎罪。此时，汉朝正在重点通缉一个犯人，叫朱安世。按照汉代的说法，这个人是个侠，按照现在的说法，这个人是个黑社会头目。

客观地说，西汉前期的游侠是有其存在意义的。不客气地说，刘邦当年不也是黑道出身么？乱世之中，需要这样的人来匡扶正义，好比清末洪门什么的。但是此时已经是国家法律日趋完善的时期，黑社会自然需要被取缔。当然，这个侠和后世尤其是唐代、明代的任侠之风有本质区别。

公孙贺向武帝求情，希望能够抓捕朱安世来换儿子一命。武帝答应了，公孙贺自然是全力以赴，没多久就将朱安世抓捕归案——这就是父爱的力量！

但是朱安世是什么人？长安城的老大，全国首屈一指的黑社会头目。他听说丞相为了大公子才亲自抓捕审问，很不屑，告诉公孙贺说：

"丞相大人啊，你是想害死你一家是吧？把终南山的竹子都砍了也写不完我知道的秘密，把斜谷中的树木都拿去做枷锁也抓不完我想要拉去做垫背的人。"

之后，朱安世在狱中给皇帝上书，告发公孙敬声与武帝的女儿阳石公主私通，还在一个荒村野庙里诅咒武帝，甚至在通往甘泉的驰道（相当于国道，道路中间的路原则上只允许皇家车辆通过）上埋葬木偶做巫蛊，谋害汉武帝。

武帝非常惊恐，派人调查，朱安世所说之事一一得到验证。汉朝历史上最黑暗的事件——巫蛊之祸开始了。

征和二年（前91）春，公孙贺和公孙敬声父子在狱中死去，随后满门抄斩。卫子夫的女儿诸邑公主、阳石公主和卫青的儿子卫伉受到牵连，全部被判处死刑。

初夏时节，一场突如其来的台风似乎有所暗示，一场暴风骤雨即将到来。

武帝的疑心越来越重，宫里的气氛也逐渐不对劲。宫廷里的女巫来往不绝，被请去教授妃子们如何辟邪。女巫叫她们在庭中埋藏木偶，说是辟邪。但是因为嫉妒和矛盾，不断有人拿这事向武帝告发，说谁谁家里埋了木偶诅咒皇上，到时候一查，又有嘴说不清。

一两个月的时间，后宫和大臣们因为这个事情被杀的已经达到数百人。一次，武帝睡午觉，梦见无数木偶拿着木棍子追着他打。武帝被惊醒，之后精神恍惚，经常忘事，身体大不如前。

绣衣使者江充也不糊涂，现在如果武帝病逝，太子一旦继位，还能饶得了他？他趁机向武帝进言："问题，就是出在巫蛊上！"于是武帝任命江充以绣衣使者的身份到处调查巫蛊。江充也像模像样地找来了不少胡地的巫师，四处装神弄鬼，陷害忠良。民间也是人人自危，自上而下，全部相互揭发，一时间数万人受到牵连，受到批判和杀害。

江充这时候很狂，狂得连卫皇后都不放在眼里，连皇后的宫室都被搜查得一团糟。到了夏天，江充的魔爪终于伸向了太子刘据。

没想到，江充还真的在太子的寝宫挖出了桐木做的木偶。这下，太子完了。

这时候武帝在甘泉宫避暑，除了江充一行人只有太子和皇后在场。太子只好向太子太傅石德求救，石德也害怕，万一太子被判罪他也得跟着死！石德只好建议太子放手一搏："现在怎么说都洗刷不了罪名，干脆假传圣旨把江充集团一网打尽。现在皇帝在甘泉宫养病，江充等人封锁陛下的消息，生死未卜。有江充这群奸臣，殿下想想秦朝扶苏皇子的下场吧！"

七月，刘据发动他的门客假装使者调查江充等人的罪行，将他们抓捕。江充集团的韩说感觉不对，与门客们发生争执，结果被太子门客杀害。

首开得胜，刘据胆子越来越大，进入未央宫将一切告诉皇后，打开武库，组织军队，向大臣们宣布江充谋反。随后亲自将江充斩首示众，大骂道："你这个赵地的大坏蛋！你他妈的就知道挑拨人家父子间的关系！"之后又将胡地的巫师们在上林苑全部活活烧死，昭告天下——诬陷一时爽，全部火葬场！

最后事态逐渐失控，太子竟然开始委任自己的门客做将领，与丞相刘屈髦发生战斗。

此时外界已经风言风语，四处散播着太子谋反的消息，刘据逐渐失去人心。战斗五天后，刘据的私人武装被丞相刘屈髦的政府军击败。刘据开始了逃亡，汉朝政府一时没法将其抓捕归案。

在长安东边的一个湖边，刘据被一个好心的穷人收留。过了大约一个月，刘据因为找寻一个老朋友而被发现，被官吏包围，无奈之下自杀。不久，收留刘据的那个好心人也被处死，刘据的妻妾、儿女大部分也受到牵连被杀害。刘据一脉只留下一个襁褓中的孙子（也就是武帝的曾孙），叫刘病已。监狱的主管邴吉怜悯这个皇曾孙，派遣两个女囚胡组、郭征卿照顾他，把他安排在最宽敞的一个牢房里。

在汉朝政局动荡的同时，匈奴势力继续复兴。这年冬天，时隔多年的东线匈奴势力再次入侵上谷郡（河北省张家口一带），中线也入侵了五原郡（包头一带），汉朝军民再次遭到屠杀和掠夺。第二年（前90）

开春，狐鹿姑单于再次组织了对五原和酒泉两郡的掠夺，汉军两个都尉级别军官战死。

李广利奉命组织汉军的反击，率领七万人从五原郡出发；御史大夫商丘成率领五万人（一说三万人）集结于西河郡（今内蒙鄂尔多斯一带）；平定刘据"叛乱"而得到提升的军官马通率领四万骑兵出发于酒泉。三路大军齐路北上，兵锋直指单于庭。

狐鹿姑单于迅速做出反应，将辎重放到赵信城北部的郅居水（今蒙古国和俄罗斯境内的色格楞河），左贤王将部众迁徙到余吾河（蒙古境内的图拉河）一带。随后狐鹿姑单于亲自率军渡过姑且水到达今天的蒙古国乌兰巴托西南部。

御史大夫商丘成率军进入追邪径，没有找到匈奴人，正在撤军。几天后，三万匈奴军突然追击上来，在浚稽山一带与汉军交战。这支匈奴军总指挥是狐鹿姑单于，副指挥则是李陵。战斗持续了九天，汉军且战且退到了蒲奴水（我也不知道在哪里）一带，匈奴没占到便宜，撤离战场。

马通率军进入天山一带，匈奴将军偃渠率领两万骑兵拦截，但是见到汉军实力太强，没有与汉军交战。马通没有遇到匈奴人打算撤军回朝。因为害怕车师国的军队半路截杀，汉军联合楼兰等国将车师国灭国，俘虏了车师国国王，马通才顺利撤军。

客观地说，吃了无数次败仗的李广利这次也学乖了。匈奴的左大都尉和卫律指挥五千骑兵在夫羊句山的峡谷中布防等待汉军。李广利指挥两千属国骑进入战场与匈奴作战，冲散了匈奴的防御阵形，匈奴伤亡数百人，仓皇逃窜。李广利一路追击到范夫人城（今蒙古国达兰扎兰加德城西北），匈奴继续逃窜，不敢迎敌。

但是就在这时，李广利得到一个让他不敢相信的消息：丞相刘屈髦的妻子因为巫蛊入狱，李广利和刘屈髦图谋拥立皇子昌邑王刘髆（李广利外甥）为太子的事情也被揭发。这可是大逆不道的罪名！刘屈髦已经被满门抄斩，李广利的妻儿也已经被抓捕归案。

李广利很害怕，他的文书胡亚夫劝他说："将军夫人和公子都已经被有关部门关押，这次撤军如果不合皇帝的意思，你们还得在监牢中见面。但是，在郅居水北岸还能再见到他们么？"

言下之意，希望李广利投降匈奴。李广利左思右想，最终决定继续北进到郅居水一带，希望通过取得一场重大胜利来赎罪。可是，这里竟然没有设防，汉军首批两万人轻轻松松地过了河。在河北岸，汉军遇到了左贤王和左大将的部队，两万骑兵背水一战，匈奴左大将战死，匈奴军损失惨重。

但是，汉军此时已经疯传内地的消息，大家都在议论，将军已经达成战役目的，为什么还不撤退？是想造反还是投降匈奴做汉奸？

议论纷纷之中，一些军官甚至想发动兵变，被李广利发现，斩首示众。但是军心已经涣散，李广利只得率军退守燕然山。狐鹿姑单于亲自率领五万骑兵与李广利部交战，两军僵持一天，互有胜负。夜晚，单于悄悄地在汉军阵前挖掘了好几尺深的沟壑，在汉军后方发动突袭。汉军一败涂地，李广利只好投降匈奴——这是汉匈战争中匈奴抓获的最高级别俘虏。

经历了一系列的打击，武帝也开始反思。又或者，此时汉武帝的更年期已经过去，思维逐渐恢复正常。他慢慢发现，那些所谓的巫蛊案件绝大多数都有可疑之处。一个在高祖陵寝当差的小官田千秋也在这时做了一个奇怪的梦，这个梦让他觉得自己承担了历史责任，于是上书说："儿子瞎指挥父亲的军队，顶多判个打板子么！太子瞎指挥军队杀人，也不至于将他废了，更不该把他杀了啊。这话不是我说的，我梦见的一个白头发老大爷叫我说的。"

武帝见了这封奏折，对自己的长子非常想念，毕竟是亲骨肉。于是召见了田千秋，任命他为大鸿胪（外交部长）。

江充虽然死了但是家人还在，没二话，满门抄斩。同伙苏文是个宦官，没有家室，在长安城外的横桥上被活活烧死。那些在泉鸠里的湖边杀害太子的捕快全部株连九族。

武帝还觉得不够，一切都已经晚了，他将长安城新修建的宫室命名为思子宫，又在太子被杀的湖边修建了归来望思台。老年丧子，让天下人同情了这个老者，也让武帝这几年低迷的民意支持率逐渐恢复。

到了征和四年，前89年，武帝想起了一道刘屈髦和桑弘羊联名上书的奏折，希望能够加大西域屯田的规模。

其实这也没错，但是现在不是做这个事情的时候，连年的战争已经让汉朝不堪重负，巫蛊、内乱、败仗让汉朝政坛乌烟瘴气。

武帝做出了人生中最大一个手笔，成为了历史上第一个公开检讨自己的皇帝，颁布了第一部真正的罪己诏——《轮台罪己诏》。这篇罪己诏很长，说起来就没完没了了，大致嘛，说了四件事。

第一件事是说有关部门建议他让每个百姓多缴纳三十钱的税赋，以维持边防费用，现在有关部门又请求加大西域大开发的力度。武帝承认了自己发动对车师国的作战欠考虑，导致了汉军很大的伤亡，耗费了很多储备粮。

第二件事是承认自己太糊涂，不该让李广利出征匈奴。现在汉军战败，他也很痛心。

第三件事是否决扩大轮台屯田规模的建议，同时否决大鸿胪田千秋刺杀匈奴单于的建议，并且叙述了现在边防事务的一些不正规的地方。

第四件事是表明立场，今后一切以经济建设为中心，减轻赋税，鼓励农业，恢复战前养马不交税的政策，补充汉军马匹数量，保证国家军力不受到削弱。郡国的地方官今后每年都要提交马匹繁殖和补充战备物资的计划表，年终核对。

最后一句总结，实话说，有点小感人："朕即位以来，所为狂悖，使天下愁苦，不可追悔。自今事有伤害百姓，靡费天下者，悉罢之。"

这是什么概念呢？打个比方，就相当于武帝在新闻联播上发表讲话，承认自己担任国家领导人期间，没有做好，害得民不聊生，以后会慢慢改正。

随后田千秋被任命为丞相，封为富民侯，用意也非常明显。之后很多求神占卜、长生不老、巫蛊什么的封建迷信也被废除，武帝再次回到了当年的状态。对于晚年的汉武帝，有一句评价非常好："有亡秦之失，而无亡秦之祸。"

匈奴也闻到了和平的气味，狐鹿姑单于也需要让匈奴休养一阵子，于是乘着胜利的威望，写了一封信派遣使臣交给汉朝政府：

"南有大汉，北有强胡。胡者，天之骄子也，不为小礼以自烦。今欲与汉闿大关，取汉女为妻，岁给遗我糵酒万石，稷米五千斛，杂缯万匹，它如故约，则边不相盗矣。"

汉朝当然不会答应这样屈辱的条件，毕竟不是文景二帝那个时期了，狐鹿姑单于估计也就过过嘴瘾，写着玩玩。但是，好歹人家派了使臣，你也得派个使臣过去意思下吧？

没想到汉使到了匈奴，却被狐鹿姑单于刁难："听说你们大汉是礼仪之邦，对吧？"

"这还用说？"

"我听贰师将军说，你们的太子发兵造反，怎么礼仪之邦也有这种忤逆的事情呢？"

使者急了，脱口一句："你可以侮辱我的人格，但是你不能侮辱我的民族文化！太子是因为丞相诬陷才被迫起兵想要诛杀丞相的，不过是皇子擅自动用父亲的军队，大不了打板子呗。哪像你们冒顿单于，杀了父亲娶了后妈自立为单于，畜生都不如。"

结果这个使臣被匈奴扣留，三年后才被放回汉朝。但是与另一个人相比，他已经无比幸运了。

不过也有更背的，李广利在匈奴很受优待，自然嘛，毕竟是高级将领投降。但是，原先的降将卫律不爽了，羡慕嫉妒恨。这小子玩了一个阴招：巫蛊。但是玩法很绝。这时单于母亲病了，机会来了！卫律假装很关心，又是请医生又是请巫师。巫师装神弄鬼一番之后，告诉单于和匈奴太后："完了，先单于生气了。"

狐鹿姑单于很纳闷，问法师："怎么说？"

"先单于在世时，经常说要抓到李广利去搞一场活人祭祀……"

"切，我当什么事呢，不就是杀李广利搞个祭祀嘛。先单于还用得着这么大动静？"

就这样，李广利在一次规模浩大的祭祀典礼上，被当作猪牛羊一样的牲口杀了献祭给匈奴的祖先和神明，这就是叛徒的下场。

第二十四章

不得不提一个我很佩服的人

这是我单独为他准备的一个章节，他不是指挥官，不是帝王，只是一个爱国的使臣。这是一个关于十九年的故事，人的一生，能有几个十九年？在两千年前的那个时代，人的一生可能只有三个十九年。

正如鲁迅说的："汉唐虽然也有边患，但魄力究竟雄大，人民具有不至于为异族奴隶的自信心，或者竟毫未想到。"这个人，用十九年的时间，诠释了什么叫汉唐魄力，什么叫"具有不至于为异族奴隶的自信心，或者竟毫未想到"。

事情还得从太初四年（前101）且鞮侯单于即位说起，这年，且鞮侯单于主动向汉朝示弱，声称："汉天子是我长辈啊！"并且遣送被匈奴扣留的汉使路充国等人回国。作为回应，第二年初，汉朝方面派遣中郎将苏武等人护送被汉朝扣留的匈奴使臣，负责将他们交还给匈奴。

苏武是苏建的儿子，就是那个多次与卫青一起出击匈奴的苏建。苏建在漠南会战中因为指挥不当差点丢了脑袋，贬为庶民。最后再次起用，一直担任代郡太守，苏武是他的二儿子。

这次与苏武一同去匈奴的，还有副使张胜、代理办事员常惠和一百多名汉军士兵。但是不凑巧，他们在匈奴正好赶上一场事变——缑王和虞常打算发动谋反。

缑王是浑邪王的外甥，浑邪王姐姐的孩子，元狩二年（前121）与舅舅浑邪王一起归顺汉朝。太初二年（前103）跟随赵破奴将军参与受降城、浚稽山战役，与赵破奴一起被俘。而且鞮侯单于最信任的谋臣卫律，其实也是从汉朝投降过去的。卫律原本是匈奴人，但是从小生活在汉朝境内，和李广利的兄弟李延年关系非常好。后来李广利出征西域，李延年顺便推荐卫律做使臣出使匈奴。可是不久李延年的弟弟李季玩了武帝的女人（这色胆不是包天，是逆天），李延年和李季都被处死，卫律还在匈奴，担心自己受到牵连，干脆直接带着使团投降了。

但是卫律的很多手下其实并不服，一心想着回国，这其中就包括卫律的同乡虞常，而缑王更是一刻也忘不了大汉，这些人在匈奴有个秘密社团，秘密准备着一个大胆的计划——挟持单于的母亲回到汉朝。

无巧不成书，副使张胜恰恰就是虞常当年的好友。等使团到了单于庭，虞常就秘密地与张胜会面，说："听说皇上很讨厌卫律，我虞常愿意帮助汉朝埋伏弓弩手把他做了。我母亲和弟弟都在汉朝，您多在政府面前美言几句，让政府照顾照顾。"

张胜一听这个消息，乐开了花，没想到当个使臣还有建功立业的机会啊！这个消息可不能告诉苏武他们，我得吃独食！随后张胜拿出一个红包："哥们儿，意思意思。"

"你这是什么意思？"

"没什么意思，就是别让别人知道我们的意思，就是自己人也别让他们知道。"

"这我就明白你的意思了，那我就不好意思啦……哦吼吼……"

一个多月过去了，眼看着汉使没多久就要回国，且鞮侯单于出去狩猎，单于寝宫只有太后、阏氏在那带着匈奴小皇子。虞常等七十多人准备起事，没想到——这七十人里面有个没多久就反悔了，逃出去告发了他们。所以这伙人刚刚拉开旗帜，就被单于的卫队剿灭，缑王等人当场被杀，虞常被活捉。

且鞮侯单于听到消息，迅速回单于庭，让卫律负责审问调查这件案子。张胜得知这个消息，担心虞常把自己供出去，淡定不下来了，这才向苏武汇报了这个事情。

苏武很无语，说："事已至此，肯定会牵连到我，我是汉朝使臣，如果受到侵犯被杀，对不起国家啊。"说完拔剑准备自刎。

"苏大使，别这样啊！"张胜、常惠等人一起将苏武制止，苏武才

放弃了自杀的念头。

果然，虞常把张胜给供出来了，匈奴高层大吃一惊：汉朝使臣竟然参与匈奴的政变！且鞮侯单于召集大臣展开讨论，想与他们讨论是不是该杀掉这些汉使。左伊秩訾王提议说："谋害单于的家室就是死刑，如果是谋害单于陛下本人，那该判什么刑呢？不如让他们投降。"

且鞮侯单于觉得这个提议不错，可以一洗浑邪王投降的耻辱。在那个年代，使臣代表的就是皇帝，只要汉朝使臣拿着节杖向单于弯腰低头，政治意味可大不一样。当然，最重要的是——处死汉朝大使这种事情，太得罪人了，不看僧面还得看佛面。

这时候，虞常等人还没定罪，匈奴还没有权利将苏武等人关押审讯，单于派卫律找苏武等人谈话，说白了就是威胁加收买，胡萝卜加大棒。

弱的怕狠的，狠的怕横的，横的怕不要命的。苏武就是不要命的，卫律把意思一说，他淡定地回头和常惠说了一句："打碎节操、侮辱使命这种事，就算能够拿节操换一条命，我还有脸面回到汉朝么？"说完，拔刀往肚子上一刺……

卫律惊呆了，弄死汉朝使臣的责任他可担待不起，他赶紧抱着苏武不让他倒下，骑着快马把苏武送到了医院。匈奴医生的医疗方法也很奇怪，估计是匈奴的偏方。医生在地上挖一个小坑，然后在坑里面点上微火，然后让苏武趴在坑上，轻轻地踩苏武的背部，让淤血流出来。我估计和拔火罐的原理差不多，只不过把火罐换成了挖了一个坑的地球（或者说用了世界上最大的火罐？）。

本来苏武已经断气了，匈奴医生在他背上踩了好半天工夫，才让苏武恢复了呼吸。常惠哭了，号啕大哭。这一年，常惠其实才二十岁左右，自告奋勇地响应朝廷号召出使匈奴，大小伙子遇上这么个事情，有些心理负担是难免的。好在且鞮侯单于是个爱惜人才敬佩英雄的君主，对苏武这种行为非常钦佩，派遣专人照顾，甚至还时不时地问候（其实也有很重的收买意味）。而张胜，则被逮捕入狱。

几天后，苏武渐渐康复，单于派来使者通知苏武参加虞常等人的处决。其实看得出且鞮侯单于非常欣赏苏武，这次叫他出来也有很明显的意图——让苏武投降。

虞常在刑场上被杀，监斩官卫律说："汉使张胜参与谋杀匈奴大单于陛下的近臣，应该判处死刑。但是，投降归顺大单于的人可以赦免之前的罪行。"

"我是那种人么！"张胜大义凛然。卫律将剑朝着张胜举起来，张胜心理防线崩溃了，跪在地上一个劲儿地磕头："大单于万岁！大单于万岁！"

卫律很得意，对苏武说："副使有罪，你身为大使，要被连坐。"

苏武不甘示弱："连坐？卫大人懂不懂法律常识啊？我没有参与这件事情，又不是张胜他家亲戚，你知道连坐的意思不？"

卫律故伎重演，把剑向着苏武举起来。苏武一动也不动。

硬的不行，只能来软的了，卫律坐下来，跟苏武谈话："苏君啊，我卫某人当初背叛汉朝投降匈奴，现在单于很信任我，对我很优待，单于恩浩荡啊！"

"可是你的节操掉了。"

"我现在在匈奴封王了。"

"可是你的节操掉了。"

"我现在拥有部众好几万，马儿牛羊什么的漫山遍野，非常富贵啊！"

"可是你的节操掉了。"

"苏君，你今天投降，明天就像我现在一样哦。"

"可是你的节操掉了。"

"你非要死在这大草原上给牧草做肥料是吧？在这异国他乡你死了都没人知道！"

"可是你的节操掉了！"

"咱能别提节操了么？只要你跟我投降，我跟你结拜为兄弟，现在你不听我的，以后再想见面可就难了。"

苏武很不屑："跟你见面，你算什么东西？你身为臣子，背叛政府

抛弃家人，在外国投降做奴隶，我干吗要见你！现在单于相信你，让你判决别人的生死，你倒好，不秉公执法，还嫌热闹不够大是吧，想引起汉匈两国再次的战争是吧？想看两国民不聊生、兵祸连年是吧？当初南越王杀了汉朝使臣，南越被汉朝收编为九个郡；大宛国杀了汉朝使臣，大宛国王的首级挂在了北边城门上；朝鲜杀了汉朝使臣，当场就被剿灭。现在就剩一个匈奴了，你既然已经知道我不愿意投降，就让两国的再次交战和匈奴的灾难，从我开始吧。"

"……那我们还是说节操吧……"

卫律当然没胆子杀害苏武，将苏武的话转告给了且鞮侯单于。越是这样，且鞮侯越是想让苏武投降。干脆冒着汉匈两国交恶的风险，把苏武扣留，关押在监牢里。

苏武这时不想死，他想活着，以求有朝一日能够回国。在监牢里，没有食物，又是冬天，大雪纷纷，监牢里都有积雪。苏武渴了就吃雪，饿了就把匈奴人给的毛皮毡子扯一块就着雪吞下去。过了很多天，苏武还没有被饿死，匈奴人慌了，这该不会是有神仙帮助他吧！

既然是神仙，就不能硬逼啊，匈奴人出了一个馊主意，他们把苏武流放到北海（今天俄罗斯境内的贝加尔湖），让他放牧一群公羊，哪天公羊产奶了，就能放他回去——想扣人直接说呗，你家公羊能产奶啊！

对于同样不愿意投降的使臣常惠等人，匈奴也把他们流放到其他的地方，尽量不让他们相互之间有联络。

在北海，苏武的生活和野人没有区别，匈奴人不提供粮食，他只能靠掏仓鼠洞中储存的草籽过日子。陪伴他的，除了那一群公羊，就只有那根从汉朝带来的节杖。他每天吃饭、睡觉、放羊，都把节杖放在身边。汉朝的节杖是用竹子做的一根杆子，上面装饰了很多牦牛的毛，因为苏武天天带着这根节杖，上面的牦牛毛全部都掉了。

过了五六年，且鞮侯单于的弟弟於靬王来到北海弋射。弋射是一种很有意思的狩猎方式，用一种特殊的弓箭，箭尾连着一根线，弓上有个线圈，这样射出去的箭虽然打不远，但是射中猎物以后可以很方便地把猎物收回来，既可以打鱼，也可以打鸟。我认识几个朋友，就特爱用弓箭捕鱼，也是这种方法。

而苏武恰恰就有几项技能，那就是织网和编制箭后面的绳线，还会调节弓弩。以筋角木三种材料为弓臂的弓弩上弦下弦的时候，容易扭伤，需要调节，如果长期不下弦又会导致弓的力量变小影响使用。正因为苏武有这几样手艺，他和於靬王关系不错，当然，於靬王应该对他也很同情。所以这几年，於靬王一直为苏武提供着衣食。

大约过了三年多，於靬王生病了，送了苏武很多的帐篷、马、牛、羊还有衣服。没多久於靬王去世了，他的部落也迁徙到了其他地方。

虽然说现在苏武有了於靬王临终的赏赐，但是好景不长，没多久丁零部落又过来抢夺苏武的财产，苏武再次陷入贫困。丁零部落是匈奴的一个藩属，丁零王，就是卫律。

此时刚好是征和年间，南方的汉朝正经历着巫蛊之祸，武帝变得越来越多疑，无数家庭妻离子散甚至家破人亡。正是因为出现了这样的情况，一个老朋友才觍着脸来到了北海与苏武见面，他就是李陵，曾经和苏武一起担任侍卫的李陵。李陵在苏武被关押的第二年就投降了，但是一直不好意思见他。

当然，这次李陵前来，也是狐鹿姑单于让他来的，有任务在身，那就是劝降苏武。李陵带人来到北海，安排了宴席招待苏武。正所谓，他乡遇故知，苏武虽然明知道李陵这时已经是个降将，也并不挑明，宴席上很和谐。

李陵趁着苏武高兴的时候，逐渐进入正题了："其实我这次来，不仅仅是来请你吃顿饭。"

苏武低下了头，不说话。

"单于知道我和你关系好，派我来劝你投降，单于愿意真诚地对待你。反正现在你也无法回去了，非要在这荒无人烟的地方折磨自己，为了所谓的信、义，有必要么？"

"李陵，我原先以为，赵信、卫律这样贼眉鼠眼的才会投降，没想到你这样的忠臣后代，也投降了。"

"苏君，你哥哥苏嘉担任奉车都尉，跟着皇上到了雍地的雍棫阳宫，扶着皇帝下马车，不小心马车撞到了柱子，车辕断了，被人弹劾说是大不敬，最后自杀谢罪，朝廷只给了两百钱的抚恤金做丧葬费。你弟弟苏贤做骑都尉，陪着皇帝去祭祀河东郡（山西夏县一带）的后土神，一个骑马的宦官和黄门驸马因为争夺一艘船发生争执，宦官把黄门驸马扔到河里淹死了。这个宦官跑了，皇上让你弟弟去抓捕他，就因为抓不到这个该死的阉人，你弟弟也服药自尽。"

苏武默默地流泪，还是一言不发。

"苏君，你老婆已经改嫁了，你两个妹妹都以为你死了。你的两个女儿一个儿子在家里无依无靠。到现在快十年了，都不知道你的孩子是死是活。人生啊，就跟早上的露珠一样一样的，往往没等阳光普照一辈子就过去了。何必要在这兔子不拉屎的地方找虐呢？"

"我……"苏武又哽咽了。

"我刚刚投降那会儿，心理压力特别大。你也知道，我是忠臣之后，做这种事情，多少有心理障碍。我当时精神都要崩溃了，觉得自己对不起国家，加上那时候我的母亲还被关押到少府的保功。你现在不想投降的心情，能比得上当初的我么？现在陛下年纪也大了，法令没个准，动不动就改，大臣们无缘无故被杀的不知道多少人，大家都不知道明天到底是安全还是危险。子卿（苏武字子卿）兄弟，你这么做到底为了谁呢？你就听我的，投降了，什么也别说了。"

听了这番话，苏武怒不可遏，几乎带着斥责的语气，对李陵说："是，我们父子没本事啊，都是皇上封的，皇上赏的，当将军的当将军，封侯爵的封侯爵，我们弟兄三个都是皇帝的近臣。就算让我们把肝脏、脑浆抹在地上，我们都毫无怨言。现在机会来了，我可以以身殉国了，就算被斧头砍死，被大锅煮死，我乐意。作为臣子报答皇恩，就像儿子孝顺父亲一样，儿子为了父亲献出生命，不会有怨言的。你也什么都别说了！"

这话其实也是在讽刺李陵。李陵和苏武一样，都是武帝一手提拔的侍卫近臣。而苏武是靠着父亲苏建的功劳起来的，恰恰这个李陵，父亲默默无闻，武帝的提拔完全是出于信任和他爷爷李广的名声。即使在李陵投降之后，武帝还派了公孙敖去找他。这几句话，可以说是扇了李陵一个巴掌。

李陵也没说什么了，跟苏武一起住了几天，每天安排好吃好喝的招待，对投降的事情再也没提过。临走的时候，李陵又说了一句："子卿兄弟，还是听我的吧。"

苏武一笑置之："我早就把自己当一个死人了，大匈奴国的李王爷要是一心想让我投降，那就结束这场聚会，让我现在就以身殉国吧。"

李陵也被感动，一声长叹："唉，真是义士，我和卫律的罪过，已经通到上天了。"李陵也哭了，我相信他是真诚的，但是很多事，只要做了就没有回头路。

李陵回去后，担心苏武的衣食没有着落，又不想亲自送东西给他，就让自己的妻子（匈奴的公主）送了几十头牲畜给苏武。

此后的日子还是那么难熬，苏武一个人，带着自己的牲畜，拿着汉朝的节杖，在贝加尔湖边过着荒野求生一样的生活。就这样过了五年，伴着二月初春的寒冷，李陵再次来到了贝加尔湖边，告诉苏武说："我们在边境的哨所抓到云中郡的俘虏，他说现在太守以下的军人、官吏、百姓都穿着白色的衣服，说是……皇上死了。"

苏武没说话，默默地望着南方流泪，随即号啕大哭。十三年了，武帝已经不在了，他的付出究竟是为了什么？我想他自己心里有数，只是十三年的痛苦被这个刺激之后，就像气球爆炸一样不得不释放。向南看，除了茫茫的积雪，还能看到什么呢？故乡现在还下雪么？现在天下缟素，所有人披麻戴孝是不是和塞北的雪一样？哭着哭着，苏武的心理防线崩溃了，求生意志完全垮塌，吐出了很多血，在病床上足足躺了好几个月。

但是，苏武还是活了下来。他要活着，亲眼看到匈奴被汉朝彻底击垮的那一天。

几年后，武帝的继承人汉昭帝希望缓和汉匈关系，汉朝没有忘记苏武，向匈奴要人。匈奴方面不愿意让苏武回国，一再强调苏武已经去世。之后汉朝再次派遣使臣进入匈奴，常惠求着看守他的匈奴士兵让他

与汉使见上一面。好在看守答应了，在看守的监视下，常惠把在匈奴的经历一五一十地全部说了——反正看守听不懂汉语。

最后，常惠告诉使臣，让他这样和单于说：皇上在上林苑中打猎，射死了一只大雁，大雁腿上系着一封用帛书写的信，上面说苏武等人在荒无人烟的大湖边。

使臣很高兴，带着这些话责问狐鹿姑单于，单于非常吃惊，看看左右不知所对，只好承认："苏武他们，确实还在。"

李陵得知这个消息，一路跑到贝加尔湖，又是一次大摆筵席。李陵敬了苏武一杯酒，说："你知道我为什么来么？因为你就要回去了。今后你在匈奴名扬天下，在汉朝也是功绩显赫。古代史书上记载的那些事迹，古画上画的那些英雄，没几个能够和你相提并论。我很佩服你，我李陵确实才能不足，胆量也差了点。但是，如果当初汉朝政府能够不追究我的过错，保全我的母亲，也许我会在投降的耻辱中积攒志气，给汉朝做个内应也说不准。没准啊，还真是跟当年鲁国的曹沫在柯邑（齐国）挟持齐桓公一样呢。其实我以前一直没忘记报国……但是汉朝杀了我的家人，我现在成了李氏家族的耻辱，我还能说什么呢？算了，子卿，希望你能了解我。我现在已经是匈奴国籍了，这一下，可就是永别了。"

敬完这杯酒，李陵跳起舞蹈，唱道：

"径万里兮度沙幕，为君将兮奋匈奴。路穷绝兮矢刃摧，士众灭兮名已聩。老母已死，虽欲报恩将安归！"

唱着唱着，李陵流下了眼泪，也许，他真的后悔了。后世的辛弃疾在《贺新郎·别茂嘉十二弟》中写道："将军百战声名裂，向河梁、回头万里，故人长绝。"说的就是李陵与苏武的诀别。

大约过了七百多年，黠戛斯部落的首领找到唐朝皇室，声称自己与唐朝皇帝是本家亲戚。黠戛斯是个游牧民族，居住在今天的俄罗斯境内叶尼塞河的上游，他们长着苍白的皮肤和黄红色的头发，唯独王室成员是黑眼睛黑头发黄皮肤。按照这位首领的说法，他的祖先也是陇西李氏，叫李陵，投降匈奴后被封在艰昆为王，世代相袭至今。直到唐朝中后期，黠戛斯部落都曾帮助过唐朝，首领也介绍唐朝的册封。

歪楼了，继续说苏武。狐鹿姑单于召集来当年的使团，除了去世的，投降的，只剩下九个人。

昭帝始元六年（前81）春天，距离天汉元年（前100）苏武去往匈奴，时隔整整十九年，苏武才回到了祖国。在武帝的陵墓茂陵前，苏武默默地流下了眼泪，十九年的光阴没有白等，他念念不忘的大汉，也一直没有忘记他。

苦苦等待十九年，他究竟为了什么？为了名利？他随时可能像匈奴无数牧民一样默默无闻地做了牧草的肥料。为了报答皇恩？甚至是被"封建愚忠思想"毒害？

说到底，我认为苏武念念不忘的，是当时华夏民族懵懵懂懂的民族精神和民族意识。很多人认为古人没有民族意识，其实不然。民族这个词确实是清代才出现的，但是，之前的中国人一直所用的"种""族"这些词汇，已经模糊地展现了他们的民族概念。五代时期的名将李嗣原就曾经对入侵中原的契丹人说过"直抵西楼（契丹都城），灭尔种族"这句话。所以才会有朱元璋的"驱除胡虏，恢复中华"，所以才会有张自忠的"国家到了如此地步，除我等为其死，毫无其他办法"。从苏武到冉闵，到文天祥，再到郑成功，再到杨靖宇、佟麟阁、张自忠、左权，华夏民族的傲骨，就是这样一代代地传承，一代代地延续。中华民族的血脉，长流不息。

第二十五章

霍光摄政

前88年，武帝按照近年来四年改一次年号的惯例，打算改一次年号，但是始终没想好改哪个，这年干脆就被后人称作"征和后元年"。这年的某一天，光禄大夫（侍卫总管）金日磾发现马通的弟弟马何罗表情有点不对劲，做了多年保卫工作的他一眼就看出问题，对马何罗进行了一小段跟踪，但是并没有发现什么。

马何罗是江充的好朋友，还参与了杀害太子，难道他害怕江充的事情牵连到他，打算铤而走险？金日磾越想越害怕。这时，武帝在林光宫就寝，金日磾为了保证武帝的安全，虽然生病了，依然坚持站岗，就睡在林光宫的一个小屋子里。晚上，相安无事。

第二天清晨，金日磾稍微放松了警惕。按照惯例，天才蒙蒙亮他就已经起床，他必须比皇帝起得更早。起床上厕所的时候，他突然心里一颤——很多工作，干久了就会有直觉。

金日磾悄悄进入寝宫，躲在门后面，武帝还在睡梦之中。果然，没多久，马何罗进来了，袖子里藏着一把匕首。沿着东边的一个厢房，马何罗看到了注视着他的金日磾。马何罗大惊，转身往寝宫卧室内跑去，没想到情急之中碰到了武帝的一把瑟（乐器），发出了响声，连他自己都惊呆了。

金日磾趁机抱住马何罗，大声呼喊："马何罗造反了！马何罗造反了！"武帝被惊醒，赶来的侍卫想要用刀砍死马何罗。但是当时两人扭打在一起，武帝担心伤到金日磾，没有让他们动手。金日磾也是侍卫出身，一个过肩摔把马何罗摔倒在台阶上，侍卫们趁机把马何罗抓住。

金日磾是何人呢？是汉武帝面前的红人，他是匈奴休屠王的太子，跟着部落一起归顺匈奴。那一年，他十四岁，汉朝给他分配了工作，在皇家养马场养马。后来受到武帝的赏识，一路平步青云。武帝看重他到什么地步呢？这么说吧，金日磾的儿子是武帝的干孙子。又一次，金日磾的儿子还很小，在武帝身边玩，武帝正在办公，金日磾站在面前。那小孩硬是从武帝后面抱住了武帝的脖子，勒得武帝都喘不过气，金日磾生气了，对儿子一瞪眼，把儿子吓哭了。

武帝一看小孩哭了，就纳闷了，小孩就说了："呜呜呜……老爸生气了，用眼睛瞪我……呜呜……"

武帝指着金日磾说："干吗欺负小孩子嘛，小孩子不是这样教育的！你这样粗暴的教育方法是不行的！"

怎么样，知道厉害了吧。当然，干爷爷这么宠确实把这孩子宠坏了，最后孩子长大了，金日磾看见儿子竟然在皇宫里和宫女厮混！这是大不敬的死罪！于是金日磾大义灭亲，忍痛把这儿子给杀了。

最后你猜怎么着，武帝竟然为这事骂了金日磾一顿。虽然金日磾把这个逆子的罪行一五一十说了，武帝还是很伤心，一直抹眼泪。当然，对于这种大义灭亲的行为，武帝还真有点佩服。

不过，还有比金日磾更得武帝信任的，那就是霍光。霍光和他哥哥霍去病不一样，霍去病有点狂，但是霍光很谨慎。每次上班，他脚怎么摆、坐的位置、怎么坐等方面都是小心翼翼的。

而且，自从太子刘据去世后，武帝再也没有立太子。但是，也就在这年，武帝突然命宫廷画师画了一幅画，画的是周公背着年幼的周成王接受诸侯的朝拜。这幅画，就送给了霍光。意思很明显：你办事，我放心，我的小儿子以后就交给你了。

当然了，钩弋夫人更高兴，武帝的小儿子就是她儿子刘弗陵啊！不过，《汉书》的记载很可疑，说是她因为受到武帝的批评忧郁致死……你信不？不管你信不信，反正我是不信。

按照西汉成帝时期的历史学家褚少孙的考证，事情是这样的：

武帝无缘无故地谴责钩弋夫人，骂得很凶。钩弋夫人急了，把首

饰全部摘下来，叩头请罪。武帝还是让人把她拉到后宫的监狱，将她赐死。

没几天，武帝问起民间对这件事情的看法，两边的近臣觉得很奇怪："万岁爷，您不是打算立刘弗陵为太子么？干吗要把未来的太后给……别人现在都弄不清楚。"

"这些事情，确实不是你们这些俗人能够理解的。自古以来，国家的动乱，很多都是因为君主年幼太后却正值壮年。要是太后年纪轻轻就守寡，自然是骄横傲慢，到时候荒淫无道，恣意妄为，谁也管不了！我也是不得已才把她给……你们难道没有听说吕后的事情么？"

我们现在来看这个事情，还可以这样理解——武帝刚即位就是被窦太后管着，他可不忍心让七八岁的昭帝也那样。

这一年眼看就过去了，用什么年号武帝还是没想好。后元二年（前87）开春没多久，刚刚在正月接见完各地前来朝见的诸侯王，武帝就一病不起了。

二月，武帝的病情已经非常严重，神志都有点不清醒了。霍光等人心里很清楚，武帝已经七十岁了。在当时来说，人生七十古来稀，太多人五六十岁就已经……

过了几天，武帝回光返照，可以说话了，思维很清晰。霍光侍候在病床前，问武帝说："陛下，要是万一个万一，谁是继承人？"

"你没看懂画的意思啊，立最小的儿子，你就像周公一样，代理一切政事。"

霍光跪在地上，说："不行啊，我的才能比不上金日磾。"

金日磾也在旁边，听了这话，也跪了下来："不行啊，我是外国人，也不如霍光。要是我来主政，匈奴会轻视我们大汉。"

武帝笑了笑，他自有打算。随后武帝下诏，立八岁的小儿子刘弗陵为皇太子。没多久，提拔霍光为大司马大将军，金日磾为车骑将军，太仆上官桀提拔为左将军，三人成为顾命大臣辅佐未来的皇帝，在未来皇帝成年之前，霍光代理皇帝执行权力。桑弘羊被提升为御史大夫，和丞相田千秋一起主持国家经济建设。

三天后刘彻驾崩，享年 70 岁。谥号孝武皇帝，简称武帝，庙号世宗，成为西汉第三个拥有合法庙号的皇帝。我不需要什么过多的评价，因为他的影响已经渗透到我们的骨髓，我们每一个汉族人，甚至每一个中国人，骨子里都有他的影响。无论他残暴也好，晚年独断专行也罢，都无法忽视一个事实——他是一代圣君，空前的，甚至也几乎是绝后的。

　　前 87 年，武帝葬在茂陵，太子刘弗陵继位，改名刘弗，而霍光则成为帝国的实际统治者。这当然会有人不服。一天，宫殿里发生了一些怪事，大臣们人人自危。霍光觉得不对劲，就把看守玉玺的侍卫叫过来，让他把玉玺交给自己，以防万一。侍卫就是不给，甚至把手拿在剑上，说："我可以把头给你，但是玉玺不能给你！"霍光放心了，就没有再提要求。第二天霍光还让这个侍卫升了两个级别，大臣们普遍赞扬，霍光的威望，这才树立。

　　武帝去世，谁最高兴呢？当然是匈奴单于狐鹿姑同志！这年冬天，狐鹿姑单于发兵进入朔方郡，进行掠夺。没办法，汉朝组织边军加强西河郡（今内蒙古鄂尔多斯）方向的守卫，左将军上官桀亲自视察北部边境。

　　第二年，改年号为始元，这一年也就是始元元年（前 86）。为了显示新皇帝的皇恩，同时纪念逝世的先帝，汉朝中央赠送各个诸侯王新的诏书。武帝的儿子，新皇帝的亲哥哥燕王刘旦得到父亲去世的消息，却并没有哭泣，看到这个诏书，却觉得不对劲。于是派遣身边几个亲信的大臣去长安，以在中央考察的名义，打探消息。

　　刘旦的亲信得到了刘弗陵继位的消息，告诉了刘旦，刘旦觉得不对劲——说白了是心理暗示，他总觉得他应该是太子。霍光也不是傻子，这些诸侯的心理他不清楚？最后燕王刘旦向中央提出：我要在我的封国给武帝修个庙。霍光明白了，但是也没同意，就给了些赏赐，让他消停会儿。

　　刘旦一接到赏赐的圣旨，赏了三千万钱，多封了一万多个户口。刘旦不干了，你打发要饭的呢？我可是得当皇上的人。

刘旦打算铤而走险，和齐王刘泽等人假传圣旨，扬言刘弗陵不是武帝的儿子，是霍光等人硬是拥立的皇帝，全天下都应该讨伐他们。

刘旦手下急了，一个个跪着请命："王啊，你不能这样啊！""殿下啊，这事干不得啊！""殿下，悠着点啊！"……

刘旦一看，嗨！身边这么多中央的奸细！一怒之下，将劝谏的十五个人全部处死。这个事情很快就败露了（你明目张胆地造反不是找死么？）。青州刺史（管今天山东一带的监察）隽不疑立即派人将这次过家家似的"政变"剿灭。刘泽等人被处死，刘旦因为是皇上直系亲属，没有受到判决。

同时，益州（巴蜀一带）的二十四个地区的少数民族还发生了叛乱，兵力足足三万人。朝廷只好派水衡都尉吕辟胡招募士兵，在犍为郡（四川贵州交界一带），蜀郡（成都一带）发动应急预备役，才将叛乱平息。

刚刚执政没多久，霍光就感觉到了不容易，最要命的是，这年金日磾还去世了。上官桀还在塞外，桑弘羊只管财政，田千秋一大把年纪就知道和稀泥……霍光都想改名叫压力山大了。

不过这三个人真义气，武帝遗诏，说要让霍光、金日磾、上官桀他们三个封侯。金日磾认为皇帝还年轻，就是不愿意接受，霍光他们也不好意思。知道金日磾病重了，才愿意接受封侯，第二天就病逝了。

金日磾的儿子，我说过了武帝的干儿子，从小和小皇帝在一起。金日磾去世了，小皇帝问霍光："大将军叔叔，金家两兄弟为什么只有一个封王呢？"

"因为金家大哥哥是长子，继承了他父亲的爵位，就像你继承你爸爸的皇位一样啊。"

小皇帝笑了，问："大将军，封不封侯，不还是我们两个一句话么？给金家二哥哥也封侯吧。"

霍光说："陛下，按照祖宗的制度，没有功劳是不能封侯的。"

我们现在常说，中国古代都是封建君主专制体制。首先对于"封建"，我就有看法，暂且不论；说是君主专制，我承认，但是不得不正视这其中朦胧的"立宪"意识。中国古代的政治，从汉代开始，应该就是一种朴素的二元制君主"立宪"国家，这个"宪"，一来是法律，二来就是祖制。

国家慢慢走上正轨，霍光也渐渐驾熟就轻，处理政事那是得心应手，底下人也都服服帖帖。为了避嫌，霍光还在汉朝皇室成员中挑选了一些有能力的进入中央，和当年的吕氏家族反着来。

与汉朝的团结和蒸蒸日上相比，匈奴则陷入了困顿。多年的战争也让匈奴人口锐减，马匹牲畜的数量也大不如前。匈奴在武帝后期就几次想要和亲，但是都没能成功。这次汉朝新皇登基，匈奴也想和亲，但是——狐鹿姑单于死了。

这简直是天意，狐鹿姑单于的儿子也还是个孩子。临死前，狐鹿姑单于下了遗诏："我儿子岁数太小，还不能治国，立我弟弟右谷蠡王为单于。"

这时，狐鹿姑单于的母亲早就把他的异母弟弟左大都尉杀了。这会儿狐鹿姑死了，颛渠阏氏（正妃、皇后的意思）和卫律又在瞎鼓捣，秘不发丧，假传圣旨。最后和贵族们一起商议，签订盟约，将单于的儿子左谷蠡王立为单于，称之为壶衍鞮单于。

这下好了，匈奴乱套了。左贤王和右谷蠡王都不服，秘密谋划着投奔汉朝——不行，我们双手沾满了汉人的血，投降了凶多吉少。

于是他们找来单于身边的卢屠王，胁迫他一起投降乌孙。卢屠王不吃这套，硬是把这事汇报给了壶衍鞮单于。单于派人去调查，结果左贤王和右谷蠡王反咬一口，说是卢屠王想投降，他是恶人先告状……

从此以后，左贤王和右谷蠡王再也没参加过每年五月的龙城祭祀。

匈奴陷入困境，对霍光来说当然是好事，正好这时候西南、南方不是很稳。果然，两年后（前83），西南的姑缯族、叶榆族又发生暴动，水衡都尉吕辟胡再次出兵镇压。

为什么派他呢？因为他有经验，但是……那些叛军也有经验啊。叛军一路杀把益州的一个太守给杀了，等吕辟胡到了那里，叛军士气正盛，汉军战死的、淹死的多达四千人。

没办法，这年底吕辟胡被撤职，据说吕辟胡是吕布的祖先，也不知是真是假。接替吕辟胡的是大鸿胪（管外交和少数民族）田广明。

趁着汉朝处理南方的事情，匈奴大举入侵代郡，说起来匈奴都好久没到这儿抢劫了，代郡的一个都尉战死。田广明接手吕辟胡后，事态出现好转，匈奴又急了。此时壶衍鞮单于还是个孩子，母阏氏（太后）生活作风也不正，国内离心离德。匈奴此时对汉朝有种惧怕心理，老是担心汉军来袭击。

卫律又给出了馊主意："我们也像汉人一样，打井、修筑城墙，设置仓库管理粮食。这样，我们坚守城池和汉人对抗，汉军来了也要攻城。"

没想到匈奴单于和母阏氏还真信了，当真打井筑城。眼看都打了好几百个井，砍了好些个木材了，匈奴又有人说：你们开什么玩笑，我们匈奴军队从来没有接受过守城战的训练，这么搞，难道要给汉人当后勤官，白白地把储存的粮食给汉朝？

于是这项工程又停止了，翻来覆去，匈奴日子越来越不好过，越发想要和亲。

但是，汉朝都对匈奴和亲的意图理都不理——你们早干吗去了？

第二年，也就是始元五年（前82），田广明和军正王平在益州取得大捷，杀敌五万人，获得牲畜十多万。此后今天甘肃一带的氐族人也时常闹独立，田广明和韩增等人一直坐镇西部，保卫国家的领土完整。

但是，时间久了，这几个顾命大臣之间也起了猜疑。首要原因就是政见不合，桑弘羊、上官桀等人希望继续加大政府对经济、市场的控制，继续当初武帝的战时经济政策；霍光、田千秋则希望放宽对市场的掌控，不要让国有资产体制僵化，秉承武帝最后几年的主导思想，以发展经济为主要目的。

开始，霍光和上官桀还是一对亲家，霍光的外孙女是上官桀的孙女儿。后来靠着皇上姐姐的关系，上官桀的孙女儿正好和小皇帝差不多大，还进宫当上了皇后。

两人关系本来非常好，有时候霍光请几天假，上官桀就帮他处理下政事。后来上官桀的儿子也成了将军，位高权重，加上政见不合，慢慢开始和霍光争权。

霍光觉得自己有责任搞好这个国家，武帝晚年的做法是正确的。现在国家满目疮痍，国库空虚，为了躲避徭役和赋税，很多百姓甘愿成为黑户，国家户口减少了将近一半。为了显示国家重建经济的决心，八岁的昭帝即位之初，霍光就带着他体验耕田，始元二年（前85）还曾经减免过当年的农业税。

无论如何，他不能让上官桀他们胡闹下去，民间尤其是学术界对桑弘羊等人的意见也越来越大，普遍存在着将武帝时期桑弘羊的所有改革全部废除的呼声。而身为既得利益者的官员们，普遍不愿意接受经济体制的改革，尤其是那些官营企业的老总。

此时的霍光面临可能里外不是人的尴尬局面——如果全面否决桑弘羊，那么国家经济会倒退到文帝时期，一切又要从头开始，底下官员和公务员把他骂个半死倒是不怕，要是最后因为财政崩盘而亡国，那就是千古罪人；但是如果继续让桑弘羊主持经济，推行战时经济政策，深化和巩固国有制，民间的反对呼声越来越大，且不说以后历史怎么看他，单单是民意支持率就够他喝一壶，水能载舟，亦能覆舟。再从自私的角度说，真要让桑弘羊这样下去，他的位置很快就会被上官桀取代。

但是，霍光不愧是霍光，身为武帝一手栽培的对象，他自有一个好主意。

正好，一个叫杜延年的官员向霍光提议："今年年成不好，很多外出流亡的农民还没有回到户籍所在地。现在国家赋税还是有点重，物价也被那些官营企业抬得老高，怎么都压不下去。农民们在外面工作也好，回家种田也好，都赚不到钱，国家经济表面出现恢复，实际上还是不行。应该恢复一部分文帝时期的政策，提倡节约、宽大、和谐，顺应天意，提高民意支持率。最好，明年开年就拿这个事情讨论讨论。"

"这个事情，还是大家一起商量的好。"霍光知道，改革的时机已经成熟了。

始元六年（前81），那是一个春天。有一个小孩，在一道诏书上盖

了一个章，命令有关部门让各个郡国选举出代表，称之为贤良、文学，让他们去中央开会。贤良就是道德模范，文学就是知识分子，除了这两种人之外，还有就是"天下豪富民"，用现在的话说叫民营企业家。好吧，隐隐约约确实有一种熟悉的味道。

这些地方代表进了会议厅，代表的代表走来就是一句："现在最需要改革的，就是解除盐铁专营，废除酒精饮料专卖和均输制度。"

而此次会议的政府代表，正是桑弘羊，而丞相田千秋则负责打圆场。至此，中国历史上赫赫有名的盐铁会议，隆重召开。

但是，由于地方代表来路复杂，既有知识分子、道德模范，又有企业老板，甚至还有被请出山的隐士。他们或者为了自身的政治理想，或者为了自己的政治抱负，或者是为民请命，或者是为了所在阶级的利益。

因此，会议的内容不断扩大，从盐铁国营这一个点出发，就未来国家经济政策、政治政策、主流思想意识形态、外交政策、刑法政策展开了充分的、空前的、甚至在中国古代史上绝后的一场大讨论。

第二十六章

空前的大讨论——以经济建设为中心

很多人拿中国古代的专制制度说事，动不动就说什么落后啦，什么独裁啦，底下官员阿谀奉承啦什么的。然而在两千多年前，民间的代表在中央开会面对那些王侯将相时，用一种和平的方式争取自己的权益，在官员面前丝毫没有显示出一点谄媚的意味。这，确实值得我们这些卑劣的后代学习。

我认为，这次会议，与一千年后的英国《大宪章》比起来，有过之而无不及。这次会议的全部内容都被记录下来，由汉宣帝时期的学者恒宽整理成《盐铁论》一书发行出版，所以我们现在还能完整地了解整个会议的过程。如果让我一个个地把会议内容写出来，估计……我这本书一大半都在说这个。我只能概括地说一说。

会议一开始，贤良文学们就表明了立场：盐铁国营、酒精饮料专卖、均输等政策都是与人民群众争夺利益！正是因为政府与人民争夺利益，才导致了人心不古，淳朴的民风一去不复返，每个人都很贪婪自私。农民普遍愿意放弃农业，从事一些投机倒把的商业活动。希望政府放弃盐铁国营等政策，将工作重心转移到农业上，减轻对工商业的控制力度。

官员们则解释说：不是我们要和人民群众争夺利益，这些钱也是取之于民用之于民。先帝搞这些政策，无非是增加财政收入，加强边疆的防御和增强军事实力，说白了就是增加军费开支以应对与匈奴的战争。如果要是废除这些政策，国家军事实力会受到严重影响。

文学不服，说：一定要打仗啊？靠软实力不行么？用道德、文化的

力量降服匈奴难道不行么？

政府代表说：匈奴人太狡猾了，不按常理出牌，进入边境就跟进了他家一样，随便抢啊。很多百姓、基层干部和汉军指战员都死在匈奴人手上。先帝也是想平定这个不安定因素，才发动的战争。

之后，聊着聊着，就聊到了经济。针对官营企业过分开采自然资源的情况，地方代表一阵见血地拿出了孟子的话：

"不违农时，谷不可胜食。蚕麻以时，布帛不可胜衣也。斧斤以时，材木不可胜用。田渔以时，鱼肉不可胜食。"

用现在的话总结，叫可持续发展。地方代表们认为，政府无节制地使用自然资源，早晚会导致森林资源减少、农业减产、丝织品减少和动物数量的锐减，这样下去，早晚有一天大家连糠都吃不上。

怎么样？这样的见识你说牛不牛？但是地方代表也不是完美的，后来聊到货币政策，这是桑弘羊他们本行。有的地方代表的观点，现在看来简直是奇葩——甚至觉得文帝时期人人可以造钱的制度也不错。

后来谈到国有经济的问题，贤良们再一次提出了一个尖锐的问题：就拿铁制农具来说，中国这么大，每个地方的土质都不一样。过去市场经济时代，铁器生产厂家会按照不同的市场需求，制作适应不同地方、不同土质的生产工具。自从实现铁器国营之后，国家颁布了硬性标准，厂家的制作、销售都是按照计划来的，不愁卖，根本不考虑市场需求。于是所有铁器都一样，不能满足很多地方的需要，导致了农业生产的不便。在采矿、运输等问题上，工人的收入很大程度被降低，至于原因，就是因为僵化体制下出现的腐败。

对此，官员解释说：当初扇水都尉曾经回老家处理丧事，正好接受了记者关于盐铁事务的采访。他回答说，国有制度是个好制度，国企的工作人员生活也非常好，但是有个别国企的领导干部作风不是很好，没有很好地贯彻国家的法律和政策，导致人民群众的利益受到损害。

之后官员们向民间代表做出保证：我们保证今后加大对人才选拔制度的改革，深度拓宽优秀人民群众和基层干部上升的道路，在现有体制内，尽最大努力保证最广大人民的利益。

民意代表并不买账：那个都尉说的，估计也就是一时一地的情况，难道我们全中国的人就这么被代表了？先帝搞这些政策我们理解，有他的苦衷。现在皇帝召集我们，叫我们来开会，就是让我们来对现有体制提意见的。体制不改，问题得不到根本的解决。

官员代表们急了：国家体制是大事，哪容得你们废话！先帝的意思哪是你们能理解得了的？你们这些臭老九别太把自己当回事。

贤良文学继续不卑不亢：我们不懂，你们懂？别嚣张，一意孤行，担心跟李斯、赵高一样丢了小命哦。我们这些臭老九，担心的正是民间疾苦，天下兴亡。

结果两边越吵越凶，官员们把商鞅抬出来，地方代表一个劲儿地反对商鞅。因为商鞅只强调法治，忽略道德，反对社会福利，这恰恰是儒家思想所不能容忍的。法治和德治，应该相辅相成，只追求法治，不重视精神文明建设和社会福利，恰恰是秦代灭亡的原因之一。最后连御史大夫桑弘羊，都亲自出面了。

可是桑弘羊不识相，算账理财是他强项，搞政治思想他可就不行了。辩论中，他碰触到了一个逆鳞——儒家思想。

其实，桑弘羊是个带有明显法家倾向的人，对儒家思想并不感兴趣。他甚至在辩论中说：

伊尹，商代的贤人吧？百里奚，秦国的名臣吧？他们什么身份？一个是厨师，一个是放牛的。这么说，什么思想不行，什么道路走不通呢？商鞅如果用儒家那套去劝说秦王，管用么？不管用，那就用法家那套呗。怎么样，也是历史上有名的人物。马跑一千里的里程，不一定要去别的国家，知识分子参与国政，不一定要有多少文化，对吧？孟轲（注意，为了表示蔑视他都没有称之为孟子）当年就是不愿意变通，所以在梁国、宋国日子过得困难。孔子认死理，所以还饿过肚子。要是按照你们的说法，是不是晋文公靠欺骗诸侯来尊重周天子，管仲忍辱负重让齐国富强都不算什么了？

桑弘羊啊，桑弘羊，你这是拿石头砸自己的脚啊。武帝当初可是钦定了"罢黜百家，独尊儒术"的政策啊！讲得直白点，这就相当于一个

美国官员在白宫门前唱一首纳粹军歌。

知识分子们奋起反击：伊尹跟随商汤王，是因为知道汤王是圣君。百里奚为什么投奔秦国，因为他知道秦王是明君。孔子说"名不正则言不顺，言不顺则事不成"，哪是那种没有原则的附和就能成就事业的？君子要有自己的原则，不能忘记节操。

最后桑弘羊急了眼，竟然骂了孔子——这实在不是他身为国家干部该干的事。最后桑弘羊被文学们说得无言以对。

会议结束后，汉朝中央确立了在政治上以经济建设为中心的基本国策，在思想上坚持高举孔孟思想的伟大旗帜。在对外关系上，汉朝也趋于缓和，向匈奴等国放出了和平鸽——要不然苏武等人还在俄罗斯的贝加尔湖放羊。

不过，地方代表和中央政府代表吵得太凶，会议结束之后还讨论了很长时间。

其实吧，桑弘羊当初的本意是好的，但是现在已经逐渐偏离了当初的意愿。他之所以不愿意放宽政府对经济的掌控，更多的是因为他想安排自己的弟弟和儿子去国企工作。

这年秋天，汉朝正式实行国有体制改革，首先就是取消了政府对酒精饮料的垄断。汉朝中央到地方，裁撤了酒类专卖的相关部门，允许私人开办酿酒厂，对于现有的国有酒厂等进行市场化改造，逐步改为私营酒厂。但是，私人搞酿酒业必须向有关部门申报，获取营业执照，并且按时缴纳一定的税赋。

同时，在关内地区取消了盐铁的国营，建了个经济特区，还对各个地方上的冶铁厂、制盐合作社进行了深度的改革，对选拔相关公务人员也是小心谨慎，并且加大监察力度。

而此时，经过武帝时期的多年改革，此时的政治制度也十分有意思。武帝从早年提拔民间儒生开始，到最后封卫青为大司马大将军，他一直致力于建设一个独立于丞相之外的权力系统，或者说官僚体系。到了这个时期，已经明显出现了成果。以丞相等人为首的三公九卿为外朝，以大司马大将军为首的皇帝近臣为内朝。并且有专门人员负责内外朝的沟通。内朝外朝既相互独立，相互牵制，也相互交错，逐渐成为后世三省六部的起源。

表面上看，好像皇权得到加强，丞相权利被分化。实际上，因为内外朝需要争取各项权利和民意，"封驳"一事，就出自于汉代。封驳，就是驳回皇上的圣旨，改正大臣的言论。到了后世，封驳制度逐渐成熟。想不到吧，古代大臣还有否决圣旨的权利。中国古代的大部分时代，并不完全是专制，更不是独裁。到了明代，设置了六科给事中，专门负责封驳，让皇帝苦不堪言。但是你如果硬说从汉代到明代皇权是不断强化的，我也没办法。

继续回到正题，随着一系列改革的深入，霍光的民意支持率唰唰地就上去了。人民群众的负担也减轻了，生活水平上去了，文景时期的和谐气象也回归了。

但是，上官桀和桑弘羊心里可就不服了。搞政治不像做买卖，虽然说买卖不成仁义在，但是很多时候买卖都不存仁义，何况政治呢！

上官桀和桑弘羊，起了杀心。正好，元凤元年（前80），他们找着机会了。

如果说，仅仅靠上官桀和桑弘羊，肯定不够。当时，小皇帝的姐姐鄂邑长公主生活作风不是很好，养了一个小白脸叫丁外人。这个嘛，其实在汉代比较普遍。那时候的公主就跟现在不少明星一样，动不动就好几任丈夫。换丈夫还算好的，公然养小白脸的也不少，一直到南北朝，这个风气都还在，直到唐宋时期才好些。

丁外人，毕竟只是个卖相的，没什么地位。这个鄂邑长公主或许还真的想改嫁给他，托上官桀帮他在政府部门找份工作，封个侯。但是霍光能同意么？无功者不封侯，这是原则。

公主退而求其次，让上官桀帮忙把丁外人介绍到光禄勋（原郎中令，侍卫领导机构），安排个工作，弄个编制。上官桀硬着头皮去提交议案，但是霍光对这个提议表示"呵呵"。

流言止于智者，感情止于"呵呵"。长公主这下恼了，跟上官桀吐槽：霍光这人，给脸不要脸。就这样，上官桀、桑弘羊和长公主一拍即

合，把霍光给做了，来个借刀杀人。

就在这时，一直密切关注朝中情况的燕王刘旦得到了消息，动不动就悄悄地给上官桀他们送钱啊、古董啊什么的。这下，长公主、刘旦、上官桀、桑弘羊为首的反革命集团正式成立，意气相投，然后就沆瀣一气。

某天，霍光休假，上官桀主事。皇帝收到了一封号称是燕王寄来的信，上面说：

"霍光集结了骑兵侍卫和羽林郎（侍卫，全是大内高手），在路上安排事情，还说是皇上要从这儿通过，禁止闲杂人等出入。到时候让太官（皇家厨师）先走。"

接着又是一段长篇大论，最后进入主题："苏武老先生出使匈奴，被匈扣押了二十年都没有投降，这样一个模范人物，回来仅仅做了属国典（少数民族事务办公室主任）。但是大将军的秘书没有什么功劳就当了搜粟都尉（汉军总后勤部部长），大将军办公大楼的校尉也有所增加和调动。总之，霍光现在很嚣张，最近很不对劲。哥哥我愿意把国王的印玺上交给你，给你做侍卫，保证不让那些奸臣伤害你。"

这下，只需要皇上在这道奏折上写个"准"字，就可以立即逮捕霍光。但是，小皇帝就是不批，这时候他已经十四岁了，而且事关他本人的利益，他也不好插嘴。

上官桀很郁闷，难不成小皇帝忘记"准"字怎么写了？不对啊，刚刚还看他写了呢。

事情传开了，传到了霍光那里。霍光急了，立即结束假期，去宫里解释。第二天早上，霍光就在画室等着，不敢进内殿，在那儿着急得走来走去。画室，不是教人画画的地方，是当时皇帝办公室外面的屋子，因为画了很多古代帝王相，所以叫画室。

就这时候，小皇帝突然问了上官桀一句："大将军今天在哪里？"

"呃，因为燕王告发了他的罪行，他不敢过来。"

"叫他过来，我有话说。"

上官桀心里那个乐啊，一出门看到了霍光："卑职参见大将军，万岁让您进去一趟。"

霍光魂都快没了，完了，这下真完了。霍光把官帽脱了下来，进去之后扑通一下跪在地上。

小皇帝很淡定地说："大将军请把帽子戴上，我知道这个信是假的，你是无罪的。"

霍光很惊异："陛下怎么知道的？"

"前些日子您在广明亭召集侍卫，只不过是召开例会罢了。您办公室的校尉调动还不到十天，燕王怎么知道的？从长安到燕地，骑马也要十几天啊，十天之内把消息传到燕地，除非是驿站，否则我大汉没有这样的先进科技。再说了，您要是真造反，那几个校尉顶个屁用啊。"

十四岁的小少年说出这样的话，大家都惊呆了。霍光感激不尽，皇上，您真是活柯南，大汉的福尔摩斯。其实这封信有一部分还真是燕王写的，就是上官桀等人自作聪明硬是把霍光的动向也加了进去。

事情还没完，小皇帝又下令："这件事情，一定要查到底，到底是谁送的信，给我查清楚。"

上官桀急了："陛下，只不过是一点小事，恶作剧罢了，干吗那么认真？认真您就输了。"

皇上和霍光异口同声地说了句："呵呵。"

但是，转交书信的那个人已经跑了，怎么抓都抓不到（有上官桀他们在怎么可能抓得到）。上官桀等人还不死心，霍光的流言蜚语屡禁不止。小皇帝急了，公开宣称："你们别逼我啊，大将军是我爹……"

"啊！？……"

"等我把话说完！是我爹当年把我托付给他，你们说他是奸臣就是怀疑我爹的眼光，以后再有人说大将军坏话，我告他诽谤啊。"

这下，靠造谣诽谤这条路不行了，上官桀等人打算铤而走险，四人反革命集团气焰越发嚣张。他们秘密策划了一场政变计划：

让长公主请霍光吃饭，埋伏好刀斧手。只要霍光一坐下，嘿嘿，就让他尝尝中国功夫的厉害。然后顺便把跟霍光"狼狈为奸"的小皇帝给废了，拥立刘旦为皇帝。

远在燕国的刘旦听到这个消息，那叫一个高兴啊。嗯，一定能成功，当年曾爷爷文皇帝不就是这么上位的么？刘旦连夜派人给上官桀他们送去书信，许诺上官桀以后封王。

这下，反革命集团内部有人起了更大胆的想法，这个人就是上官桀的儿子上官安。上官安野心膨胀，与其让老爹做王爷，干脆到时候把燕王也杀了，让老爹上官桀当皇上好了。

有人问上官安："要是真杀了小皇帝，您女儿怎么办？她可是皇后啊……"

上官安不以为然："抓麋鹿的狗，还管得着兔子么？利用皇后来让家里人风光，不靠谱，万一哪天皇帝变心了，咱也就跟着倒霉。"

就在这群反革命集团集体意淫的时候，公主家的舍人（门客）知道了这个计划。这个舍人的父亲是稻田使者，也就是在农业部门负责水稻的种植和税赋。稻田使者将这个事情报告给了大司农（财政部长兼农业部长）杨敞。

杨敞比较谨慎，不敢乱说话。因为他岳父当年就是因为乱说话被判了重刑——他岳父是司马迁。他知道后请了病假，悄悄地把这个事告诉了谏大夫（管监察、弹劾）杜延年，毕竟他是管这个的。

杜延年将事情汇报给了皇帝和霍光。随后，丞相田千秋下令，将上官桀、桑弘羊、上官安、丁外人等全部逮捕，长公主畏罪自杀。

事情传到刘旦那里，刘旦还不死心，问相国："我听说事情已经败露了。"

"是啊，人家上官桀也招供了，根本不把你当回事，打算把你也杀了自立为皇帝呢。"

"那咱们起兵吧！起义！"

"上官桀已经死了，老百姓现在都已经知道了，醒醒吧。"

刘旦明白日子不久了，搞了家宴，和妃子们好好吃了一顿散伙饭。没多久，刘旦被朝廷赐死，王后、王妃一共二十多人殉情（真是哄女人的高手）。

在处理完这些政敌后，霍光更加大胆地贯彻武帝晚年的政治思想，继续对政局进行改组，为大汉政坛注入新鲜血液。他提拔了平定政变有功劳的杜延年、任宫等人，提拔前任御史大夫张汤的儿子张安世代替上官桀的职务。

霍光处置事情比较严格，而杜延年比较宽容，加上田千秋这样的和事佬丞相，正好形成一个有效的领导集体。所以田千秋很受重用，因为田千秋岁数有点大了，皇上知道他腿脚不方便，干脆允许他每天在皇宫里坐一辆小车出入。

这可是皇恩浩荡啊！在那个时代，能够拥有这样殊荣的仅有田千秋一人，为了纪念这个荣誉，田千秋干脆连姓都改了，姓车。所以在汉书里找不到田千秋传，但是有个车千秋传。现在汉族大部分姓车的人，都是车千秋的后代。

国家政治步入正轨，而且从征和四年（前89）颁布轮台罪己诏到现在元凤元年（前80）已经八九年了，经济也已经逐渐恢复。汉朝再次自信地面向北方，面对匈奴。

也就在这年，匈奴将刚刚重生的和平局面扼杀，发兵两万人，分为四队，再次入侵。

第二十七章

困兽之斗

元凤元年，前 80 年，壶衍鞮单于在左右两线战场发动两万骑兵南下作战，兵分四路并进，在汉朝边境大肆掠夺。

壶衍鞮单于似乎把现在的汉朝和文帝时期的汉朝画了等号。以往，匈奴骑兵的南下，只要没有汉朝野战军的参与，都会吃亏，边防部队很少有独立的战果。现在汉朝政局刚刚稳定，经济刚刚重建，匈奴理所当然地认为这次南下会有非常大的收获。

但是，匈奴错了。这次，汉军边防部队单独作战，竟然取得了歼敌九千余人，汉军零伤亡的奇迹！甚至，汉军还抓到了匈奴的瓯脱王。瓯脱，就是匈奴语中边防的意思，瓯脱王，就相当于匈奴边防军司令。匈奴军因为瓯脱王被俘，彻底溃不成军，一路向西北奔逃。同时，因为害怕瓯脱王成为汉军的向导，不敢反击。

但是，为了防止边境被汉军占领，匈奴学会了汉朝的一个招数——在边境各地移民屯边。

壶衍鞮单于已经明白，此时的匈奴已经不是往日那个意气风发的北方强胡，武帝时期的几次大战，已经让匈奴遍体鳞伤。而他即位开始发生的权利斗争，也让匈奴各部离心离德，散失了战斗力。

第二年，也就是元凤二年（前 79），匈奴在汉朝受降城外发动九千骑兵进行军屯，对汉朝进行防备。汉朝的军屯是一边从军一边种田，估计匈奴是一边从军一边放牧。而受降城，也是汉朝领土在匈奴最深入的一个据点。

同时，匈奴在单于庭北边的余吾水（今蒙古国鄂尔浑河）修建桥梁，以方便匈奴大军的渡河行动——为今后汉军北伐单于庭的逃跑做准备。

直到这个时候，壶衍鞮单于才明白，为什么当初卫律等人总是劝他恢复和亲。现在卫律已经死了，战争已经挑起了，再想和平已经难了。实际上，经历了去年的败仗，匈奴的经济已经一蹶不振，牲畜数量逐年降低。

原本嘛，单于的弟弟左谷蠡王是个主和派，但是又不愿意放下"北方强胡，天之骄子"的架子，始终不愿意先说出口。但是如果有汉使来了，他会非常优待，动不动来几句暗示。就像暗恋一个人又不愿意主动表白。时间长了，汉朝也感觉出来了，哦，左谷蠡王你是故意的吧，我说你的部下怎么最近都那么老实。所以汉朝也主动拉拢左谷蠡王。但是现在，左谷蠡王也死了。

壶衍鞮单于那叫一个悔啊！

没办法，既然选择了战争，就只能风雨兼程。元凤三年（前78），壶衍鞮单于急于在汉朝的边防上找一个突破口，于是派遣犁汙王在汉朝边疆进行侦察工作。

犁汙王带着非常主观的态度去进行侦查，最后得出结论，河西走廊的酒泉郡、张掖郡防御力量很薄弱，不如咱们收复故土吧，还能和羌人取得联系，最近羌人也在闹事呢。

这太有主观臆断成分了，说白了就是这个时候的匈奴想收复故土想疯了。就当他们的军队刚刚集结，即将开拔的时候——匈奴出了卖国贼，把这个消息全盘告诉给了汉朝。

霍光和小皇帝得到这个消息，命令边境做好警戒工作，宁可信其有，不可信其无。就在汉朝高层命令传到边境后没几天，匈奴就当真打过来了。

右贤王、犁汙王带着四千骑兵，分为三队，对日勒、屋兰、番和三个要塞和关口进行攻击。按照当初犁汙王的建议，就是"出兵试击"。说白了，他这个侦察工作做得不到位，他也搞不清到底能不能打，所以建议单于先动用一部分军队试一试。

张掖太守、属国都尉（管理当年归顺的匈奴昆邪王部落）分别出动边防部队和属国骑兵发动反击。四千人的部队，突袭还好，在汉军做好

防御工作的情况下那就是死啊。在关口守备部队和野战部队的联合打击下，匈奴军队仅有数百人逃脱，几乎被整建制歼灭。属国的一个千长义渠王手下的一个骑兵还把匈奴的犁汙王射死，汉朝赏赐了黄金二百斤，两百匹马，甚至把犁汙王的这个称号也给了他。属国都尉郭忠也被封侯，从这之后，匈奴再也不敢入侵张掖。

这个"属国千长"很有意思，实际上，汉军中并没有千长这个编制，而带有明显的匈奴部队色彩。这个归顺的匈奴藩国的骑兵依然保持着匈奴部队的编制，但是作战时由汉军将领"属国都尉"协同指挥。

其实这个时候的汉朝，有点类似联邦制度，除了昆邪王国以外，还有夜郎国、滇国等属国，都是有加盟国性质的。这些属国有自己独立的政治制度，甚至保留一定规模的军队，军队在战时由汉军指挥官指挥。汉朝皇帝是汉朝政府首脑，同时也是这些属国的最高统治者。

匈奴急了，此时的壶衍鞮单于非常清楚，跟汉朝玩，玩不过了，汉朝的战略包围圈即将形成，河西走廊这样的战略要道汉朝不可能放手。

壶衍鞮单于毕竟年轻，或者说，能力、智慧、见地都有点差劲。如果此时在位的是且鞮侯单于或者狐鹿姑单于，他们不会主动向汉朝发起攻击，而是慢慢休养生息。其实从儿单于开始，匈奴也出现了中兴的气象，俘虏赵破奴、在天山大破李广利、全歼汉军李陵部、甚至几次让汉军的北伐失利，最后逼迫李广利率众投降，取得汉匈全面开战以来，匈奴方面的最大胜利。但是壶衍鞮单于心太急，几次作战失败之后，他还是忍不住要发动战争。

这年冬天，战争局势发生了诡异的变化。首先是辽东一带的乌桓国不干了，要脱离汉朝的控制。乌桓国曾经是匈奴的属国，在漠北会战重创匈奴东线势力之后，归顺汉朝。于是汉朝将乌桓国的部落迁徙到辽东郡、渔阳郡、上谷郡等地的长城以北地区，让他们监视匈奴的动静。

再者，匈奴发动三千人进入五原郡进行骚扰，随后发动万人规模的骑兵部队在边塞举行演习，甚至还对汉朝长城外的军事设施进行破坏，俘虏大量汉朝平民和官吏。

这相当不对劲，首先，乌桓这时候有点小实力了，人口多了，汉朝的管辖也很松散，乌桓独立运动抬头也不难理解。但是，此时匈奴已经知道汉军边防部队的厉害，怎么还敢过来找死呢？

汉军抓到一个匈奴俘虏，严刑拷问，得到消息——乌桓国挖了匈奴单于家祖坟，壶衍鞮单于带着两万骑兵跟乌桓作战呢。最后一查，嗬，还真是这样。

你说乌桓那些独立势力傻不傻，你跟汉朝闹僵也就算了，还非要去挖匈奴单于祖坟，找虐啊。事实一再证明，自古以来在中国闹独立的都是没见识的。

霍光打算好好教训下乌桓，问护军都尉（主管汉军将领选拔工作的参谋长）赵充国。赵充国可是名将，天山战役的时候，要不是他带敢死队突围，李广利那会儿就被匈奴人抓去投降了。

"充国，你怎么看？"

赵充国认为："大将军，随他们去吧。乌桓最近也不老实，匈奴正好帮我们忙。现在匈奴南下次数也少了，北部边境也没什么事，人家外国人打外国人，我们就别惹是生非了吧。"

霍光还是拿不定主意，问他的女婿中郎将范明友。范明友认为：老丈人你想打，那打就是咯！

第二年（前77），范明友被任命为度辽将军，在乌桓边境的七个郡集结边防部队，每个郡约调遣两千骑兵，一共一万四千骑兵剿灭乌桓国的独立势力。

临行前，霍光曾经嘱咐范明友说："咱们这次出征，别白去。等匈奴打完了，你再上。"范明友铭记霍光的教导，在乌桓被匈奴虐了之后给了乌桓致命一击，歼灭乌桓军队六千余人，并且还杀了三个乌桓部落首领。

壶衍鞮单于这时候才醒悟过来，汉朝不好惹，不能打。但是壶衍鞮单于并没有放弃，这个好大喜功的君主，与汉朝的执政者霍光一样，同时将目光投向了西域。

在西域各国中，离汉朝最近的就是楼兰国。在太初四年（前101）李广利远征大宛胜利回国的时候，楼兰国的王子被楼兰王派到汉朝做了人质，于是匈奴和楼兰有了矛盾。

征和元年（前92），楼兰王死了，楼兰国希望汉朝把王子送回去继承王位。但是大家都知道，历史有时候很狗血。这个楼兰王子在汉朝生活作风非常不好，时不时地调戏良家妇女，甚至与陪酒女轮流发生性关系。那时候的汉朝法律对外国人可没什么优待，哪怕你是王子，二话不说，按照法律规定……把这个王子给阉了……

这怎么送回去当王？当年的王子妃见到王子后怎么想？楼兰国民见了怎么想？于是汉朝方面回答说："你们的王子确实很有能力，现在是侍子啊，皇上很喜欢，有点舍不得，不如，你们换个王子继位啊。"侍子，就是在皇帝身边学习文化的外国王子，有留学生的味道。

弱国无外交，何况还是面对宗主国。楼兰国只好认命，另外选了一个王子继位。汉朝再次派遣使臣，让新任国王送交王子到汉朝做人质。

没多久，楼兰王又死了。

壶衍鞮单于看到了机会，立马把在匈奴当人质的安归王子送了回去，继位为王。汉朝也没有介意，只是派遣使臣，让新任楼兰王按照规矩再送一个王子过去。最好嘛，国王本人也去一趟，汉朝大大的有赏。

但是，楼兰王的后妈吹了耳边风："儿子啊，你一个叔叔一个哥哥在汉朝都没回来，你觉得你去了，你能回来？"

楼兰王一听，对啊，不能这样，于是向汉朝使臣推辞说："哎呀，我刚刚即位嘛，还有很多国事要处理。等后年国家事务稳定了，再去汉朝探望伟大的汉天子，好不好啊？"

汉朝使臣也不好说什么，心理倒是一阵"呵呵"，才一万多人口还好意思说什么国事繁忙。

楼兰国对汉朝来说非常重要，在西域的东边，靠近汉朝。过了楼兰就是白龙堆，那是一片巨大的盐碱荒漠，在今天的罗布泊一带，百分百的无人区。汉朝如果想顺利与西域其他各国取得联系，就必须在楼兰国休整，找楼兰人作为向导，雇楼兰人带着给养才能通过白龙堆。

但是汉朝的边防官兵有时作为外交使团的护卫，也时不时地闹出不愉快。加上新任楼兰王安归在匈奴待的时间长，逐渐对汉朝失去兴趣，再次成为匈奴的一个后方，甚至几次拦截暗杀汉朝使臣。

同时，龟兹国（今新疆阿克苏一带）也发动战争，把汉军驻轮台军事基地的屯田校尉赖丹给杀了。赖丹本是一个西域王子，曾经在龟兹国做人质。龟兹国的战争借口嘛，差不多的意思就是说赖丹曾经在龟兹国做过人质，现在帮着汉朝在西域屯田，掠夺了西域的资源。

你说这叫什么事，但是就在这节骨眼上，楼兰国王的弟弟尉屠耆投降了汉朝，将楼兰王的事情告诉了汉朝。

汉朝一听这个消息，嗬！好你个楼兰国，玩无间道是吧？看我玩不死你！

正好，去年的时候，北地郡的军官傅介子时不时地主动请缨要出使西域，想做第二个张骞。索性，霍光就让傅介子以去大宛国求骏马的名义出使西域，顺便对楼兰、龟兹等国予以强烈谴责。

傅介子也是个血性男儿，在楼兰、龟兹两国谴责的时候，还不忘询问匈奴使臣的动向。最后从大宛国回去的途中再次路过龟兹国，得知匈奴使臣正在出使乌孙国，不久就要从龟兹经过。

傅介子用流氓的手段对付流氓，等匈奴使臣经过龟兹的时候，让匈奴使臣知道了被汉朝环首刀砍头的滋味。

回去之后，傅介子把出使经过、杀匈奴使臣的事情全部说了，霍光和小皇帝都很高兴，让傅介子担任中郎（皇帝的近身侍卫），兼任平乐监（管理平乐宫）。

但是傅介子坐不住，还是想去西域。于是又找到霍光，说："大将军，楼兰、龟兹这些国家总是反反复复，您不觉得烦么？现在汉朝政府只是对他们谴责，没有实质性的惩罚，没用啊。"

"介子，你怎么看？"

"我在龟兹国的时候，发现龟兹国王还是比较喜欢亲近人的，想把他做了很简单的……不如……让我过去把龟兹国王给做了，威慑那些国家。咩哈哈……"

"好小子，我早看那几个小国王不爽了，龟兹国太远了，你就在楼兰国试试吧。汉军特种部队帮你撑腰！"

其实霍光让他杀楼兰王的考虑是多方面的，对于汉朝来说，楼兰的战略地位非常重要。如果能够杀掉楼兰王安归，扶持亲汉势力尉屠耆成为楼兰王，那么联合乌孙彻底击败匈奴的战略计划就实现了百分之七八十了。

就这样，傅介子带着几个挑选出来的汉军士兵，带着大量的金银珠宝，以赏赐外国友人的名义，来到了楼兰国。但是，楼兰国王安归一向对汉朝使臣不感兴趣，一直不愿意亲近。

傅介子心生一计，在楼兰国国都待了几天就动身西去。到了楼兰国的西部边界，让翻译官告诉楼兰派遣的护送人员："我们这次来带了很多黄金和上等的丝绸刺绣到处赠送给国际友人。可惜啊，你们国王就是不愿意来接受汉朝天子的赏赐，现在我们马上就要继续西行了。"

说着，傅介子故意把黄金和钱币拿给楼兰人看。

"桥豆麻袋（就是"等一等"）啦！你们等一下，国王马上就到。"楼兰的翻译官迅速回去，没多久，楼兰王就已经到了西部边界了。毕竟，楼兰也就一个镇子那么大。

介子就在这里布置了帐篷，在帐篷外和楼兰王一起吃饭喝酒。一边喝着，一边给楼兰王看那些琳琅满目的金银。打个不恰当的比方，就好像你去了一个非洲小国的一个部落，拿着智能手机、电脑什么的，部落酋长对你是个什么态度？人家楼兰国毕竟巴掌大的地方，楼兰王一辈子也没见过这么多的好东西啊。

渐渐地，楼兰王喝醉了，傅介子趁着这个机会跟楼兰王说了句悄悄话："其实，汉天子还有些秘密的话要跟你说，赏赐大大的有，跟我到帐篷里私聊。"

楼兰王利令智昏，就跟着傅介子他们进了帐篷。

"唰！唰！"

两个汉军士兵从背后捅了楼兰王两刀，刀刃穿过了胸腔在胸前交叉。楼兰王当场死亡，身边的近臣贵族四散奔逃。

傅介子很霸气地拿着楼兰王安归的头进了楼兰王宫，宣读汉朝皇帝的谕旨："你们的王得罪了天朝上国大汉，天子派我来诛杀楼兰王安归。现在，安归的弟弟尉屠耆还在汉朝做人质，你们应该立他为王。现在汉军就在河西一带集结，你们要是敢轻举妄动，就把你们楼兰国给灭了！"

楼兰国当然不敢动，当初赵破奴七百人就把他给……

傅介子回到汉朝，楼兰王安归的首级被挂在了长安的城门北面。尉屠耆被封为楼兰王，为了显示汉朝的恩宠，将楼兰国改名鄯善国，赠送了印章，并且将汉朝的一个宫女嫁给尉屠耆作为王后，为他们准备了车辆和路上需要的辎重。

尉屠耆出发那天，丞相王䜣（田千秋刚刚病逝）和大将军霍光亲自率领汉朝百官为他们送行到长安城的西城门，甚至还举行了为他们祭祀路神，祈求一路平安的仪式。

趁着这个机会，尉屠耆向皇帝提出了一个请求："我在汉朝待的时间很长了，现在回去，在国内势单力薄。而且，前任国王的儿子还在，我担心会被他们杀害。我们国有个依循城（今新疆若羌县米兰镇，是新疆米兰，不是欧洲的那个米兰哦），那里土地肥沃，希望能够派遣一支汉军部队在那里屯田，给我提供一个保护伞。"

这……汉朝求之不得！于是派遣了一个司马（相当于现在的营级干部、少校军衔），带领官兵四十人，在伊循城开展屯田工作。到后来，屯田规模逐渐加大，汉军驻楼兰部队的最高长官的军衔也从司马改为都尉（相当于上校、大校）。

不过宋代人在看待这一历史的时候，往往显得很小家子气，总觉得这事汉朝做得不厚道。但是无论汉朝的手段厚道不厚道，汉朝逐渐在西域立足是真的。

匈奴有个专门管理西域的机构，叫僮仆都尉，时不时地在西域各国收缴赋税和贡品。这样七来八去，匈奴已经逐渐对西域失去控制，僮仆都尉几乎已经是个虚职。

壶衍鞮单于再次做出了一个错误的决定——迫使乌孙屈服。他的措施也很奇怪，他派遣使臣去乌孙，索要汉朝公主。他可能是希望通过带走汉朝公主，削弱汉朝对乌孙的影响力，同时对乌孙国也是一个威慑。

再不济，也是一个发动战争的借口。

需要指出的是，现在汉朝嫁到乌孙的公主是解忧公主。和当年的细君公主不一样，这个解忧公主是个女强人，几乎成为乌孙国的实际统治者。

但是，要是让壶衍鞮单于把自己的阏氏送给汉朝，他乐意么？乌孙的昆弥（王）同意那就出了鬼了！

壶衍鞮单于可以说是自废武功，与乌孙国决裂，发动对乌孙国的战争。这无异于逼乌孙国与汉朝合作，强迫乌孙国参与汉朝包抄匈奴的计划。武帝地下有知，一定会好好感谢壶衍鞮单于。

瘦死的骆驼比马大，匈奴国一路高歌，占领了乌孙国东部的车延（今新疆沙湾县）、恶师（今新疆乌苏市）两地。

面对这种情况，解忧公主的政敌开始倾向于讲和，答应匈奴的要求。解忧公主一忍再忍，说服了她的丈夫昆弥翁须靡，向汉朝上书，请求救援。

武帝梦寐以求的局面，因为一个匈奴昏君而达成。但是，汉朝方面并没有迅速作出回应，反而是希望乌孙国能够再撑个一两年。好在乌孙实力也不弱，匈奴在占领车延等地后，也一直没有再深入。

汉朝之所以不愿意出兵，是因为此时汉朝政府面临着一个严峻的问题：作为武帝老来得子的小皇帝体质越来越差，不仅一直没有子嗣，而且这两年几乎已经奄奄一息。为了防止小皇帝的身体恶化，并且与皇后留个子嗣，霍光甚至禁止宫女穿得过于性感。

元平元年（公元前74）四月，皇帝病逝，谥号汉昭帝，年仅21岁，葬于平陵。少主去世，没有子嗣，这是最容易出乱子的时候。

其实，我最同情的是那个上官皇后，她嫁给皇帝的时候才六岁，现在年仅十五岁，就已经是太后了。她的家人已经因为政变被处死，除了外公霍光，她几乎没有什么亲人，最重要的是她还没有子嗣。她的一生，注定孤独了。

但是，作为霍光而言，还没有时间顾及这个外孙女，现在他最头疼的，就是该选谁做皇帝。

第二十八章

终极逆袭

昭帝死了，走的时候才 21 岁，连个皇子都没留下，怎么搞？问题摆在了霍光面前，毕竟他现在是先帝的先帝委任的执政者。

这下，武帝的五个儿子里就剩下一个广陵王刘胥了。刘胥是个奇人，力气特大，活生生一个小项羽。功夫非常好，还能空手跟狗熊搏斗，简直是东方的斯巴达克斯。

其实这个刘胥早就想当皇帝了，据说经常请一个叫李女须的巫师做法，希望能够让他继位。后来朝廷还下令通缉这个李女须，据说这个通缉令还出土了。

但是，这时候朝中挺刘胥的还不少，但是霍光心里有些不自在——这个人要是靠谱，估计当年孝武皇帝就立他做太子了，要是因为皇帝没了就找个比他更差的弟兄，这个不合适吧。

最后有人提了建议：周太王没把爵位传给长子吴太伯而传给了周文王，文王把爵位传给了武王，没给长子伯邑考。就是废除年长的立一个年幼的或者晚辈也好啊，广陵王，我看还是算了吧。

我估计这个人是霍光指使的，霍光拿着这个奏折给大家看，丞相杨敞也觉得合适。最后大家敲定了一个人选，汉武帝的孙子，刘贺。随后以皇后的名义下诏，派遣大鸿胪、宗正（管理皇室家族事务）、光禄大夫等人带着皇后的诏书去迎接刘贺。

刘贺是昌邑王，他老爹是李广利的外甥刘髆。但是大臣们很快就发现，刘贺其实也不是什么好鸟。

当大臣们的书信到了昌邑，刘贺乐疯了，我勒个去，让我做皇帝！

天上掉馅饼了！刘贺在中午紧急出发，到了下午三四点的样子，已经行了一百三十五里路了！折合成现在也就是五十六公里，很多马一天就能跑这么多路！一路上，刘贺随从累死的马不知道多少。毕竟王爷的马是千里良驹，侍从的马可就是一般的马喽。

到了济阳（山东济阳县），刘贺又是买长鸣鸡，又是买积竹杖。长鸣鸡就是叫声特高亢、特好听的鸡，过去没有闹钟，更没有手机，所以也没有能当闹钟的手机，这种鸡也就是当时最好的闹钟，属于奢侈品。积竹杖呢，就是一种竹子做的手杖。您可别认为是一般的竹杖，为什么叫积竹，就是因为这个工艺复杂，把一个个弄好的横截面为扇形的竹片围起来，成为一个柱状，用上好的鱼鳔胶粘好。鱼鳔胶，那可是一种名贵的药材。工艺加上材料，您想想这个算不算奢侈品吧。

这还不算，到了弘农郡（三门峡市一带），还让身边的一个身材高大的奴才，去强抢民女。其实也说不上强抢，我估计希望被他抢的女子都排队了。这些女子被安排在装衣服的车子里，一路带到长安，打算以后当皇帝了慢慢玩。

到了霸上（今天这位置叫白鹿原，当时的长安郊区），大鸿胪已经在那儿迎接了。到了长安城东边的外城门东都门，刘贺的近臣龚遂提醒刘贺说："按照礼节，您是来参加您叔叔汉昭帝的葬礼的。看见国都的城门，您得哭一哭，这就是长安的东外门。"

刘贺很不耐烦："我嗓子疼，不能哭。"

到了内城门，龚遂再一次提醒，刘贺又找了理由："外城门都不哭，在这儿哭，不合适。"

快到了未央宫的东阙（东边的瞭望塔），龚遂再一次要求：我求求您这下哭一下吧。

刘贺说：诺。诺，就是好的。

刘贺如果生在现代肯定是个演技派演员，甚至还是个动作巨星，毕竟他也会点功夫。说哭就哭，而且哭出了水平，哭出了个性。

没多久，刘贺即位，花天酒地，酒池肉林，红男绿女……霍光心里不是滋味，找到了老部下大司农（财政部长）田延年吐槽。田延年说：

"大将军，您是国家的脊梁骨啊，知道这个人不行，干吗不告诉太后，再换个好的做皇上？"

"这不合适吧，古代没这种事情啊！换皇上可不是换衣服！"

"你看你，历史老师死得早了吧。当年商代的伊尹做相国，把商王太甲给流放了，保全了商代的王室，后世都说伊尹是忠臣。将军要是能成功，那就是汉代的伊尹了。"

于是霍光任命田延年为给事中（皇帝的顾问），与车骑将军一起搜集情报。

最后，查出了刘贺的各种违法乱纪的事实，霍光把各个大臣召集在一起，搞地下会议。

霍光走来就发言："昌邑王做皇帝不靠谱，你们说怎么搞？"

小伙伴们都惊呆了！霍光，你小子真敢讲啊！底下人一个个的打哈哈和稀泥。霍光一时不知如何是好，拿不定主意。

田延年是个急性子，站起来，手还拿在剑柄上，走到霍光跟前，说："孝武皇帝把先帝托付给你，那是信得过你，知道你忠心，能力强，能够保全刘家的江山。现在底下讨论成一锅粥了，你倒是表个态啊。再这么胡闹，汉朝政府就面临颠覆了。我朝的谥号，都喜欢带个'孝'字，为什么呢？不就是想让国运长隆，让皇家的宗庙一直有祭祀么？要是刘家的江山断送了，就算你死了，你自杀谢罪，在底下见到先帝，你可好意思？今天的会议，大家不准不表态，要是最后决定不下来，我跑过去把昌邑王杀了！"

霍光也被吓到了，连忙道歉说："老田你淡定，你教训得太对了。天下出现这种局面，是我太失职。"

于是与会人员干脆一齐磕头，对霍光说："国家的命运掌握在大将军的手里，您说了算！"

于是霍光带着群臣见了皇太后，把昌邑王的种种劣行都说了。于是皇太后乘坐马车直奔未央宫承明殿，下诏，不许昌邑王的臣子进入各个宫室。昌邑王朝见太后之后回去，坐着皇家人力车（辇）准备回寝宫。两个宦官，分别把持着两扇门，昌邑王刘贺进去之后，两个宦官就把门

给关上了，昌邑王带过来的侍卫都进不去。

刘贺很纳闷："你们搞什么！"

霍光跪在地上说："皇太后的意思，不让昌邑王的近臣进入宫室内。"

刘贺急了："不是，你们慢点，这……别搞得这么吓人啊。"

霍光随即派遣使臣，把刘贺从昌邑带过来的近臣全部驱逐到宫城门金马门外。车骑将军张安世带领羽林骑兵（皇家特种兵骑兵部队）对昌邑王的大臣进行抓捕，抓捕了两百多人，全部送到廷尉（管司法，也就是后世的大理寺卿，后来明代大理寺卿的职责和刑部尚书互换，所以也可以说是相当于后世的刑部尚书）那里候审。

但是，霍光也很紧张，命令当初昭帝的侍卫和内臣看着刘贺，一再下令说："你们值班的时候仔细点，好好保护昌邑王，别到时候他自杀了，让我背负一个谋害君上的罪名，让我没脸面对天下百姓。"

刘贺竟然还不知情，一再问身边的人："欸，跟我来的那些大臣犯什么罪了啊？大将军为什么要把他们抓起来啊？"

过了一会儿，皇太后召见昌邑王，刘贺这下才急了："我又没犯法，凭什么召见我！"

在太后的殿里，皇太后穿着珍珠装饰的上襦，穿着最高规格的礼服，坐在有武士护卫的帷帐中。整个大殿，里里外外，数百个全副武装的汉军士兵。

尚书令走上殿去，手里拿着霍光等人的上书。此时的尚书令官不大，而且是宦官，相当于明代的司礼监太监，负责宣读圣旨和上书。这道上书，可不得了，开头一大串人名：

"丞相臣敞、大司马大将军臣光、车骑将军臣安世、度辽将军臣明友、前将军臣增、后将军臣充国、御史大夫臣谊、宜春侯臣谭、当涂侯臣圣、随桃侯臣昌乐、杜侯臣屠耆堂、太仆臣延年，太常臣昌、大司农臣延年、宗正臣德、少府臣乐成、廷尉臣光，执金吾臣延寿、大鸿胪臣贤、左冯翊臣广明、右扶风臣德、长信少府臣嘉、典属国臣武、京辅都尉臣广汉、司隶校尉臣辟兵、诸吏文学光禄大夫臣迁、臣畸、臣吉、臣赐、臣管、臣胜、臣梁、臣长幸、臣夏侯胜、太中大夫臣德、臣印昧死言皇太后陛下。"

接下来就是一大段对昌邑王的吐槽，按照他们的数据：刘贺在位二十七天，干了一千一百二十七件不该干的事情。比如私自借用皇太后的小马车去后宫玩先帝的女人什么的，我勒个去！

皇太后在宣读上书的时候，还曾经听不下去，说了句："够了，这小子太不尊重他皇叔叔了！做臣子的还有这样叛逆的啊！"

等这篇上书读完了，最后一句话就是，希望废黜刘贺，另立新君。估计这时候皇太后也快睡着了，只说了一句："可。"也就是现在的，行。

霍光命令刘贺接受诏书，刘贺不依不饶："按照古代的礼节，天子只要有七个敢说真话的大臣，就失去不了天下，你看你们那么多人都敢说真话，对吧……"

霍光大声呵斥："太后已经把你废了，还什么天子不天子。你真是太年轻了。"说完，上去抓住刘贺的手，把他的玉玺和皇帝腰带什么的给拿了下来，交给皇太后。

随后，霍光带着大臣把刘贺"扶"出了宫门，史书说是扶着，我估计也就跟推没区别，说不定还是架出去的。出了东边宫门，刘贺往西边一拜，说了句："我还是笨了点，干不了汉朝皇帝这个职位啊。"

霍光的心理压力也很大，止不住地流泪，临走还和刘贺说："王，别怪我，我宁愿对不起你也不能对不起国家。您以后好自为之啊。"

接下来的几天，我估计霍光头发能白掉一半，这怎么搞，选谁当皇上呢？

于是，一些往事，浮现在霍光心头。

武帝临终之时，曾经有一个望气的人，告诉武帝说，长安城监狱里有天子气！这意味着，这个监狱里有人今后将成为天子！武帝急了，下令把这个监狱的人全部给杀了，不论罪行的轻重。

于是，武帝的近臣郭穣带着命令来到监狱，监狱主管丙吉将大门紧闭，告诉使臣说："皇帝的重孙子在这里面，一般人都不能无辜被杀，

何况皇帝的重孙。"

双方一直僵持到第二天天亮，郭穰无功而返，把事情汇报给了武帝。没想到，武帝却很高兴，他终于回忆起来，太子刘据的孙子，也就是他的重孙，在那次巫蛊事件中也受到牵连！原来，重孙子没死！还活着！

武帝当即下令大赦天下，曾皇孙刘病已才得以出狱。在武帝最后的那段时间，将他的名字上报给了掌管皇室家族事务的宗正，把他的名字记在了皇家家谱上。

后来刘病已与祖母史良娣生活在掖庭，也就是皇宫与外面相通的一条小巷子，那里是宫里面干活的宫女住的地方。

霍光想着想着，又想起当年的两起灵异事件：那是元凤三年，泰山有快石头突然自己站立起来；最玄的是上林苑，竟然有一棵柳树枯木逢春，上面虫子咬过的痕迹，竟然还隐隐约约摆出了文字："公孙病已立"。

我估计吧，那时候汉朝的茶余饭后都在说这个事，说不定还有不少姓公孙的声称："唉，不瞒大家说，我小名就叫病已。"

当时，出现了一个找死的人，竟然上书给汉昭帝，说："现在大石头自己站起来，复活的柳树叶上出现文字，我估计是上天在警示汉朝。差不多是说有个平民要当天子了，柳树复活，是不是说曾经很辉煌的公孙家族要出皇帝了呢？我们汉朝很崇尚尧帝，有传国的命运，皇上您还是找一个公孙家族的贤人，把皇位让给他，退位之后给自己留个百里方圆的封地，顺应上天的启示。"

这个人是符节令，管理皇帝的符节，叫眭弘，是鲁国人。其实，我觉得这个时期没这么简单，这个眭弘和刘病已的祖母史良娣可是老乡，而丙吉，也是鲁国人……

但是不管怎么说，这个眭弘实在是找死，以造谣企图颠覆国家政权的罪名被判处死刑。

霍光想来想去，又找来大臣们一起商量。正好丙吉这个时候已经担任大将军长史，跟霍光说："当初武帝遗诏里面曾经提到过一个曾孙刘病已，将他安排到掖庭居住，估计现在也有十八九岁了。这个孩子学习蛮认真的，对儒家经典很有了解，能力也不错，气质安详平和。希望大将军考虑考虑。"

之后杜延年等一想，欸，是有这么个人。于是杜延年也跟着附和，说皇曾孙怎么怎么好，劝霍光和张安世等人。

我们也来好好说一说这个传奇的刘病已，在掖庭期间，他很自由，经常往外跑。掖庭令张贺曾经是太子刘据的部下，非常同情刘病已，经常拿自己的俸禄供养他，还供他上学。张贺的哥哥就是张安世，都是武帝时期御史大夫张汤的儿子。

慢慢地刘病已长大了，学习成绩很好，跟着一些名儒学习儒家经典。当然，他也喜欢玩斗鸡，玩赛马，甚至在长安的街头巷尾行侠仗义。因为长期生活在民间，长安城附近哪个官员好，哪个官员坏，民间对他们的评价如何，刘病已心里一清二楚。

刘病已是个十足的文艺青年，不仅喜欢《诗经》，还喜欢旅游，长安城周围的各个地方他都玩遍了，特别喜欢在杜县、鄠县一带玩，经常在杜县一带暂时小住些日子。还曾经在莲勺县（今渭南市临渭区）一带，因为跟人打架还是怎么的，掉进了盐池（也可能是被人丢进盐池的）。

张贺对刘病已很欣赏，想把女儿嫁给他。但是张贺的弟弟张安世听说之后，非常不屑："皇曾孙了，一代亲二代表，三代就拉倒，能在政府部门混碗饭吃就不错了。以后别拿自己女儿的幸福开玩笑！"

就这样，张贺的女儿最后没有嫁给刘病已。但是张贺做媒，给刘病已介绍了一个对象，叫许平君。

许平君的父亲原本是昌邑王刘髆的侍卫，因为失职被人诬告为盗窃，判处宫刑，被发配到掖庭，成为宫廷染坊的一个劳力，说白了就是一个低级的太监。

刘病已和许平君非常恩爱，两人在一起非常开心。结婚后，他们在长安城的高档社区上冠里买了房。一个是落魄民间的王子，一个是饱受世人白眼的宦官女儿，不要太浪漫。

其实按照史书记载，刘病已在民间可能还喜欢做生意。这个皇曾孙特别爱吃一种食物，叫饼。那个时代的饼和我们现在的饼不一样，古人说的"饼"，是一种泛指。打个比方说，武大郎的炊饼，实际上就是馒头（宋朝人说的馒头其实是包子）。在刘病已那个时代，饼有这么几种：蒸饼，就是后世的炊饼（避宋仁宗赵祯的讳），现在的馒头；汤饼，面片什么的做成的带汤的面食，有的可能还有馅，是现在的面条、馄饨、疙瘩汤等面食的雏形。

刘病已特别喜欢吃饼，他要是喜欢哪家的饼，哪家的饼肯定能大卖。就连刘病已自己都觉得奇怪。我估计啊，刘病已可能是和商家关系好，帮人家做生意了。

公元前74年，可能是刘病已最难忘的一年，他的结发妻子许平君给他生了一个孩子。刘病已给他取名叫刘奭，奭是昌盛的意思。这年七月，皇室宗正来到上冠里，让刘病已洗了个澡，最后给他换上了——皇帝的衣服。太仆用皇家的快车将他接到了宫中，正式即位，改名刘询。

从囚犯到皇帝，难道说不是奇迹么？

接下来，一个非常浪漫的故事上演了，我一直想有机会一定要把这个故事写成一篇小说。

我相信霍光是忠臣，不然他早就自立为皇帝了，再者，他也确实是一个非常有能力的执政者。但是，他不是圣人，他也有私心。为了巩固自己的地位，防止当初上官桀叛乱的事情再次发生，霍光将自己的小女儿霍成君嫁给了刘询。

刘询成了皇帝，立谁为皇后，自然成了一个热点话题。大臣们嘴上不说，心里肯定是向着霍成君的。

有阴谋论者说，刘贺被废最关键的原因是因为他把自己封国的大臣大量带到中央，企图架空霍光。但是，一则霍光不容易被架空，二则刘询相对刘贺对霍光更加反感。

刘询心里对霍光的感情很复杂，既感激他给了自己皇位，又埋怨他硬给自己找了这么个老婆。霍成君并不是一个讨人厌的人，但是刘询心里念念不忘许平君。

这年九月，大赦天下，大臣们也开始联名上书，建议挑个好日子选出皇后。刘询不敢与霍光对抗，更何况，霍光这几年把国家建设得这么好，他心里也有数。

面对这份联名上书，中国历史上最最浪漫的一道诏书出现了：

"我贫寒的时候，曾经得到过一把剑。你们能帮我找回来么？"

大臣们一看，哦，原来是这个意思啊。大臣们风向一转，建议立许平君为皇后。十一月，许平君被册封为皇后，但是因为许广汉是个宦官，霍光没有允许刘询封他为侯的建议。

这个，就是"故剑情深"的典故。

刘询的第一个年号是本始，本始三年（前71），许平君再次怀孕。但是，后宫的险恶远远超过刘询和许平君的想象。

许平君成功生下来一个公主。大家都在喜庆的气氛之中，宫廷妇产科女医生淳于衍给了许平君一枚药丸。善良的许平君没有太多心计，将这枚药丸吞下，没想到……

"医生，我的头越来越晕，喘不过气，这个药丸是不是有问题？"

"不……没……没有问题……"

就这样，许皇后离开了人世。正史上没有记载刘询的反应，但是刘询的悲痛可想而知。

霍光也震惊了，下令清查此事，看看是否有御医失职。当然，淳于衍也被逮捕。可是，霍光没有想到，他的夫人也就是霍成君的母亲，竟然在这个时候找到他……

"为了让我们的女儿霍成君当上皇后，我铤而走险了……"

"……什么！"

"淳于衍的丈夫是掖庭户卫，淳于衍向我求情，希望能够把她的丈夫调到一个好单位，比如安池监……我就让她趁着皇后分娩的时候，下毒……事情到了这个地步，为了我们的女儿，别再立案侦查了。"

霍光惊呆了，他不知道这个消息会给皇帝和他，以及整个帝国带来什么。他立即奏明皇上，请求停止调查。

刘询同意了，人死不能复生，他也不想和霍光闹僵。他下令将许皇

后葬在杜陵的南园，杜陵，是他为自己修建的陵墓。杜陵在哪儿呢？就在他们两个生活在民间的时候，最喜欢去的杜县鸿固原上，每到春天，那里能看到曲折的湖岸，能看到很多成双成对的大雁和野鸭子。

因思杜陵梦，凫雁满回塘。

故剑情深，南园遗爱。

公元前49年，刘询病逝，与许平君永远躺在了一起。刘询谥号孝宣帝，成为西汉最后一个有合法庙号的皇帝，庙号中宗。他，开创了西汉帝国最强盛的一页。

第二十九章

最后的决战

儿女情长的事情，我们就不多说了。宣帝即位的第一个新年，改年号为本始，这一年也就是本始元年（前73）。

此时，匈奴与乌孙仍处在战争状态，乌孙昆弥翁须靡和解忧公主再次上书汉朝："匈奴军队再次接连入侵我国，车延、恶师等地已经失守，我国国民大量被俘虏。匈奴派遣使臣让我们把解忧公主送到匈奴，断绝与汉朝的关系。本昆弥愿意发动国内一半的主力精锐部队，后勤我们自己负责，一共五万骑兵，尽全力反击匈奴。现在就希望天子能够出兵，救救乌孙的昆弥和公主！"

宣帝很像他的曾祖父，很冷静。在与霍光做好了一切准备之后，一场空前的决战开始了。

本始二年（前72），汉朝大规模征调关东地区的精锐轻骑兵，在各个郡国的基层官吏中挑选体格健壮善于骑射的从军，补充兵员数量。

秋天，御史大夫田广明任祁连将军，率领四万多骑兵从西河郡集结，待命出发；度辽将军范明友率领三万多骑兵从张掖郡出发；前将军韩增在云中一带集结三万多骑兵；后将军赵充国任蒲类将军，率三万多骑兵，从酒泉郡出发；云中郡太守田顺为虎牙将军，集结三万多骑兵于五原郡。

五路大军，共计十六万骑兵，计划深入匈奴纵深两千余里，对匈奴展开一次大规模的扫荡。同时，与苏武一起被匈奴扣留十九年的常惠，被授予校尉军衔，以天子的名义带着符节参与指挥乌孙国的五万骑兵。加上乌孙国的五万人，汉乌联军人数足足有二十一万骑兵，将近

二十二万，几乎与此时的匈奴总兵力相当。

得知这个消息，壶衍鞮单于震惊了，整个匈奴陷入混乱之中。无数匈奴平民带着自己的牲畜一路向北方的冰天雪地逃窜。

第二年（本始三年，前71年）正月，汉军集结完毕，约定与乌孙国六路齐出。

由于匈奴人已经迁徙到北方，加上匈奴军队主力在乌孙国方向，所以五路大军的战果乍一看并不是很理想。

度辽将军范明友出击匈奴一千二百余里，到了蒲离候水（今拜达拉格河），杀敌七百余人，缴获马、牛、羊等牲畜一万多头。

前将军韩增深入匈奴纵深一千二百余里，到了乌员（地点不详），杀敌一百多人，缴获牲畜一千余头。

名将赵充国原本作为主攻方向，与乌孙军队在蒲类泽（今新疆巴里坤湖）会师，但是乌孙军队先到，由于战场形势变化没有等待汉军，汉军没到就离开了。于是赵充国与韩增一起会师候山（地点不详），俘虏、歼灭单于使臣蒲阴王以下三百余人，缴获牲畜七千余头。虽说没有按时会师，但是汉宣帝也没有怪罪。

虎牙将军田顺仅仅出塞八百多里，到了丹余吾水（大约今天的乌兰湖），就没有前进了，俘虏、歼灭匈奴军队一千九百多人，缴获牲畜七万多人。但是因为没有继续按照计划深入匈奴境内，而且汇报的战果有水分，被汉宣帝赐死。

但是，虎牙将军好歹取得了战果，祁连将军田广明就是个坑。他深入匈奴一千六百多里，到了鸡秩山，杀敌才十九人——你当是打群架啊！正好这时候来了一个汉朝使臣，叫冉弘，他刚刚出使匈奴准备回国，他告诉田广明：山的西面有不少匈奴人，你去打啊。田广明竟然跟他说：这个，山的西面有匈奴人，你心里知道就行了，回到汉朝别乱说哈……最后田广明的秘书一再要求，他照样不听。最要命的是：他在受降城玩了战死的受降都尉的老婆。没话说，也被宣帝赐死。

由于汉朝的扫荡，乌孙的五万骑兵打起匈奴来顺风顺水，从匈奴西方边境一直打到右谷蠡王的王庭，俘虏壶衍鞮单于的长辈、嫂子、公主、名王、犁汗都尉、千长、骑将等官员贵族多人，杀敌四万人，缴获马、牛、羊、驴、骆驼七十余万头。

常惠因为参与指挥乌孙国的作战，被封为长罗侯。汉朝也首次以宗主国的身份，以金币赏赐乌孙国参与此次卫国战争的功臣和有军功的战士。

好吧，看起来，这次作战汉军很没面子，出动十六万人，杀敌不到四千，乌孙方面歼敌也就四万人。与当初漠北会战的九万多人比起来，简直是小巫见大巫。

但是，大家不要忽略这时候的季节，早春。从秋季汉朝有军事动作以来，匈奴北部一片大乱，大量的人员和牲畜冒着严寒一路逃亡到今天的俄罗斯西伯利亚境内。那里冬天可是零下四十多度啊！

这场战役，虽然杀敌数量不多，但是十六万骑兵参战，本身就是个极好的战略威慑。再者，利用这个威慑让匈奴人奔逃至北方——迫使匈奴的经济受到致命打击。东边是乌桓、朝鲜，西边是乌孙，汉军从南往北打，匈奴只有去往北方的严寒不毛之地。

匈奴人的优势就在于战争成本，与汉朝耗个一百年，只要人口足够就耗得起。这次，汉朝就针对匈奴的游牧经济展开针对性的战略打击，大量的牲畜在北方冻死，匈奴民众的伤亡也非常惨重，严寒和饥饿，让他们苦不堪言。

不得不佩服武帝当初制定的包围战略！

这很残忍，但是当初他们的军队在汉朝边境肆意妄为、大肆屠杀的时候，比这个可能更残忍。

匈奴受到致命的打击，西域已经完全是汉朝说了算。常惠干脆上书汉宣帝，希望把当初龟兹国入侵汉军驻轮台军事基地的事情给解决了，说白了就是再发动战争把龟兹国给灭了。

汉宣帝一看，算了吧，太远了。但是霍光心里知道常惠的打算，毕竟是老部下，常惠的小算盘他还不清楚？他暗示常惠，到时候，你看着办。

于是常惠带着五百人的队伍到了乌孙国，回程的时候，征调龟兹国

西面国家的军队两万人，副使发动龟兹国东面的国家军队也有两万人，加上乌孙国的七千骑兵，从三面围攻龟兹国。

大军还没有正式开拔，常惠先派人去发表谴责，责问龟兹王。最后龟兹王亲自过来请罪："不关我的事啊，是前任龟兹王听信了大奸臣姑翼的鬼话！"

"既然这样，把那个叫姑翼的给我绑过来！这样我就饶了你。"龟兹王没办法，真把姑翼绑着带了过来，常惠当场就把姑翼给斩了，大摇大摆地回到了汉朝。

西域，完全被汉朝掌握在股掌之中，匈奴在西域的盟国，只剩下一个小小的车师。

壶衍鞮单于还不死心，面对这样的局面，他依然希望通过战争和征服来解决问题。他认为一切的一切都是因为乌孙国，是乌孙国把他拖入战争的泥潭，是乌孙国引来汉军的扫荡。作为天之骄子的大匈奴，报复是必须的。

这年冬天，壶衍鞮单于带着数万骑兵再次讨伐乌孙。这次，对匈奴来说完全可以说是倾国之力。乌孙国并没有应战，匈奴俘虏了很多老弱人士。

没想到天气越来越冷，正当匈奴想要撤军的时候——一场雪灾降临在草原，一天之内，大雪就已经有一丈多深！匈奴的随军民众和牲畜大量冻死，参展人员损失百分之九十以上。

屋漏偏逢连夜雨，丁零部落趁机叛变，进攻匈奴北部，乌桓在其东面进攻，乌孙在其西面组织反击战。匈奴仓促应战，损失兵力数万人，数万匹战马被俘虏或者战死，牛羊等牲畜损失不计其数。

战后，因为战争、去年的逃亡和今年的雪灾，匈奴发生了重大饥荒。据匈奴战后统计，仅仅这个冬天就造成百分之三十左右的人口损失，牲畜足足减少了一半多。

匈奴陷入了混乱状态，各个属国宣布独立，当初威慑东亚的匈奴帝国土崩瓦解。最要命的是，匈奴的藩国之间，为了牲畜、食物等给养相互攻击，壶衍鞮单于完全控制不了局面！

汉军当机立断，三千骑兵分为三队进攻匈奴，俘虏好几千人。匈奴也不敢对汉军发起攻击或者反击，越来越想和亲，边境从此安宁了许多。

汉朝按部就班地过着平稳的日子，没有了匈奴的骚扰。在汉宣帝和霍光的领导下，国家越来越强盛，经济、文化、军事都得到长足的发展，武帝后期以来昏乱的官场和腐败现象，也逐渐好转。人民生活富足，对国家充满了希望。

地节二年（前68）的春天，霍光病重，大家都知道这意味着什么。宣帝亲自乘坐马车，探望霍光的病情。

宣帝对霍光的感情是复杂的，有恨的成分，有忍的成分。但是，也有感激，看到霍光即将撒手人寰，宣帝也哭了。霍光递交了他人生中的最后一个上书："我希望把我封邑中三千户口分出去，封给我的侄孙，我哥哥的孙子霍山为列侯，也好侍奉我哥哥的宗庙。"

霍光念念不忘的哥哥，我想大家都猜得到是谁。霍光能有今天的成就，都有赖于他的哥哥霍去病生前的栽培。

三月，霍光离开了他念念不忘的大汉。宣帝和太皇太后参加了他的葬礼，很多两千石的高官在他的葬礼上打杂。宣帝赏赐了各种各样的财宝，甚至包括皇帝葬礼专用的梓木棺材等葬具，整个葬礼都按照皇帝的礼节进行！

霍光的遗体也是用皇家丧礼车辆运输，用皇帝专用的车盖，材官兵、轻车兵、北军禁卫军一共五个营的兵力送葬，墓址在武帝的茂陵附近。

做人做到霍光这份上，也算是值了。大司马大将军，大司马是军衔，相当于五星上将或者元帅，大将军是官职，相当于现在的军委主席或者副主席。身前位及人臣，葬礼君临天下，后世还有个忠臣的美名。

但是有一点我一直在思考，就是霍光和宣帝的关系，我也请读者朋友们想一想。

霍光是霍去病的同父异母弟弟，霍去病是汉武帝的老婆的姐妹的儿子，那么，汉武帝是霍去病的姨夫，所以按照关系霍光也是武帝的外

甥。但是，霍光的外孙女儿是汉武帝儿子的老婆，这么说又是武帝的长辈。再者，霍光的女儿是武帝重孙子的老婆，于是霍光又是武帝的孙子辈……那么，霍光到底和宣帝有多少层关系呢？

闲话不多说，这年，匈奴也有一个巨星陨落，那就是壶衍鞮单于。他的弟弟左贤王继位，称为虚闾权渠单于。

虚闾权渠单于继位之后，封右大将的女儿为大阏氏，前单于的颛渠阏氏被废黜。按照匈奴的风俗和继承法，兄终弟及，新上任的单于要接纳前任单于的后宫。说得通俗点就是要把哥哥的大小老婆一锅端，大老婆还是大老婆，小老婆还是小老婆，自己的大老婆还是小老婆。

显然，虚闾权渠单于的做法是不合法的。颛渠阏氏的父亲左大且渠对这个新任国家领导人有点失望。

此时，汉匈战争实际上已经是停战状态，匈奴已经没有实力南下作战。所以汉朝也放弃了长城以外的大量军事基地和城堡，以减轻财政负担。而虚闾权渠单于比壶衍鞮单于要冷静得多，对于这种事态，他非常冷静。

于是，虚闾权渠单于召开大会，与匈奴贵族商量和亲的事宜。这种大家一起投票表决、一起讨论的方法看似合理，但是，也要看情况。现在的匈奴离心离德，已经没几个人愿意站在整个匈奴帝国的角度考虑问题了。

左大且渠对自己女儿被废黜的事情，念念不忘，给虚闾权渠单于出了一个百分百的馊主意："以前汉朝使臣来，为了显示不屈服，都是使臣刚走，汉军就来了。现在我们也可以这样干一票，先派使臣去汉朝，我和呼卢訾王各带一个万骑，沿着汉朝的边境打猎，怎么样？"

左大且渠这个如意算盘打得相当好，只要你大单于一同意，我去边境掠夺也好，真的打猎也好，我能捞到好处。到时候汉朝怪罪下来，反正是整个匈奴的错，尤其是你这个大单于。

事实证明虚闾权渠单于也是个昏君，竟然同意了。但是，大军还没有开拔，匈奴军就发生了叛逃事件，三个匈奴骑兵不见了。去哪儿了呢？匈奴派侦察兵四处打听。

完了，这三个臭小子投降汉朝了！这下左大且渠和呼卢訾王急成了热锅上的蚂蚁。

汉宣帝得到消息后，动员边防骑兵在可能发生交火的地方重点防御，派遣匈奴族将领大将军府军监（督查全国军队，相当于宪兵司令）治众等四人率领五千骑兵，出击匈奴进行骚扰。

左大且渠和呼卢訾王的部落开始逃亡，匈奴已经是惊弓之鸟，汉军一有动向就会打乱。汉军五千骑兵，分三队进入匈奴境内数百里，每队都俘虏了数十人——匈奴骑兵已经没有胆量抵抗了。

这年，匈奴脆弱的游牧经济又一次崩溃，匈奴再次发生饥荒。但是，越是饥荒越是需要防备汉军的袭击，虚闾权渠单于不得不调遣一万多骑兵对汉朝进行防御。因为，只要此时汉军北伐，匈奴就会雪上加霜。

秋天，匈奴之前征服的西嗕部落实在不堪匈奴的统治，西嗕的酋长带着部众打算投降汉朝。虽然匈奴的边防瓯脱军队一路围追堵截，西嗕部落在付出惨重代价之后，依然毅然决然地归顺了汉朝。

这简直是汉朝的土尔扈特部东归。

这几任的匈奴单于太过浮躁，总是想着迅速复仇，一口吃个大胖子。相比而言，虚闾权渠单于还有点休养生息的意识，此时宣帝也刚刚摆脱霍光的羁绊，也需要时间去适应单独处理军国大事。

有个故事很有意思，说霍光担任大将军的时候，宣帝每次开会都是一板一眼的，神情小心翼翼，就像有根麦穗在背上一样。等霍光病逝，张安世继任大司马大将军，宣帝表情就放松多了。这就是"芒刺在背"的典故。

经常有人说，时间对人是平等的。但是，因因果果，果果因因，善因善果，善果善因，恶因恶果，恶果恶因。种种原因，让虚闾权渠单于完全没有休养生息的机会。

早在汉武帝征和四年（前89），车师国就因为汉军李广利将军等人北伐匈奴而遭到其他邻国的攻击，不得已才与周边小国一起归顺汉朝。在昭帝时期，汉朝继续休养生息，暂时停止了对西域的开发，放宽了对

西域的控制。壶衍鞮单于乘虚而入，派遣四千骑兵进入车师国屯田。

宣帝即位以后，因为十六万骑兵的扫荡，车师国的匈奴驻军也一哄而散，逃往北方。车师国再次与汉朝恢复外交关系。战后，匈奴非常恼怒，让车师国的太子军宿到匈奴去做人质。军宿是焉耆国王的外孙，直接逃到了外公那里。焉耆国好歹也是个有六千骑兵的大国，匈奴并没有对焉耆国刁难。

后来车师国另立了一个太子，叫乌贵，谐音不是很好听。太子乌贵即位之后，与匈奴联姻，联合匈奴拦截汉朝与最大盟国乌孙国的交流通道，也杀了一些汉朝使臣。

这年年底，汉宣帝派遣侍郎（侍卫的一种）郑吉、校尉司马憙带领一群劳改犯到渠犁（今新疆库尔勒市一带）屯田，积累粮食，为征讨车师国做准备。这样，整个渠犁地区屯田的汉军人数已经超过了渠犁国的全国人口——渠犁国的人口不到一千五百人，而汉军的驻军人数已经接近两千人！

地节三年（前67）秋收时节，汉军驻渠犁部队正式对车师国宣战，郑吉、司马憙联合西域其他小国的盟军一万多人，汉军一千五百多人，进攻车师国首都交河城（吐鲁番盆地西北）。

交河城守军只有一千八百六十五个人，瞬间被多国部队秒杀。但是车师国王此时并不在交河城，而是在北部的石城。这一点汉军没有料到，而那些西域联军的士兵胃口也普遍偏大，造成了粮食短缺。郑吉等人只好暂时撤军，回到渠犁先把粮食收了再说。

收完了粮食，战争还得继续，石城再次被以汉军为首的多国部队包围。车师国王没有办法，只得向匈奴求救。

虚闾权渠单于现在自身难保，哪里有那个闲情逸致？他只会对车师国王说两个字：顶住！

车师国王没办法了，与贵族苏犹进行商讨，最后还是决定——投降。

有时候你看虚闾权渠单于干事情，你都着急，优柔寡断，犹豫不决，总是在错误的时间做错误的事情。这下车师国王投降了，他又不干了，在匈奴国内立车师国王的兄弟兜莫为车师王，发动军队，准备攻取车师国，保卫匈奴的最后一点势力。

也许虚闾权渠单于已经意识到，匈奴存亡的关键，就在于对西域的控制权。而汉宣帝摆脱霍光的控制之后，立即展开对西域的开发，也说明宣帝对西域的看重。

西域，究竟鹿死谁手？

第三十章

封疆西域

虚闾权渠单于带着军队来到了车师国边境，左右大将各带着一个万骑。郑吉和司马熹则带着一千多名汉军北上，组织防御。

让虚闾权渠单于和汉军都难以想象的是，面对不到自己十分之一的汉军，匈奴部队竟然害怕了，不敢前进。

一切帝国主义都是纸老虎，郑吉也放心大胆地搞，留下二十多个汉军士兵看守车师国王乌贵，与司马熹带着主力撤回渠犁基地。

匈奴也没闲着，将收降的车师国民往东边迁徙，另立车师国王的兄弟兜莫为王。

车师国王担心会被匈奴人杀害，汉军又不待见他，趁着汉军看守不注意，连夜骑着快马独自逃到了乌孙。

这下好了，郑吉只能把乌贵国王的老婆孩子软禁在渠犁，之后带着他们回去上报朝廷。到了汉朝的边境酒泉郡，郑吉得到指示："回到渠犁和车师一带，继续屯田，好好储存战备物资安抚西边的盟国，为最终打败匈奴做好准备。"

郑吉把乌贵国王的妻子儿女托边防军转交到长安，汉朝中央政府对他们也非常优待。郑吉回去之后，调拨三百多人到车师国进行驻扎和农业生产，稳定车师国局势。

第二年，匈奴派遣左大将、右大将各带领一万余骑兵，在西域靠近匈奴的地方屯田，借此干预西域事务，同时也缓解自身的经济危机和食物短缺。但是，汉朝在西域的影响力与日俱增。

就这样，汉朝慢条斯理地撕扯着匈奴在西域的落脚点。到了元康元年（前65），霍氏家族的子孙已经因为种种原因被铲除，宣帝更加自信地独自面对整个帝国。

这时，来到汉朝的大宛国使臣即将回国，宣帝让大臣们选一个可以出使西域的人。在前将军韩增的建议下，上党郡的冯奉世被任命为使臣。与此同时，西域小国之间却经历了很多变化。

当初，解忧公主的小儿子叫万年，长期住在莎车国（今新疆莎车县），深受莎车国王的喜爱。后来莎车国王病逝，没有留下子嗣。作为一个小国，莎车迫切需要一个保护伞，本来他们想干脆投降汉朝，让汉朝过来屯田算了，转念一想，欸，现在万年王子不正在汉朝么？如果请汉朝把万年王子送过来继位，既能抚慰先王在天之灵，又能同时讨好汉朝和乌孙两个大国，一举多得的事情，多好。

面对这样的请求，这样多边多赢的局面，汉朝自然乐意，派遣使臣奚充国护送万年到莎车国继位。但是，万年上任没多久，就因为过于残暴而导致了国内的不满。

之后，冯奉世已经带着大宛等国的使臣到了楼兰的伊循城，在这里，汉军驻楼兰部队的总指挥都尉宋将告诉他一个消息——莎车前任国王的弟弟呼屠征将莎车王万年与汉使奚充国杀死，自立为王，莎车周边各国遭到莎车国的武装威胁，全部与汉朝对立。

匈奴也在这时候趁机干预西域的局势，命令左右奥鞬各带领六千骑兵，以左大将为总指挥，进攻车师国。莎车国四处散播消息：西域的北道（天山和阿尔泰山之间的地区）各国已经全部归顺匈奴。

不仅如此，在匈奴的支持下，呼屠征紧接着对归顺汉朝的南道（今新疆南疆地区）诸国进行对立甚至讨伐，武装胁迫南道诸国也歃血为盟，背叛汉朝。

这意味着，鄯善国（前楼兰国）以西的道路，全部被阻塞，汉朝使臣无法通过。而汉朝在渠犁、车师的驻军，不仅面对着防御一万二千多名匈奴骑兵的压力，还处在反对势力的包围之中。

在这紧要关头，冯奉世与副使严昌进行商讨。如果不马上进攻莎车国，一旦匈奴势力大量介入，整个西域的形势就会发生变化，闹不好从

武帝时期以来的良好局面会毁于一旦。

冯奉世冒着生命危险，果断决定，假传圣旨号召汉朝的盟国对车师国进行军事打击。于是，在西域南北两道组织了联军一共一万五千人，进攻莎车。

在西域来说，一万五千人的军队，用唾沫都能淹死不少国家了。莎车都城很快被攻陷，呼屠征自杀，首级被莎车贵族送到了汉朝使臣的营帐中。在冯奉世的安排下，莎车国成立了亲汉政府。

在冯奉世组织的多国联军的牵制下，郑吉、司马熹腾出手来，针对匈奴的进犯组织了有效的防御，最终使匈奴骑兵无功而返。

军事上取得胜利之后，冯奉世解散了多国部队，向汉朝中央反映了这个情况。宣帝非常高兴，一个劲儿地对韩增说："你推荐的这个使臣，真心不错。"

冯奉世到了大宛国，大宛国王以从来没有过的礼节优待他，并且赠送他一匹宝马，名叫象龙，听这名字都霸气。对于这种局面，宣帝非常满意，下令群臣商议，封冯奉世为侯爵。

但是，出于冯奉世毕竟有假传圣旨的情节，这种无组织无纪律的行为不值得推广，封侯的事情就搁浅了，但是也提升了他的官位，做了光禄大夫。

相比之下，匈奴的情况越来越糟糕，元康二年（前64），匈奴也享受了被别国部队骚扰和抢劫的痛苦。当然，这个痛苦不是汉朝强加给匈奴，而是匈奴当初的附属国丁零。这已经是丁零连续三次对匈奴进行骚扰，匈奴军民损失达数千人，马匹和牲畜大量遭到抢劫。匈奴也时不时地派遣骑兵进行征讨，但是都没有什么实质性的战果。

就是在这样困难的情况下，匈奴依然没有放弃西域。从这一点上说，虚闾权渠单于还不算昏庸，只是有点为时已晚。当初如果他下定决心救援车师，情况可能会好很多。

某天，汉军驻车师部队接受了一个不愿意透露姓名的匈奴官员的投降。汉军从他那里得到消息，匈奴内部的很多大臣都发表议论："车师国的土地非常肥沃，靠近匈奴，但是现在被汉军占领，汉军驻西域部队的给养军备得到长足补充。这样必然会对我国造成影响，一定要争取对车师的控制权。"

果然，没多久，匈奴派遣军队破坏汉军在车师国的田地。郑吉等人率军一千五百多人进行反击，匈奴也不断增加援军。考虑到汉军的人数劣势和战斗人员的补充非常困难，郑吉不得不放弃田地退回车师的防御工事和城市中坚守。

匈奴军在城下不断发动心理战术，对郑吉的部队高喊："大单于一定会夺回这片土地，你们没办法在这里屯田的！"匈奴把车师都城包围起来，但是匈奴也很虚弱，没能力组织大规模的攻城战，补给也是捉襟见肘。在完成包围几天之后，匈奴撤军。

但是，此后匈奴经常派遣数千骑兵靠近车师国，汉军驻西域部队苦不堪言，根本没办法组织有效的农业生产。甚至于，郑吉想撤回渠犁或者渠犁的军队前来救援都很困难，因为匈奴随时可能发动突袭。

元康四年（前62），郑吉出于无奈，上书汉朝中央："车师国距离汉军驻西域北道大本营渠犁足足有上千里路，中间还有河流和山地，并且靠近匈奴的领土。汉军驻渠犁部队不能前来增援，希望朝廷增调屯田的士兵，加强车师国的防御。"

但是，此时的汉朝还有一个问题，那就是西羌。这段时间，一直很听话的羌族部落对汉朝产生情绪。先是居住在青海湖一带的先零羌部落首领发表声明，希望能够渡过湟水（西宁河），在汉朝没有开展农业生产的地方种植。

但是，考虑到对匈奴的战略问题，汉朝没有同意，毕竟如果羌人和匈奴发生勾结，汉朝几十年经营出的局面将没有意义。

光禄大夫义渠安国巡视羌族部落的时候，并没有对先零部落的请求表态。此后，不断有羌人擅自迁徙到湟水以北，汉朝河西一地的地方官吏根本无法控制。赵充国非常气愤，弹劾义渠安国没有完成巡视目的，应该算大不敬。

元康三年（前63）底，羌族对汉朝不满达到一个高峰。先零部落的酋长联合羌族大大小小两百个部落的酋长召开会议，煽动不满情绪，

鼓吹地方本位主义和小民族主义。最后，与他们签订了复仇条约，交换人质，建立了反汉联盟。

宣帝听说此事，问熟悉羌族事务的老将军赵充国。赵充国一针见血地指出：羌族现在已经不同以往，组成了有效的联盟，实力不容小觑。而且，羌族与匈奴一直有勾结的想法，匈奴一再以将河西等地送给羌人为条件，争取与羌人联合。这次匈奴始终不忘西域，想必对西羌也不会放弃机会。

一个多月后，羌族的一个酋长狼何果然悄悄前往匈奴借兵，希望联合匈奴攻下鄯善、敦煌，断绝汉朝与西域的联系，让匈奴势力和羌人势力可以连成一片，而不是被汉朝的河西走廊隔绝开来。

赵充国再次提议："狼何是小月氏部落的，居住在玉门关西南，他们无法独立完成这项计划。我怀疑匈奴使臣已经进入羌族地区，与各国部落共同签署复仇合约。等到秋天马匹肥壮的时候，局势必然发生变化。现在应该派遣使臣带着边防部队进入羌族聚居地，以备不测。在羌族各个部落之间来回巡视，告诫他们放弃仇恨，以揭发他们的事情。"

于是，义渠安国再次进入羌族地区。可惜这小子一点不知道什么叫怀柔政策，他是去解除仇恨的，不是去树立仇恨的。他到了羌族，不管三七二十一，杀了三十个部落首领，干掉了一千多个羌族平民。于是，羌人正式与汉朝对立，发动战争，攻陷汉朝的城邑，斩杀汉朝的官吏。

打个不恰当的比方，和《赛德克巴莱》里面的出草有点像。当然，很不恰当，只是让大家更有画面感，大家不要介意。

汉朝如果同时进行在西羌和西域的战事，必然会被极大地消耗，宣帝不愿意去赌博，因为赌博正是虚闾权渠单于所希望的。这就好比你拿了一手好牌但是却去冒险，只会对你的对手有利益。

匈奴怎么也想不到，宣帝在丞相魏相的建议下，走了一步妙棋。他调遣酒泉、张掖两郡的骑兵出境一千余里，进入车师国北部的匈奴边界。但是并没有与匈奴军队交战，只是进行演习啦，围猎啦什么的，炫耀自己的军事肌肉，让匈奴军队不寒而栗。

匈奴逐渐撤离车师北部，打算避开汉军主力，寻机开战。就在这时候，郑吉等人悄然从车师国撤回渠犁，汉军留下三个营的兵力之后全部撤退。

这一年是元康四年（前64），汉朝暂时放弃了车师国，车师国的领土被匈奴占领。但是，汉朝另立在焉耆国的王子军宿为王，不断地吸引车师国的居民迁往渠犁一带。就这样，车师国分裂为前后两国，虽然匈奴占领了车师国的领土，但是车师国的国力只有当初的一半。最致命的是——匈奴没办法对这个地方展开移民，作为游牧民族，耕种屯田是少数军人的职责。

宣帝腾出两只手来，全力解决西羌，毕竟西羌才是燃眉之急。对于西域，他的态度是维持现状，不要让匈奴占到太大便宜。该是我的，早晚还是我的。

但是，西羌的战事并不顺利，义渠安国以骑都尉的身份带着三千骑兵防御西羌的进犯，在今天青海甘肃交界的大通河被叛军击败。叛军缴获大量武器、车辆、辎重。义渠安国只得撤军到令居县（今甘肃永登县一带），汇报战果。

这个时候，宣帝考虑另派一名将领主持对羌事务，赵充国其实是不二人选，有经验、有胆识、有见识，老家还就在前线附近。但是也有年龄，七十多岁了。御史大夫按照皇帝的指示，询问大臣们谁可以去领兵平定西羌。

赵充国非常自信地说："在这个方面，没有能够超过老臣的了。"

皇帝派遣大臣询问："赵老将军觉得西羌那边是什么情况，需要用多少人？"

赵充国发明了一个成语："百闻不如一见，战场的情况哪能在后面猜出来呢？不如让我赶快去靠近前线的金城（今甘肃兰州一带），再做打算。"

宣帝一听这话，心里有底了，赵老将军还是蛮靠谱的，于是笑着说了一句："诺。"

就这样，神爵元年（前）四月，赵充国带着一万人的骑兵先遣部队进入金城，打算渡过黄河。为了防止敌军的拦截，当晚，三个营的兵力

悄悄过河，人衔枚，马裹蹄。渡河后，迅速稳定登陆场，布置防御和营寨。到了早上，登陆场已经安排完毕，汉军有秩序地过河，一切有条不紊地进行着。

羌族叛军派遣一百多骑兵过来挑衅，赵充国很不屑：这战术也太低级了吧，我的骑兵刚刚过河，一旦出战不就被你们灭了？

稍事休整之后，赵充国组织骑候（侦查骑兵），在四望峡（今八望峡水库）一带进行侦察。在确认此地没有叛军之后，再次趁着夜色，将部队转移到落都（今青海乐都县），并把各个军司马、校尉级别的军官召集起来，展开动员：

"你们看，羌族叛军根本不会打仗，只要他们派数千人在四望峡组织防御，我们根本没办法转移！"

最后，汉军一直向西转移到西部都尉府（今西宁市一带），每天休整，无论叛军如何挑衅，都不出战。

赵充国打仗有个特点，就是非常重视情报的搜集，没多久，他就抓到一个舌头。经过审问，他知道了羌军内部的一些情况：

羌军内部已经非常不团结，相互指责："都说了让你别造反，现在天子派赵老将军来了，人家几十岁的人，打了一辈子仗。现在就算请求一战而死，都不行！"

这，就是他想要的。

随后，赵充国的儿子赵卯，带着期门佽飞（皇家特种兵弓箭部队）、羽林孤儿（世代从军的特种兵部队）、胡越骑（少数民族雇佣军）等精锐部队离开主力，转移到令居一带，监视敌军在汉军后方的动向。果然，羌军在这里布置兵力，打算切断汉军的补给，赵卯迅速向朝廷报告。

汉朝紧急派遣了八校尉、骁骑都尉的部分兵力，与金城太守一起在山地间搜索羌军，保障汉军主力的补给。

八校尉，也叫西园八校尉，是武帝时期组建的高合成化军队，有中垒校尉（看守京城禁卫军的营寨）、屯骑校尉（骑兵部队）、步兵校尉、越骑校尉（越人骑兵）、长水校尉（乌桓骑兵）、胡骑校尉（胡人骑兵）、射声校尉（弓弩部队）、虎贲校尉（轻车部队）。这些校尉享受两千石的俸禄，军衔是校尉，但是手下兵力有一般营级作战单位（汉朝一个营两千人，是基础作战单位，相当于现在的团）的三分之一，只有七百人，高度合成化，士兵全部是招募的职业兵，作战素质极高。骁骑都尉，则是宫廷禁卫军的指挥，也是大内高手。

起初，一个羌人部落首领靡当儿的弟弟雕库到西部都尉府告状，说是先零部落要造反。后来真造反了，因为雕库部落的人也有不少在先零部落，西部都尉干脆把雕库给扣了做人质。

这个时候，赵充国把雕库找来，将他无罪释放，并且对他说："你回去跟你哥哥和其他酋长们说一说，汉军这次作战，只杀有罪的人，你们要划清界限，不要和我们的敌人捆绑在一起。天子要我告诉你们，就算你们曾经做过对不起汉朝的事，只要能现在归顺，杀一个叛变的酋长，就赦免你们的罪，而且，汉军赏赐大大的。"

就这样，还没有真正交战，羌军就已经分化了。这时候，汉军在羌地的兵力也已经达到六万人，经过汉朝高层的讨论，这年七月，赵充国的计策被采纳，战争正式进入白热化阶段。

赵充国带着主力军进入先零部落的聚居地，叛军因为政府军长期没有动作，非常懈怠，现在一看政府军大批进入战场，开始四散奔逃，放弃辎重和车辆，不战而溃。叛军仓皇地向湟水南岸逃亡，道路非常狭窄，赵充国不慌不忙地组织军队在后面一点点地掩杀。

有些年轻的军官坐不住了，说："占到便宜了，干吗还这么慢，一下子杀过去就是！"

"这些人已经是穷寇，不能把他们逼急了。我们有限的杀伤会加速他们的溃逃，一股脑儿冲上去，只会让他们背水一战，增加我军伤亡。"

最后，汉军俘虏、歼灭叛军五百多人，叛军淹死的也有数百人，缴获马匹、牛羊共计十万多头，辎重车辆四千多辆。

占领先零聚居地后，赵充国命令不准毁坏聚落的房屋，组织军队在这里放牧，让不少羌人同胞看到了希望。甚至，有酋长主动愿意归顺，

赵充国不战而屈人之兵，确实很牛。

慢慢地到了年底，赵充国几次向中央提交了屯田驻军，对羌族进行安抚的建议。而朝中同意他的人也越来越多，但是，宣帝和大臣们也考虑到，强弩将军许延寿、破羌将军辛武贤等主战派说的也不是没有道理。加上担心就算屯田也会受到叛军的骚扰，不如，一边让赵充国屯田，一边让许延寿、辛武贤和赵充国的儿子赵卬进行武力征服。

但是，战果很耐人寻味，强弩将军许延寿与叛军交战，叛军不战而降，被俘四千余人；辛武贤歼灭敌军两千多人；赵卬歼灭、俘虏敌军总计两千多人。

但是，在后方屯田的赵充国，竟然招降了五千多人，军功第一。汉朝高层最终认可赵充国的提议，战斗部队大量撤出羌族地区，只留下赵充国屯田。

神爵二年五月，赵充国上书朝廷："羌族叛军兵力大约五万人，现在歼灭七千六百多人，投降三万一千二百人，在黄河、湟水淹死、饥荒造成的非战斗减员大约五六千人，最终逃亡的叛军大约不到四千人，我军在羌族地区的驻扎可以结束了。"

就这样，赵充国得胜还朝，以极小的伤亡和可以忽略的军费，稳定了羌族局势。没多久，汉朝设立金城属国，专门管理羌族地区。

对匈奴来说，这又是一个坏消息。虚闾权渠单于无奈之下，打算破釜沉舟，发动了十万骑兵，在汉军的边塞组织围猎。围猎，在那时候就相当于演习。汉军也没多想，难不成你还真想鱼死网破？

就在这时候，匈奴人题除渠堂投降汉朝，汇报了情况：这下大单于玩真的了，他真的要跟汉朝玩背水一战！

没话说，汉朝封题除渠堂为言兵鹿奚卢侯，刚刚回朝不久的后将军赵充国再次被安排出征，指挥四万人的野战部队北上，在边疆九个郡加强防御。

虚闾权渠单于找寻防御的薄弱点足足找了一个多月，最后当真是呕心沥血，大病一场，吐血不止。匈奴无奈之下只好撤军，在虚闾权渠单于弥留之际，派遣题王都犁胡次等人作为使臣访问大汉，请求和亲。但是，使臣还没有出发，虚闾权渠单于就一命呜呼。

继承人问题，也难倒了匈奴人。这下，匈奴也狗血了，当初虚闾权渠单于不是把颛渠阏氏给废了么？结果这个颛渠阏氏就跑去和右贤王私通。在龙城大会，商议和亲的时候，颛渠阏氏就跟右贤王说好了，会议结束以后，你别走远了，单于看来是撑不住了。

几天后，单于病逝，执政大臣刑未央诏令匈奴王爷过来开会，商量下继承人的事情……结果，右贤王没多久就赶过来了，在颛渠阏氏和左大且渠的拥立下，成为大单于，号称握衍朐鞮单于。握衍朐鞮单于，是乌维单于的八世孙，关系有点远。

新单于即位三把火，第一把是好火，继续讨论着和亲的事宜，派遣他的弟弟伊酋若王胜之进入汉朝，献上礼物请求汉朝天子的接见。

但是，握衍朐鞮单于也非常残暴，将旧大臣悉数处死，任用自己的亲信，颛渠阏氏的弟弟都奇隆等人，把国家搞得乌烟瘴气。最后，为了防止虚闾权渠单于的儿子弟弟闹事，竟然将他们免除一切官职，任用自己的直系亲属。

这下，匈奴乱成一锅粥了。日逐王先贤掸的父亲就是当年的左贤王，本来可以当单于的，但是把位置让给了狐鹿姑单于，现在虚闾权渠单于死了，先贤掸继位的呼声很高。这下可好，不仅不能继承单于位，闹不好连日逐王都当不了。最要命的是，他跟握衍朐鞮单于，关系本来就不好。

怎么办呢？现在日逐王眼前只有两条路，留在匈奴等死，或者投降汉朝。算了，就近找个汉族势力降了吧。就这样，先贤掸索性派人前往渠犁，与郑吉联系，希望能够归顺汉朝。

汉军骑都尉郑吉，终于等来了这一刻，率领汉军驻渠犁部队、龟兹等国军队迎接日逐王，主持受降仪式。最后日逐王带着一万两千多人口，十二个小王，跟着郑吉到了河曲地区，路上的逃亡人员都被郑吉斩首。最后，先贤掸进入长安，被封为归德侯。

而日逐王先贤掸的驻地，就在匈奴与西域的边境，是匈奴干预西域事务的中坚力量。至此，匈奴在西域的经营宣告破产，匈奴在西域的机

构僮仆都尉被废除。

神爵三年（前59），汉军在西域的主力由渠犁迁往车师，郑吉被正式任命为西域都护，在乌垒城设立幕府，是为西域都护府。西域各个小国的君主，也全部发放了汉朝的官印，接受汉朝的政令。

西域，大宛以东，乌孙以南，正式成为汉朝的领土。汉朝对匈奴的战略包围正式合拢，加上匈奴现在的国力和内乱，汉朝皇帝只需要坐在长安城，等着匈奴单于前来投降就可以了。

第三十一章

长安来客

握衍朐鞮单于把前任单于虚闾权渠单于的儿子全部罢官，罢出麻烦了。

你想啊，本来能继承大统，这会儿连爵位官位都没了，能甘心么？这其中，一个叫稽侯珊的匈奴皇子就离开了匈奴，逃到了自己的岳父那儿。他的岳父，是乌禅幕部落的首领。

乌禅幕是康居和乌孙之间的一个小部落，因为经常被别国欺负，万般无奈之下东迁，投靠了匈奴。这次本来希望能通过稽侯珊当个国舅爷，没想到，出了这么个事儿。

这个握衍朐鞮单于也不是东西，前头处置了先贤掸，后头又杀了先贤掸的两个弟弟。乌禅幕首领发出严重抗议，最终还是请求无效。这下，匈奴内部对握衍朐鞮单于，意见可就大了。

没多久，匈奴左奥王去世，单于单方面任命自己的小儿子为左奥王，留在单于庭。左奥王部落不服啊，又立了左奥王子为左奥王，逐渐往东部迁徙，脱离匈奴的统治。单于很生气，派遣右丞相带着一个万骑对左奥王部落进行武力镇压。大单于很生气，后果一点也不严重，也可以说严重，因为这支匈奴万骑损失了数千人，大败而归。

握衍朐鞮单于即位才两年，国内反对势力就逐渐甚嚣尘上，匈奴的政令，几乎出了单于庭就不管用了。最后，连当初弱小的乌桓部落都开始入侵匈奴，掠夺了匈奴姑夕王的众多人口和牲畜，匈奴左地面临危机。

握衍朐鞮单于最最可怜可恨的地方，就在于他的一种无赖心理。乌

桓入侵姑夕王的地盘，姑夕王受了损失。我打不过乌桓，我只有找你姑夕王算账了。

神爵四年（前58），姑夕王忍无可忍，反了。不仅他反了，整个匈奴左地都反了。为了宣扬造反的正义性，他们拥立在乌禅幕的皇子稽侯珊为单于，号称呼韩邪单于。之后，集结匈奴左地的全部军事力量，大约五万人，往西进攻单于庭。

握衍朐鞮单于不甘示弱，在姑且水（蒙古国乌兰巴托一带）一带布置防线。呼韩邪单于的军队刚刚到达姑且水，握衍朐鞮单于的军队就一哄而散——谁都不愿意给猪一样的领导打工。

握衍朐鞮单于没办法了，只得去向他的弟弟右贤王求援："弟弟啊，现在整个匈奴都在反对我啊，看在帝国的分上拉兄弟一把吧。"

结果这个亲弟弟的回答很干脆："你自己不仁不义，连自家兄弟和贵族都杀。你要死一个人死，别来拉我做垫背的。"

就这样，握衍朐鞮单于拔剑自刎，结束了三年的单于生涯。他的亲信左大且渠都奇隆投奔了右贤王，呼韩邪单于树立了极高的威望，握衍朐鞮单于和本部左大且渠的人马全部归顺了呼韩邪单于。

呼韩邪单于在单于庭待了几个月，安然无恙，以为匈奴已经太平了，下令解除全国的戒严状态。随后找来他那个流亡的兄弟呼屠吾斯，做了左谷蠡王。同时派人私下里与右贤王部落的贵族取得联系，秘密命令他们把右贤王给杀了。

呼韩邪单于也是个愣头青，你匈奴国是个封疆建国制度的争权，讲究的是"我封臣的封臣，不是我的封臣"，你这样玩，太过了。其实，说起来右贤王虽然是握衍朐鞮单于的弟弟，但是实际上还帮了呼韩邪一把呢。

果然，就像握衍朐鞮单于把匈奴左地逼得造反一样，呼韩邪把匈奴右贤王也给逼得造反了。这年冬天，右贤王和都奇隆拥立日逐王薄胥堂为单于，号称屠耆单于。随后带着军队进攻单于庭，由于呼韩邪单于早就解除戒严，被叛军秒杀。这样，单于庭的主人又成了屠耆单于。

于是，匈奴历史上的一场乱世拉开序幕，后世称之为五单于时代。

五凤元年（前 57），即位不到一年的屠耆单于让先贤掸的哥哥右奥鞬王和乌藉都尉分别带着两个万骑在东边驻扎，防止呼韩邪单于势力的反扑。这时候，西方的呼揭王来和唯犁当户暗地里进行着一些见不得人的勾当。

他们一起向屠耆单于进谗言，诋毁右贤王，说他想自立为乌藉单于。其实，他们也不过是因为羡慕嫉妒恨，想打倒一个政敌，多夺取些权利，让自己的地位更显赫罢了。毕竟屠耆单于是右贤王拥戴的，能不受重用么？

屠耆单于想都没想就把右贤王父子都给杀了，后来一想不对，欸，要是真造反不会这么简单啊。这才觉得不对劲，又把唯犁当户给杀了。呼揭王急了，干脆也拉开旗帜造反，自称为呼揭单于。

完了，多米诺骨牌效应出现了，右奥鞬王自立为车犁单于，乌藉都尉自立为乌籍单于。

加上原先的呼韩邪单于，一共五个单于。

屠耆单于疲于奔命，自己带着部队向东讨伐车犁单于，让都奇隆带着兵讨伐乌籍单于，两线作战，看着都辛苦。好在这两个单于实力不强，很快就被击溃，残部向西北方向逃窜。

造反这种事情，可没有回头路。乌籍单于和车犁单于只好投奔呼揭单于，成为呼揭单于的部下，去掉了单于称号。这下，呼揭单于拥兵四万人，雄霸匈奴西北。

针对这种情况，屠耆单于命令左大将、左大都尉带着四万人防御呼韩邪的进攻，自己亲自带着四万人打算将呼揭单于的势力一网打尽。

屠耆单于打仗还是有一手的，一战就把车犁的势力彻底打垮。车犁单于只好继续向西北逃窜，几乎进入北方的严寒之地。屠耆单于非常满意这样的战果，往西南方向撤离，屯驻在阗敦地（地点不详）。

但是，强中更有强中手，呼韩邪单于很聪明，你们打你们的，不急，我一会儿再陪你们玩。

汉朝得到这个情报，真心笑了。朝廷都认为，这个机会不上去把匈奴灭了，以后就没这好机会了。宣帝也想有所作为，询问御史大夫萧望

之的建议。萧望之很有远见地建议说：

"我们如果现在发动战争，那是乘人之危，只能让匈奴再次逃亡，没有实质的战果。所以说啊，打仗如果不按照义气的原则，没收获。我们现在应该派遣使臣去抚慰他们幼小的心灵，帮助他们当中最弱的那个，为他们提供人道主义救援。这样，对提升我国的国际影响力有长远的意义。如果能够帮助他们当中某个恢复统治地位，匈奴必然臣服于我们了。"

宣帝恍然大悟，按照他的建议，悄悄地做着准备。

第二年，也就是五凤二年（前56），呼韩邪单于派遣他的弟弟右谷蠡王突袭屠耆单于的军队，歼灭屠耆单于的军队达上万人。

屠耆单于一怒之下亲自带着六万人发起反击，一路前进上千里，在嗕姑这个地方的附近遇到了呼韩邪单于的主力。呼韩邪带着四万人以逸待劳，将屠耆单于的军队打得落花流水。屠耆单于自杀，呼韩邪成了草原的霸主，都奇隆和右谷蠡王等人也见风使舵，归顺了呼韩邪。

当然，也有更见风使舵的，呼韩邪单于的部下乌厉温敦与乌厉屈父子眼看匈奴内乱，实在没意思，率领几万人投降汉朝去了。当然了，也是封侯挂印，富贵荣华。

这个时候，偏偏有嫌热闹不够大的，李陵的儿子再次拥立乌籍都尉为单于，但是没多久就被呼韩邪单于秒杀。就这样，呼韩邪单于再次进入单于庭，但是单于庭因为战乱，已经破败不堪。

屠耆单于的堂弟休旬王也干脆进行了一次冒险，带着五六百人把左大且渠杀了，兼并了他的军队，之后在单于庭西边自立为闰振单于。

嗬，当单于这么简单！呼韩邪单于的哥哥左贤王呼屠吾斯看到这样的情况，也自立为郅支骨都侯单于，也称郅支单于。

两年后，闰振单于带着他的军队进攻郅支单于。郅支单于带着自己的军队拼死抵抗，将闰振单于杀死，合并了他的军队。这下，呼韩邪单于紧张了，他被郅支单于给包围了。

郅支单于趁着士气正盛，对呼韩邪单于发动攻击。呼韩邪单于再次经历失败，只好退出单于庭，向南转移。

呼韩邪单于经历了失败，实力不如从前，带着军队和部族，在单于庭和汉朝边境之间过着流亡生活。面对这种情况，左伊秩訾王向他建议说："大单于，人在矮檐下，我们向汉朝称臣吧，侍奉大汉，让汉朝帮助我们复国，平定匈奴的战乱。"

投降，毕竟还有那么点不好意思。于是呼韩邪召集大家开会，商量投降的事情。

"投降，这怎么行！按照咱们匈奴的风俗，崇尚力气，最鄙视的就是屈服于别国。我们因为有马上战斗的优势，所以在各个国家中都有很高的国际威望和国际形象。

"战死，是壮士应有的。现在你们兄弟争夺国家的统治权，不是哥哥赢就是弟弟赢，就算死了也还有个威名，子孙在各个国家还是个大国地位。汉朝虽然说很强，但是还不能兼并我们匈奴，怎么能乱了祖先的制度，向汉朝称臣，让列祖列宗受到侮辱，让很多国家耻笑我们呢？"

匈奴的大臣们发表慷慨激昂的演说，反对归顺汉朝。左伊秩訾王则认为：

"不对啊，国家的强弱也是分时候的，我们不能还沉浸在天之骄子的美梦里面。现在汉朝正是最强大的时候，乌孙等国已经都是汉朝的臣属。而且从且鞮侯单于以来，匈奴的实力逐渐被削弱，一直不能复兴。虽然说表面上还是能够充个胖子，但是我们的脸已经被打肿了。现在，归顺汉朝就能保全，不归顺汉朝就有灭亡的危险，你们别这么固执啊！"

但是大臣们依然不屈不挠，对左伊秩訾王百般刁难。呼韩邪单于对各位大臣的爱国情怀非常感动，然后拒绝了他们。

就这样，甘露元年（前53），呼韩邪单于带着自己的部落和军队往南到了汉朝的边境，派遣自己的儿子右贤王铢娄渠堂进入汉朝做人质。同年，乌孙国被汉朝分而治之，成为汉朝的领土，受西域都护府管辖。

郅支单于这时候才醒悟过来，也派遣了自己的儿子左大将去汉朝做人质。

这下好了，两个单于争着讨好汉朝。呼韩邪单于一狠心，妈的，干

脆老子亲自进汉朝称臣，看汉朝到底帮谁！甘露二年（前52）底，正当整个汉朝为老将军赵充国（享年85岁，在那个时代可是长寿老人）的去世而悲伤的时候，汉朝迎来了一个好消息，建国以来闻所未闻的好消息。

呼韩邪单于亲自到了五原要塞（今内蒙古包头一带），表示希望能在甘露三年的正月，亲自去长安朝见汉宣帝。这下汉朝高层开始议论纷纷，到底该按照什么礼节去接待呢？

丞相和御史大夫认为："按照圣王的传统，京师比其他内部地方官吏重要，内部地方官吏，比外面的蛮夷重要。匈奴单于来朝见和庆祝，那么礼仪按照诸侯王的礼节来搞就可以了。甚至，位次还可以更下面一点。"

宣帝犯难了，再一次纠结。于是他找到了汉朝有名的"真相帝"，太子太傅萧望之。

萧望之认为："单于本来就不是我们汉朝所敕封的，所以我们之前一直称其为敌国，应该对他们保持一种不拿他们当臣属的礼节，让单于的位置在诸侯王的上面。外国人俯首称臣，但是我们中国推辞不把他们当作臣子，这种怀柔的友谊，是谦逊亨通的福气啊。《尚书》曾经曰过：'戎狄荒服'，就是说他们这些外夷前来朝贡一次不容易。如果能让匈奴的子嗣们乖乖的，侍奉我们中原的宗庙，永远不背叛，那么也是一桩一本万利的好买卖。"

实话说宣帝其实不喜欢萧望之，因为他喜欢掉书袋，动不动就是"子曾经曰过"。但是他的话又有道理，所以宣帝为难了都会去找他。

经过高层的激烈讨论，最终采纳了萧望之的建议。但是吧，宋朝写《资治通鉴》的时候，很跩地不屑汉朝的做法，认为不用对自己曾经的敌国那么好的态度。唉，不知道他们要是知道南宋时候向金国委曲求全的事情，会怎么想。

就这样，车骑都尉韩昌奉命迎接呼韩邪单于，带着来自七个郡的两千骑兵在道路上组织欢迎。

正月，全国上下沉浸在喜悦的气氛中。同时，汉朝宫廷春节联欢晚会上也有了一个新节目，匈奴单于向大汉皇帝俯首称臣。

"欢迎欢迎，热烈欢迎。"在一片欢迎声中，呼韩邪单于来到了甘泉宫，汉朝以史无前例的礼节接待，待遇超过了任何一位诸侯王。在宣布接见的时候，只说是藩属国某首领，并没有点名是呼韩邪单于，可谓给足了面子。

随后，宣帝以汉朝中央政府的名义，赏赐给藩属国匈奴单于呼韩邪汉朝的官帽、腰带以及中原的汉服，黄金做的印玺、绶带等物品。仪式完成后，特许匈奴单于先行离开，前往住处，一个在长平（一处高地）的宫室。

第二天，皇帝亲自前往长平主持仪式，特许单于不用拜见，手下当户等大臣都可以前来旁观。当时，为了烘托大汉的气场，汉朝特地把各个少数民族的首领全部召集起来，七七八八大小首领足足数万人，都在渭水桥下夹道欢迎。宣帝登上渭水桥，底下的小首领们一齐高喊"吾皇万岁！吾皇万岁！"

这对匈奴君臣的震撼，可想而知。我估计，这时候呼韩邪想起自己祖先对汉朝的不尊敬，都是一身冷汗。单于在汉朝安排的府邸住了一个多月，准备动身回国。临走时，他以臣子的身份向宣帝请求，希望他的族人可以居住在光禄塞（五原郡以外的外长城）附近，如果有急事，希望汉朝能够从受降城给予支援。

汉朝以宗主国的身份欣然同意，派遣长乐卫尉董忠、车骑都尉韩昌带着一万六千骑兵和数千边郡地方兵护送呼韩邪单于，一直到朔方郡的鸡鹿塞（今内蒙古狼山一带）。

随后，董忠等人及其带领的军队常驻匈奴，以帮助呼韩邪单于讨伐那些对汉朝依然有不满情绪的人。同时，无偿送给呼韩邪部落三万四千斛粮食，以提供人道主义救援。

不久郅支单于也派遣使臣入贡称臣，汉朝对他们也是客客气气。当然了，作为宗主国的汉朝，还是会对自己的小弟呼韩邪匈奴客气一点。后来，人们习惯上称郅支单于为北匈奴，称呼韩邪为南匈奴。

第二年，两个单于同时派遣使臣入朝进贡，汉朝对呼韩邪单于的使

臣更加优待。

此时，郅支单于正在夺取原先属于呼韩邪单于的西部势力。而屠耆单于的一个弟弟原本归顺呼韩邪，但是不愿意投降汉朝，也在西部流亡，收降了旧部两千多人的队伍，自立为伊利目单于。这两千人很快被郅支单于秒杀，郅支单于的兵力达到五万人。

郅支单于原以为，呼韩邪单于因为实力不足投降汉朝，永远没有了与他叫板的资本。但是他错了，汉朝竟然派遣了军队在他的聚居地驻军，随时可能帮助呼韩邪。出于种种考虑，郅支单于并没有回到单于庭，而是在匈奴西部定居下来。

经过一番思想斗争，最终郅支单于也明白了，有了汉朝这个靠山，他已经没有能力与呼韩邪单于对抗。趁着乌孙国已经被汉朝分为两个小国，他率部逐渐向乌孙靠拢，最终吞并坚昆、丁零两个小部落，定居在今天的叶尼塞河上游一带。这里离单于庭足足七千多里，往南离车师城五千多里，不仅完全对汉朝构不成威胁，也对呼韩邪单于失去了威胁。

黄龙元年，也就是公元前49年，呼韩邪单于再次亲自前往长安拜见汉朝皇帝，汉朝的礼遇一如既往。因为在匈奴已经有了驻军，所以这次就没有专门派遣军队再去护送了。这时候起，中亚的康居、安息等国也是对汉朝另眼相看，汉朝的使臣来往于中亚东亚，俨然一个超级大国的姿态。

至此，汉匈百年战争结束了，郅支单于远逃西域遣使入贡，呼韩邪单于亲自前往长安，低下了匈奴单于高贵的头颅。北匈奴西迁，南匈奴成为汉朝的一部分，逐渐被汉化。甚至于，在西晋末年五胡乱华时期，匈奴单于的后代刘渊在起兵自立的时候，以汉为国号，几乎完全与中原割据势力无异。

从公元前200年冬季，汉高祖刘邦被匈奴包围在平城的白登山，到公元前49年正月，呼韩邪单于再次前往长安城拜见汉宣帝，足足150年有余。

汉朝为了打败北方的敌人，励精图治，历经高帝、惠帝、吕后、文帝、景帝、武帝、昭帝、宣帝一共八代帝王，这其中，有波折也有顺利，有屈辱也有荣耀。

　　为了组织力量抗击外辱，成为东亚、中亚的霸主，汉朝通过几次削藩和战争加强了中央集权，通过"罢黜百家，独尊儒术"的思想方针为中华民族注入了血性和顽强的战斗意志，通过经济改革完成了历史上首次利用工商业加强财政实力的创举。

　　为了扩张纵深达到与匈奴对等的疆域，汉朝加强了对西南和岭南的管理，尤其是岭南，完全成为汉族聚居地，最终形成了汉族文化中独具特色的岭南文化，同时开疆拓土，把四川南部和贵州纳入中国的领土。

　　为了包围匈奴，减少正面对抗的损失，汉朝将中华文化传播到西域乃至中亚，并将河西、羌族地区、东北地区、西域囊括进中华的版图，这些地方永远成为中国不可分割的一部分。

　　国史明标第一功，中华从此号长雄。

　　尚留余威惩不义，要使环球人类同沐大汉风！

后　序

　　这篇序是在我搞定全书正文之后写的。可能此时我已经写多了恢宏大气的历史，以及长篇大论的文字，写这个序的时候，反而希望能加一个短小细腻的结尾。

　　实际上，当这部书写到一半的时候，我正经历着很多人不曾经历的挫折和打击。甚至，也有些难以启齿。我努力抑制着杂念，感受着历史的脉搏，努力用一颗滴血的心，为大家创作出诙谐幽默的文字。

　　可以说，我有时徘徊在半亩方塘的世界里，甚至有些不忍离开。但是无论如何，我要感谢支持我那么长时间的女朋友，你是我心中永远的九公主。